W0216721

Harper Collins | ya!

M. G. Reyes

LITTLE SECRETS
Schuldige Freunde

Roman

Aus dem Englischen von
Maike Müller

HarperCollins | ya!

HarperCollins YA!®
Band 200026

1. Auflage: August 2017

Deutsche Erstveröffentlichung

Titel der englischen Originalausgabe:
Incriminated

erschienen bei: Katherine Tegen Books, New York

Published by arrangement with Katherine Tegen Books,
an imprint of HarperCollins Publishers, LLC.

Umschlaggestaltung: HarperCollins Germany / Birgit Tonn,
Artwork HarperCollins Publishers
Umschlagabbildung: Eri Morita, Dianne Avery Photography,
Kevin Casey – EyeEm / Getty Images, Albert Russ / Shutterstock
Redaktion: Ivonne Senn
Satz: GGP Media GmbH, Pößneck
Printed in Germany
Dieses Buch wurde auf FSC®-zertifiziertem Papier gedruckt.
ISBN 978-3-95967-110-1

www.harpercollins.de

WIDMUNG

Für meine Tochter Lilia, den ersten Teenager, der *Little Secrets – Lügen unter Freunden* gelesen hat. Möge deine Schriftstellerei dir immer Herausforderung, Aufregung und Freude bedeuten.

Auszug aus dem Gesetzbuch zum Familienrecht von Kalifornien, California Family Code, Abschnitt 7120-7123

MÜNDIGKEIT

a) Jeder Minderjährige darf beim zuständigen Amtsgericht des Landkreises, in dem er wohnt oder vorübergehend untergebracht ist, einen Antrag auf vorzeitige Erklärung der Mündigkeit einreichen.

b) Der Antrag muss folgende Punkte erfüllen:
   (1) Der oder die Minderjährige ist mindestens 14 Jahre alt.
   (2) Der oder die Minderjährige lebt freiwillig von den Eltern oder Personensorgeberechtigten getrennt; die Eltern oder Personensorgeberechtigten haben dem zugestimmt.
   (3) Der oder die Minderjährige verfügt über eigene finanzielle Mittel und regelt seine bzw. ihre finanziellen Angelegenheiten selbstständig.

GRACE

El Matador State Beach – Sonntag, 31. Mai

Zwischen den Mitbewohnern lief alles schief. Grace hatte beschlossen, die Dinge zu klären. Aber es waren nicht alle in der Stimmung, mitzuspielen.

„Ist das dein Ernst?“ Candace schaute von dem Klippenweg am El Matador State Beach nach unten. „Einen volleren Strand konntest du wohl nicht finden, was?“, sagte sie mit höchster Ironie.

Bestürzt beäugte Grace den bevölkerten Sand. „Es leert sich bestimmt bald, du wirst schon sehen. Es ist gleich halb fünf. Es muss einfach.“ Die anderen fünf Mitbewohner blieben hinter ihr auf dem Weg stehen. Sie trugen Strand- und Kühltaschen, und Maya und Candace hatten sich Surfbretter unter den Arm geklemmt.

„Wir hätten später kommen sollen“, murmelte John-Michael. „Wer bricht schon um vier Uhr nachmittags zu einem Grillabend am Strand auf?“

Grace hatte ihre Mitbewohner davon überzeugt, dass es an der Zeit war, einen Tagesausflug zu machen und ihr Haus am Venice Beach zur Abwechslung mal zu verlassen, da sie in der letzten Zeit nichts anderes getan hatten, als zu viele überbackene Käsesandwiches zu essen und vor der Glotze abzuhängen. Sie mussten mal raus und sich an einem Ort versammeln, dessen Natur und Ruhe ihre Wirkung entfalten konnten. Wo die Ablenkungen des Alltags nicht dazu führten, dass die Mitbewohner aufeinander losgingen oder auseinanderstoben wie die Billardkugeln beim Eröffnungsstoß.

Sie hatte sogar John-Michael und Candace rumgekriegt, das Picknick mit ihr vorzubereiten. Einige hatten herumgemurrt, warum sie denn „nur zu irgendeinem anderen Strand" gehen sollten. Na und? Sie brauchten einfach eine Luftveränderung und einen Tapetenwechsel. Einen Ort zum Durchatmen, frei von dem Schleier von Unsicherheit und Verdacht, der sich seit Kurzem über sie gelegt hatte. Hierbei ging es ums Zusammensein. Mit seinen Buchten, die von den Klippen des Pacific Coast Highways umgeben waren, dem kristallklaren Wasser und dem feinen, goldenen Sand schien El Matador das ideale Ausflugsziel zu sein.

Grace biss sich auf die Unterlippe. Das Gemecker ihrer Mitbewohner war echt nervig. Aber so leicht würde sie sich nicht unterkriegen lassen.

Zu ihrer Erleichterung fing Paolo ihren Blick auf. Er bemerkte ihren Frust und warf ihr ein tröstendes halbes Grinsen zu. „Ich find's gut, dass wir im Hellen hergekommen sind. Ich gucke nämlich gern den Kitesurfern zu."

Grace schenkte Paolo ein dankbares Lächeln, und sogleich verknotete sich ihr Magen. Das geschah definitiv zu oft. Irgendwann würden sich ihre Gefühle in ihren Augen zeigen oder im Zucken ihrer Lippen, und was dann? Dann wäre sie das dumme Mädchen, das sich in den übertrieben gut aussehenden, unerreichbaren Typen verknallt hatte.

„Kitesurfing? An diesem Strand?", fragte Maya skeptisch. „Wer das riskiert, muss lebensmüde sein."

Paolo zuckte mit den Schultern. Er sah mindestens ein knallpinkes Segel, das ungefähr hundert Meter vor dem Strand einen Surfer übers Wasser zog. „Es ist doch gar nicht so windig."

„Wegen der *Klippen*", erwiderte Maya und zeigte auf die Felswand, die die Bucht säumte. „Dich braucht nur ein kräftiger Windstoß zu packen und schon knallst du gegen eine Klippe und wirst zerschmettert."

„Hier wird niemand zerschmettert", widersprach Paolo, und in seiner Stimme schwang Bewunderung mit. „Sieh doch selbst: Der Typ ist mindestens eine Meile weit draußen!"

Diesmal konnte sich Grace ein warmes Lächeln nicht verkneifen. Paolo gab sich wenigstens Mühe. Er war zwar auch ein bisschen down, nachdem Lucy ihm einen Korb gegeben hatte, und hatte beim Gedanken an ein Picknick nicht gerade Luftsprünge gemacht. Aber seitdem sie unterwegs waren, hatte sich seine Laune stetig gebessert.

Sie blieb einen Moment stehen und beobachtete Paolo, der zwei Stufen auf einmal nahm. Er sah genauso gut aus wie immer. *Es ist zwecklos,* sagte sie sich. *Du musst Jungs wie Paolo einfach aus dem Weg gehen.* Er war einfach zu süß und wusste es auch. Es war besser, einfach nur mit ihm befreundet zu sein.

Als Grace aufblickte, bemerkte sie, dass Lucy sie neugierig und nachdenklich ansah. „Hmm", murmelte Lucy mit einem wissenden Nicken.

„Was?", entgegnete Grace. Sie spürte, wie sie rot wurde, konnte es aber nicht verhindern.

Lucy lächelte milde. „Keine Sorge. Jungs sind zwar dämlich, aber irgendwann kapieren selbst sie es."

Für einen kurzen Moment war Grace zu verblüfft, um sich zu rühren. Mindestens eine ihrer Mitbewohnerinnen fiel nicht auf ihr Theater herein. Mit mechanischen Bewegungen folgte sie ihren Freunden zum Strand hinunter.

Candace und Maya glitten auf ihren Surfbrettern in die Wellen, während Paolo in der Nähe schwamm. Für alle, die nicht zu den Abgehärteten gehörten, war das Meer noch viel zu kalt, aber Paolo schien das nicht zu stören. Das Wasser war so klar wie eine Süßwasserquelle mitten im Wald. Weiter draußen bewegten sich zwei Kitesurfer im Zickzack über die blauen Weiten, wobei ihre Boards mit hoher Geschwindigkeit über das Wasser hüpften.

Grace blieb am Strand zwischen den Felsblöcken und Klippen. Die meiste Zeit starrte sie stumm aufs Meer. John-Michael saß schweigend neben ihr.

So konnte es sein, wenn zwei Menschen aufs Wasser blickten. Ihr ganzes Leben hatte Grace in San Antonio in Texas gelebt, mehr als hundert Meilen von der Küste entfernt. Sie hatte keine Ahnung davon gehabt, wie beruhigend sich der Ozean auf ihren Geist auswirken konnte. Und in den letzten fünf Monaten hatte die unmittelbare Nähe zum Wasser sie gelehrt, wie gut man Stille teilen konnte.

Grace bezweifelte, dass sie jemals zurückgehen könnte.

Sie dachte an die ersten Tage zurück, die sie in dem Haus am Venice Beach verlebt hatte, in dem sie mit Maya, Lucy, John-Michael, Paolo und ihrer Stiefschwester Candace wohnte. Es hatte ein paar Monate gedauert, aber inzwischen waren sie zusammengewachsen; eine künstliche Familie am Venice Beach. Keiner von ihnen hielt dies für selbstverständlich. Und dennoch gab es in letzter Zeit Spannungen.

Das war im Grunde keine Überraschung, wenn man bedachte, was einige von ihnen in dieses Haus getragen hatten: Geheimnisse, Betrug, Verbrechen. Grace beobachtete Candace dabei, wie sie sich die Arme mit Sonnenschutz eincremte, und ein vertrautes Schuldgefühl durchzuckte sie. Erst vor Kurzem hatte sie John-Michael ein Geheimnis anvertraut, das sie vor ihrer eigenen Stiefschwester noch immer zurückhielt.

Grace hatte ihr die wahre Identität ihres leiblichen Vaters, Alex Vesper, über Jahre verschwiegen. Wie würde Candace reagieren, wenn sie wüsste, dass ihre Stiefmutter früher mit einem verurteilten Mörder verheiratet gewesen war? Einem Mann, der in der Todeszelle saß? Würde die Beziehung zwischen ihr und Candace es überleben, wenn diese Wahrheit jemals ans Licht käme? Grace war sich ziemlich sicher, dass es ihr ohne Candace nicht gelingen würde, so zu tun, als ob die Sache mit der vorzeitigen Mündigkeit tatsächlich so einfach wäre, wie alle gern glaubten. Da half es auch nicht, dass sich ihre Mitbewohner alle mehr oder weniger bereit erklärt hatten, ihre Eltern auf Abstand zu halten.

Wenn Candace die Wahrheit über Graces Vater von jemand anderem erführe als von Grace, würde sie sich verraten fühlen. Vielleicht würde sie sogar in ihrem Gedächtnis kramen und überlegen, über welche Dinge Grace sie womöglich noch angelogen hatte. Grace konnte sich ihre eigene Reaktion genau vorstellen. Sie würde ihre Stiefschwester anflehen, ihr zu glauben, dass es keine weiteren Geheimnisse gab, und dass auch dieses nicht ihre Entscheidung gewesen sei, sondern die ihrer Mutter.

Sie senkte den Blick, bevor Candace es bemerkte. Nein. Das konnte sie nicht riskieren, so verlockend ein Geständnis manchmal auch sein mochte. Wie ihre Mutter immer sagte: „Es ist nicht nur *dein* Geheimnis, Grace."

Vor einer Woche, am Memorial Day, hatte sie sich John-Michael anvertraut. Grace war sich noch immer nicht sicher, wie das geschehen konnte. Wenn ein Mensch etwas Persönliches preisgibt, fühlt es sich richtig an, ebenfalls etwas zu verraten. Zumindest redete sie sich das ein. Aus diesem Grund hatte sie John-Michael in ihr Geheimnis eingeweiht – ihm die Wahrheit über ihren Vater erzählt. Über den Todeszelleninsassen, mit dem sie sich seit Jahren schrieb. Den „Dead Man Walking".

John-Michael aber hatte ihr ebenfalls ein Geheimnis verraten. Über seinen Vater und dessen Tod, der wie ein Damoklesschwert über seinem Kopf schwebte. Die Polizei hatte John-Micheal wegen Mordverdachts eingesperrt, doch dann war er ohne offizielle Anklage freigelassen worden. Vor einer Woche hatten sich die Dinge zugespitzt. Anstatt sich noch einen Tag länger an dem Auto zu erfreuen, dem ganzen Stolz seines Vaters, hatte John-Michael das Mercedes-Benz-Cabrio von den Klippen des Pacific Coast Highways in die Tiefe stürzen lassen. Nur Grace kannte den wahren Grund dafür.

Zwar hatte sie moralische Einwände dagegen, wenn jemand seinem eigenen Vater Beihilfe zum Selbstmord leistete – vor allem, wenn man ihm dabei ein Kissen aufs Gesicht drückte, bis er aufhörte zu atmen. Sie selbst wäre niemals in der Lage dazu gewesen, so endgültig die medizinische Diagnose auch sein mochte. Aber John-Michael war ihr Freund, und er hatte ihr die Wahrheit anvertraut. Sie würde niemandem davon erzählen, und sie wusste, dass er dasselbe für sie täte.

Nach Sonnenuntergang fingen Mütter und Väter, Großeltern und Kleinkinder an, ihre Sachen zusammenzupacken und zu gehen. Im nachlassenden Tageslicht glommen die ersten Einweggrills auf. Grace nahm Baumwolltupfer aus der winzigen

Plastiktüte in ihrer Erste-Hilfe-Tasche und zog einzelne Fäden heraus, damit John-Michael sie als Anzünder benutzen konnte. Er zündete ein Streichholz an, und wie so oft war Grace von seinem Pragmatismus überrascht und beeindruckt.

„Als ich auf der Straße gelebt habe“, sagte er, „gab es Nächte, in denen ich derbe gefroren hätte, wenn ich nicht gewusst hätte, wie man ein Feuer macht.“

Als die Anzündhilfe Feuer gefangen hatte, warf er einen brennenden Baumwolltupfer auf das Tipi aus Stöcken, das er sorgfältig aufgebaut hatte. Er legte sich auf den Bauch und begann – den Mund keine fünfzehn Zentimeter von der aufflackernden Flamme entfernt – zu pusten. Binnen einer Minute hatten auch die Stöcke Feuer gefangen. Sie fingen an zu knistern und zu glühen. Eine weitere Minute später loderte schon ein richtiges Lagerfeuer.

Candace kam zu ihnen herüber und trocknete sich die Schultern und den Kopf mit einem Handtuch ab. Sie kniete sich zwischen Lucy und Grace auf den Boden. Nach einem Moment legte sie den Kopf an Graces Schulter. „Das ist so toll. Warum haben wir das nicht schon viel früher gemacht?“

Paolo setzte sich auf eine zusammengerollte Strohmatte und sah zu ihr hoch. „Du bist doch diejenige, die an den Wochenenden immer fürs Fernsehen arbeitet.“

„Candace hat recht“, schaltete Maya sich ein. „Das macht wirklich Spaß. Es ist echt schon eine Weile her, dass wir einfach zusammen rumgehangen haben.“ Sie griff nach der Kühltasche und holte kalte Softdrinks und in Folie gewickelte mit Frikadellen und Käse belegte Baguettes heraus. Paolo nahm die Cola light, die sie ihm hinhielt, und wandte sich John-Michael zu. „Hey, hast du den Rum und die Limetten dabei? Ich will einen Cuba Libre machen.“

Grace spürte, wie sich in ihrem Innern ganz langsam eine glühende Wärme ausbreitete. Die lockere Stimmung, die am Anfang zwischen den Mitbewohnern geherrscht hatte, war zwar noch nicht wieder ganz hergestellt, aber vielleicht war es eine gute Sache, dass sich die Geheimnisse zwischen ihnen einen Weg nach draußen bahnten. Sie konnte spüren, wie sich die sechs Freunde, die rings um das Feuer saßen, in der von den Flammen erhitzten Luft näherkamen.

Vielleicht würde Lucy endlich auch ihre Geheimnisse offenbaren. *Oh bitte.*

Lucy ahnte es zwar nicht, aber sie hatte die Macht, Graces Leben mit nur einer einzigen Tat komplett zu verändern. Sie brauchte nur die Wahrheit über den Mord zu erzählen, den sie als Kind beobachtet hatte.

Es musste irgendeinen Weg geben, Lucy zum Reden zu bringen. John-Michael hatte Lucy bereits von Graces Vater erzählt, wie Grace wusste – sie hatte es selbst vorgeschlagen, um herauszufinden, ob es Lucy zu einem Geständnis bewegen könnte. Bislang hatte Lucy jedoch nichts gesagt. Die Frage war: Hatte sie eine Verbindung zwischen Graces Vater und dem Ereignis hergestellt, das sie als Kind beobachtet hatte?

Grace war sich nicht sicher. Nein, sie musste anders an die Sache herangehen. Sie würde mit Lucy zuerst ihre Version der Wahrheit teilen müssen. Sie musste ihr sagen, dass Alex Vesper, der Mann, der wegen des Mordes an Tyson Drew in der Todeszelle saß, ihr Vater war.

Grace seufzte. Dann würde Candace erfahren, dass sie die ganze Zeit über angelogen wurde.

Wenn es doch nur einen anderen Weg gäbe.

PAOLO

„Malibu Lawn"-Tennisclub – Dienstag, 2. Juni

Paolo King saß mit einer seiner Tennisschülerinnen an der Bar des Country Clubs, so wie er es nach den Trainingsstunden häufig tat. Es war später Nachmittag. Im Hintergrund spielte seichte Jazzmusik. Paolo kannte den Song nicht. Außerhalb des Clubs hörte er solche Musik nur selten.

Diese Schülerin war ein bisschen älter als die Frauen, die normalerweise auf ihn standen. Sie bewegte sich irgendwo in den Vierzigern und hatte perfekt gestylte blonde Haare, die ihren schlanken Hals betonten. Ihr Tennisrock gab den Blick auf gebräunte, durchtrainierte Beine frei, die sie an den Knöcheln überschlagen hatte.

Er kannte sie nur als „Jimmys Mom".

Paolo hatte einmal mit Jimmy, ihrem idiotischen minderjährigen Sohn, um Geld gespielt. Man hatte ihn reingelegt, damit er dem Jungen seine vierzigtausend Dollar schwere Corvette abluchste. Obwohl Paolo nur bei dem Betrug mitgemacht hatte, weil er von einem Typen, der sich inzwischen aus dem Staub gemacht hatte, erpresst worden war, gab Jimmys Mom ihm die Verantwortung für die Sache. Sie war einverstanden gewesen, die Polizei aus der Angelegenheit rauszuhalten – allerdings nur, wenn sie und Paolo sich *richtig gut* miteinander stellten.

Es war ihm gelungen, den Schein zu wahren – bis auf ein winziges Detail. Irgendwie war ihm ihr Name entfallen. Sie hatte ihn schon mal genannt, aber er hatte ihn vergessen. Und nun, nachdem sie intim miteinander geworden waren, wäre es unhöflich, sie danach zu fragen. Paolo hatte gehofft, er würde sie niemals wiedersehen. Aber nein. Heute hatte sie vor dem Club auf ihn gewartet.

„Deine Haare sehen toll aus", sagte Paolo, als Jimmys Mom seine Sprite light gegen den Tom Collins tauschte, den sie sich bestellt hatte. Er nahm seinen neuen Drink in die Hand. „Sicher, dass du den nicht willst?"

„Besser nicht." Sie schmunzelte. „Ich muss noch fahren."

Genau wie Paolo. Doch er hütete sich davor, in Gegenwart dieser Frau irgendetwas zu sagen, das sie am Ende noch verärgern würde. Sein Alter – sechzehn – war zwischen ihnen nie so richtig thematisiert worden, obwohl sie miteinander geschlafen hatten. Theoretisch war das illegal, aber für Paolo war es nicht das erste Mal mit einer älteren Frau gewesen. Er war sich ziemlich sicher, dass sie die Namen aller Frauen aus dem Tennisclub herausfinden würde, mit denen er ins Bett gestiegen war, wenn er versuchen würde, ihre Beziehung gegen sie zu verwenden. Und das wollte er nicht.

Er nahm einen Schluck und versuchte nochmals, sich an ihren Namen zu erinnern. Es würde sie ärgern, dass er ihn nicht mehr wusste.

„Es hat mir Spaß gemacht, mir dein Match gegen deinen Trainer anzusehen." Sie lächelte. „Aber das war auch ganz schön aufreibend, mein Süßer. Ich war mir sicher, dass er dich schlagen würde."

Paolo stimmte in ihr Geplänkel ein. „Der Sieg schmeckt besser, wenn man ihn den Klauen der Niederlage entreißt."

Das hätte Jimmys Mom gewusst, wenn sie geblieben wäre und sich das ganze Match zwischen ihm und ihrem Sohn angesehen hätte. Darius, der an jenem Nachmittag Paolos Doppelpartner und Initiator des Betrugs gewesen war, hatte dafür gesorgt, dass sie bis kurz vor Spielende zurücklagen. Die klassische Abzocke. Jimmy war darauf reingefallen und hart gelandet.

Sie warf ihm einen langen, nachdenklichen Blick zu. Paolo spürte plötzlich das volle Gewicht des Altersunterschiedes und vermied es, den Blick zu erwidern. Er dachte an ihre letzte Begegnung zurück. Er fühlte sich bereits unwohl in seiner Haut, wie wenn ein Mädchen auf einen zukam und man wusste, dass man sie am Ende zurückweisen würde. So machte er es andauernd mit den Mädchen aus der Schule, die ihn offenbar für so etwas wie eine Trophäe hielten, die es zu ergattern galt.

„Bist du ganz sicher, dass du deine Stunde nicht auf einen anderen Abend verschieben kannst?", fragte sie fordernd.

Paolo hielt sein Glas fester. „Das geht wirklich nicht. Meine Schülerin ist schon hier – ich habe gesehen, wie sie mit dem Auto vorgefahren ist."

Sie zog einen Schmollmund. „Zu schade." Nach einem leichten Zögern, so als ob auch sie Skrupel hätte, ihre einmalige Affäre zur Sprache zu bringen, senkte sie die Stimme. „Ich musste viel an dich denken." Sie versuchte, ihm in die Augen zu sehen, doch es gelang ihr nicht. Plötzlich wirkte sie beinahe verletzlich.

Paolo bemühte sich um einen neutralen Gesichtsausdruck. Er wusste genau, dass sie ein ähnliches Geständnis von ihm hören wollte. Als es nicht kam, verzog sie die Lippen zu einem Lächeln.

„Komm schon, Paolo, sei nicht so schüchtern. Wir sind schließlich nicht Mrs. Robinson und Benjamin."

Er kniff irritiert die Augen zusammen. „Und die wären?"

„Hast du nie *Die Reifeprüfung* gesehen?"

„*Die Reifeprüfung?*" Er schüttelte den Kopf und trank einen Schluck. „Nein."

Jimmys Mom seufzte geduldig, als hätte sie es mit einem langsamen, aber auf liebevolle Art geschätzten Schüler zu tun. „Das ist ein fantastischer Film, ein Klassiker. Mrs. Robinson ist eine gelangweilte reiche Hausfrau und Benjamin der Sohn eines befreundeten Ehepaares, der gerade seinen Collegeabschluss gemacht hat. Sie kommen zusammen. Anfangs ist Benjamin extrem schüchtern, aber allmählich findet er Gefallen an der Sache. Genau wie du, Paolo, an dem Nachmittag, den wir zusammen verbracht haben."

„Wie geht es aus?", fragte Paolo, obwohl er sich vor der Antwort fürchtete.

Sie zuckte mit den Schultern. „Nicht besonders gut. Benjamin brennt mit Mrs. Robinsons Tochter durch."

Paolo suchte nach Worten. Diese Unterhaltung nahm einen ziemlich bizarren Verlauf. Er war sich nicht sicher, was er sagen sollte. „Bist du … nicht glücklich mit … Jimmys Vater?"

Sie lehnte sich auf ihrem Stuhl zurück und betrachtete ihn. „Glücklich? Paolo, du denkst doch nicht wirklich, dass eine glücklich verheiratete Frau mit einem sechzehnjährigen Tennistrainer ins Bett geht, oder?"

„Ich schätze, ich weiß nicht besonders viel über verheiratete Leute."

Sie berührte zärtlich seine Hand. Unwillkürlich wanderte sein Blick zu der Stelle, wo ihre Finger leicht auf seinen ruhten.

„Warum solltest du auch? Du bist noch ein Kind. Ein Kind, das vor Testosteron übersprudelt, aber das wird sich irgendwann legen. Ich schätze mal, du hast keine Freundin?“

„Wie kommst du darauf?“ Die Worte klangen viel zu defensiv und waren draußen, bevor er sie herunterschlucken konnte.

Sie lächelte ihn neugierig an.

„Ich habe keine Freundin, weil das Mädchen, das ich will, sich nicht für mich interessiert.“

In ihren Augen flammte aufrichtiges Interesse auf. „Ah. Also eine unerwiderte Liebe?“

„Ich weiß nichts von der Liebe.“ Paolo konnte kaum glauben, dass er mit dieser raubtierhaften Fremden über seine Gefühle sprach. Es war, als ob sie ihn mit einer ihrer Freundinnen verwechselt hatte, mit jemandem, dem sie etwas anvertrauen konnte. Trotzdem versuchte er, ihr eine Antwort zu geben. Jimmys Mom konnte ihm nach wie vor eine Menge Ärger bereiten. Es war besser, sie auf seiner Seite zu haben.

„Ich mag dieses Mädchen sehr. Wir haben ein einziges Mal ein bisschen rumgemacht, aber sie war nicht richtig bei der Sache. Ich dachte eigentlich, so etwas würde mich wütend machen. Aber ich weiß nicht. Irgendwie hat das nur dazu geführt, dass ich sie noch mehr will.“

Jimmys Mom lächelte zufrieden. „Oje. Das klingt ganz danach, als ob deine kleine Freundin dich genau da hätte, wo sie dich haben will.“

„So ist das nicht.“ Diese Beschreibung wurde Lucy Long ganz und gar nicht gerecht. Er hatte ausreichend Erfahrung mit Frauen, um sagen zu können, wann ein Mädchen ihn wirklich wollte. Lucy hatte eigentlich keinerlei Anzeichen dafür gezeigt. Jedenfalls nicht, bis sie ihn geküsst und den Anschein erweckt hatte, dass sie ihm endlich näher kommen wollte ... um sich dann doch in letzter Minute zurückzuziehen.

„Ich denke“, sagte er vorsichtig, „dass sie mich einfach nicht mag. Jedenfalls nicht so. Sie wollte mich nur abschleppen, um alles andere zu vergessen, was in ihrem und meinem Leben gerade passiert. Das Timing war einfach beschissen.“

„Tja dann“, murmelte Jimmys Mom offensichtlich überrascht. „Das ist ungewöhnlich einfühlsam von dir.“

Die Kellnerin brachte die Rechnung, und Jimmys Mom zog ihre Kreditkarte heraus. Paolo reckte den Hals, um einen Blick auf den Namen zu erhaschen, der auf der Karte stand.

Meredith Erikson.

Sie hieß Meredith. Dieser Name hatte nicht mal unter den Top Ten seiner Vermutungen rangiert. Paolo ließ sich in seinen Stuhl sinken und konnte nur mit Mühe einen Seufzer der Erleichterung unterdrücken.

„Vielleicht musst du das Mädchen aus deinem Kopf löschen“, fuhr sie fort. „Du kennst doch das Sprichwort: Eine alte Liebe kuriert man am besten durch eine neue Liebe.“

Aber du und ich, wir können niemals zusammen sein, hätte Paolo am liebsten gesagt. Das war eine einmalige Sache gewesen, um keine Schwierigkeiten zu bekommen, und nicht mehr. Er nickte leicht und nahm einen nervösen Schluck von seinem Tom Collins, während er darüber nachdachte, wie er sie möglichst schnell loswerden könnte. „Meredith“, begann er und sprach ihren Namen zögerlich aus. „Hast du Töchter? Vielleicht könnten wir die Geschichte wie bei Mrs. Robinson enden lassen.“

„Wenn du dich noch einmal in die Nähe meines Hauses wagst, ist es mit deiner Tenniskarriere aus und vorbei“, sagte sie so streng, dass es sich wie eine Ohrfeige anfühlte. „Und was dein Jurastudium angeht: Ein paar Anrufe bei einigen meiner Anwaltsfreunde würden dem ebenfalls ein Ende setzen, *Mister* King."

Paolo spielte mit und tat so, als ob sie einen Witz gemacht hätte. Doch er wusste, dass dem nicht so war. „Das werde ich bestimmt nicht vergessen", brachte er nach einer Weile hervor.

„In Ordnung", erwiderte sie knapp. Sie klang nun viel förmlicher. „Paolo, wo stehen wir deiner Meinung nach jetzt?"

Er sah verblüfft auf. „Wir? Ich dachte, du hast gesagt ..."

„Ich weiß, was ich gesagt habe, aber ich erwarte natürlich eine gewisse Flexibilität. Ich meine, im Hinblick auf das Ausmaß deines Vergehens. Die Gesamtkosten deines kleinen Betrugs."

„Ich war das nicht alleine", widersprach er reumütig.

„Dann eben du und Darius", sagte Meredith und machte dabei große Augen. „Allerdings war Darius besser darin, sich schnell aus dem Staub zu machen." Sie beugte sich zu ihm hinüber und lächelte. „Außerdem ist er weitaus weniger attraktiv."

Da war er wieder, der kalkulierte verlangende Blick, bei dem Paolo sich wie eine Erdbeere auf einer Sahnetorte fühlte.

„Du hast mich mehr als vierzigtausend Dollar gekostet, Paolo King. Und so unvergesslich, wie unser Nachmittag war, muss ich bei nochmaliger Betrachtung sagen, dass ein einziges Mal das Soll nicht ganz erfüllt."

Paolo schluckte seinen Ekel herunter. Er war sich alles andere als sicher, ob er in der Lage wäre, diese Vorstellung zu wiederholen.

„Was schwebt dir vor?", fragte er widerstrebend.

„Ich habe deine Nummer. Wenn mich die Stimmung packt, werde ich dich anrufen, Paolo." Meredith stand auf. „Keine

Sorge, es ist nur zu deinem Besten. Ich nehme an, dass du noch viel lernen kannst, was junge Frauen angeht. Wir zwei werden nur ein bisschen Spaß haben, aber ich wäre nicht abgeneigt, dir dabei zu helfen, das Mädchen deiner Träume zu erobern."

Sie berührte nachdenklich seine Wange. Nach einer oder zwei Sekunden ging die Berührung in ein Streicheln über. „Schau nicht so betrübt. Ich verspreche dir, dass es dir gefallen wird." Sie beugte sich zu ihm hinüber, als ob sie ihn küssen wollte, dann fiel ihr aber offensichtlich ein, wo sie sich gerade befanden. Also brachte sie stattdessen den Mund nahe an sein Ohr und flüsterte: „Lass dir die Haare wachsen und benutze ein bisschen Gel. Du siehst so gut aus, Paolo, dass ich schreien könnte."

CANDACE

Culver Studios – Donnerstag, 3. Juni

„Candace Deering? Hier entlang bitte."

Es war zu einfach, nicht so wie die anderen Male. Keine Schlange, keine Mädchenmenge, bei deren Anblick sie sich fragte, ob sie ein Klon sei. Jemand, der tatsächlich ihren Namen kannte, hatte sie in den Vorsprechraum geführt, und als sie eintrat, warteten dort nur zwei Typen.

Einer von ihnen stand hinter einem Tisch, auf dem eine Videokamera auf einem kurzen Stativ stand. Der Zweite lehnte ruhig am Türrahmen. Er war Mitte dreißig, etwa eins fünfundachtzig groß und hatte dunkle Haare und grünblaue Augen. Die Stoppeln auf seinem Kinn verliehen ihm ein leicht verwahrlostes Aussehen. Candace erkannte ihn sofort.

Betont lässig drehte er sich um und sah sie an. Sein Blick wanderte kurz nach oben und dann nach unten. Eine Musterung mit zwei Blicken. „Danke, dass du zum Vorsprechen gekommen bist. Ich bin Ricardo Adams."

Candace lächelte. „Ich weiß, wer Sie sind", erwiderte sie und vermutete, dass sie mit Schmeicheleien bei ihm weiterkam. „Ich gucke regelmäßig *Deadbeat*."

„Immer wieder nett, einem Fan zu begegnen", entgegnete er mit einem künstlichen Grinsen. Er trat beiseite, um Candace durchzulassen. Sie wollte die Tür hinter sich schließen, doch Ricardo fasste sie an der Kante und hielt sie auf. „Wir sind noch nicht komplett." Aus jeder einzelnen Pore seines Körpers drang kühle Professionalität.

Candace hielt praktisch den Atem an, bis sie im nächsten Moment einen fröhlichen Ruf vom anderen Ende des Flures hörte. *„¡Oye, asere!"*

Ein junger Typ kam in ihr Sichtfeld – etwa eins achtzig groß, um die zwanzig Jahre alt und afrikanischen Ursprungs. Er war schlank, bewegte sich geschmeidig und hatte ein stufiges Muster in die kurzen dunkelbraunen Haare rasiert. Seine Gesichtszüge waren fein: hohe Wangenknochen, mandelförmige dunkelbraune Augen mit geschwungenen Wimpern und ein perfekt geformter Kiefer. Er sah schon fast lächerlich gut aus. Mit einem breiten Strahlen in seinem Gesicht, das so süß war wie sein Körper perfekt, schlenderte er in den Raum, begrüßte Ricardo mit einem komplizierten Ritual und lehnte sich dann zu Candace hinüber, um sie mit einem freundlichen Kuss auf die Wange zu überraschen.

„Yoandy", stellte er sich mit tiefer, samtiger Stimme vor. Er drückte ihre rechte Hand. *„Encantado."*

Sein Akzent. Leicht und dennoch eindeutig Latino. Kam er aus der Dominikanischen Republik? Aus Kuba? Aus Kolumbien?

„Candace Deering", sagte Ricardo förmlich. „Das ist Yoandy Santiago."

Sie nickte und gab sich Mühe, nicht auf die Muskeln zu schielen, die unter der makellos glatten, braunen Haut von Yoandys Schultern spielten. Sein enges, ärmelloses Shirt verhüllte seinen Oberkörper nur ungenügend. Dazu trug er eine verblichene Jeans und cremefarbene Chucks mit offenen Schnürsenkeln und locker herausgezogenen Laschen. Sie sah weder ein Tattoo noch irgendeine andere Markierung an seinem Körper. Nur seinen Hals schmückte eine doppelreihige Kette aus kleinen roten und weißen Perlen. Sein Körperbau glich dem eines Sportlers oder vielleicht eines Tänzers.

Candace war sich ziemlich sicher, dass sie ihn wiedererkannt hätte, wenn er schon mal im Fernsehen zu sehen gewesen wäre.

„Deine Serie gefällt mir“, sagte Yoandy amüsiert. „Du bist Gina! Die ist echt heiß.“

„Du hast *Downtowners* gesehen? Das wurde doch noch gar nicht gesendet.“ Candace sah Ricardo nach Bestätigung suchend an.

„Ich habe Yoandy Auszüge deiner Arbeit gezeigt“, erwiderte Ricardo. Irgendetwas an der knappen Art, mit der er den Satz herauspresste, gab Candace zu denken. War Yoandys Anerkennung von Bedeutung? Sogar notwendig? Wie war noch gleich sein Name? Yoandy Santiago. War er bereits ein größerer Star als sie?

Als sie sich wieder auf die Situation konzentrierte, bemerkte sie, dass Yoandy sie mit aufrichtigem Entzücken anstarrte. „Ich fand es großartig, als du diesen Typen mit bloßen Händen umgebracht hast.“

Candace straffte die Schultern, fand ihre Haltung wieder und lächelte Yoandy ruhig an. „Er hat gekriegt, was er verdient hat.“

Yoandy fing laut an zu lachen. „Dieses Mädchen gefällt mir. Ricardo, gib ihr die Rolle.“

„Gib ihr die Rolle?“, äffte Ricardo ihn verärgert nach. „Du hast die Rolle ja noch nicht mal selbst, also halt am besten einfach die Klappe.“

„Dana wird dir eine verpassen, wenn ich den Sebastian nicht spielen darf“, erwiderte Yoandy und lächelte selbstgefällig. „Und *ich* sage: Gib Candace die Rolle der Annika.“

Wenn jemand anderes so etwas gesagt hätte, wäre sie empört gewesen. Aber sie war auch noch nie jemandem wie diesem Typen begegnet. Er verströmte einen geradezu magischen Charme.

„Äh, Moment – wer ist Dana?“, fragte Candace und tat, als hätte sie nicht längst das Internet nach Informationen zu Ricardo Adams’ Privatleben durchforstet.

„Dana Alexander“, erklärte Yoandy. „Ricardos Frau. Der britische Filmstar?“

„Natürlich“, erwiderte Candace. „Ich stehe total auf ihre Werke, vor allem die Rolle von Lady Macbeth. Ich bin verrückt nach Shakespeareverfilmungen.“

„Yoandy ist ein sehr guter Freund von Danas Schwester Kay“, sagte Ricardo. „Und Kay hat Dana davon überzeugt, dass Yoandy der nächste Jaden Smith ist. Die *Latinoversion* von Jaden Smith. Deshalb hat sie Dana darauf festgenagelt, dass ich ihm eine Rolle in meiner Serie gebe. Und darum wirst du mit diesem elenden Arsch klarkommen müssen – zumindest, wenn du bei *Prepped* mitspielen willst.“

Yoandy warf Candace noch ein strahlendes Lächeln zu. „Siehst du, wie er mit mir spricht? Und das, obwohl wir fast zur gleichen Familie gehören.“

Fast zur gleichen Familie. Ein sehr guter Freund.

Candace bemühte sich ernsthaft, ein Stirnrunzeln zu unterdrücken. Da stand sie kurz davor, einen riesigen Fernsehdeal zu besiegeln, und hatte ein ungutes Gefühl. Lag es an Ricardos

Bemerkung, dass Yoandy ein „guter Freund" von Kay Alexander war? Konnte „gute Freunde" mehr bedeuten? Und war die Tatsache, dass sie das störte, ein Anzeichen dafür, dass sie eifersüchtig war? Aber das passierte Candace *niemals*. Die Typen verknallten sich in sie – nicht andersrum.

Das war echt ätzend. Mit jeder Sekunde, die verstrich, kam sie mehr zu der Schlussfolgerung, dass Yoandy der attraktivste Typ war, den sie je in ihrem Leben gesehen hatte.

„Hi, ich bin Lowell, einer der Regisseure." Die Stimme des anderen Mannes unterbrach ihre Gedanken. Er hatte höflich mit einem Klemmbrett in der Hand an der Seite gestanden und die Interaktion zwischen Ricardo, Candace und Yoandy beobachtet. Nun aber ergriff er mit fester Stimme das Wort. „Zwei Fragen. In Ihrem Lebenslauf steht, dass Sie mündig sind. Aber Sie gehen noch zur Highschool, ist das richtig?"

„Oh, äh, ja. Ich gehe zur Hearst Academy. Ende der Woche fangen die Sommerferien an."

„Ausgezeichnet. Unser Plan ist es, nächsten Monat zu drehen, dann um den vierten Juli herum drei Wochen zu pausieren und im August weiterzumachen. Sie hätten mehr Text. Der Drehplan wäre also kompakter als bei *Downtowners*."

Candace nickte. Mehr Arbeit, mehr Geld, sie wäre länger im Fernsehen zu sehen … mehr Yoandy.

Der Regisseur ließ das Klemmbrett sinken. „Wenn Sie bereit sind, Miss Deering, möchte ich Sie bitten, eine Kampfszene mit Mr. Santiago zu improvisieren. Im Anschluss daran werden wir die zweite Szene proben."

Yoandy zwinkerte ihr ermutigend zu. Er war rund zehn Zentimeter größer als sie und bestimmt zwanzig Kilo schwerer. Praller Bizeps. Und unter seinem gerippten Shirt zeichnete sich deutlich ein Sixpack ab.

„Bist du mein Kampfpartner?“, fragte sie.

„Keine Sorge, *nena linda*, das ist genauso wie tanzen“, erwiderte Yoandy einfühlsam. „Und alle Kubaner können gut tanzen.“

„Du kommst aus Kuba?“, fragte sie und überlegte, was *nena linda* bedeuten mochte.

Ricardo lachte in sich hinein. „Ich schätze, sie hat noch nie von dir gehört, Lover Boy.“

Ohne ihn zu beachten, nahm Yoandy ihre Hand, als wolle er sie zu der Übungsmatte auf der anderen Seite des Raums führen. Die Haut seiner Handfläche war staubtrocken, glatt und weich, und sein Griff hatte genau die richtige Mischung aus Kontrolle und Sanftheit. Leicht benommen folgte Candace ihm. Sie war sich nicht ganz sicher, was hier gerade geschah. Ihr Atem ging auf einmal schneller. Sie konzentrierte sich darauf, irgendwo anders hinzusehen als in Yoandys Gesicht oder auf seinen Körper, doch ihr Blick wurde wie durch eine unwiderstehliche Kraft von ihm angezogen.

Als sie die Trance schließlich mit purer Willenskraft brach, sah sie, wie der Regisseur eine Notiz in sein Smartphone eingab. Dann blickte er hoch zu Candace. „Könntet ihr von vorne anfangen, die Szene spielen und direkt in den Kampf einsteigen?“

„Einen Kampf improvisieren?“, fragte sie und machte große Augen.

„Ich habe so etwas auch noch nie gemacht.“

„Aber du bist immerhin ein Tänzer.“

„Man braucht nur Vertrauen.“ Yoandy legte ihr eine Hand auf die Schulter und sah ihr fest in die Augen. „Candace, ich habe gesehen, was du in *Downtowners* alles gemacht hast. Du bist eine fantastische Schauspielerin, und zwar auch in den Kampfszenen. Du kannst das. Versprochen.“

Candace schüttelte die Anspannung aus ihren Händen. So verwirrend ihre Gefühle für Yoandy auch waren, sie war ein Profi. Sie setzte eine ernste, entschlossene Miene auf. „Lass uns anfangen."

„Ich gebe euch ein paar Basic-Moves zum Üben", sagte Lowell. „Wie Yoandy schon gesagt hat, haben wir wirklich großartige Sachen in deiner Rolle gesehen. In deiner Rolle als …" Er suchte nach dem Namen ihrer Figur in *Downtowners*.

„Gina", half Yoandy ihm auf die Sprünge. Er und Candace tauschten ein vielsagendes Lächeln.

„Genau. Zeig uns etwas von Gina, aber mit ein bisschen innerer Reife. Annika ist nicht nur eine hübsche Kämpferin, sie ist auch Wissenschaftlerin. Denk daran, dass die Serie kurz nach der Apokalypse spielt. Vor Kurzem wurde ein Virus in die Wasserversorgung eingespeist, das die Menschen jünger macht. Du bist eine sechsunddreißigjährige Frau, die sich plötzlich wieder im Körper eines Teenagers befindet. Du musst uns einen Hinweis auf deine Lebenserfahrung und dein Fachwissen geben."

„Versteckte Tiefe." Candace nickte. „Verstanden."

„Mach dir keine Gedanken, weil du eine Frau im mittleren Alter spielst, die wie siebzehn aussieht", flüsterte Yoandy verschwörerisch. „Der Typ, den ich spiele, ist ungefähr fünfzig."

„In Ordnung", sagte der Regisseur. „Lasst uns über die Choreografie sprechen. Yoandy schlägt als Erster zu, einen linken Haken. Sie ducken sich, kommen wieder hoch, treten zu, parieren einen Schlag und lassen sich dann von ihm über seinen Rücken rollen."

„Ducken, treten, parieren, über den Rücken rollen." Candace nickte wieder. „In Ordnung." Sie wippte leicht auf den Fußballen. *Was zum Teufel ist das hier?* Niemand hatte ein

Wort darüber verloren, dass der Kampf schon beim Vorsprechen gezeigt werden würde. Niemand hatte sie gewarnt, dass sie beim Vorsprechen auf Ricardo Adams treffen würde, den Star der neuen Serie. Oder dass er auf den Rat seiner Filmstar-Ehefrau hin bereits andere Rollen besetzte. Entweder war ihr Agent völlig inkompetent, oder das Studio stand auf Psycho-Spielchen.

Yoandy lächelte Candace immer noch an. Ein ganz natürliches, sexy Lächeln. Sie beobachtete ihn aus den Augenwinkeln, als ob sie versuchte, während einer Sonnenfinsternis einen Blick auf die Sonne zu erhaschen. Vermutlich hätte sie es gruselig finden sollen, dass dieser Typ, der vermutlich eine feste Beziehung hatte, sie so offensiv anmachte. Aber irgendwie spürte sie, dass er das gar nicht wirklich tat. Es war einfach nur sein natürlicher Charme, seine ungeschützte Reaktion auf Candace. Oder vielleicht verfügte er über zu viel Charisma, um es zu kontrollieren – trotz der Fesseln, die ihm das, was auch immer er mit dieser Kay am Laufen haben mochte, anlegte.

Kay Alexander. Zwar wusste Candace überhaupt nicht, wer das Mädchen war. Aber sie konnte sie schon jetzt nicht leiden.

PAOLO

Chevy Malibu – Freitag, 5. Juni

Wie sich herausstellte, wartete Meredith mit ihrem nächsten Zug nicht besonders lange.

Der Anruf erreichte Paolo, während er seine Mitbewohnerin Candace zu einem TV-Studio in Culver City fuhr. Sie hatte ihr eigenes Auto an Grace verliehen, deren Team ein Beachvolleyballspiel hatte. Paolo warf nur einen kurzen Blick auf sein Handy, ehe er es wieder in seine Hemdtasche steckte. Es hatte ausgereicht, um zu sehen, wer anrief.

Meredith.

Er wandte sich an Candace. „Fändest du es sehr scheiße, wenn ich dich einfach nur dort absetze? Könnte dich vielleicht jemand anderes nach Hause bringen? Einer der Tennistrainer musste einem Schüler absagen und fragt, ob ich die Stunde übernehmen kann. Aber dann müsste ich dich hängen lassen."

Candace stöhnte. „Na schön, von mir aus. Aber wenn du mich auf meinem Weg nach oben nicht unterstützt, darfst du auch nicht mit mir auf den roten Teppich."

„Du ohne Begleitung auf dem roten Teppich?", erwiderte er. „Wird nie passieren."

„Hmm“, machte sie nachdenklich. „Der Punkt geht an dich.“ Er fuhr den Wagen auf den Parkplatz des Fernsehstudios. Während Candace den Sicherheitsgurt löste, stöhnte sie. „Hau ab und gib deine Stunde.“ Doch dann lächelte sie. „Ich wette, bei den Freitagabendschülerinnen bist du total beliebt. Danach führst du vielleicht eine von ihnen zu einem Drink aus, habe ich recht? Vielleicht schlagen sie ein Hotel vor?“

Normalerweise hätte Paolo laut aufgelacht. Doch in Candaces Beschuldigung steckte ein kleines bisschen zu viel Wahrheit. Wenn es bei der Anfrage wirklich um eine Tennisstunde gegangen wäre – egal von wem –, hätte er abgesagt. Aber bei Meredith hatte Paolo das Gefühl, dass ein Nein nicht zur Debatte stand. Deshalb sagte er nichts. Candace öffnete die Beifahrertür. Ihr belustigter Gesichtsausdruck war verschwunden. Sie sah leicht besorgt aus.

„Hey, King, alles okay? Du wirkst irgendwie nervös.“

Er zwang sich zu einem Lächeln. „Ich möchte Zeit mit dir verbringen. Aber die Wahrheit ist, dass ich das Geld brauche.“

„Verstanden. Guter Deal.“ Candace entfernte sich vom Auto und winkte zum Abschied. „Komm nicht allzu spät nach Hause, hörst du?“

Paolo war bereits dabei, den Wagen zu wenden. Er schnappte sich sein Handy und stöpselte die Kopfhörer ein. Dann tippte er auf den Touchscreen und rief den letzten eingehenden Anruf auf.

„Hallo, mein Schöner“, erklang die samtige Stimme von Meredith. „Wo bist du? Ich bin in der Stimmung für einen Ausflug.“

„Einen Ausflug? Wohin?“

„Wir haben eine wunderschöne kleine Hütte in den Pinienwäldern oben in Malibu Creek. Mein Mann ist über Nacht weg. Ich würde gern mit dir dorthin fahren." Er hörte die Vorfreude in ihrer Stimme. „Oder besser, mich von dir dorthin fahren lassen. Ich hatte ein bisschen zu viel Pinot. Es ist besser, wenn *du* fährst."

„Du willst, dass ich über Nacht bleibe?"

„Es ist total sicher, Paolo. Die Hütte liegt mitten im Nirgendwo. Mein Mann ist bis Sonntag in Sacramento. Jetzt hör auf, dich wie ein Baby zu benehmen, und hol mich am Club ab."

Paolo presste die Lippen zusammen und drückte das Gespräch weg. Er fuhr zurück auf den Venice Boulevard Richtung Norden. Zehn Sekunden später klingelte das Telefon erneut. Er ging dran, ohne aufs Display zu gucken. Was wollte sie denn jetzt noch?

„Was gibt's?"

„Entschuldigung", hörte er Lucy am anderen Ende der Leitung und fuhr unwillkürlich zusammen. „Ist wohl kein guter Zeitpunkt."

„Oh, tut mir leid. Ich sitze nur gerade im Auto. Entschuldige, was ist los?"

Lucy hatte seit Wochen keinen Schritt auf ihn zu gemacht. Sie hatte kaum mit ihm gesprochen. Paolo war derjenige, der sich seit dem Tag vor zwei Wochen, an dem sie fast miteinander geschlafen hatten, um ein gutes Klima bemühte. Sie hatten nicht noch mal über die Sache gesprochen, und solange sie das Thema mieden, kamen sie gut miteinander aus. Paolo fragte sich, warum Lucy ihn jetzt anrief.

„Was denkst du, wann du zu Hause bist?"

„Spät."

Einen Moment lang sagte Lucy nichts. „Oh. Ich hatte gehofft, wir könnten zusammen rumhängen. Ich … Ich möchte mit dir über etwas sprechen. Oder vielmehr über jemanden."

Bei ihren Worten sank Paolo tiefer in seinen Sitz, doch er versuchte, seine Überraschung zu verbergen. „Aha, klingt ja geheimnisvoll. Über wen? Kannst du mir das jetzt schon verraten?“

Eine Pause. Dann: „Nee. Das mache ich lieber persönlich. Außerdem …“ Noch ein Zögern. „Ist zwischen uns alles gut, Paolo? Ich meine, seit …“

Seit wir fast irgendwie was miteinander gehabt hätten, dann aber doch nicht? „Natürlich. Wir sind Freunde.“ Paolo wollte um keinen Preis, dass Lucy auch nur eine Ahnung davon bekäme, wie weh ihm ihre Zurückweisung getan hatte. Sie sollte lieber denken, es wäre alles nur unbeschwert und lustig gewesen. „Natürlich mit gewissen Vorzügen, wenn du magst. Ich meine, das Angebot steht immer …“

„Ja, in Ordnung. Ich bin froh, dass zwischen uns alles okay ist“, sagte sie mit brüchiger Stimme. „Nicht, dass ich das Angebot nicht zu schätzen wüsste“, fügte sie mit einem Hauch Sarkasmus hinzu.

„Ich kann kaum erwarten, was du mir erzählen wirst.“

„Du stirbst vor lauter Spannung? Wir sprechen morgen.“

„Ich werde definitiv wegen irgendetwas sterben, so viel steht fest“, sagte er lachend, bevor Lucy auflegte.

Als er auf den Parkplatz fuhr, wartete Meredith auf dem Beifahrersitz ihres silbernen BMW auf ihn und zog sich gerade im Spiegel den Lippenstift nach. Paolo parkte neben ihrem Auto. Schweigend beobachtete er sie. Einen Moment später drehte sie sich zu ihm um, warf ihm einen Luftkuss zu und lächelte. „Steig ein“, sagte sie. „Du fährst.“

Von Weitem sah sie wie eine superattraktive Mutter aus, die nett zu einem Freund ihres Sohnes war. Paolo musste daran denken, wie ihm zum ersten Mal aufgefallen war, dass die erwachsenen Frauen ihn anders ansahen. Das war irgendwann um seinen fünfzehnten Geburtstag gewesen. Eine subtile Veränderung. Nichts, worauf er mit dem Finger hätte zeigen können. Nur etwas Grüblerisches in der Art, wie die Mütter anderer Kids und sogar einige Lehrerinnen ihn musterten.

Paolo stieg aus seinem Auto aus und nahm auf dem Fahrersitz ihres BMW Platz.

Sie küsste ihn auf beide Wangen. „Hallo, Paolo."

Zum ersten Mal fiel ihm auf, dass sie sich Mühe gab, gut für ihn auszusehen. Sie trug ein schlichtes, puderblaues Kleid aus Seide, das ihre schlanke, sportliche Figur unter einer engen, indigofarbenen Jeansjacke betonte. Ihre blonden Haare waren frisch gewaschen und geföhnt, ihre Augen mit dunkelgrauem Lidschatten geschminkt, was ihr eine wissende, selbstbewusste Ausstrahlung gab.

Als sich ihre Blicke trafen, konnte er schon ihr Verlangen sehen. Gegen seinen Willen spürte er den dumpfen Schmerz seines eigenen Interesses erwachen.

Das ist schräg, dachte er grimmig, *ich* bin schräg.

Er versuchte, sich abzulenken. „Warum diese Hütte?"

„Hotels sind niemals ganz sicher. In den guten könnte man mich erkennen. Und in den schäbigen sind die Wände zu dünn." Mit einem sinnlichen Lächeln auf den Lippen fixierte sie ihn. „Ich würde lieber die Möglichkeit nutzen, ganz und gar hemmungslos zu sein."

Paolo setzte den Wagen zurück. Mit einem gewissen Unbehagen fragte er sich, wie viel hemmungsloser sie überhaupt noch werden konnte.

Sie fuhren ein Stückchen weiter Richtung Norden auf der Küstenstraße entlang, bevor sie auf die Malibu Canyon Road abbogen. Meredith wählte eine Madonna-Playlist aus, schob ihren Sitz zurück und lehnte sich zu Paolo hinüber. Sie wirkte entspannt, da sie Wein getrunken hatte.

Sie griff nach dem Handschuhfach, wühlte ein paar Sekunden darin herum und lächelte zufrieden, als sie fand, wonach sie gesucht hatte: einen halb gerauchten Joint. Mit dem Zigarettenanzünder steckte sie ihn sich an. Sie atmete tief ein – das Geräusch klang wie ein Seufzen. Paolo warf ihr einen Blick zu. Er fragte sich, ob sie wohl lange genug wach bliebe, um ihm den Weg zu ihrer Hütte zu zeigen.

Die Straße begann, sich durch den Canyon zu winden, und rings um sie herum tauchten Hügel auf. Zur ihrer Rechten floss unterhalb der Straße ein kleiner Bach. Die Dunkelheit brach herein. Die untergehende Sonne tauchte die Hänge der Hügel und Berge in ein tiefes Ockergelb, das einen kräftigen Kontrast zu dem tiefblauen Himmel bildete. Dann und wann passierten sie Kurven mit verwilderten Parkbuchten, in denen gelegentlich Autos standen, die angehalten hatten, damit die Passagiere den Ausblick bestaunen konnten. Anderswo kamen sie an improvisierten Ständen vorbei, die Feuerholz, Erdbeeren und Bonsaibäumchen verkauften.

Zwischen ihnen entstand eine friedliche Stille. Meredith nahm einen letzten Zug von dem Joint, öffnete das Fenster einen Spaltbreit und ließ den Wind fortwehen, was übrig war. Wenige Minuten später sah Paolo wieder zu ihr hinüber. Sie war kurz davor, einzuschlafen. Er streckte die Hand aus, um auf dem Touchscreen die Musikauswahl zu ändern. Für den Bruchteil einer Sekunde nahm er den Blick von der Straße. Das Nächste, was er hörte, war das Dröhnen einer Hupe. Seine Finger gefroren mitten in der Luft. Ein riesiger Truck näherte sich und blendete wild auf. Paolo stellte entsetzt fest, dass er sich halb auf der anderen

Spur befand und direkt auf den Gegenverkehr zufuhr. Er riss das Lenkrad herum und konnte dem Truck gerade noch ausweichen.

Der Truck raste mit einem Abstand von nur wenigen Zentimetern links an ihm vorbei. Zitternd wurde Paolo langsamer, fuhr mit einem scharfen Schlenker an den Straßenrand und kam schließlich vollständig zum Stehen. Sein Herz klopfte wie verrückt, und er konnte einen frischen Schweißfilm unter seinen Armen spüren. Allmählich beruhigte sich sein Atem. Er sah zu Meredith hinüber. Sie war wach, hatte die Augen weit aufgerissen und starrte vor sich hin.

„Oh mein Gott …", murmelte sie und fummelte am Türgriff herum.

Paolo streckte die Hand aus, um sie zurückzuhalten. Sie warf ihm einen ungläubigen Blick zu und schob seine Hand energisch weg. Sie öffnete die Beifahrertür. Meredith wankte dagegen und fiel beinahe auf die Straße.

„Alles gut, komm wieder ins Auto", versuchte er ihr zu sagen. Doch sie hörte ihn nicht. Stattdessen schwankte sie einen Moment lang, ehe sie sich auf den Weg zur Fahrerseite machte. Sie klopfte mit den Fingerknöcheln gegen die Scheibe und schrie: „Steig aus, du Irrer. Ich fahre. Du hättest uns beinahe umgebracht."

Paolo hielt die Tür verschlossen. Meredith starrte ihn wütend an.

„Das ist doch Wahnsinn", sagte er. „Du bist doch total breit. Würdest du jetzt bitte wieder einsteigen?"

Sie straffte die Schultern, und auf ihrem Gesicht spiegelte sich Wut. Langsam stieß Paolo die Fahrertür auf. Er musste sie zurück ins Auto bugsieren. Sie standen keine zwanzig Meter von einer nicht einsehbaren Kurve entfernt. Als seine Tür aufging, wich sie ein Stück auf die Straße zurück.

Ein weißer SUV kam um die Kurve.

Er raste in Meredith hinein, sodass ihr Körper nur so durch die Luft flog. Paolo hörte das Kreischen von Bremsen. Das Geräusch schien mehrere Sekunden zu dauern. Doch das Fahrzeug hielt nicht an. Als er aus dem Auto ausstieg und auf die Straße lief, war der weiße SUV bereits in der Ferne verschwunden. Kaum in der Lage, hinzusehen, drehte sich Paolo zu Meredith um. Wie ein zerknautschtes Häufchen lag sie ein Stück weiter auf der Fahrbahn. Der goldene Braunton ihrer Beine, die unnatürlich über den Straßenrand hingen, bot einen deutlichen Kontrast zu dem grauen Asphalt.

Er eilte an ihre Seite. Ihre Augen waren noch immer geöffnet und starrten leer in den Himmel. Paolo sank auf die Knie. Seine Finger fühlten sich taub an. Entlang seiner Wirbelsäule schienen sich Eiskristalle gebildet zu haben. Er versuchte, ihren Namen zu sagen, doch nicht ein Wort wollte seinen Mund verlassen.

Rings um ihren Kopf sammelte sich Blut wie ein weinfarbener Ölteppich. Paolo blickte nach unten. Er stand unter Schock und zitterte. Die rechte Seite ihres Kopfes war zerschmettert – er konnte das entsetzliche Loch sehen. Er schaffte es nicht, sie zu berühren.

Meredith war tot.

Verzweifelt starrte er auf die Straße. Auf dem Asphalt waren zwei saubere Reifenspuren zu erkennen, schwarze Schlieren, die zu einem leblosen Körper und von ihm weg führten. Ein Hauch von verbranntem Gummi lag in der Luft. Zögernd stand er auf und wich zurück. Allmählich ergriff ihn die Panik. Teile eines abscheulichen Puzzles setzten sich rings um Paolo zusammen. Polizei. Jimmy. Jimmys Vater. Schließlich vielleicht sogar der Betrug, den Paolo zusammen mit Darius abgezogen hatte. Er war davon überzeugt, dass man ihm die Schuld an ihrem Tod in die Schuhe schieben würde, wenn irgendjemand auch nur die kleinste Verbindung zwischen ihm und Meredith herstellte.

Auf einmal traf ihn die gleißende Erkenntnis, dass das Gesetz ihn heute nicht beschützen würde. Wenn er nicht schleunigst von hier verschwand, würde ihn mit Sicherheit eine Welt aus rechtlichen Konsequenzen heimsuchen.

MAYA

Venice Boardwalk – Freitag, 5. Juni

Einen Moment lang musterte Maya den blonden Typen auf ihrer Türschwelle. Er trug eine verwaschene blaue Levi's und unter einer schäbigen braunen Lederjacke ein mintgrünes Poloshirt, das lässig über den Hosenbund fiel. Er sah besser zurechtgemacht aus als der typische Caltech-Student. Er lächelte zurück, ein überraschtes kleines Grinsen, als hätte er ebenfalls jemand anderen erwartet und würde sich nun über die plötzliche Wende der Ereignisse freuen.

„Ich bin Jack", sagte er mit einem britischen Akzent und hielt ihr die rechte Hand hin. Mit einem gewissen Selbstbewusstsein fügte er hinzu: „Jack Cato, dein neuer Nachhilfelehrer."

Sie hatten verabredet, sich im Strandhaus zu treffen, doch nach wenigen Minuten wurde ihr klar, dass das keine gute Idee war. Der offene Wohn- und Essbereich war neben dem Balkon der einzige Gemeinschaftsraum, und es fühlte sich nicht richtig an, einen davon für sich alleine zu beanspruchen. Genauso falsch fühlte es sich an, Jack mit in das Zimmer zu nehmen, das sie sich mit Grace und John-Michael teilte. Stattdessen schlug sie vor, in ein Café in der Nähe zu gehen.

Eine warme Brise empfing Maya und Jack, als sie das Haus verließen. Salz und feiner Sandstaub lagen in der Luft. Sie atmete zufrieden ein. An Tagen wie diesem liebte sie es, in dem Haus zu leben. Wenn sie es doch nur schaffen würde, Ordnung in ihre Schulsituation zu bringen – sie wäre megaglücklich.

Vor zwei Tagen hatte sie einen Anruf von ihrer Klassenlehrerin Mrs. Geary erhalten. Mathe und Chemie waren offensichtlich ein Problem. Ihre Lehrer bezweifelten, dass Maya sich die lange Pause leisten konnte, die die bevorstehenden Sommerferien mit sich brachten. Sie war in beiden Fächern schwach, und Chemie war die einzige Naturwissenschaft, die sie belegt hatte. Physik bedeutete nur noch mehr Mathe, und weil Maya nicht unbedingt darauf stand, Tiere aufzuschneiden, war Biologie keine Alternative.

Geary hatte gefragt: „Denkst du, die Schwierigkeiten, die du mit Mathe und Chemie hast, könnten von deiner Legasthenie herrühren?“

Ach, was Sie nicht sagen! Maya hatte nur lieblich gelächelt. „Gut möglich.“ Oder vielleicht lag es auch daran, dass ihr bei der ganzen Programmiererei einfach nicht genug Zeit zum Lernen blieb. Doch es war wohl besser, das nicht zu erwähnen. Für Schüler mit Legasthenie gab es ein zusätzliches Budget. Nicht aber für Schüler, die ihre gesamte Freizeit mit der Entwicklung von Apps verbrachten.

„Ich habe gehört, du bist eine begabte Computerprogrammiererin?“

Der Kommentar hatte Mayas Alarmglocken schrillen lassen. Abgesehen von Lucy wusste niemand in der Schule, wie viel Freizeit Maya mit dem Programmieren verbrachte.

„Ich nehme an, du möchtest auf ein gutes College gehen?

Wenn deine Leistungen etwas besser werden, ist das durchaus möglich."

Sie erinnerte sich, wie sie darauf reagiert hatte – indem sie konzentriert auf das Muster des gelbblauen Plaids ihres Rockes gestarrt und so getan hatte, als wäre sie tief in Gedanken versunken.

Die Lehrerin hatte nicht locker gelassen. „Google, Facebook, sämtliche Top-Unternehmen aus dem Silicon Valley – sie alle rekrutieren ihre Leute aus den besten Colleges. Es würde nicht schaden, wenn du dich dort ins Spiel bringst. Deine Mathe- und Chemielehrer sind der Meinung, du müsstest nur etwas mehr lernen. Vielleicht in den Sommerferien, mit einem Nachhilfelehrer?"

Das hatte eine blitzschnell abgefeuerte, ungläubige Erwiderung provoziert. „Ich muss in den Sommerferien in die Schule kommen?"

„Wenn deine Mutter die Genehmigung unterschreibt, kann er dich auch bei dir zu Hause unterrichten, was nach meinem Kenntnisstand ja nicht bei ihr ist. Richtig?" Geary hatte ihr eine Visitenkarte gereicht. „Ich empfehle dir einen jungen Mann, mit dem wir schon oft zusammengearbeitet haben. Er heißt Jack Cato. Er studiert Chemie im Hauptfach an der Caltech. Sehr schlau und erst siebzehn Jahre. Seine Agentur wird ihre Rechnung an die Schule schicken."

„Aber er ist kein Psycho oder so?"

„Jack hat ausgezeichnete Referenzen. Seine Nachhilfeagentur hat sämtliche Hintergrundchecks durchgeführt. Nach dem, was man hört, ist er ein netter Junge."

Als Jack nun neben ihr auf dem Gehweg ging, beobachtete Maya ihn ein paar Momente lang. Er war nicht besonders groß, nur wenige Zentimeter größer als sie. Seine aschblonden, widerspenstigen Haare reichten ihm bis zum Kragen und fielen ihm in die Augen. Er hatte einen schlanken Körper mit schmaler Hüfte, an dem die Klamotten nur so schlackerten. Die dunklen, auffälligen Augenbrauen verliehen seinen blassblauen Augen eine gewisse Intensität. Er sah nicht älter aus als fünfzehn.

Maya hatte noch nie zuvor mit einem britischen Jungen gesprochen. Seine Art war irgendwie entwaffnend. Und verwirrend. Er hatte so ein besonderes Lachen, während er eher ernste Dinge sagte und sich gleichzeitig das Ohr oder das Kinn rieb oder irgendwie anders den Eindruck vermittelte, sich unfassbar unwohl zu fühlen.

„Du bist zum Eton College gegangen. Haben da nicht auch die beiden Prinzen studiert?"

„Genau", erwiderte er mit einem freundlichen Grinsen.

„Dann kennst du Prinz Harry?", fragte Maya ein bisschen kokett. „Du klingst total wie er."

Jack lachte laut. „Ob *ich* ihn kenne? Nein. Wir – äh – wir bewegen uns nicht unbedingt in den gleichen Kreisen."

„Ich dachte, Eton wäre so eine megaschicke Privatschule. Bist du nicht vornehm?"

„Ich? Gott, nein. Ich habe ein Stipendium. Kein aristokratisches Blut und neureich bin ich auch nicht. Ich bin einfach nur ganz gewöhnlich. Tut mir leid."

„Warum sollte dir das leidtun?"

Jack sah sie einen Augenblick an, wie um herauszufinden, ob sie es ehrlich meinte. Sie waren vor dem Café angekommen. Er öffnete die Tür und trat zur Seite, um sie durchzulassen. Dabei wirkte er so gentlemanlike, dass Maya es unmöglich ernst nehmen konnte. Etwas später wurde Maya klar, dass er es tatsächlich ernst gemeint hatte. Nicht, dass sie den gelegentlichen Machocharme bei Jungs nicht gewohnt war. Aber solche Typen erwarteten dafür im Gegenzug meist auch etwas. Es war ungewöhnlich, einen Jungen in Jacks Alter zu treffen, der auf so zurückhaltende Art galant war.

Ungewöhnlich und irgendwie faszinierend.

„Na schön, Miss Soto, Sie haben also Probleme in Mathe und Chemie? Wo möchten Sie gern anfangen?"

Sie sah ihn fragend an. „‚Miss Soto'? Ist das dein Ernst?"

Jack wirkte überrascht. „Gefällt dir das nicht? Fändest du Maya besser?"

„Miss Soto klingt wie der Name einer Lehrerin."

„Dann eben Maya, wenn du damit glücklich bist. Okay, sag mir, was los ist. Was findest du besonders schwierig?"

Maya schlug die blaue Plastikmappe auf, die sie mitgenommen hatte, und entnahm ein paar Arbeitsblätter.

„Okay, Säuren und Basen also. Molarität und pH-Werte und so 'n Zeug. Chemie, aber auch ein bisschen Mathe. Ich habe keine Ahnung davon. Um ehrlich zu sein: Ich mag Chemie nicht besonders." Sie zuckte unbekümmert die Schultern. „Tut mir leid, dass ich mit deinem gesamten Leben nichts anfangen kann."

Jack starrte sie einen Moment lang an und zuckte mit den Lippen, auch wenn er nicht zu wissen schien, ob er sie zu einem Grinsen oder zu einem Ausdruck des Missfallens verziehen sollte. „Du gibst dem Ganzen gar keine echte Chance", sagte er schließlich. „Die Chemie ist etwas Gewaltiges. Und noch ehe wir fertig sind, wirst du das genauso sehen." Er holte ein schwarzrotes Notizbuch aus seiner Umhängetasche und fing an zu schreiben. „Es gibt einen ganz einfachen Weg, um das ganze Zeug leichter verständlich zu machen. Alles, was du tun musst, ist, die Idee von den Molen in deinem Kopf festzuhalten. Du weißt doch, was ein Mol ist, oder?"

„Irgendeine chemische Sache, die was mit Molekülen zu tun hat? Ich komme immer mit Molen, Molekülen und Molarität durcheinander."

Jack lächelte vorsichtig. „Wenn das so ist, fangen wir damit an." Er winkte den Kellner heran und bestellte zwei Café Latte und Chocolate-Chip-Cookies.

Vom Strand her wehte eine beständige Brise über ihren Tisch. Auf einmal nahm Maya Jacks Duft wahr – eine Mischung aus Bergamotte-Zitronengras-Deo und einer gewissen Moschusnote. In Kombination mit dem intensiv forschenden Blick aus seinen blauen, klaren Augen spürte Maya eine unverkennbare Wirkung. Es dauerte einige Augenblicke, bevor sie in der Lage war, diese Erfahrung zu entschlüsseln.

Allmählich faszinierte sie jedes einzelne Wort, das aus Jacks Mund kam. Doch so fesselnd diese Worte auch waren – für Maya war es beinahe unmöglich, das Gesagte zu verarbeiten. Die Chemie zwischen ihnen war fantastisch, aber mit dem Unterrichtsfach würde sie sich immer noch schwertun.

PAOLO

Malibu Creek State Park – Freitag, 5. Juni

Unterhalb der Kurve des Mulholland Highway ging die feste Erde des Hügels in Kieselsteine über. Paolo fing an zu rutschen. Mit zur Seite ausgestreckten Armen stieg er halb fallend, halb kriechend an der Seite des Hügels hinunter. Als er den Boden der Schlucht erreicht hatte, war er mit Staub bedeckt, seine Handflächen waren aufgeschürft, und sein Mund war von der aufgewirbelten Erde ganz trocken. Er sah nach oben. Die Straße, auf der er Meredith zurückgelassen hatte, befand sich rund zwanzig Meter über ihm. Es war noch immer hell genug, um ohne Taschenlampe sehen zu können. Jeder, der neben ihrem leblosen Körper stehen blieb, musste nur einen zufälligen Blick in seine Richtung werfen und würde ihn sofort entdecken. In etwa fünfzig Metern Entfernung lag ein Pinienwald. Das war die nächstgelegene Deckung.

Paolo drehte sich um und sprintete zu den Bäumen. Hinter sich hörte er ein Auto genau an der Stelle vorbeirasen, wo Meredith lag. Einige Leute waren wirklich seelenlose Drecksäcke. Aber ausnahmsweise lief diese Sache mal zu seinen Gunsten. Er hielt den Blick nach unten gerichtet. Der Boden war mit felsigen Hindernissen übersät. Jeder Meter barg Gefahren.

Das hier war ein Wandergebiet und keine Laufstrecke. Doch er konnte das Tempo nicht drosseln.

Noch dreißig Meter. Noch zwanzig. Das Geräusch eines langsamer werdenden Autos. Die trockene Landschaft wirkte wie ein Verstärker für sämtliche Geräusche. Wenn sie den Motor ausstellten, würden sie vielleicht sogar seine Schritte hören.

Dann zehn Meter, fünf. Auf der Straße hinter ihm ging eine Autotür auf.

Paolo sprang hinter den dicken Stamm einer Pinie. Er presste sich ganz eng an die Rinde. Sein Brustkorb hob und senkte sich, seine Lungen brannten. Er spuckte staubigen Speichel aus und stellte sich vor, was sich gerade oben auf der Straße abspielte.

Er hatte die Fahrertür des BMW offen stehen lassen. Merediths Körper lag ungefähr zehn Meter weiter auf der Straße. Für jeden, der vorbeikam, sähe es so aus, als ob sie allein gewesen wäre. Tests würden zeigen, dass sie betrunken war. Ein Unfall unter Alkoholeinfluss.

Auf dem Lenkrad sind überall meine Fingerabdrücke.

Aber was sollte sie überhaupt auf die Idee bringen, dass Meredith nicht selbst gefahren war?

Paolo hielt sich die Hände vors Gesicht. Sie zitterten. Er verschränkte die Finger wie zu einem Gebet und atmete konzentriert durch die Nase ein. Dann atmete er langsam aus. Abgesehen von seinen Fingerabdrücken gab es keinerlei Hinweis darauf, dass er jemals in diesem Auto gesessen hatte. Kein Grund für die Annahme, dass sie nicht alleine gewesen war.

Sein Herz schlug hart gegen seine Rippen. Er spürte, wie das Blut aus seinem Kopf gezogen wurde. Die Panik stieg aus dem Nichts herauf und drohte, ihn zu verschlingen.

Denk nach. Beruhige dich und denk nach.

Er schloss die Augen und dachte an den Einstand. Matchpoint für den Gegner bei Einstand, sein eigener zweiter Aufschlag. Wenn du den versaust, versaust du alles. Bleib ruhig. Ruhig wie ein Segelboot in einer Flaute. Kein Wind. Das Meer gleicht einem Spiegel. Das Boot bewegt sich nicht. *Atme.* Führ den Schläger nach hinten und schlag auf.

Paolo machte die Augen auf. Von der Straße her wurden die Geräusche ganz klar zu seinem Versteck getragen. Inzwischen hatten mindestens zwei Autos angehalten. Aufgeregte Stimmen. Anrufe wurden getätigt.

Es gibt keinen Hinweis darauf, dass ich jemals in diesem Auto saß.

An diesen Gedanken klammerte er sich, als er anfing, sich einen Weg durch die Bäume zu bahnen. Jeder Schritt führte ihn tiefer in die Wildnis. Straßen und Wanderwege schlängelten sich in alle Richtungen über die Abhänge. Früher oder später würde er irgendwem über den Weg laufen. Und was dann?

Allmählich, während sich Paolo an das Minimum an Licht gewöhnte, wurde aus dem ungeschickten Stolpern ein gleichmäßiger Wanderschritt. Im Osten kündigte ein blassgrüner Stich am Himmel den aufgehenden Vollmond an. Wie immer trug Paolo keine Uhr, weshalb er auf seinem Handy nachsah, wie spät es war. 21:40 Uhr. Er steckte sein Telefon wieder in die Hosentasche und spähte in die düstere Schlucht, in der er gelandet war. Es war unmöglich, weiter als ein paar Meter zu sehen. Der Boden war trocken und knackte unter seinen Füßen. Vertrocknete, struppige Gräser säumten den Weg. Links von sich hörte Paolo irgendwo Wasser plätschern. Der schlecht zu erkennende Pfad, dem er folgte, führte in diese Richtung.

Die Gräser wurden zunehmend dichter, bis Paolo sie im Gehen zur Seite schieben musste.

Plötzlich kam ihm der Gedanke, dass in einem Gebiet wie diesem Klapperschlangen leben könnten. Er blieb stehen, ging zurück zu einer Baumgruppe, an der er wenige Minuten zuvor vorbeigekommen war, und begann, den Boden vorsichtig nach einem Stock abzusuchen. Er fand einen Zweig, der nicht länger als sein Unterarm war, und suchte damit nach einem längeren Exemplar. Es dauerte länger, als er gehofft hatte, da er in dem Dämmerlicht nur schlecht sehen konnte. Die Stille machte seine Sinne hochsensibel, sodass jedes Geräusch unnatürlich laut erschien und ihn alarmiert zusammenfahren ließ. Schließlich fand er einen Stock, der ungefähr daumendick und anderthalb Meter lang war.

Paolo begab sich zurück auf den Pfad und schwang den Stock vor sich hin und her, um den Weg von jeglichen Schlangen zu befreien, die so dumm oder zu schläfrig waren, um beim Klang seiner Schritte zur Seite zu flitzen. Das Geräusch des Wassers wurde lauter, schwoll jedoch höchstens zu einem soliden Gurgeln an. Wenn das ein Fluss war, dann war er größtenteils ausgetrocknet wie viele Flüsse in der kalifornischen Wüste.

Zum ersten Mal, seit er Meredith zurückgelassen hatte, erlaubte Paolo sich, sich ein kleines bisschen zu entspannen. In welche Richtung er auch ging, es konnte nicht mehr als eine Stunde dauern, bis er zufällig eine der zickzackförmig verlaufenden Straßen kreuzte. Die gesamte Gegend war ein Nationalpark, weshalb er irgendwann auf irgendeine Art Besucherparkplatz stoßen müsste. Er hatte sich nicht wirklich verlaufen, aber er musste immer noch den Weg nach Hause finden.

Paolo tastete nach seinem Handy und blieb stehen. Die Polizei konnte eingeschaltete Mobiltelefone orten. Wenn sie auf der Jagd nach dem flüchtigen Fahrer Anrufe überprüften, würden sie vielleicht das GPS auf dessen Telefon verwenden, um ihm nachzuweisen, dass er am Ort des Unfalls gewesen war. So könnten sie womöglich auch ihn mit dem Unfall in Verbindung bringen. Und sollten sie den flüchtigen Fahrer finden, könnte der vielleicht aussagen, dass jemand am Steuer gesessen hatte, während Meredith auf der Straße stand.

Der Parkplatz am Country Club. Paolo stockte der Atem, als er in seinem Gedächtnis kramte. Gab es dort Überwachungskameras? Er war sich ziemlich sicher, dass es welche gab. Wenn die aufgezeichnet hatten, wie er in ihren silberfarbenen BMW eingestiegen war, dann war alles vorbei. Er würde irgendeine Ausrede erfinden müssen – sagen, dass Meredith ihn irgendwohin mitgenommen und abgesetzt hatte.

Aber würde er eine Mitfahrgelegenheit brauchen, wenn sein Auto ebenfalls auf dem Parkplatz stand?

Paolo spürte, wie die Verzweiflung in seiner Brust anschwoll. Er musste irgendetwas mit seinem Auto machen. Aber was? Wenn er doch nur irgendwen anrufen könnte. John-Michael würde ihm helfen. John-Michael war ihm noch etwas schuldig, immerhin war er die halbe Strecke bis nach San Francisco gefahren, um ihn einzusammeln, nachdem er seinen Benz geschrottet hatte. Ganz zu schweigen davon, dass Paolo – genau wie alle anderem im Haus – kein Wort darüber verlor, dass John-Michael den Wagen mit voller Absicht von der Küstenstraße in die Tiefe hatte stürzen lassen.

Er musste dringend John-Michael anrufen. Aber er konnte nicht das Risiko eingehen und sein Telefon benutzen.

Mit Anstieg des nächsten Hanges wurde der Wald dichter. Paolo kam jetzt langsamer voran. Um sich zu orientieren, blieb er stehen. Der Mulholland Highway lag immer noch direkt hinter ihm. Mittlerweile hatte er sich rund hundert Meter Luftlinie davon entfernt. Noch immer war kein Weg in Sicht. Er ging weiter. Nun war es so dunkel, dass er kaum noch etwas erkennen konnte. Die Grillen zirpten laut im Unterholz. Was Schlangen anging, war dies die übelste Tageszeit. Sie würden genau jetzt herauskommen und sich über seinen Pfad schlängeln. Die beste Strategie bestand darin, möglichst viel Lärm zu machen, um sie zu verscheuchen. Doch Paolo war sich nicht sicher, ob er es wagen sollte, laute Geräusche zu machen. Es musste nur eine Person am Unfallort geben, die den Verdacht äußerte, dass noch jemand im Auto gesessen haben könnte, und die Polizei würde sich vielleicht aufmachen und nach ihm suchen.

Wer weiß das schon? Ich nicht.

Der flüchtige Fahrer würde sich wahrscheinlich auch nicht freiwillig melden. Bei dieser Erkenntnis verspürte Paolo ein mulmiges Gefühl – er und Merediths Mörder saßen bei dieser Sache im selben Boot. Wenn einer von ihnen sich melden würde, würde das unweigerlich die Jagd nach dem anderen auslösen.

Er konnte sich ziemlich sicher sein, dass der Fahrer nicht derjenige wäre, der sich stellte. Doch was, wenn der Typ plötzlich ein schlechtes Gewissen bekam? Oder wenn ihm klar würde, dass man ihn schnappen könnte, und er beschloss, nicht das Risiko einzugehen, sich eines noch schlimmeren Verbrechens schuldig zu machen – wie etwa des Versuchs, ungestraft davonzukommen?

Die Lage war alles andere als entspannt. Paolo musste alles in seiner Macht Stehende tun, um zu vermeiden, mit Merediths Tod in Verbindung gebracht zu werden.

Links von sich hörte Paolo den nahen Bach plätschern. Verglichen mit dem herzhaften Gurgeln weiter oben in der

Schlucht war das hier ein ziemlich kraftloses Geräusch. Über den sanft geschwungenen Gipfeln im Osten erhellte nun blendendes Mondlicht einen Teil des Himmels. Hoffnungsvoll blickte er nach oben. Vielleicht hätte er schon bald genügend Licht, um eine Straße erkennen zu können. Er war sich ziemlich sicher, ein gutes Stück vor ihm hin und wieder die Rücklichter vorbeifahrender Autos zu sehen. Paolo machte einen zuversichtlichen, entschlossenen und optimistischen Schritt nach vorn.

Sein Fuß landete auf sandigem Boden, fand aber keinen Halt. Stattdessen durchbrach er die offensichtlich trockene Oberfläche und sackte weiter nach unten. Sein dynamischer Gang brachte seinen anderen Fuß unaufhaltsam in genau dieselbe Position. Beide Füße waren unbeweglich knapp unter der Oberfläche gefangen. Paolo spürte, wie sich die Panik eng um seine Brust legte. Er schrie auf. Entsetzen packte ihn, während er krampfhaft zu verstehen versuchte, was hier gerade geschah. Er brauchte nur wenige Sekunden, um es herauszufinden, doch diese Sekunden verstrichen langsam, während unklare Gedanken in seinen Kopf sickerten.

Ich stecke fest. Ich stecke im Treibsand fest.

Wenige Augenblicke, nachdem der erste Fuß versunken war, begann Paolo zu realisieren, dass er weiter nach unten sackte. Er zog beide Füße fest nach oben, drehte sie hin und her. Mit jeder Bewegung versank er ein Stückchen weiter. Jetzt steckte er schon bis zu den Knien fest. Je tiefer er einsank, desto panischer wurde er. Das doppelte Empfinden, festzustecken und gleichzeitig tiefer zu sinken, war einfach überwältigend. Nicht mehr lange und er würde bis zur Hüfte im Sand stecken. Dann gäbe es keine Hoffnung mehr, nicht die geringste. Dass alles so langsam ging, machte die Sache umso entsetzlicher. Es war, als würde er seinen eigenen Untergang in Zeitlupe beobachten.

Einer plötzlichen Eingebung folgend, griff Paolo in seine Hosentasche, zog sein Handy heraus und steckte es in die schmale, enge Tasche seines Poloshirts. Dann legte er die rechte Hand vorsichtig auf den Treibsand, der sich trocken und krümelig anfühlte. Konzentriert blickte er auf das, was ihn da umgab. Die Oberfläche des zähflüssigen Modders gab nicht den kleinsten Hinweis darauf, was sich darunter befand. Versuchsweise steckte er drei Finger in den Treibsand und zog sie schnell wieder heraus. Sie waren mit dickem Matsch bedeckt, der die Konsistenz von Crème double hatte. Der Treibsand reichte ihm nun bis zum oberen Ende seiner Oberschenkel. Paolo blickte sich um. Er konnte nichts anderes tun, als um Hilfe zu rufen. Doch selbst das würde höchstwahrscheinlich nichts bringen. Und wenn er doch gefunden würde, wie würde man ihn hier rausholen? Er könnte tagelang feststecken.

Bis dahin könnte ich tot sein.

Rettungssanitäter wären zugegen, sehr wahrscheinlich auch die Polizei. Fragen würden folgen. Woher kam er, was machte er hier?

Auf einmal war es Paolo absolut klar: Er kam hier nur raus, wenn er jemanden anrief und bat, ihn zu holen. Er musste John-Michael kontaktieren. Auch wenn das bedeutete, das Risiko einzugehen, sein Telefon zu benutzen.

In den nächsten Minuten wog Paolo in der Dunkelheit und Stille die Risiken ab. Unter der kalifornischen Sonne verdursten. Sich den Bullen aussetzen, woraufhin mit Sicherheit Fragen über Meredith folgen würden. Das Telefon barg ein verhältnismäßig geringes Risiko. Und wer wusste schon wirklich, was sie mit Handydaten anfangen konnten? Paranoide Freidenker meckerten stets darüber, wie die NSA mithilfe der Datenverfolgung herausfinden konnte, was man zum Frühstück gegessen hatte, doch wie viel davon war ausgemachter Blödsinn und wie viel stimmte tatsächlich?

Paolo blickte der Tatsache ins Gesicht, dass er es wirklich nicht wusste. Aber wenn er nicht ins Gefängnis wollte, sollte er sein Telefon vermutlich lieber nicht benutzen.

Womit nur eine Option blieb. Er musste akzeptieren, dass niemand kommen würde, um ihm zu helfen. Paolo musste sich alleine aus dem Treibsand befreien.

PAOLO

Malibu Creek State Park – Freitag, 5. Juni

Paolo ruderte mit beiden Armen und versuchte, irgendetwas zu finden, woran er sich festhalten konnte. Da war nichts. Sein Stock war zum Teil versunken und ragte aus der trockenen Oberfläche. Paolo zog ihn heraus und wischte den Matsch ab, der die oberen fünfundzwanzig Zentimeter bedeckte. Er versuchte, ihn herumzuschwingen, hoffte, im nahen Unterholz irgendetwas zu erwischen, das tief genug verwurzelt war, um ihn zu halten. Doch was auch immer er mit dem Stock zu packen bekam, löste sich beim geringsten Ziehen aus dem Boden.

Er hörte auf, den Stock zu schwingen. Die Bewegung hatte ihn noch weiter einsinken lassen. Jetzt reichte ihm der Matsch bis zum Bauch. Paolos Atem ging stoßweise. Er konnte das Blut in seinen Ohren rauschen hören.

Ich werde nicht sterben. Im schlimmsten Fall komme ich ins Gefängnis. Im absolut schlimmsten Fall.

Der Gedanke ans Gefängnis war entsetzlich. Paolo konnte sich ausmalen, was der Knast aus einem gut aussehenden Typen wie ihm, der null Beziehungen in der kriminellen Welt hatte, machen würde.

Er konnte einfach nicht zulassen, dass das geschah.

„Ich werde hier rauskommen“, sagte er laut. Und noch etwas lauter fügte er hinzu: „Ich werde nicht in den Knast gehen. Niemand wird jemals etwas über Meredith erfahren. Alles wird gut.“

Einige Minuten lang pochte die Entschlossenheit in seinem Körper. Er legte den Stock quer vor sich über den Sand. Die krümelige Oberfläche wurde dadurch nicht zerstört.

Die Oberfläche. Ich muss mein Gewicht verteilen.

Paolo beugte den Oberkörper nach vorn und positionierte den Stock direkt unter seiner Brust, quer zu seinem Körper. Er griff den Stock an beiden Enden, was in etwa einen Abstand von anderthalb Metern betrug. Sein Oberkörper kam auf der Oberfläche des Treibsands zum Liegen und beschädigte sie an einigen Stellen. Nun war seine Brust von dem dicken Matsch bedeckt. Doch zu seiner enormen Erleichterung sank er nicht weit ein, jedenfalls nicht mehr als zwei, drei Zentimeter. Es war beängstigend, als er gezwungen war, sein Gesicht auf die oberste Schicht des Treibsands zu legen, doch selbst da verschwand nur sein Kinn in dem Matsch. In der Zwischenzeit strampelte Paolo wild mit den Beinen, setzte sich gegen den zähen Sog des Modders zur Wehr, während seine Beine immer weiter an die Oberfläche gelangten. Binnen zwei Minuten keuchte und schwitzte er vor Anstrengung. Jetzt war sein Körper vollständig mit Matsch bedeckt, seine Arme hatten sich fausttief in dem Treibsand vergraben, sein Gesicht war vom Kinn bis zur Stirn verschmiert und sein Oberkörper komplett eingetaucht.

Doch als Paolo sein erschöpftes Gesicht zum Himmel drehte, stellte er fest, dass er im Grunde nur auf der Oberfläche lag und der Großteil seines Körpers weniger als dreißig

Zentimeter eingesunken war. Wie eine glitschige Kreatur könnte er über den Treibsand kriechen und sich die Hebelwirkung des Stockes zunutze machen, bis er trockenen Boden erreichte. Er atmete ein paarmal tief durch und sammelte seine Kräfte. Er konnte es schaffen. Er würde gleich frei sein.

Er ließ sein Gewicht nach vorn fallen, wobei er seine Arme so weit wie möglich spreizte. Er drehte und wand sich, weigerte sich aber noch immer, sein Gesicht in dem Schlick zu vergraben. Es war so anstrengend, das Kinn nur wenige Zentimeter über dem Matsch zu halten. Die Sehnen in seinem Nacken schmerzten. Als er sich entspannte, musste er bestürzt feststellen, dass er so gut wie gar nicht vorwärtsgekommen war.

Die Verzweiflung traf Paolo wie ein Pfeil. Er holte hastig Luft. Diesmal drückte er das Gesicht ohne zu zögern in den Schlick, sodass es ein kleines Stück einsank. Wieder wand er sich, steckte jedes bisschen Energie in die Bewegung seiner Hüfte, bäumte sich auf, um seine Beine zu befreien. Dreißig Sekunden später zog er den Kopf aus dem Schlick und holte laut keuchend Luft. Er verlor schnell an Kraft. Noch ein bisschen und er wäre am Ende. Dann würden sie seinen verstümmelten Körper vielleicht erst Tage später finden. Seine Augenhöhlen wären leer – so viel wusste er. Bussarde stürzten sich auf die Augen geschwächter Beutetiere.

Dieser Gedanke mobilisierte seine letzten Kräfte. Hoch konzentriert drehte und wand er sich in dem Schlamm, bis er endlich spürte, wie seine Beine befreit genug waren, dass er sich auf den Rücken drehen konnte. Sein Nacken lag auf dem Rand des Ufers und – endlich – auf festem Boden.

Nachdem er sich fünf Minuten ausgeruht hatte, rappelte Paolo sich auf. Er kontrollierte sein Handy. Es war schmutzig, aber weitgehend trocken. Die eng geschnittene Tasche seines Poloshirts hatte es geschützt.

Er setzte sich in Bewegung, schlurfte jetzt wie ein Sumpfzombie, bis der sandige Schlamm unter seiner Kleidung auf seiner Haut zu scheuern anfing. Er blieb stehen und zog sich aus, bis er nur noch Boxershorts, Socken und Sneakers trug. Er schüttelte die Jeans und das Shirt, bis er sie von so viel Matsch wie möglich befreit hatte. Er musste irgendetwas gegen den restlichen Schlick unternehmen, und zwar sofort – sonst würde bald jede Bewegung unmöglich werden.

Links von sich konnte er immer noch den Bach hören, aber das Wissen, dass es in dieser Gegend Treibsand gab, machte ihn ängstlich. Am Ende entschied Paolo, dass er zum Wasser gelangen musste. Noch vorsichtiger als zuvor ging er in die Richtung, aus der das Plätschern kam. Dabei klopfte er auf den Boden vor sich, bis er den Wasserlauf erreicht hatte. Er kniete sich hin und tauchte den Kopf vollständig in das kühle Nass. Beinahe hätte er vor lauter Erleichterung geschluchzt. Schon bald waren seine Klamotten durchgespült und ausgewrungen. Er zog die feuchten Sachen an und steckte sein Handy in das Portemonnaie, das er vor dem Waschen herausgenommen hatte. Wieder setzte Paolo sich in Bewegung. Und während er ging, schmiedete er einen Plan.

Schließlich erreichte er eine schmale Landstraße. Sie war von Bäumen mit tief hängenden Ästen überwachsen, die in dem dämmrigen Licht ein Flechtwerk aus Schatten warfen. Die Versuchung, das GPS-Signal auf seinem Handy zu checken, war enorm. Allein die Angst hielt ihn davon ab. Er folgte der Straße nach links und ging so weit an der Seite, dass die Scheinwerfer vorbeifahrender Autos ihn nicht erfassen konnten. In den zwanzig Minuten, die er an der Straße entlangging, kamen nur vier Autos vorbei. Mehrmals bog und krümmte sich die Straße. Schließlich gelangte er an eine Kreuzung. Auf der gegenüberliegenden Seite sah er etwas, bei dessen Anblick ihm vor lauter Hoffnung ganz schwindelig wurde.

Einen Parkplatz der Behörde für Parks und Erholung. Von hier aus konnte er einer Straße folgen, die ihn aus dem Park führte. Es würde Stunden dauern, bis er die Küste erreichte, aber er war fit genug. Sobald er aus dem Naturpark raus wäre, könnte er sich einen Bus suchen, der ihn dichter an Venice heranbrächte.

Da war immer noch das Problem mit seinem Auto, das vor dem Country Club stand. Das hatte jetzt Priorität. Er musste John-Michael erreichen.

Vorsichtig ging Paolo auf den Parkplatz zu, wobei er darauf achtete, im Schatten zu bleiben. Auf dem großen leeren Platz standen nur wenige Autos. Es gab eine öffentliche Toilette und einen Automaten, an dem man Wasser, Erfrischungsgetränke und Süßigkeiten bekam. Er hatte nur zwei Zwanziger und einen Fünfer. Er begutachtete die geparkten Autos. Eins war offen. Der männliche Fahrer lehnte rauchend an der Beifahrertür.

Paolo hatte kein gutes Gefühl dabei, einfach auf den Typen zuzugehen und ihn zu fragen, ob er ihm das Geld wechseln konnte. In tropfnassen, schlickverschmierten Klamotten würde er jedem viel zu gut im Gedächtnis bleiben, und das, wo er doch am besten unsichtbar bleiben musste. Verzweifelt zwang Paolo sich, seine Optionen abzuwägen.

Er konnte nach Wechselgeld fragen und John-Michael anrufen. Beide Handlungen könnten zu ihm führen. Er konnte den Typen fragen, ob er ihn zur Küste mitnahm. Noch ein Zeuge.

Er konnte nichts tun, das ihn nicht auf irgendeine Art belasten würde.

Nichts *Legales*.

Der Schlüssel zu allem war, jede *nachzuverfolgende* Methode, John-Michael zu kontaktieren, zu vermeiden.

Er brauchte Zugang zum Handy eines anderen. Er würde den Anruf einfach aus der Anruferliste löschen, und niemand würde je davon erfahren.

Paolo ging zu der Hütte, in der sich die Toiletten befanden. Er wartete neben dem Getränkeautomaten, sorgfältig darauf bedacht, sein Gesicht abzuwenden. Nach zehn Minuten kam eine Frau mit einem etwa dreijährigen Jungen auf das Toilettenhäuschen zu. Nachdem sie in die Damentoilette gegangen war, drehte Paolo sich um, um nachzusehen, aus welchem Auto sie ausgestiegen waren. Es war ein marineblauer Buick LaCrosse. Anscheinend befand sich keine weitere Person in dem Wagen. Während er auf das Auto zuging, versuchte er, sich daran zu erinnern, ob er gehört hatte, ob die Frau den Buick verriegelt hatte. Nein, er glaubte nicht. Auch hatte er die Blinker nicht aufblenden sehen. Paolo beschleunigte seinen Schritt. Er verspürte eine gewisse Hoffnung.

Er erreichte eine Seite des Autos. Er warf einen Blick zu den Toiletten. Kein Hinweis auf die Frau und das Kind. Im Wageninneren konnte er das blinkende Licht eines Handys erkennen. Es lag direkt vor ihm auf dem Beifahrersitz. Er legte eine Hand auf den Türgriff. Die Tür ging auf.

Er griff nach dem Telefon. Dann erstarrte er. Ein circa vier Jahre altes Mädchen lag schlafend auf dem Rücksitz des Autos. Vor Schreck zuckte er zusammen. Er richtete sich blitzschnell auf und knallte mit dem Kopf gegen das Autodach. Das Mädchen rührte sich nicht. Paolo zog sich ungeschickt aus dem Wagen zurück. Das Handy hielt er in der rechten Hand. Er war gerade noch geistesgegenwärtig genug, daran zu denken, die Autotür zu schließen, dann zog er sich hastig und so leise wie möglich zurück, um ja nicht das schlafende Mädchen zu wecken. Zehn Sekunden später stand er hinter einem Baum am Rande des Parkplatzes. Er sah zum Auto hinüber. Die Frau befand sich auf dem Rückweg, an ihrer Hand der kleine Junge.

Ihm blieb nicht viel Zeit, um seinen Anruf zu tätigen und das Telefon ungesehen ins Auto zurückzulegen. Paolo wählte schnell – die einzige Nummer, die er auswendig kannte: die Festnetznummer der WG. Candaces Mutter hatte auf einem Festnetzanschluss bestanden – für Notfälle.

Bitte geh ran, John-Michael. Bitte geh ran.

Nur John-Michael konnte ihm jetzt helfen. Er war pragmatisch und ruhig – der einzige seiner Mitbewohner, der nicht zu viele Fragen stellen würde.

Die angenehme Tenorstimme seines Freundes erklang. „Hallo?"

Die Luft entwich aus Paolo wie ein Windstoß. „John-Michael, Gott sei Dank. Ich brauche deine Hilfe. Die Lage ist ernst, Mann. Um nicht zu sagen: extrem."

„Schieß los, Alter. Ich steh hinter dir."

„Schnapp dir die Ersatzschlüssel für meinen Chevy. Nimm ein Taxi zur Tankstelle in Malibu, aber steig nicht direkt davor aus, sondern geh das letzte Stück zu Fuß. Kauf einen Zwanzigliterkanister Benzin und ein Baseballcap, und bezahl beides in bar. Nimm ein zweites Taxi. Diesmal trägst du das Baseballcap. Zieh es dir tief ins Gesicht. Verstanden? Baseballcap. Lass das erste Taxi nicht warten, nimm ein anderes. Fahr damit zum Malibu Lawn Tennis Club. Dort wirst du mein Auto auf dem

Parkplatz stehen sehen. Ich will, dass du Benzin in mein Auto füllst."

„Paolo … du klingst schrecklich. Brauchst du einen Arzt?"

Er spürte, wie er heftig nickte. „Mir geht's gut, JM. Hör einfach zu. Schlüssel. Taxi zur Tankstelle in Malibu, aber steig ein Stückchen vorher aus. Benzinkanister. Baseballcap. Ein zweites Taxi. Der Country Club. Füll Benzin in mein Auto. Fahr damit nach Hause. Bleib dort. Und jetzt wiederhol das Ganze."

Paolo wartete reglos, während John-Michael die Anweisungen zwei Mal wiederholt hatte. „Okay, gut. Ach so: Ruf nicht auf meinem Handy an. Und auch nicht auf dieser Nummer."

„Keine Sorge."

„Eins noch, John-Michael: Du bist ich. Verstanden? Ich bin derjenige, der zur Tankstelle fährt. Ich nehme ein Taxi zum Country Club. Ich bin es, der Benzin in mein Auto füllt. Mein Tank ist leer, deshalb musste ich einen Reservekanister holen. Dann fahre ich nach Hause. Das ist alles. *Du bist ich.* Also zieh was von meinen Klamotten an. Ich trag eine blaue Jeans, graue Schuhe und ein blassgelbes Polohemd. Gib dein Bestes."

Eine kurze Pause entstand. „Das sind echt schräge Anweisungen."

„Ich habe jetzt keine Zeit, dir alles zu erklären. Hast du verstanden, worum ich dich bitte?"

„Verstanden", sagte John-Michael. „Was ist mit dir?"

„Mach dir um mich keine Sorgen. *Du* bist ich. Heute Abend habe ich Benzin für mein Auto geholt, das ich am Tennisclub stehen lassen musste. Dann bin ich nach Hause gefahren."

„Alter, ich seh doch überhaupt nicht aus wie du."

„Deshalb sollst du meine Klamotten und das Cap tragen."

Ein Seufzen. „In Ordnung."

„Und erzähl den Mädchen nicht, was du vorhast."

Ein hohles Lachen. „Nein, verdammt. Wir werden es *niemandem* erzählen. Ich weiß zwar nicht, was bei dir los ist, Paolo, aber ich will es schon jetzt nicht herausfinden."

LUCY

Venice Beach – Sonntag, 7. Juni

Lucy hatte sich gerade hingesetzt, um sich ein paar Folgen ihrer Lieblingsserie *Grey's Anatomy* anzusehen, und war im Stillen froh, dass ihre Mitbewohner sich alle in ihre Zimmer zurückgezogen hatten und sie das ganze Sofa für sich allein hatte. Gerade als sie es sich gemütlich machte, klingelte es an der Haustür.

Als sie die Tür öffnete, sackte Lucy vor Schreck sichtbar zusammen. Sie nahm den Geruch von Zimt wahr. Nikotinkaugummi. Der Geruch katapultierte Lucy geradewegs zurück in die ersten Wochen des Entzugs – kalter Entzug, um all die Aufputschmittel loszuwerden, an die sich ihr Körper so gewöhnt hatte. Lucy erstarrte. Ariana aus Claremont, ihre alte Freundin aus der Entzugsklinik, beugte sich vor, um sie zu umarmen.

„Lieber Gott im Himmel, danke, dass du zu Hause bist! Ich habe schon befürchtet, dass du mit deinen Freunden unterwegs bist."

Bevor Lucy sich zurückziehen konnte, hatte der dünne Rotschopf schon die Arme um ihre Schultern geschlungen, drückte sie fest und wiegte sie leicht. „Ich weiß – ich hätte anrufen sollen. Aber irgendein Penner hat mir das Handy geklaut, während ich im Bus geschlafen habe. Ich brauche für heute Nacht ein Bett. Kannst du mir helfen, Lucy?“

Lucy zählte bis zehn und löste sich dann sanft von Ariana. Sie trat ein Stück zurück, um sie besser ansehen zu können oder vielleicht um zu überprüfen, ob das schwere Gefühl in ihrer Brust vielleicht nur das Ergebnis einer dämlichen Halluzination war. Aber nein. Vor ihr stand ein zierliches weißes Mädchen, schlank und mit rot gefärbten Haaren, das ihr bis zu den Schultern reichte und eine enge weiße Jeggings, ein gelbes T-Shirt und eine ausgewaschene Jeansjacke anhatte. An den Füßen trug sie ein Paar abgewetzte rote Keds. Goldene Armreifen, Kreolen und ein silberfarbener Gürtel peppten das Outfit auf und ließen sie einige Jahre älter aussehen als knapp neunzehn, nämlich wie eine Frau Ende zwanzig – aber auf die verkrampft-bemühte Art.

„Es stört dich doch nicht, dass ich einfach so aus dem Nichts auftauche? Du siehst nicht besonders glücklich aus. Lucy Long, ich habe dein launenhaftes Wesen wirklich vermisst.“

Wie benommen bat Lucy Ariana herein und nahm ihr die Umhängetasche ab, während Ariana einen Rollkoffer hineinschob. Sie atmete erleichtert auf, dass keiner ihrer Mitbewohner unten war und etwas von Arianas Ankunft mitbekam. In Gedanken ging Lucy bereits verschiedene Möglichkeiten durch, Ariana wieder loszuwerden.

Ariana sah nach der Busfahrt leicht verschwitzt, zerzaust und derangiert aus. Lucy sah ihrer ehemaligen Freundin dabei zu, wie sie sich auf das Dreisitzer-Sofa fallen ließ. Ariana verzog das Gesicht und zog dann eine alte Ausgabe des *Variety*-Filmmagazins unter ihrem Hintern hervor. Lucy holte ein Glas Eiswasser für Ariana, die dankbar einen Schluck nahm.

Auf der Suche nach einer leichten Gesprächseröffnung sagte Lucy: „Bist du mit dem Bus aus Pomona gekommen?“

„Nach der Union Station noch zwei Mal umsteigen“, bestätigte Ariana und fächelte sich mit der Zeitschrift Luft zu. Sie sah schon jetzt irritiert aus, als ob Lucys Fragen irgendeine alberne Barriere darstellten, gegen die sie permanent ankämpfen musste. „Ich tauche nicht gerne unangemeldet hier auf. Aber ich dachte, na ja, dass ich es machen kann. Ich konnte nicht einen Tag länger in Claremont bleiben. Ich brauchte meine beste Freundin, Lucy. Wenn du Nein gesagt hättest, dass du beschäftigt wärst oder so, wäre ich nicht in den Bus gestiegen. So sieht’s aus. Dann wäre ich jetzt immer noch in Claremont und würde darüber nachdenken, wie ich an ’n bisschen Schnee komme.“

Lucy erstarrte innerlich. Sie musterte Ariana mit versteinertem Blick und atmete dann langsam aus. Einige Sekunden lang war sie nicht in der Lage, etwas zu sagen. „Kokain? Das pfeifst du dir jetzt rein? Mann Ari!“

Arianas Antwort war mitleiderregend. „Wenigstens ist es nicht Crystal. Oder H.“

Geringschätzig sagte Lucy: „Ich bin kein Engel. Ich gebe es zu – ich habe auch wieder angefangen, Gras zu rauchen.“ Sie hob die Stimme und klang plötzlich flehend, als sie sagte: „Aber, Ari. Du musst dich von den harten Drogen fernhalten! Gibst du dafür dein ganzes Geld aus? Kannst du dir deshalb kein Taxi und keine Unterkunft leisten?“

Arianas Gesicht wurde ernst. „Du konntest schon immer in mich hineinsehen. Ich will ehrlich zu dir sein: Ich habe wieder ein paar Schulden gemacht. Nicht viel“, fügte sie schnell hinzu, als Lucys Gesichtsausdruck sich von erzwungenem Mitgefühl in Wut verwandelte. „Aber ich musste schnell da raus und mit der Gewohnheit brechen. Musste irgendwo ganz anders hin, zu jemandem, von dem ich weiß, dass er mir helfen kann."

„Und da bist du zu mir gekommen", sagte Lucy und gab sich Mühe, nicht ganz so harsch zu klingen.

Ein Strahlen legte sich auf Arianas Gesicht. „Du hast mich nicht ein Mal im Stich gelassen, Süße."

Dann nahm sie Lucy wieder in den Arm. Über die Schulter des Mädchens hinweg biss Lucy die Zähne zusammen. Es musste irgendeinen Weg aus der Sache geben, der nicht gemein war. So nervig Ariana auch sein konnte, sie war Lucy in den schlimmsten Monaten ihres Lebens eine verlässliche Freundin gewesen und hatte ihr seitdem unerschütterliche Zuwendung geschenkt.

Lucy räusperte sich, als sie sich so sanft wie möglich aus der Umklammerung löste. „Wie lang, ähm, dachtest du denn, hierzubleiben?"

Ariana setzte wieder ihr engelhaftes Lächeln auf. „Könnte ich denn? Es wäre nur für ein paar Nächte."

„Wirklich?"

„Höchstens eine Woche."

Lucy zupfte an ihrer Unterlippe. „Wir haben aber keine freien Betten."

Ariana sah sich im Wohnzimmer um und zeigte in Richtung des grünen Futons. „Ist das nicht so ein Sofabett?"

Lucy versuchte zu lächeln. „Es ist nur so, dass es hier im Haus ohnehin schon recht voll ist. Wir teilen uns zu sechst zwei Bäder. Wenn Schule ist, wird es morgens schon mal ziemlich eng."

„Dann ist es wohl gut, dass bald die Ferien anfangen. Sieh mal, ich kann euch doch helfen. Ich mache euch allen Frühstück, und ich werde nicht duschen, bis ihr alle aus dem Haus seid. Ich kann mich ein bisschen um dich kümmern, Süße.

Darf ich? Komm schon, du lebst hier ganz alleine – du musst deine Familie doch wenigstens ein klitzekleines bisschen vermissen, oder nicht?"

Lucy schüttelte entschlossen den Kopf, als sie sagte: „Im Gegenteil. Ich bin genau da, wo ich sein möchte."

„Aber du nimmst wieder was?", sagte Ariana und zog dabei eine kleine Schnute, die Lucy sofort als gespielt enttarnte.

„Alkohol, Tabak, zu besonderen Anlässen ein bisschen Gras. Nichts Wildes, Ari. Ich bin jetzt ganz normal; ich drehe nicht durch."

„Aber du bist nicht ganz normal, oder, Süße?", hakte Ariana ganz sanft nach. „Du bist eine Abhängige. Genau wie ich. Für Leute wie uns gibt es keinen Mittelweg."

Lucy antwortete nicht, doch sie spürte, wie die Wut in ihren Augen brannte. Ariana hatte recht. *Ein Abhängiger ist ein Abhängiger.* Aber die Illusion, ein normaler Teenager mit einem chemischen Hobby zu sein, war viel besser.

„Hör zu, ich bin seit drei Tagen clean, Lucy. Aber es ist nicht leicht. Ich weiß, dass ich übers Wochenende einen Rückfall erlitten hätte, wenn ich in Claremont geblieben wäre. Gott weiß, dass ich es oft genug versucht habe. Also gut, ich geb's zu: Ich habe nicht lange nachgedacht, sondern einfach eine Tasche gepackt und bin zum Bus gelaufen. Bitte lass mich nicht hängen. Wenn ich einfach nur die nächste Woche schaffe, mit einer guten Freundin an meiner Seite …"

Lucy blinzelte langsam. Sie spürte, wie ihre Entschlossenheit Risse bekam. Ihre Mitbewohner würden sie umbringen.

„Okay. Müsste klargehen. Nur ein paar Tage, und du veranstaltest hier kein Chaos. Es ist ziemlich entspannt hier, aber die Stimmung ändert sich schlagartig, wenn die Leute nicht aufräumen und sauber machen."

Ariana schüttelte vehement den Kopf. „Das ist mir ohnehin lieber, Lucy. Erinnerst du dich noch an unser Zimmer in der Klinik? Habe ich nicht immer gut Ordnung gehalten?"

„Ja, stimmt. Von uns beiden war ich die Chaotin", sagte Lucy und auf ihren Lippen machte sich ein widerwilliges Grinsen breit.

Erinnerungen an ihre Zeit in der Entzugsklinik kehrten zurück. Es war nicht alles schlecht gewesen. Die Umgebung war ziemlich entspannend: Ashram-Schwingungen, verträumte Musik und überall der Duft von Zitronengras. Jeden Morgen hatten sie weiße Waffelpiquébademäntel und Schlappen angezogen, bevor sie in den sonnendurchfluteten Frühstücksraum gingen, wo ein Dutzend übernächtigter, reicher Junkies Verbenen-Minze-Tee trank und dazu Weizentoast mit Aprikosenmarmelade aß, die aus den Früchten hergestellt war, welche im klinikeigenen Obstgarten wuchsen.

Noch beeindruckender für jemanden, der aus so bescheidenen Lebensverhältnissen kam wie Ariana, obwohl ihre Familie – nach allem, was Lucy wusste – erst vor Kurzem verarmt war. Sie trieben sich immer noch in verfallenen alten Häusern im Sumpf von Louisiana herum, mitten in dem, was vor langer Zeit eine kleine Zuckerplantage gewesen war.

Lucy hatte sich oft gefragt, woher das Geld kam, mit dem Arianas Aufenthalt in der recht exklusiven Entzugsklinik bezahlt wurde. Sie war davon ausgegangen, dass das Mädchen eine reiche Tante hatte oder so; jemanden, den man gelegentlich um einen Gefallen bitten konnte, der aber nicht so weit gehen und sie regelmäßig unterstützen würde.

„Du warst echt eine Chaotin. Hast so einen schönen Ort einfach so verwüstet", schimpfte Ariana. „Aber damit habe ich dich ja auch nicht davonkommen lassen, oder?"

„Ich schätze nicht“, sagte Lucy und versuchte, trotz des leichten Unbehagens, das sie angesichts Arianas Gastaufenthalt in ihrem Haus verspürte, zu lächeln. Sie sollte wirklich zuerst die anderen fragen. Trotzdem – Ariana war eine Freundin aus Entzugszeiten. Das war eine enge Verbindung. Man brauchte seine Entzugsfreunde ja nicht unbedingt richtig zu mögen, aber wenn es darum ging, aus einer Abhängigkeit herauszukommen, musste man auf die anderen zählen können.

Ariana klopfte auf den Platz neben sich auf dem Sofa. „Komm her, Mädchen, und setz dich kurz. Wir müssen einander auf den neusten Stand bringen. Wann haben wir das letzte Mal richtig miteinander gesprochen – vor fünf, sechs Wochen? Was läuft da mit dir und diesem Tennisspieler, Mr. Disney Channel? Ist zwischen euch mal irgendwas passiert?“

„Paolo? Könnte man so sagen.“

Ariana grinste frech. „Aha, so ist das also, was? Bist du überhaupt noch Jungfrau?“

Lucy setzte sich neben Ariana und gab ihr einen Klaps auf den Unterarm, so heftig, dass sie überrascht aufschrie. „Igitt, ich bitte dich. Als ob ich auf den abfahren würde.“

Ariana rieb sich lachend den Arm. „Uuuh, ich habe einen wunden Punkt getroffen.“

Lucy zuckte mit den Schultern. „Vielleicht. Die Wahrheit ist, dass wir es fast miteinander gemacht hätten. Aber dann hab ich’s mir anders überlegt.“

„War er sauer?“

„Nein, eigentlich hat er sich wie ein echter Gentleman verhalten.“

„Und das überrascht dich?“

Lucy schüttelte den Kopf. „Nicht wirklich. Aber vielleicht ist er wütender, als ich dachte. Wir wollten gestern reden, und er ist den ganzen Tag nicht aufgetaucht. Und heute auch nicht."

Langsam und bedächtig schlang Ariana beide Arme um Lucy. Lucy hielt zwar still, empfand die Geste aber als unangenehm. „Jetzt ist Ari ja hier, Schätzchen", murmelte sie. Ihr Atem fühlte sich an Lucys Hals warm an. „Wir können füreinander da sein. Genauso wie in alten Zeiten."

Lucy fing an, in ihrem Kopf rückwärts zu zählen. Sie hatte vergessen, wie anhänglich Ariana sein konnte. Sie in der Nähe zu haben, würde die pure Klaustrophobie werden.

MAYA

Katholische Mädchenschule „Our Lady of Mercy" – Dienstag, 9. Juni

In der Schulbücherei war die Klimaanlage ausgefallen. Miss Topalian, die Bibliothekarin, hatte die Flügeltüren geöffnet, die zum Innenhof führten. Irgendwo auf dem Hof wurde ein Streit ausgetragen. Maya konnte die erhobenen Stimmen launischer Mädchen im Teenageralter hören, und trotz der frischen Luft schwitzte sie leicht unter dem dichten Polyestermischgewebe ihrer Schuluniform. Sie zog sich unter dem Tisch die Schuhe aus. Ausnahmsweise war sie mal froh, einen Rock zu tragen.

Sie schaute konzentriert auf den Computerbildschirm. Noch ein Bug. Ihr neuer Programmcode war voll davon. Jeder Bericht, den sie anforderte, fand mindestens einen. Sie seufzte leise. Würde das denn niemals aufhören?

Mayas Idee für die Cheetr App, die sie entwickelte, war so dermaßen simpel, dass sie gar nicht glauben konnte, dass noch niemand vor ihr darauf gekommen war. Die erste Version war eine Sache eleganter Schlichtheit gewesen und hatte sich innerhalb von nur einer Woche von jeglichen Programmierfehlern bereinigen lassen. Erst da hatte sie sich zum ersten Mal ernsthaft danach umgesehen, was es *sonst* noch alles auf dem Markt gab, das mit Cheetr vergleichbar war. Eine Menge, wie sich herausstellte. Die Leute liebten es offenbar, sich kostenlose Game Cheats auf ihre Smartphones zu laden.

Cheetr war okay, aber es würde noch wesentlich toller werden müssen, wenn es sich von der Masse abheben sollte. Es wurde häufig runtergeladen, aber nicht oft genug, als dass sie damit pro Monat mehr als hundert Dollar an Werbeeinnahmen machte. Es ging nicht nur ums Geld. Die Wahrheit war: Seit Maya herausgefunden hatte, wie viele ähnliche Apps es bereits gab, hatte sie das Interesse verloren.

Wer wollte schon nicht mehr sein als ein Möchtegern? Innovative Ideen waren flüchtig, so viel stand fest. Aber Innovation war die extra Mühe sehr wohl wert.

Mayas Handy vibrierte.

WO BLEIBT DER AKTUELLE BERICHT?

Schon wieder eine Nachricht von ihrer Mutter über ihre Arbeitgeberin, Dana Alexander.

Warum musste ihre Mutter bei all den Menschen, die es auf dieser Welt gab, ausgerechnet für Alexander arbeiten? Am liebsten hätte Maya den britischen Filmstar mit einem Fluch belegt, weil sie so viel ihrer Zeit und Aufmerksamkeit aufsaugte.

Maya durfte sich nicht mit familiären Problemen beschäftigen, sondern musste sich auf ihre Arbeit konzentrieren.

Doch das war nicht einfach. Mayas Mutter hatte entsetzliche Angst davor, dass Alexander ihr Familiengeheimnis enthüllen und sie ausgewiesen werden würde. Wenn das passierte, würde ihre Mutter darauf bestehen, sie mitzunehmen – das wusste

Maya sehr wohl. Nicht alle Eltern waren bereit, ihre Kinder für mündig erklären zu lassen, und Mayas schon mal gar nicht.

Diese Angst hatte Maya lange genug angetrieben. Ihre Freunde auszuspionieren, war keine Option mehr für sie. Lügen, verheimlichen. Worin lag der Sinn, etwas zu tun, das einem die eigene Existenz jeden Tag aufs Neue vermieste?

Die mögliche Aussicht auf ein Leben in Mexico City jagte Maya nicht mehr so viel Angst ein wie früher. Nun, da sie herausgefunden hatte, warum Dana Alexander von ihr verlangte, das Haus auszuspionieren, hatte sie mehr Angst davor, was Dana womöglich tun würde, um ihre eigenen Geheimnisse auch weiterhin zu verbergen.

Nach allem, was Maya sich zusammengereimt hatte, war Alexander vor acht Jahren offenbar bei der berühmt-berüchtigten Hollywoodparty zu Gast gewesen, auf der Filmstar Tyson Drew ermordet worden war. Etwas früher an jenem Abend hatte sich eine heftige Auseinandersetzung zwischen Graces Vater Alex Vesper und dem Mordopfer zugetragen, die beide unter Alkoholeinfluss standen. Hinzu kam die Tatsache, dass Vesper der einzige Partygast war, der kein Alibi hatte, und so war Graces Vater verurteilt worden. Nun saß er wegen dieses Verbrechens in der Todeszelle – aber womöglich war die falsche Person beschuldigt worden?

Lucy war damals ein Kinderstar und ebenfalls auf der Party gewesen. Die Tatsache, dass Alexander sich so große Umstände machte, um Lucy und jeden, der mit ihr in Verbindung stand, zu kontrollieren, ließ in Maya die Frage wachsen, ob Lucy auf der Party an jenem Abend jemand anderen mit Tyson Drew gesehen hatte. Jemanden, über den sie – wenn es nach Dana ging – hoffentlich Stillschweigen bewahrte.

Wusste Lucy irgendetwas, das bewies, dass in Wahrheit Dana Alexander die Mörderin war?

Dana Alexander, Graces Vater Alex Vesper und Lucy. Verbunden durch ein Dreieck der Täuschung. Maya war sich absolut bewusst, dass von allen Mitbewohnern sie die Einzige war, die Zugang zu allen drei Punkten des Dreiecks hatte. Sie allein konnte die Fakten zusammensetzen. Und jetzt war Maya verängstigt genug, um eine wichtige Entscheidung zu treffen.

Sie war fertig damit, *la inglesa* zu helfen. Sicher, sie würde die Berichte abliefern. Aber von jetzt an würden sie nur noch in die Irre führen und ablenken.

Ich bin nicht länger deine Sklavin, Dana – ich werde meine Freunde nicht verraten.

Als sie zu dieser Entscheidung gelangt war, hatte sie Erleichterung verspürt. Kein Herumschleichen mehr, kein Ausspionieren der Menschen, die ihr am nächsten standen. Das hatte Mayas Kreativität beflügelt. Seitdem hatte sie sich eine wahrhaftig *immense* (wie ihr englischer Nachhilfelehrer Jack es vielleicht ausdrücken würde) neue App ausgedacht – Promisr. Eine soziale App für gegenseitige Gefallen – ein Versprechen für ein Versprechen, kurz: Tauschwirtschaft.

Maya hatte sich noch nicht getraut, die ganze App irgendwem zu zeigen. Er oder sie könnte sie furchtbar finden. Doch was noch schlimmer war – viel schlimmer: Ein anderer Programmierer könnte ihr die Idee stehlen. Bislang war sie Mayas Geheimnis. Manchmal, in den frühen Morgenstunden, wenn die Zeilen des Codes vor ihren Augen tanzten, selbst wenn sie zu schlafen versuchte, fühlte sich das Ganze ein bisschen wie ihre ganz persönliche Hölle an.

Sie brauchte nicht lange, um den Bug in dem Code zu finden. Als sie es geschafft hatte, fluchte sie leise und heftig auf

Spanisch. Noch so ein unglaublich dummer Fehler. Ein fünfjähriges Kind hätte diesen Fehler nicht gemacht.

Maya korrigierte den Code, übersetzte das Programm neu und startete den lästigen Vorgang, es auf den iPhone-Emulator umzuladen.

Legasthenie. Die verlangsamte alles. Wenigstens gelang es Jack, einen Teil der schulischen Schwächen in Angriff zu nehmen, die allein daraus resultierten, dass sie nicht genügend Zeit hatte, um sich mit Mathe und Chemie zu beschäftigen.

Die erste Stunde mit Jack war erstaunlich gut gelaufen. Seit dem Tag an der Strandpromenade, als er ihr die Geheimnisse der Molarität offengelegt hatte, musste sie andauernd an ihn denken. Und es überraschte sie, dass sich ein paar der Dinge, die er ihr beibrachte, langsam bei ihr setzten.

„Es ist unglaublich", hatte sie gestaunt, nachdem sie eine besonders fiese Aufgabe gelöst hatte. „Warum bringen sie uns das nicht so in der Schule bei?"

„Keine Ahnung. Ich habe es genau so gelernt."

Sie ließ einen tiefen Seufzer los. „Danke. Mein Gott, jetzt habe ich nur Schiss, dass ich das nicht hinbekomme, wenn du nicht da bist."

„In dem Fall befasst du dich lieber mit den Aufgaben sieben und neun", erwiderte er mit einem schiefen Grinsen. „Die sind sogar noch schwerer. Wenn du die löst, bist du nicht mehr zu stoppen."

„Soll ich dir die Lösungen per E-Mail schicken?"

„Klar." Er hatte seine E-Mail-Adresse auf ein Stück Papier geschrieben, es abgerissen und ihr gegeben. Zu Mayas Überraschung rieselte ein winziger Schauer durch ihren Körper, als sie die Adresse entgegennahm. Das Wissen, dass sie von nun an einen Kommunikationsweg hatten, den sie zu jeder Tages- und Nachtzeit nutzen konnte, barg etwas seltsam Intimes. Das hatte bislang noch keine E-Mail-Adresse bei ihr ausgelöst.

Während sie in der Schulbibliothek saß und auf die Übersetzung des Codes wartete, holte Maya ihr Handy heraus, rief Jacks Kontaktdaten auf und fing an, eine E-Mail zu schreiben.

Hey Jack, es kann gut sein, dass ich es in den nächsten Tagen nicht schaffe, dir die aktuellen Chemieaufgaben zu schicken. Bin irgendwie durch meine App abgelenkt. Die Cheetr-User schicken mir alle möglichen Vorschläge.

Die Antwort kam so schnell wie über den Instantmessenger.

Du hast eine App geschrieben? Wow, Respekt.

Maya kicherte so laut, dass sie Miss Topalians Blick auf sich zog. „He, da drüben", rief sie. „Ich hoffe, da geht nichts Unpassendes vor."

„Ich weiß", sagte Maya. „Ich kann mir keinerlei Ablenkung leisten, richtig?"

„Wie ich gehört habe, geht es bei dir um die Wurst", meinte Miss Topalian und wischte vage mit der Hand durch die Luft, während sie sich wieder ihrem Computermonitor zuwandte. „In der Bücherei wird nicht geredet", sagte sie zu niemand Bestimmtem.

Mayas Handy leuchtete wieder auf, als eine weitere E-Mail von Jack ankam.

Wie viele Downloads?

Sie schrieb zurück:

Cheetr? Ein paar Tausend.

Super. Was machst du als Nächstes?

Maya zögerte. Ihre jüngste Idee war noch zu neu, um darüber zu sprechen, aber Jack hatte nicht gesagt, dass er ein Programmierer war. Sie wollte unbedingt jemandem davon erzählen, zumindest von dem Grundkonzept.

Ich arbeite an etwas Neuem. Eher eine soziale App.

Klingt nach einem guten Plan. Sozial ist definitiv angesagt. Was kann die App?

Ich arbeite noch an der Alphaversion … Möchte lieber noch nicht über Details sprechen.

Diesmal dauerte es ein bisschen länger, bis seine Antwort kam.

Kein Problem. Kann ich absolut verstehen. Ich habe mich nur gefragt, was du in Sachen Investment machst.

… Investment …?

Hast du mal darüber nachgedacht, dich mit einem Business Angel zusammenzutun? Mit irgendeinem Typen, der den nötigen Durchblick hat, gute Connections und so, und der ein bisschen Geld in dich investiert, damit du den nächsten Schritt machen kannst.

Maya war gerade dabei, eine Antwort zu formulieren, als das Handy zu vibrieren begann. Es war Jack.

„Geh damit nach draußen", forderte Miss Topalian sie in dem Augenblick auf, als Maya den Mund öffnete, um den Anruf entgegenzunehmen. Die Bibliothekarin zeigte auf die geöffnete Doppeltür. „Bring mir ein Light-Getränk aus dem Automaten mit, und wir sind quitt", sagte sie mit einem Zwinkern, als Maya an ihrem Tisch vorbeiging.

„Das ist so was von aufregend", hörte sie Jacks atemlose Worte. „Wieso hast du neulich nichts davon erzählt, dass du Apps schreibst?"

„Weil ich versucht habe, mich zu konzentrieren", erwiderte Maya. Das war nicht so ganz die Wahrheit. Sie war sich nicht sicher, wie viel von dem, was sie Jack anvertraute, auf direktem Wege an die Schulleitung zurückging. Es hatte sich besser angefühlt, erst mal nicht über das Ausmaß ihrer Programmierarbeit zu sprechen, für den Fall, dass sie versuchten, sie auszubremsen. Dennoch spürte sie, dass Jack sie verstehen würde. Jungs in ihrem Alter verstanden Technologie auf eine Art, die den meisten Lehrern abging.

„Und – wie ist die Antwort auf meine Frage? Willst du den nächsten Schritt machen?"

Maya sagte erst mal nichts. Sie spürte, wie die Haut über ihren Wangen sich spannte, als sie wegen der subtilen Doppeldeutigkeit errötete. Während sie sich abwandte, damit Miss Topalian sie nicht sehen konnte, versuchte sie, ihren Flirtinstinkt zu unterdrücken.

Er ist dein Nachhilfelehrer, Herrgott noch mal, sagte sie sich. *Reiß dich zusammen!*

„Ich ... ich weiß nicht mal, wie der nächste Schritt aussieht", sagte sie und hörte selber, wie heiser sie klang. „Ich versuche nur, eine coole App zu entwickeln."

„Ach so … ja, okay. Das hört sich alles unglaublich an. Ich wollte mich nicht einmischen.“

Maya lächelte. Seine Höflichkeit machte sie mal wieder sprachlos. „Nein … ich freue mich über deinen Ratschlag. Business Angel? Ich werde mich mal informieren.“

„Was ich dir sagen wollte, ist: Falls du mal einen Kontakt brauchen solltest, sag mir Bescheid. Ich weiß nur davon, weil ich mich beim Caltech Investment Opportunity Network um so eine Netzwerksache gekümmert habe.“ Er seufzte schwer.

Einen Moment lang bereute Maya ihre Reaktion. Er wirkte ein bisschen verärgert, ernüchtert. „Dann kennst du also Investoren. Wieso?“

„‚Kennen‘ ist jetzt vielleicht etwas zu viel gesagt. Ich habe einige *getroffen*.“

„Damit bist du mir trotzdem meilenweit voraus.“ Diesmal war ihr Tonfall ermutigend.

„Das ist eine lange Geschichte, aber im Grunde ist es so, dass meine eher lästige Ex Clarissa aus London zu Besuch ist. Das Ganze könnte ein wenig, na ja, seltsam werden, und deshalb dachte ich mir, ich gehe mit ihr irgendwohin, wo wir viel Ablenkung haben. Es ist vor allem ein Haufen ‚Angel‘-Investoren, die hier auf dem Campus abhängen. Was meinst du – willst du zu den nächsten Pitch Meetings mitkommen?“

„Mit dir und deiner Ex?“, fragte Maya und konnte nur mit Mühe ein Schnauben unterdrücken.

„Aber nein“, beeilte er sich zu sagen. „Ich meine, nachdem Clarissa wieder weg ist. Nur du und ich. Um ehrlich zu sein: Bis sie fährt, werde ich ohnehin keine freie Minute haben.“

„Ha“, sagte Maya erleichtert. „Ich? Meine Idee irgendwelchen Investoren vorstellen? Klar, das ist ja super realistisch.“

„Warum denn nicht?“ Er blieb hartnäckig. „Was sagst du? Bist du dabei?“

Maya nickte langsam und presste sich das Handy ans Ohr. Das plötzliche Leiserwerden seiner Stimme und das eindringliche Timbre jagten ein Zittern durch ihren Körper. Sie spürte ein lang vergessenes Kribbeln durch ihre Venen jagen. Wann war sie das letzte Mal verliebt gewesen? Und warum musste es jetzt ein Nachhilfelehrer sein – und dann auch noch einer, dessen „eher lästige Ex“ in der Stadt war?

„Klar.“ Maya holte tief Luft. „Ich schätze, das könnte nicht schaden.“

LUCY

Küche, Venice Beach – Dienstag, 9. Juni

Es dauerte immer ein paar Sekunden, bevor die Bilder einen Sinn ergaben. Zuerst bemerkte sie das blassblaue Schimmern des Poolwassers und die sich kräuselnde Wasseroberfläche. Dann wunderte sie sich über den Anblick zweier Gestalten, die am Rand des Pools miteinander kämpften. Sie befanden sich fast genau unter ihr. Sie begriff instinktiv, dass das kleinste Geräusch sie verraten würde. Wie zur Salzsäule erstarrt, konnte sie nur noch mit ihren kleinen Fingern das Balkongeländer umklammern und mit angehaltenem Atem beobachten, wie eine der Gestalten ins Wasser fiel.

Es sah wie ein Spiel aus, aber die Stille verriet ihr, dass es das nicht war. Es war irgendetwas Privates, irgendwas zwischen zwei Erwachsenen, die Art von Angelegenheit, von denen Kinder immer weggescheucht wurden. Sie wandte sich schon zum Gehen, als sie eine Hand aus den Schatten auftauchen sah, die den Kopf der im Wasser liegenden Gestalt nach unten drückte. Lange Fingernägel, die in dem hübschesten Pfirsichton lackiert waren, den sie je gesehen hatte.

Später, als sie verzweifelt umhergeirrt war, eingenässt und unfähig, die Toilette zu finden, war sie in die Dame hineingerannt. Das blanke Entsetzen packte sie, und sie konnte nichts anderes tun, als auf die makellosen, pfirsichfarbenen Fingernägel zu starren.

„Charlie hat nichts gesehen. Gar nichts. Geh weg."

„Lucy?"

„Die hübsche Dame hat gesagt, ich kann mir den gleichen hübschen Nagellack auf die Fingernägel machen, wenn ich jetzt ins Bett gehe. GEH WEG!"

„Lucy!"

Mit einem Schaudern wachte Lucy auf. Sie spürte eine feste Hand auf der Schulter, die sie wachrüttelte. Sie blinzelte verschlafen. „Ari?"

„Du hast geträumt, Süße. Du warst wieder Charlie."

Lucy stöhnte lang gezogen. „Ach du Schande." Wie lange würde die Erinnerung an jenen Abend auf der Hollywoodparty sie noch heimsuchen? Es war fast so, als ob ihr Unterbewusstsein sie anspornen wollte, aktiv zu werden.

„Du hast immer noch diesen Traum, hm?", fragte Ariana traurig. Sie lehnte sich an Lucy, während sie sich aufs Bett sinken ließ und ihrer Freundin über die Haare strich. „Den, wo du die Frau mit den schicken Fingernägeln siehst, die jemanden ertränkt?"

„Nur Schatten", log Lucy. Arianas Interesse an ihren „Charlie"-Erinnerungen war schon irgendwie krankhaft. Und das Letzte, was sie wollte, war, ihr in irgendeiner Form Nahrung zu geben.

Sie setzte sich auf und fühlte sich erschöpft. Was machte Ariana hier oben in Lucys Zimmer? Candaces Bett war leer. Sie sah auf die Uhr auf ihrem Nachttisch. Es war 09:20 Uhr – viel zu spät, um ohne gute Ausrede noch zur Schule zu gehen.

Verblüfft starrte sie Ariana einen Moment lang an. Seit ihrem letzten Treffen hatte sie ein bisschen zugenommen. Es stand ihr. Ihr blasses Gesicht mit den zarten Sommersprossen war bereits geschminkt, und die Haare hatte sie ordentlich zu einem hohen Pferdeschwanz zurückgebunden. Arianas Haare hatten immer noch denselben blassen Himbeerton, den sie so liebte; auch wenn der mausbraune Naturton am Ansatz hervorlugte. Als Ariana nicht hinsah, warf Lucy heimlich einen Blick auf die Arme ihrer Freundin. Sie schienen keine neuen Nadeleinstiche aufzuweisen. Sie wirkte auch entspannt und gar nicht so, wie man es von jemandem erwarten würde, der gerade die ersten Tage eines Entzugs durchmachte. Ihre Geschichte passte nicht zusammen. Vielleicht gab es einen anderen Grund für Arianas Besuch? Vielleicht war es etwas Persönlicheres – etwas, das sie erst zugeben würde, wenn die Mädchen ihr altes Band des Vertrauens wiederhergestellt hätten?

Lucy griff nach ihrem Handy und rief in der Schule an, um sich krankzumelden. Auf lange Sicht würde ihr das vermutlich Schwierigkeiten bereiten, aber sie hatte die Taktik schon seit Wochen nicht mehr angewandt. Manchmal wurde die Schule einfach zu ätzend. Wenn das passierte, musste sie sich allen Umständen zum Trotz einen Tag freinehmen. Aber wenigstens musste sie nicht für jede Krankmeldung ihre College-Präsidenten-Mutter um eine Unterschrift bitten. Das war schon mal gut. Und überhaupt – das laufende Schuljahr war in vier Tagen zu Ende. Sogar die Lehrer hielten zu diesem Zeitpunkt nur noch mehr schlecht als recht durch.

Ariana wartete, bis Lucy aufgelegt hatte, bevor sie sagte: „Ich könnte Frühstück für dich machen. Wie wäre es mit Pancakes?“

Lucy täuschte Begeisterung vor. „Klingt gut. Aber du solltest mich kochen lassen; du bist mein Gast."

Ariana umarmte sie kurz. „Du warst so lieb. Ich habe gemerkt, dass deine Freunde nicht gerade begeistert davon waren, dass ich ein paar Tage hier wohne. Ich habe ein schlechtes Gewissen, weil ich dir Ärger mache."

„Sie sind nur überrascht, mehr nicht", erwiderte Lucy, während sie aufstand. „Ich hatte niemandem von dir erzählt. Ich spreche nicht über mein Leben in Claremont, zumindest nicht mehr, als unbedingt nötig ist. Und sie wussten nicht, dass ich einen Entzug gemacht habe."

Ariana folgte ihr aus ihrem Zimmer und die Treppen nach unten. „Dann habe ich dich quasi bei deinen Mitbewohnern verpfiffen, oder?"

„Allerdings. Und mal ganz nebenbei: vielen Dank auch", erwiderte Lucy ironisch. Als sie im Wohnzimmer ankamen, bemerkte sie wohlwollend, dass das Futonbett wieder in ein Sofa zurückverwandelt worden war. Das Bettzeug war verschwunden, und Arianas Koffer war ordentlich zwischen dem Futon und dem Sofa verstaut.

„Oh mein Gott, Lucy. Dein Gesicht!" Ariana, die bereits in der Küche war, fegte mit den bloßen Händen Toastkrümel von der Arbeitsfläche. Sie kicherte ratlos. „Entschuldige, aber wenn du deinen Gesichtsausdruck gesehen hättest, würdest du mich verstehen. Du sahst aus wie deine Mutter, als sie dich in der Klinik besucht hat und wir uns rausgeschlichen hatten … weißt du noch?"

Gegen ihren Willen breitete sich ein Grinsen auf Lucys Lippen aus. „Ja. Das weiß ich noch."

„Sie mag ja Dekanin oder Präsidentin von irgend so einem snobistischen College sein, aber sie weiß definitiv, wie man flucht."

„Ich schätze, ich habe es immer gut verstanden, sie zu provozieren“, gab Lucy reumütig zu.

„Wie kommt ihr zwei miteinander zurecht? Jetzt, wo du sie nicht mehr siehst?“

Lucy öffnete den Schrank und fand die Pancake-Backmischung. Sie nahm wahr, dass Ariana bereits Eier und Öl bereitgestellt hatte. Beiläufig griff sie an ihr vorbei nach einem Ei und schlug es in die Schüssel, danach goss sie Milch dazu. „Wir reden nicht viel. Meistens texte ich ihr mehrmals am Tag. Nur um Hallo zu sagen, sie wissen zu lassen, was ich so mache, und zu fragen, wie es ihr und Dad geht. Wenn sie dann antwortet, erzählt sie mir was von ihrem Tag. Die Hauptsache ist, dass sie nicht zu neugierig wird. Es ist, als wäre ich weggezogen, um aufs College zu gehen. Schon cool.“

Ariana spülte den Lappen aus, mit dem sie die Arbeitsfläche abgewischt hatte, und goss anschließend Orangensaft in zwei Gläser. „Du meinst, dass du hier in L. A. lebst, hat deine Beziehung zu ihr verändert?“

„Ja, vielleicht. Es ist ein bisschen wie: aus den Augen, aus dem Sinn. Was, so wie ich meine Mutter kenne, eine gute Sache ist. Sie muss in ihrem Leben so vieles unter Kontrolle haben – wenn ich da bin, ist es, als ob an mich die gleichen Erfolgsmaßstäbe angelegt werden.“

Ariana schüttelte mitfühlend den Kopf. „So lässt es sich nicht gut leben.“

„So ist Mom halt. Deshalb ist sie so erfolgreich. Ich denke, dass sie irgendwann gar nicht mehr so sein wollte, aber sie konnte einfach nicht anders.“

Lucy schlug ungefähr eine Minute lang den Teig und dachte darüber nach, was sie Ariana soeben erzählt hatte. Bei ihren Telefonaten waren sie um solcherlei Themen immer herumgeschlichen. Aber ihr letztes wirklich langes Gespräch war schon eine ganze Weile her. Und es war netter, mit Ariana hier in der Küche zu stehen, während sie über ihre Vergangenheit sprach.

Offenbar hatte Ariana ihre Gedanken erraten, denn sie schenkte Lucy ein schiefes Lächeln. „Gib's zu, Süße, du hast mich vermisst. Komm mal her und drück mich."

Lucy ließ eine weitere Umarmung über sich ergehen, ehe sie zum Herd hinüberging, um die Pfanne zu erhitzen. Das Glas Saft in einer Hand, lehnte sich Ariana gegen die Küchenzeile und beobachtete Lucy in ihrem Element.

„Weißt du was? Du bist wirklich gewachsen – als Person, meine ich."

Lucys Blick verfinsterte sich. „Boah nee – können wir dieses Entzugsgelaber bitte lassen? Du hast doch immer alles einfach rausgehauen, Ariana. Komm schon. Ich halte es aus."

„Du willst, dass ich dir irgendetwas sage?"

„Nein", erwiderte Lucy. „Ich will nur keinen Mist hören. Hier draußen habe ich das alles hinter mir gelassen. Die Mitbewohner – sie sind meine Freunde, sie *alle*. Ich hätte nicht gedacht, dass es so sein würde. Wir sind alle so verschieden. Aber weißt du was? Es ist wirklich so. Wir haben verschiedene Sachen miteinander durchgemacht, und ja, okay, ich habe ihnen erst vor Kurzem gesagt, dass ich bei *Jelly and Pie* mitgespielt habe. Dann bist du aufgetaucht. Was bedeutet, dass jeder im Haus, der mich nicht schon längst bei Google gesucht hat, auch noch von meinem Entzug erfahren hat. Ich will nicht über meine Vergangenheit definiert werden. Ich will nicht mehr dieses Mädchen sein."

„Das war irgendwie gedankenlos von mir", räumte Ariana ein. „Tut mir leid, Süße."

„Jetzt liegen alle Karten auf dem Tisch und niemand scheint besonders schockiert zu sein. Candace rennt nicht zu ihrer Mutter, um ihr zu berichten, dass eine ihrer Mieterinnen ein rasender Junkie ist. Sieht so aus, als ob alles okay wäre."

Ariana sagte einen Moment lang nichts, was Lucy ein bisschen überraschte. Stattdessen nahm sie Lucy den Pancaketeig aus der Hand und goss eine Kelle in die heiße Pfanne.

„Ja", sagte Ariana schließlich, als drei Pancakes garten. „Jetzt bin ich dein einziges Problem."

Das stimmte – fast –, aber Lucy hatte versucht, es zu verbergen. Entweder war Ariana extrem sensibel, oder Lucy spielte die Rolle der gastfreundlichen Freundin nicht besonders gut.

„Du bist kein Problem."

Ariana nickte, ohne Lucy anzusehen. Dann sagte sie leise: „Oh doch, das bin ich. Lucy, ich bin seit vier Tagen clean. Heute Abend sind es fünf, wenn du mir hilfst, das durchzustehen. Morgen sechs. Von da an wird es besser. Während du immer noch das gute alte Ganja rauchst, hab ich recht?"

Lucy lief vor Wut rot an. „Meine Eltern haben mich rausgeworfen, weil sie mich beim Rauchen erwischt haben. Und sie haben mich aufgegeben. Sie haben sich geweigert, mich zurück in die Entzugsklinik zu schicken. Und jetzt soll ich *ganz allein* clean werden? Hey, ich versuche es. Alles, was ich gemacht habe, ist ein einziges Mal ein bisschen Gras zu rauchen, und das war auf einer Party."

Ariana war sofort ganz zerknirscht. „Ich habe absolut nicht das Recht, dir Vorhaltungen zu machen. Von uns beiden, Lucy, bin ich diejenige, die wieder zu den harten Drogen gegriffen hat."

Ein wenig besänftigt sagte Lucy: „Tja, ich habe wirklich Gras geraucht. Aber wie gesagt: Es war auf einer Party."

„Dann musst du lernen, wie du auf einer Party Spaß haben kannst, ohne high zu sein. Ich wette, das konntest du irgendwann mal."

Lucy zuckte mit den Schultern. Sie hatte eine vage Erinnerung, die vermutlich aus Zeiten stammte, als sie ungefähr dreizehn war.

„Wenn du hier eine Party schmeißen würdest, könnte ich vielleicht so was wie dein Sponsor sein und auf dich aufpassen."

„Ja, *sicher*", sagte Lucy unter schallendem Gelächter. „Jemand, der seit fünf Tagen clean vom Koks ist, bietet sich an, eine Party zu sponsern? Das wird bestimmt klappen."

„Nicht die Party. Nur *dich*. Lass die anderen ruhig rauchen. Du und ich und wahrscheinlich ein paar andere Leute, wir bleiben sauber und haben trotzdem Spaß. Du und ich, wir passen aufeinander auf. So wie wir das immer getan haben."

Lucy nahm den Pfannenwender und drehte einen Pancake um. „Clean werden, hm?"

„Hundertprozentig."

Nachdenklich sagte Lucy: „Ich denke, ich könnte einer von diesen ‚Straight Edge'-Punks sein, so wie Ruben."

„Wer ist das?"

„Ein Bekannter von mir", sagte Lucy unbekümmert. „Spielt Schlagzeug." Und nach wenigen Sekunden fügte sie hinzu: „Ja, eine Party. Ich schätze, das sollten wir wohl tun. Ich meine, am Freitag ist der letzte Schultag. Wir haben bis zum Ende des Schuljahres überlebt – sechs Monate offizielle Mündigkeit. Das schreit doch geradezu nach einer Feier."

Ariana zupfte an dem Pancake, der auf dem Stapel ganz oben lag, und steckte sich das Stückchen in den Mund. „Zur Feier des Tages." Sie grinste. „Gib mir mal den Sirup. Lass uns besprechen, wie wir deine erste drogenfreie Party schmeißen wollen. Und Sweetie – ich will mehr über diesen *Ruben* hören."

JOHN-MICHAEL

Balkon, Venice Beach – Samstag, 13. Juni

Die Idee, eine „School's out"-Party zu schmeißen, stieß bei den Mitbewohnern auf große Begeisterung. Sie hielten ein Hausmeeting ab, bei dem Lucy Ariana offiziell willkommen hieß. John-Michael war weiterhin nett und freundlich, obwohl ihm viel mehr danach war, Ariana zu ignorieren. Es nervte, eine neue Person im Haus zu haben – jetzt mehr denn je. Lucy wusste doch, dass er und Grace gerade schwierige Zeiten durchlebten. Kam es ihr denn gar nicht in den Sinn, ihre Privatsphäre zu respektieren? Wenn er sich recht erinnerte, war es das erste Mal, dass er für seine ehemalige Rock-Camp-Kumpanin merklich kühle Gefühle empfand.

John-Michael hatte geplant, auf der Party zu kochen, doch als die Vorbereitungen liefen, wurde er von dem Kaugummi kauenden, zu laut sprechenden Südstaatenrotschopf aus der Küche gedrängt. Sie wohnte nun seit knapp einer Woche im Haus und fing bereits an, sich zu benehmen, als hätte sie hier das Sagen.

„Süßer, lass mich nur machen", sagte Ariana, als er versuchte zu widersprechen. „Du musst mir wenigstens erlauben, mir meinen Aufenthalt bei euch zu verdienen."

Candace, die die Szene beobachtet hatte, nahm John-Michael beim Ellbogen und führte ihn nach oben auf den Balkon. „Vergiss die böse Hexe aus Claremont. Wir müssen reden."

Der Balkon war zur „Chill out"-Zone erklärt worden: keine Drogen, keine Musik. Was ihn John-Michaels Ansicht nach zur Rummachzone machte, weil niemand auf der Party daran interessiert war, tiefe, bedeutungsvolle Gespräche zu führen. Zumindest nicht ohne gewisse chemische Unterstützung.

John-Michael ging an dem Pärchen vorbei, das auf einem der zwei Rattansessel rummachte. Das Mädchen, das auf dem Schoß des Jungen saß, kam ihm vage bekannt vor. „Hey, John-Michael", hörte er sie zwischen zwei Küssen undeutlich sagen.

„Hey, hey, konzentrier dich", sagte Candace und nahm sein Kinn in die Hand. „Können wir über *mich* reden?" Sie feuerte einen letzten verärgerten Blick auf das Pärchen ab.

„Oder könnten die zwei vielleicht gehen?", bemerkte John-Michael spitz.

„Wir waren zuerst hier", meinte der Junge, als er den Kuss zum Luftholen unterbrach.

„Könntet ihr bitte einen Gang runterschalten?", erwiderte John-Michael. „Im Ernst, ich muss gleich kotzen."

Widerwillig hörte das Pärchen mit dem Knutschen auf. Der blonde Typ hob abwehrend die rechte Hand und legte sie dann auf das linke Handgelenk des Mädchens.

Candace ging an ihnen vorbei und kuschelte sich neben John-Michael auf den einzigen noch freien Sessel. Er schlang den Arm um sie und drückte ihr sanft einen Kuss auf die Stirn. „In Ordnung, erzähl Johnny, was los ist." Für ein paar Sekunden erlaubte John-Michael sich, die Nähe zu genießen.

„Hör zu“, begann Candace. „Ich denke, ich könnte mich verliebt haben.“

„Du?“ Er schob sie ein Stück weg und sah sie an. „Sag das noch mal!“

„Ach John-Michael“, grummelte sie. „Ich weiß nicht, was ich machen soll. Ich glaube, er hat eine Freundin.“

„Wer ist dieser *Romeo*, und was hat er mit dir gemacht?“

Sie boxte ihm gegen den Oberarm und gab ein warnendes Knurren von sich. „Mach dich nicht über mich lustig! Ich meine das ernst. Er heißt Yoandy Santiago. Er ist Schauspieler in der Fernsehserie, für die ich letzte Woche vorgesprochen habe.“

John-Michael setzte sich auf und sah sie verdutzt an. Ihre Köpfe befanden sich fast auf gleicher Höhe. „Yoandy Santiago? Der Sänger?“

Candace schürzte die Lippen. „Er ist ein Sänger?“

„Oh ja! Er ist ein Latin-Musiker. Reggaeton. Sein Vater ist Beny Santiago. Der ist so was wie ein Rockstar in der Welt des Salsa.“

„Woher weißt du das alles?“

„Als ich damals mit Felipe in der Wohnung seines Freundes in Santa Monica gewohnt habe, hatte ich eine Latinphase“, erinnerte John-Michael sie. „Die beiden waren total verrückt nach Beny Santiago. Er ist auf Kuba so was wie ein König. Er kann in Havanna kaum die Straße entlanggehen, ohne belagert zu werden!“

„Aber seine Familie lebt hier?“, fragte Candace plötzlich beunruhigt. Denn wenn Yoandy auf Kuba lebte *und* mit der Schwester eines Filmstars ging, waren das einfach zu viele Hindernisse.

„Ich bin mir ziemlich sicher, dass Beny Santiago vor mindestens zehn Jahren in die Staaten gekommen ist. Yoandy Santiago wird in deiner Serie mitspielen?" John-Michael schüttelte den Kopf. Er bemühte sich erst gar nicht, seinen Neid zu verbergen. „Mein Gott. Ich hasse dich. Er ist einfach nur umwerfend."

„Er ist ziemlich heiß", stimmte Candace ihm zu. „Aber so wie er sich verhalten hat, schätze ich, dass er hetero ist."

„Nur weil jemand, der berühmt ist, eine Freundin hat, heißt das noch nicht, dass er hetero ist."

„Sie ist ein molkengesichtiges Flittchen", murmelte sie verärgert. John-Michael musste sich ein Grinsen verkneifen. Er liebte es, wenn Candace in shakespearische Flüche verfiel. „Außerdem ist sie die Schwester von diesem britischen Star aus dem *Macbeth*-Film."

„Latin-Music-Adel datet Hollywood-Adel? Viel Glück dabei, dich dazwischenzudrängen." John-Michael entsperrte sein Smartphone und nahm eine Googlesuche nach Yoandy Santiago vor.

„Hör auf rumzuheulen", sagte Candace, „und lass uns ein Video angucken, in dem Yoandy tanzt."

Sie lehnte sich an John-Michael, und zusammen schauten sie sich ein YouTube-Video an, in dem Yoandy sich neben zwei unfassbar attraktiven Tänzerinnen rhythmisch wand und an ihnen rieb. Irgendwie gelang es ihm, trotz der nicht zu verkennenden sexy Darstellung eine jungenhafte Begeisterung zu transportieren, während er sang und rappte und mit seinen Rehaugen immer wieder gefühlvoll in die Kamera sah.

„Und mit *dem* wirst du zusammenarbeiten?", murmelte John-Michael sehnsüchtig. „Candace, ich bin mir nicht sicher, ob wir noch länger befreundet sein können."

Neben ihnen war das herumknutschende Pärchen plötzlich still geworden. „Alter … riechst du auch gebratenes Hühnchen?“ Der Junge sog tief die Luft ein und fing an, sich unruhig unter dem Mädchen zu bewegen.

Jetzt roch John-Michael es auch. „Ich schätze, Arianas weltbekanntes Fried Chicken ist fertig“, sagte er mürrisch.

„Eeeeeeeeessen!“, rief der Junge im Nachbarsessel in bester Höhlenmenschmanier. „Wir müssen uns was von diesem Hähnchen holen.“

„Beeilt euch lieber“, bemerkte Candace knapp.

Eine Minute später war das Pärchen verschwunden. Nun waren John-Michael und Candace auf dem Balkon alleine. „Ich schätze, du magst Ariana nicht?“, sagte sie.

„Ich bin mir nicht mal sicher, dass Lucy sie mag“, wich John-Michael der Frage aus. „Ich meine, wenn sie so tolle Freundinnen wären und so – warum hat Lucy sie dann noch nie erwähnt?“

Candace steckte John-Michaels Smartphone wieder in seine Hemdtasche, ehe sie vorsichtig aufstand und sich gegen das Balkongeländer lehnte. „Lucy hat so einige Sachen vergessen zu erwähnen.“

„Da hast du recht“, stimmt er ihr zu. Candace wusste nicht mal die Hälfte.

„Wir haben nicht um eine Haushälterin gebeten, die bei uns wohnt. Meine Mutter hat das nicht genehmigt. Und Ariana zahlt keine Miete.“

„Völlig richtig.“

Candace zog eine Schnute. „Klinge ich nicht zu territorial?“

„Finde ich nicht.“

„Denkst du, Paolo mag sie?“

„Paolo?“ John-Michael wählte seine Worte mit Bedacht und warf einen kurzen Blick zum Pfad unter dem Balkon, wo Paolo mit ein paar Schulfreunden zusammenstand. Am Rande einer Party zu stehen war seltsam – für Paolo. John-Michael fragte sich, ob es einem der anderen Mitbewohner schon aufgefallen war, dass sich Paolos Verhalten verändert hatte. Was auch immer da draußen im Malibu Canyon passiert war – John-Michael würde kein einziges Wort darüber verlieren. „Paolo hat seine eigenen Probleme."

„Also", sagte Candace, während sie ihm mit einem Finger in den Oberarm pikste. „Ariana. Vertrauen wir ihr? Soll ich sie rauswerfen?"

„Na ja, das Mädchen kann durchaus kochen …"

Es fiel John-Michael schwer, sich *offiziell* über ihren neuen Hausgast zu beklagen. Sie war alles andere als ein Schmarotzer – sie kochte und putzte für alle. Außerdem war sie superhöflich, wann immer einer von ihnen fernsehen wollte. Und trotzdem meinte John-Michael, unter dem Südstaatencharme einen Hauch der habgierigen Exfreundin seines Vaters ausmachen zu können.

Sie behauptete, neuerdings clean zu sein, aber John-Michael hatte genügend Zeit mit Abhängigen verbracht, um zu wissen, dass jemand mit Arianas strahlendem Teint seit *Monaten* keine Drogen mehr genommen hatte, zumindest nicht ernsthaft. Es musste einen anderen Grund für ihren plötzlichen Wunsch, von Claremont nach L. A. zu ziehen, geben, und John-Michael war nicht bereit, ihr ihre Geschichte abzukaufen.

Denn wie Judy Aherne hatte Ariana die angespannte, wachsame Ausstrahlung einer Person, die nichts Gutes im Schilde führte. Im Falle von Judy und John-Michaels Vater war es ein Leichtes gewesen, die Punkte zu verbinden und die Gestalt einer geldgeilen Schlampe zu erkennen.

Aber was gab es für Ariana hier in Venice zu holen?

Trotzdem – das gebratene Hähnchen roch einfach toll.

„Hast du Lust auf Hähnchen?“, fragte er widerstrebend, als er bemerkte, wie Candace an dem Geländer herumzappelte.

„Oh Mann, und wie!“, antwortete sie. „Komm, wir probieren was von dem Südstaatenvogel der guten alten Ariana.“

GRACE

Wohnzimmer, Venice Beach – Samstag, 13. Juni

Der Geruch von gebratenem Hähnchen hatte fast alle in Küche und Wohnzimmer gelockt. Sie bildeten eine Schlange, die auf einen Happen wartete. John-Michael hatte seinen Platz auf dem Balkon für den ersten Schwung Partygäste geräumt, die nach einem Ort suchten, an dem sie das scharfe Essen genießen konnten.

Grace folgte ihm nach unten, wo aus der Anlage irgendeine kratzige Musik plärrte. John-Michael hatte drei Playlists zusammengestellt, „Nostalgie“, „Punk“ und „Chill out“. Gerade waren sie irgendwo mitten im „Punk“, und Grace bekam davon Kopfweh. Sie wechselte zu „Nostalgie“, woraufhin ein Instrumentalsong erklang. Er hörte sich an wie der Soundtrack zu irgendeinem Action-Abenteuerfilm. Sie wollte gerade noch einmal umschalten, als mindestens vier Kids in der Schlange riefen: „Ja, die Musik von Zelda, wie geil!“

Graces und Candaces Blicke trafen sich. Ihre Stiefschwester lehnte am Türrahmen der Doppeltür und sah zu ihr hinüber. Beide lächelten. „Videospielfreaks“, sagte sie. In der einen Hand hielt sie einen Sea Breeze. „Lass es einfach an.“

Grace bekam ein schlechtes Gewissen, als sie Maya beobachtete, die sich auf dem Weg von dem winzigen Garten, der zur Raucherzone erklärt worden war, ins Haus an Candace vorbeiquetschte. Noch vor wenigen Monaten hatten sie sich auf ihrer ersten Party riesige Mühe gegeben, Maya vor Gras und Alkohol zu schützen. Mit ihren fünfzehn Jahren war Maya das Nesthäkchen im Haus, und damals dachten sie, sie bräuchte ihren Schutz. Jetzt schien sich niemand für sie zu interessieren. Sie hatten es ihr *ein Mal* gesagt, richtig?

„Ich hoffe, du hast dich da draußen von niemandem zum Kiffen verführen lassen", zog Grace sie auf, als sie sich neben ihre Stiefschwester stellte.

Mayas Augen blitzten vor Wut. Candace fing die Energie auf und mischte sich ein. „Lass gut sein, Gracie. Oder willst du Tante Marilu anrufen, damit sie die Party sprengt?"

Maya zeigte mit dem Kopf in Richtung des langen grauen Sofas, auf dem sechs Kids hockten, die lachten und rauchten. „Vielleicht sollten wir uns größere Sorgen darum machen, dass die Leute hier drinnen *Zigaretten* rauchen. Hat Candaces Mutter das nicht verboten?"

Candace, die davon offenbar nichts mitbekommen hatte, drehte sich um. „He, Leute! Entweder ihr macht die Zigaretten aus, oder ihr geht raus."

Zum Glück hatte mit dieser Ansagen anscheinend niemand ein Problem. Hände wurden entschuldigend gehoben und brennende Zigaretten in einer herrenlosen Coladose versenkt.

Candace wandte sich wieder Maya zu. „Wie läuft's mit deiner App?"

Maya schien von der Frage überrascht zu sein. „Oh – Cheetr? Eigentlich arbeite ich gerade an einer anderen Sache."

Grace nickte mäßig begeistert. Sie vermutete, dass Candace – genau wie sie selbst – nur sehr wenig zu dem Thema sagen konnte und lediglich versuchte, höfliches Interesse zu zeigen. Vielleicht hatte Maya das gemerkt, vielleicht auch nicht. Wenn es ums Programmieren ging, schien sie einen Tunnelblick zu haben.

„Wie sieht's bei dir aus?", wandte sich Maya an Candace. „Schon was von dieser Fernsehserie gehört, für die du vorgesprochen hast?"

Candaces Grinsen wurde breiter. „Die Sache war total schräg. Überhaupt nicht wie ein offenes Vorsprechen. Ich wurde vor gut einer Woche zu dem Termin eingeladen, und heute Morgen rief mein Agent an, um mir mitzuteilen, dass sie mir die Verträge zuschicken. Irgendwie habe ich das Ja verpasst."

„Wow", sagte Maya. „Das ist wirklich verrückt. Für dich wird sich bald alles ziemlich schnell verändern", stellte sie fest. „Als Nächstes kommen Interviews und Fotoshootings für Zeitschriften. Dann Premieren. Der rote Teppich."

Candace hörte auf, an ihrem Drink zu nuckeln, und kicherte. „Ha, na klar. Zu allen Events für C-Promis."

„Vielleicht fängt es so an", sagte Maya. „Und bevor du es weißt, wirst du deine Freunde am Strand vergessen und oben in den Hügeln in Hollywoods Partyszene mitmischen, Mulholland Drive und so. Du wirst Lucy um Rat fragen können – obwohl sie wahrscheinlich nicht darüber reden wollen wird. Sie hat offenbar nicht die besten Erinnerungen an ihre Tage als Kinderstar."

Grace erstarrte. Wusste Maya womöglich, wie richtig sie damit lag? Sie verhielt sich, als sei es keine große Sache; als wüssten alle drei Mädchen, worauf sie anspielte. Dennoch war es ziemlich offensichtlich, dass Candace nicht ganz sicher war, worauf Maya hinauswollte. „Warum sollte sie schlechte Erinnerungen haben?", fragte Candace. „Sie war ein Kind und im Fernsehen zu sehen."

Maya antwortete ruhig und selbstbewusst: „Ich meine, wegen des Mordes."

Grace presste die Lippen zusammen. Maya wusste es tatsächlich. Und sie sah die beiden anderen Mädchen aufmerksam an. Candace starrte Maya verblüfft ins Gesicht. Mayas Aufmerksamkeit aber verteilte sich gleichmäßig auf Grace und Candace.

„Was für ein Mord?", wollte Candace wissen.

Maya wirkte irritiert. „Der Mord an Tyson Drew."

Candace klang verwirrt: „So wie du ‚Mord' sagst, hört sich das an, als müsste ich wissen, wovon du sprichst."

Grace hielt für ein paar Sekunden die Luft an. Wie viel wusste Maya – und noch wichtiger: *Wie hatte sie es herausgefunden?*

Grace konnte sich nicht vorstellen, dass Lucy darüber gesprochen hatte. Alles, was Grace an Lucy beobachtet hatte, schrie nach völliger Verleugnung, wenn es darum ging, was sie an jenem Abend vor acht Jahren möglicherweise gesehen hatte.

Also nicht Lucy. Ihr Magen krampfte sich zusammen. Was bedeutete, dass John-Michael mit Maya gesprochen haben musste. Aber warum?

Was genau hatte er Maya über ihr Gespräch auf dem Pacific Coast Highway erzählt?

Grace suchte im Gesicht ihrer Stiefschwester nach irgendeinem Anzeichen für eine Bestätigung. Sie schien ehrlich überrascht. Grace erinnerte sich daran, dass Candace Schauspielerin war. Entweder lieferte sie gerade die Vorstellung ihres Lebens ab, oder ihr Schock und ihre Verwirrung waren echt. Maya hingegen war cool und kontrolliert, als ob sie sich der Wirkung ihrer Worte absolut bewusst wäre. Sie ließ die Informationen nur tröpfchenweise heraus und beobachtete die Reaktion beider Mädchen.

Grace fühlte sich, als ob eine kalte Brise sie einhüllte. Auf einmal spürte sie, dass Maya viel mehr über Lucys Vergangenheit wusste, als sie herausließ.

Aber wie viel?

„Lucy war auf einer Party am Mulholland Drive. Viele Fernsehleute waren da", begann Maya. „Zu dem Zeitpunkt dürfte sie ... lasst mich mal schätzen ... neun oder zehn Jahre alt gewesen sein."

Anscheinend traf Maya die Entscheidung, ihr Gespräch besser nach draußen zu verlagern. Nachdem sich die Nachricht von Arianas Hähnchen verbreitet hatte, hatte sich der Garten fast vollständig geleert.

Grace zögerte einen Moment, dann folgte sie Candace und Maya in den Garten. Sie konnte kein Desinteresse heucheln. Sie rechnete jeden Augenblick damit, dass Maya erzählen würde, dass sie das alles von John-Michael gehört hatte. Grace musste die Feindseligkeit unterdrücken, die gegen ihn in ihr aufstieg. Wie hatte er nur ihr Geheimnis verraten können? Nach allem, was er ihr anvertraut hatte – wieso war er dieses Risiko eingegangen?

Draußen hing der Rauch von Cannabis schwer in der Luft. Ein schlaksiger Junge, der nur mit Boardshorts bekleidet war, lag lang ausgestreckt schlafend am Rand des Rasens. Von ihm abgesehen, waren die Mädchen alleine.

Maya fuhr verschwörerisch fort: „Auf der Party war noch ein Kind von *Jelly and Pie* sowie noch drei weitere Kinderstars. Ich glaube, die Party war für ihren Agenten."

„Willst du damit sagen, dass auf der Party jemand umgebracht wurde?", fragte Candace. Sie war ganz eindeutig noch immer verwirrt, als wäre das hier belangloser Klatsch über jemanden, den sie nicht kannten. Grace vermutete, dass der Alkohol ihre Sinne trübte.

„Erinnerst du dich nicht an den Tyson-Drew-Mord?“ Maya wirkte überrascht. „Das war in Hollywood eine ganz große Sache. Tyson Drew war ein aufstrebender Filmstar. Und er wurde in einem Pool ertränkt, auf einer Party am Mulholland Drive.“

Grace sagte nichts. Sie beobachtete Maya jetzt ganz genau. Bislang hatte sie Graces Vater noch nicht erwähnt. Wenn sie das alles von John-Michael wusste, wäre es einfach nur aggressiv, auf diese Art vor Grace zu reden, ohne zu erwähnen, dass sie wusste, dass Graces Vater für den Mord an Tyson Drew zum Tode verurteilt worden war.

Es sah Maya ganz und gar nicht ähnlich, so fies zu sein. War es am Ende möglich, dass Maya ohne John-Michael darauf gekommen war? Grace wurde immer neugieriger. „Woher weißt du das alles?“

„Seltsam, dass Lucy nie darüber spricht“, unterbrach Candace mit einer plötzlichen Schärfe, die Graces Aufmerksamkeit weckte. „Mord? Entzug? Sie hat echt viele Geheimnisse. Wenn ich solche Sachen erlebt hätte, könnte man mich nicht davon abhalten, sie zu erzählen.“

„Vielleicht doch“, bemerkte Maya. „Wenn dein Wissen gefährlich ist.“

Candace starrte sie einfach nur an. Grace beobachtete sie weiter und dachte: *Endlich versteht sie es.*

Candace wiederholte Graces Frage: „Im Ernst, woher weißt du das? Ich habe Lucy gegoogelt, nachdem sie uns von der Serie erzählt hat. Ich wette, das haben wir alle getan. Aber davon steht nichts im Netz.“

„Das *Jelly and Pie* Fan-Forum“, erwiderte Maya mit fester Stimme. „Man muss in den Tiefen suchen, weil die Infos hinter einer kindersicheren Firewall versteckt sind. Und der Thread ist auch schon ziemlich alt. Aber es ist interessant, was für Spekulationen die Leute da anstellen. Sie haben für den Mord einen Typen zum Tode verurteilt. Natürlich behauptet er, dass er unschuldig ist. Er hat von Anfang an gesagt, dass eins der Kinder den wahren Mörder gesehen haben muss. Alles vergeblich, er wurde trotzdem verurteilt. Er konnte nicht sagen, welches Kind es war. Und alle Kinder haben es abgestritten.“

„Du denkst also, Lucy war eine *Zeugin*?“ Candace war total geflasht. „Heilige Scheiße. Vielleicht ist das der wahre Grund, warum sie nicht wollte, dass wir von *Jelly and Pie* erfahren.“

Mayas Aufmerksamkeit wanderte zu Grace. „Möglich“, sagte sie trocken. Es entstand eine kurze Pause. „Candace, könntest du uns vielleicht was Alkoholfreies besorgen? Ich will mich nicht in das Hähnchengewühl mischen.“

Zu Graces Erstaunen nickte Candace einfach nur und verschwand im Haus. Es war wie ein Zaubertrick – niemand sagte Candace jemals, dass sie irgendetwas tun sollte. Aber offenbar hatte Mayas Bombe Candace in eine willige Dienerin verwandelt.

Und kaum dass sie alleine waren, ließ Maya eine zweite Ladung los.

„Warum sagst du es ihr nicht?“

Grace holte tief Luft. „Ihr sagen …?“

„Dass Alex Vesper, der Mann, der für den Mord an einem Filmstar zum Tode verurteilt wurde, dein Vater ist“, beendete Maya ihren Satz. Sie sprach zwar leise, doch die ruhige Fassade war verschwunden. „Du hast es John-Michael an dem Tag erzählt, als du mit ihm von San Quentin zurückgefahren bist – an dem Tag, als er das Auto seines Vaters zerstört hat."

Grace schüttelte den Kopf, als hätte ihr jemand eine Ohrfeige verpasst. „Wie ist es möglich, dass du … Hat John-Michael es dir gesagt?"

„Unsere Telefonverbindung stand noch. Ich habe euch reden gehört."

Ihr blieb die Luft im Halse stecken. „Du hast … mitgehört?" Graces Blick wanderte zur Küche, von wo Candace sich mit drei Erfrischungsgetränken beladen auf den Rückweg machte.

„Du musst es deiner Schwester sagen, Grace", sagte Maya. Die Worte sprudelten nur so aus ihr heraus. Die Ruhe war weg und wurde von einer nervtötenden Dringlichkeit ersetzt. „Lucy muss auch den Mund aufmachen. Es ist nicht sicher, solche Geheimnisse zu bewahren. Wir sind alle sicherer, wenn ihr …"

Als Candace sich wieder zu ihnen gesellte, machte Maya den Mund zu. Candace reichte ihr eine Sprite Zero.

„Wo waren wir stehen geblieben?"

Maya sprach zögerlich. „Ach so. Ja. Bei der Tyson-Drew-Verschwörungstheorie."

„Okay, also wenn der Typ, der zum Tode verurteilt wurde, es nicht getan hat – wer war es dann?", fragte Candace. Anscheinend hatte sich der Schock gelegt, und sie war auf Tratsch aus.

Maya schwieg. Sie sah erwartungsvoll zu Grace. Grace sagte nichts. Maya holte Luft. Bevor sie antworten konnte, bemerkten die drei eine Menschenansammlung rings um die Couch im Wohnzimmer. Es sah so aus, also ob ein Kampf ausgebrochen wäre, der nun auf dem Sofa ausgetragen wurde. Ein Junge wurde aus dem Zentrum der Gruppe geschleudert. Er landete hart an einer Wand, stolperte, taumelte und fiel durch die offen stehende Flügeltür auf den Rasen.

„Raus da“, keuchte er. „Das Sofa brennt!“

CANDACE

Culver Studios – Mittwoch, 17. Juni

„Du machst das viel zu auffällig." Candace hielt kurz inne. „Okay, jetzt sieh hin."

Diesmal bewegte Grace nur die Augen. Dann schoss ihr Blick zurück zu Candace. „Der Typ da drüben am Hauptset mit dem Lakers-Hut?"

„Was denkst du?"

Eine Pause. „*Sehr* cool. Hast du gesagt, er kommt von Kuba?"

„Gebürtig, ja. Aber seine Familie lebt schon eine ganze Weile hier."

„Kein Akzent?"

„Oh doch – ein unglaublich heißer."

Candace blickte über ihre Schulter. Ricardo Adams, dessen Ruhm nach dem dramatischen Ende der Fernsehserie *Deadbeat* quer über den Globus explodiert war, war der Star der neuen Serie. Er stand neben einem Tisch, auf dem sich Früchte und Muffins türmten. Er sah in ihre Richtung, aber direkt durch sie hindurch. „Oh, und sieh nur", murmelte sie, „Mr. Big."

„Nicht so süß wie auf dem Bildschirm", bemerkte Grace. „Du hattest recht." Sie zeigte zum Frühstücksbuffet. „Kannst du mir einen Pfirsich besorgen? Danach mache ich mich auf den Weg, um mich mit John-Michael bei IKEA zu treffen."

„Bitte. Wie viele Leute braucht es, um ein Sofa auszusuchen?"

„Du weißt doch, wie er ist. Er will nicht mit Ariana allein zu Hause bleiben."

Candaces Blick verfinsterte sich. „Mit diesem Mädchen kann es nicht so weitergehen."

„Ich weiß. Aber wie wirft man den perfekten Gast raus?"

„Der perfekte Mitbewohner teilt die Miete. Wir werden uns was überlegen." Candace näherte sich seitlich und unauffällig dem Buffettisch, wobei sie Ricardo höflich anlächelte. Sie kam mit einem großen, reifen Pfirsich zurück und reichte ihn Grace. „Sucht euch einfach das Sofa aus, das euch gefällt, und meine Mutter bezahlt es dann online. Und sorgt dafür, dass jemand zu Hause ist, wenn es geliefert wird."

„Ariana hat angeboten, auf die Lieferung zu warten."

„Na klar. Ariana – hilfsbereit wie immer."

Grace schloss die Augen und roch genüsslich an dem Pfirsich. „Wie auch immer. Welche Szene drehst du heute?"

„Annika und Sebastian begegnen sich zum ersten Mal, retten ein Kind und kämpfen dann. Das wird bestimmt ziemlich intensiv. Meine Figur ist die ganze Nacht durch die zerstörte Stadt gelaufen, um zu der Bug Out Location zu gelangen."

„‚Bug Out Location'?"

„So nennen Prepper ihre geheimen Zufluchtsorte, an denen sie im Falle der Apokalypse Unterschlupf, Vorräte und Ausrüstung finden."

Grace grinste. „Wie gut, dass meine Mutter dich dazu gebracht hat, diese Taekwondo-Kurse mitzumachen."

Bei dem Gedanken daran, wie sie als dreizehnjähriges Mädchen in einer alten Sporthalle, in der es wie in einem Secondhandladen roch, gelernt hatte, anderen in den Hintern zu treten, musste Candace unwillkürlich lächeln. Sie hatte den Kampfsport aus tiefstem Herzen gehasst und ihn sofort gegen Reitstunden getauscht, als ihre Stiefmutter überzeugt davon war, dass sie die Grundlagen beherrschte. „Ich schätze, es war keine völlige Zeitverschwendung. Aber wer konnte damals schon wissen, dass ich eines Tages mal mein Geld damit verdienen würde, gegen heiße Typen zu kämpfen?“

„Daraus schließe ich mal, dass Yoandy den Sebastian spielt?“, zog Grace sie auf.

Es fiel Candace unendlich schwer, sich ein Lächeln zu verkneifen. „Na los“, sagte sie, „ich bringe dich noch ein Stück.“

Candace hakte sich bei Grace unter und begleitete sie zu dem vorderen Bereich des Studiogeländes, von dem aus man auf einen schmalen Gehweg gelangte, der nach draußen führte. Als sie ans Set von *Prepped* zurückkehrte, bemerkte Candace, dass sie außer Yoandy und Ricardo niemanden kannte. Ohne sie zu beachten, ging Ricardo mit Yoandy, der sich einen Moment nahm, um ihr zuzulächeln, den Text durch. Ihr Agent hatte versprochen, vorbeizukommen und Hallo zu sagen, doch bislang war noch nichts von ihm zu sehen. Sie fing an zu bereuen, dass sie Grace so schnell hatte gehen lassen.

Es war ätzend, so offensichtlich nach Neuling auszusehen. So selbstbewusst sich Candace in Gegenwart Gleichaltriger auch geben konnte, auf einem Studiogelände in Hollywood zu sein, war immer noch eine große Sache. Sie kannte das Protokoll nicht genau. Am Set von *Downtowners* hatte eine strenge Hierarchie geherrscht, die danach ging, wie populär man war. Als absolute Newcomerin und jüngste Person am Set war Candace anfangs praktisch ignoriert worden.

Insgesamt war es ihr am klügsten erschienen, keinerlei Unsicherheiten bezüglich ihres Schauspiels zu zeigen. Ihre Stiefmutter Tina hatte ihr das in den ersten Jahren, in denen sie zu Vorsprechen gegangen war, förmlich eingetrichtert. Nun, da sie nicht mehr an Candaces Seite war, bestand Tina nach jedem Vorsprechen auf einem langen postmortalen Telefonat. Nach dem Vorsprechen für *Prepped* hatte Tina andauernd ihren Lieblingsrat wiederholt: „Wenn dich jemand fragt, ob du etwas tun könntest, sagst du Ja. Wenn dich jemand fragt, ob du Angst vor etwas hast, sagst du Nein. Spiel die Rolle so lange, bis sie dir passt, Candace. Wenn jemand etwas anderes behauptet, versucht er nur, deine Schwachstelle zu finden. Lass das nicht zu."

Früher hatte es wie ein verrückter Ratschlag geklungen. Das Gegenteil dessen, was sämtliche Lehrer zum Thema Wahrhaftigkeit, Ehrlichkeit und Anteilnahme sagten.

„Ich soll unehrlich sein, wenn es darum geht, was ich kann und was nicht?"

„Genau", hatte Tina gefaucht. „In der Unterhaltungsbranche geht es nur um Illusionen, Candace. Wenn du jemanden etwas glauben machen kannst, könnte es genauso gut wahr sein. Entspann dich. Niemand wird dich darum bitten, einen Impfstoff zu erfinden oder so was."

Der Regieassistent kam ans Set, klopfte zweimal mit den Fingerknöcheln auf den Buffettisch und verkündete: „Planänderung, Leute. Die Bug Out Location ist noch nicht fertig. Deshalb drehen wir jetzt nicht zuerst den Kampf, sondern die späteren Szenen. In fünf Minuten geht es mit den ersten Einstellungen für Szene sechs los."

Yoandy schlenderte zu Candace herüber. „Zu schade, *nena linda.* Sieht so aus, als ob wir nicht dazu kommen, den Kampf zu üben. Dabei hatte ich mich schon so darauf gefreut, noch mal mit dir zu tanzen."

„Und ich habe mich darauf gefreut, dir in den Hintern zu treten", erwiderte Candace neckend.

Yoandy schien von ihrer Schlagfertigkeit erfreut zu sein. „Ach ja?"

Spiel die Rolle so lange, bis sie dir passt.

„Ja, ich denke, Annika könnte Sebastian aushebeln. Mit Leichtigkeit."

Er fand Gefallen an ihrem Wortgeplänkel. „Das werden wir nie erfahren. In diesem ersten Kampf gibt er nicht alles; er versucht nur, eine Eskalation zu verhindern."

„Schon klar, aber Annika gibt alles. Ich werde mich nicht zurückhalten."

Yoandy lächelte. „Ich werde versuchen, das nicht zu vergessen."

Candace schwieg kurz, ehe sie fragte: „Was bedeutet *nena linda*?"

Einen Moment lang wirkte er irritiert. Dann blinzelte er verblüfft. „Es bedeutet ‚kleine Süße'", erwiderte er leise. „Gefällt dir das nicht?"

„Kommt drauf an", sagte sie zögerlich. „Ich meine … ich schätze, das sagst du zu allen Mädchen?"

„Manchmal", räumte er aufrichtig ein. „Aber wenn es dir lieber ist, kann ich dich auch *Señorita* Candace nennen."

„Jetzt verarschst du mich."

„Dich?" Er kam näher und legte mit gespielter Enttäuschung eine Hand auf sein Herz. „*Ay, mi madre.* Auf keinen Fall, *nena*."

„Hmm“, machte Candace. „Was würde Kay Alexander wohl dazu sagen?“

„Kay?“ Die Erwähnung von Kay schien ihn zu überraschen. „Es würde keine Rolle spielen, was sie denkt. Sie ist nur eine Freundin.“

„Ich dachte, ihr zwei seid zusammen.“

„Wir haben uns ein paarmal getroffen, aber es ist nichts Ernstes.“

Candace war nicht überzeugt. „Du klingst wie mein Mitbewohner Paolo. Er trifft sich andauernd mit irgendwelchen Mädels und sagt, dass es nie etwas bedeutet.“

Yoandy schüttelte den Kopf. „Mit *dir* im gleichen Haus? Er ist verrückt. Aber ich mag diesen Paolo schon jetzt, weil er sich von dir fernhält.“ Er machte eine kurze Pause. „Warum dachtest du, Kay und ich wären zusammen?“

„Du hast gesagt, dass du und Ricardo praktisch zur selben Familie gehört“, erwiderte sie.

Yoandy klappte die Kinnlade herunter. Entweder er war ein großartiger Schauspieler, oder er sagte die Wahrheit. „Deshalb? Kay und ich haben bei den Latin Grammys mit Dana und Ricardo abgehangen. Ich habe einen Witz gemacht.“

Candace wollte ihm gern glauben, aber das Ganze wurde allmählich surreal. „Aber … im *Deadline* gibt es Fotos von dir mit Kay.“

Yoandy schnalzte mit der Zunge. Sie sah, dass in seinem Kiefer ein Muskel zuckte. Er war merklich erschüttert. „Ich schwöre es, Candace: Kay ist nicht meine Freundin.“

Sie zog beinahe flirtend eine Augenbraue hoch. „Weiß Kay das auch?“

„Ladys and Gentlemen, auf die Positionen, bitte!“, verkündete der Regisseur. „Wir sind bereit für die nächste Szene.“ Candace wandte sich widerwillig von Yoandy ab.

Neunzig Minuten später waren die Aufnahmen im Kasten. Sie hatten ungefähr zwei Filmminuten gedreht, von denen am Ende vielleicht eine Minute über den Bildschirm flimmern würde. Einige Schauspielkollegen bedienten sich bereits an Kaffee, Wasser und Saft. Candace öffnete gerade eine Flasche Mineralwasser, als sie eine Stimme hörte.

Obwohl sie ihr bekannt vorkam, klingelte es nicht sofort. Es war die wahrscheinlich erotischste Frauenstimme, die sie je gehört hatte. Langsam drehte sich Candace um. In ungefähr fünf Metern Entfernung unterhielt sich Ricardo Adams mit einer Frau, die bekannter war als alle Stars, denen Candace bislang persönlich begegnet war. Ein Blitz durchfuhr sie, während sie die Frau anstarrte.

Promigeil. Candace hatte nie richtig verstanden, was das bedeutete. Sie hatte noch nie diese körperliche Aufregung verspürt, die aufkam, wenn man jemanden traf, dessen Gesicht man normalerweise nur in x-facher Vergrößerung auf der Kinoleinwand sah.

Dana Alexander, Oscar-Gewinnerin, dreifach für den Oscar nominiert und, zu ihren Glanzzeiten, eine der schönsten Frauen der Welt. Selbst jetzt, mit Anfang vierzig, strahlte sie immer noch eine magnetische Anziehungskraft aus.

Sie war nicht mal besonders ausgefallen gekleidet. Ein eng geschnittenes weißes Hemd, eine marineblaue, perfekt sitzende Anzughose und schmale Charles-Jourdan-Pumps, die auf dem Gehweg klapperten. Über ihrer Schulter hing eine blutrote Mulberry-Tasche. Sie trug die Haare länger als in den Filmen, die Candace mit ihr gesehen hatte – eine mahagonifarbene, lockige Mähne mit sagenhafter Spannkraft. Ein komplexer, orientalisch-blumiger Duft hing in der Luft, als sich die Frau Ricardo zuwandte, der sich von seinem

Stuhl erhob, um seine Frau mit einem züchtigen Kuss zu begrüßen.

„Ich bin in zehn Minuten fertig“, hörte Candace ihn sagen. „Willst du nicht im Wagen warten?“

Candace sah Dana Alexander nach, die in Begleitung einer brünetten Frau mit schwarzem Hosenanzug hinausging. Candace konnte ihr Gesicht nicht sehen. Doch selbst aus der Entfernung konnte sie erkennen, welche von beiden der Filmstar war und welche die normale Person. Bei Dana Alexander war alles pompös: von der Frisur über das Make-up und die Schuhe bis zu ihren tänzelnden Schritten. Die andere Frau hätte genauso gut ein Schatten sein können.

„Wie findest du Dana Alexander?“, murmelte Yoandy und erschreckte sie mit seiner plötzlichen Nähe.

Candace drehte sich zu ihm um, machte jedoch einen Schritt zurück. Wenn sie zu nah bei ihm stand, verspürte sie einen beunruhigenden Drang, sich an seine Brust zu lehnen. „Sie ist atemberaubend“, sagte sie freiheraus. „Genau wie Kay. Aber sie sehen einander nicht besonders ähnlich, oder?“ Das war noch höflich ausgedrückt. Den Fotos nach zu urteilen, die Candace gesehen hatte, kleidete Kay sich im schäbigen Urban-Fashion-Style und gab sich große Mühe, nicht wie ihre elegante ältere Schwester auszusehen.

„Ein bisschen schon. Aber Kay zieht sich ganz anders an“, sagte Yoandy, während er vorsichtig die Finger um Candaces Handgelenk legte. „Und ich wünschte, du würdest aufhören, von ihr zu sprechen, *preciosa*. Ich spreche viel lieber über dich.“

„Ach, hör auf“, sagte sie. Aber die Worte blieben ihr irgendwie im Halse stecken und kamen nicht halb so kräftig heraus, wie von ihr beabsichtigt. Die Dinge gingen atemberaubend schnell. Sie musste sich einen Augenblick nehmen, um darüber nachzudenken, was hier möglicherweise gerade geschah. Trotzdem konnte sie nicht verhindern, dass ihr Herz wie verrückt klopfte.

JOHN-MICHAEL

IKEA – Mittwoch, 17. Juni

„Ich fass es nicht, dass du tatsächlich gedacht hast, ich hätte Maya erzählt, dass dein Vater wegen des Mordes an Tyson Drew in der Todeszelle sitzt."

Grace entgegnete leicht abwehrend: „Höchsten zehn Sekunden, John-Michael, ehrlich."

John-Michael bog um die Ecke in die Wohnzimmerabteilung des riesigen IKEA. Entlang eines sich durch den Laden windenden Hauptgangs waren insgesamt sechs Wohnzimmer eingerichtet, je drei auf jeder Seite. Er vermied es, Grace anzusehen, und hielt den Blick auf die Möbel gerichtet. Ihre Unterstellung – und mochte sie auch nur vorübergehend gewesen sein – tat überraschend stark weh.

Er ging in ein Zimmer, das ihrem eigenen Wohnzimmer ähnlich war: Fußboden aus Ahorndielen, Buchenholzregale und weiße Holzklapptische im Kolonialstil. Der Raum wurde von einem stylischen, schieferfarbenen Dreisitzersofa dominiert. Er schaute es sich einen Moment lang an und sah dann zu Grace.

„Grau?", fragte sie und zog zweifelnd die Stirn kraus. „Wir müssen die Couch ja nicht unbedingt durch eine exakte Kopie ersetzen.“ Sie drehte sich langsam um die eigene Achse und begutachtete andere Modelle. Dann zeigte sie auf ein traditionelles rotes Sofa. „Wie wäre es mit dem da?“

Sie gingen in einen anderen Ausstellungsbereich hinüber. Das gesamte Design bestand aus drei Farben: rot, weiß und schwarz. Ein schwarz gebeizter Holzfurnierboden, röhrenförmige Regalhalterungen aus Metall mit weißen Regalbrettern und ein großes rotes Sofa, das auf einem weißen, unechten Schaffell stand.

Grace warf zwei silberweiße Dekokissen aus Chenillestoff zur Seite und ließ sich auf das Sofa fallen. Er merkte, dass sie ihn beobachtete, und dachte, dass sich seine Anspannung vermutlich auf seinem Gesicht abzeichnete. Sie zog eine Schnute. „Komm schon, John-Michael. Sei nicht sauer auf mich.“

John-Michael schüttelte ganz leicht den Kopf. Er war wütend, aber nicht weil Grace gedacht hatte, er hätte ihr Geheimnis ausgeplaudert. Sondern weil Grace anscheinend vergessen hatte, was *sein* Problem war; die Schwere dessen, was er ihr über seinen Vater erzählt hatte. Und mit dieser Wut klarzukommen, war viel schwieriger.

Ich habe meinen Vater umgebracht. Ich habe ihn mit einem Kissen erstickt. Er hat mich darum gebeten. Er wollte nicht mehr leben. Aber ich bin derjenige, der sich jetzt daran erinnert, wie es sich angefühlt hat, als er unter dem Kissen gekämpft hat – und dann schließlich aufgab.

Mit einem tiefen Seufzer setzte er sich an das andere Ende des Sofas, um es zu testen. Es fühlte sich gut an. In seiner momentanen Gemütsverfassung war ein Sofa genauso gut wie das andere.

Es verging nicht ein Tag, an dem John-Michael nicht über den Tod seines Vaters nachdachte. Grace wusste, was er getan hatte – er hatte es ihr auf der Rückfahrt von San Quentin anvertraut, wo sie ihren Vater im Gefängnis besucht hatten. Wenn sie es irgendwem erzählte, war er geliefert. Wie konnte sie auch nur eine Sekunde lang denken, dass er *ihre* Geheimnisse herumerzählen würde? Auf welchem Planeten lebte sie?

„Gefällt dir das Sofa?“, fragte sie.

John-Michael ließ sich in die dicke, strukturierte Polsterung sinken. „Ist okay.“ Er lehnte sich zur Seite und zog an dem Preisschild. „Sechshundertneunundneunzig.“

„Perfekt. Das ist noch im Budget.“

Für einen Moment schwiegen sie beide. John-Michael nahm einen Katalog von einem kleinen Stapel auf dem nebenstehenden Klapptisch und begann, ihn durchzublättern. Grace stand auf, ging zu dem Regal hinüber und zog eine Schublade heraus. Dann sagte sie so, als wäre ihr der Gedanke eben erst gekommen: „Denkst du, dass Lucy sich jemals bei der Polizei meldet und eine Aussage macht?“

Er hörte den Frust in ihrer Stimme. „Wenn Alex Vesper mein Vater wäre, würde ich maximalen Druck auf Lucy ausüben, damit sie den Mund aufmacht“, sagte er unverblümt.

„Du hast leicht reden.“

Er seufzte. Eins zu null für Grace. Sie lebte nun schon seit sehr langer Zeit mit ihrem Geheimnis. Er hingegen hatte erst vor einem Monat erfahren, dass ihr Vater in der Todeszelle saß. Als sie Graces Vater besucht hatten, war John-Michael mit seiner größten Angst konfrontiert worden: dem Inneren eines Hochsicherheitsgefängnisses. Genau der Ort, an dem er enden könnte, wenn es irgendwem gelänge, wegen seines Vaters eine haltbare Anklage gegen ihn zu erheben.

„Nebenbei bemerkt: Lucy und ich standen uns seit dem Rockcamp immer ziemlich nah“, sagte er. „Wir können über alles Mögliche reden. Aber in der ganzen Zeit hat sie nicht einmal auch nur die kleinste Andeutung fallen lassen, dass sie irgendetwas in der Art gesehen hat, wie du es ihr unterstellst."

„Ich sage ja nicht, dass Lucy weiß, was sie gesehen hat. Vielleicht hat sie eine posttraumatische Belastungsstörung."

„Das wäre möglich." John-Michaels Wimpern flackerten. „Ich meine, sie zeigt sämtliche Anzeichen dafür."

Grace nickte zustimmend. „Sie musste aus irgendeinem Grund einen Entzug machen."

„Ich bin immer davon ausgegangen, dass ihr Drogenproblem mit diesem Kinderstarkram zusammenhing – der Klassiker halt. Ich habe ein schlechtes Gewissen, weil ich nie auf die Idee gekommen bin, dass noch mehr dahinterstecken könnte."

„Du solltest dir deswegen keine Vorwürfe machen. Die Sache ist doch die: Lucasta Jordan-Long war den Großteil meines Lebens ein Thema für mich. So wie alle Kinderstars, die an jenem Abend auf dieser Party waren. Ich habe sämtliche Karrieren verfolgt. Als der Zufall uns hier nach Venice gebracht hat, habe ich gewissermaßen damit gerechnet, dass sich einer von euch daran erinnert, dass sie früher im Fernsehen war." Sie sah ihn erwartungsvoll an.

„Na ja, ich wusste es."

„Ja, John-Michael, und als das alles rauskam, mit Lucy und *Jelly and Pie*, hast du es sofort zugegeben. Maya nicht."

Er stutzte. „Du denkst, sie wusste es die ganze Zeit?"

„Maya ist sehr gut darin, Informationen für sich zu behalten."

„Da ist sie nicht die Einzige. Ehrlich, Grace, sieh mal aufmerksam in den Spiegel."

Ihre saphirblauen Augen blitzten plötzlich gefährlich auf. „Aber *du* weißt doch, warum ich so geheimnisvoll bin. Ich habe dir alles erzählt. Die Frage ist: Was verheimlicht Maya uns?“

„Vielleicht hat sie nicht verraten, dass Lucy ein Kinderstar war, um sie nicht in Verlegenheit zu bringen? Sie respektiert unsere Gefühle.“

Grace sah ihn missbilligend an. „Ist das dein Ernst? Maya ist nicht respektvoll, John-Michael. Weißt du, was Maya mir auf unserer Party erzählt hat? Sie riet mir – nein, *flehte* mich *an* –, Lucy und Candace von meinem Vater zu erzählen.“

John-Michael rutschte unruhig auf dem Sofa herum. Dann hatte Maya tatsächlich geredet – das erklärte Graces ungewöhnlich gereiztes Verhalten. Ein anderes Paar hatte den gleichen Showroom betreten und bemühte sich, die beiden nicht anzustarren. Er stand auf und hielt Grace die Hand hin.

Während sie durch das Geschäft in Richtung Ausgang gingen, räumte Grace ein: „Ich habe ihre Augen gesehen. Sie hat Angst, John-Michael. Ich muss wissen, warum.“ Sie unterbrach sich und angelte nach dem Smartphone, das soeben in ihrer Tasche zu vibrieren begonnen hatte.

John-Michael beobachtete, wie sie auf den Namen des Anrufers blickte, den Anruf entgegennahm und einen Zeigefinger hochhielt, als wollte sie sagen: „Eine Minute.“ Dann hörte sie schweigend zu. Innerhalb weniger Sekunden verwandelte sich ihr Gesichtsausdruck von stillem Schock zu atemlosem Entsetzen. Als sie schließlich nickte und mit leiser Stimme ein „Ich verstehe“ hervorbrachte, zitterte Grace. Das Telefon glitt ihr aus den Fingern. John-Michael bückte sich schnell, um es aufzufangen. Kurz bevor das Display wieder schwarz wurde, sah er den Namen des Anrufers: *Mom.*

Sie waren neben einem Tisch mit Küchenutensilien stehen geblieben, gegen den sie sich auf der Suche nach Halt gelehnt hatte. Er nahm Graces rechte Hand. „Gracie, hast du schlechte Nachrichten erhalten? Ich verspreche dir, dass wir alle für dich da sein werden. Ist irgendjemand krank?"

Grace holte zittrig Luft und entzog John-Michael langsam ihre Hand. Sie straffte die Schultern und schüttelte fest den Kopf, als versuchte sie, etwas Entschlossenheit herbeizurufen.

„Nein. Es ist etwas, womit ich gerechnet habe. Es ist nur, dass …" Auf einmal lachte sie kläglich auf. „Es tatsächlich zu hören ist so viel härter, als ich es erwartet hätte."

Zu seinem Erstaunen sah er, wie sich ihre Augen mit Tränen füllten. Ganz sanft fragte John-Michael: „Was ist los?"

Grace kniff die Lippen zusammen. Dann erwiderte sie zögerlich mit gepresster Stimme: „Mein Vater. Die Hinrichtung. Sie haben ein Datum festgelegt. Vierzehnter Juli. Vier Wochen, John-Michael. In vier Wochen werden sie meinen Vater töten."

MAYA

Dreibettzimmer, Venice Beach – Montag, 22. Juni

Jack Cato wartete mit Grace am Fuß der Wendeltreppe. Maya konnte sich vorstellen, warum sie ihn nicht ins Haus gebeten hatte. Der Rauchgeruch vom Sofabrand hing immer noch über dem Erdgeschoss. Ohne die Ersatzcouch, die am folgenden Tag geliefert werden sollte, sah der Wohnbereich spartanisch aus. Oder, wie Candace zu sagen bevorzugte: minimalistisch.

„Morgen", sagte Jack strahlend. „Schöner Tag, nicht wahr?"

Maya grinste. „Draußen schon. Drinnen ist es eher verqualmt."

Er sah irritiert aus. „Ist was passiert?"

„Ein Feuer", bemerkte Grace. „R.I.P., Sofa. Du willst Maya also zu einem Brunch mit Geschäftsleuten mitnehmen?"

„Es ist eher ein Frühstück einiger Unternehmer", erwiderte Jack mit einem leisen Lachen, das sogleich ein Lächeln auf Mayas Lippen zauberte. „Aber im Großen und Ganzen: ja."

„Jack war einer der Finalisten bei einem großen Unternehmerwettbewerb für Schüler in England", erklärte Maya Grace. „Und er hat viele bekannte Leute und Investoren kennengelernt, die erfolgreiche Firmen gegründet haben. Er hat herausgefunden, wie das alles läuft, und deshalb nimmt er mich zu dieser Sache im Caltech mit."

„Wir wollen nur das Interesse einiger Leute wecken", erklärte Jack bescheiden. Maya bezweifelte, dass er noch hinreißender sein konnte, selbst wenn er es versuchte.

Drei Stunden später lehnte sich Maya erschöpft an die Wand des Konferenzzentrums im Caltech. Auf der anderen Seite der Wand befand sich ein Raum voll reicher Computerfreaks – einige hatten gerade erst ihren Collegeabschluss in der Tasche –, die soeben ihrer allerersten Technologiepräsentation beigewohnt hatten. In ihren Ohren hörte sie ihr Herz immer noch genauso laut und kräftig schlagen wie kurz zuvor in den längsten fünf Minuten ihres Lebens.

„Das war genial!", sagte Jack atemlos. Sie spürte seine Hand, die er zögernd zu ihrer Schulter ausstreckte und dann im letzten Moment zurückzog.

Maya konnte gar nicht mehr aufhören, zu strahlen.

„Ich kann es nicht glauben!", sagte sie. Er sah sie so intensiv an, dass sie am liebsten weggeschaut hätte, doch irgendwie schaffte sie es nicht. „Gleich zwei! *Zwei* dieser Typen wollen in meine App investieren! Richtige Sponsoren. Das ist so unwirklich."

„Du hast es geschafft, Champ", bemerkte er und strengte sich an, lustig zu klingen. Er knuffte sie leicht gegen die Schulter. Ihre Blicke kreuzten sich für eine Sekunde, und sie spürte eine heftige Spannung. Entweder war das wieder seine hinreißende britische Zurückhaltung, oder er wollte sie wirklich berühren und wusste nicht wie.

Der gesamte Event war ziemlich lässig abgelaufen, wie eine Open-Mike-Veranstaltung. Jack hatte Maya für eine fünfminütige Präsentation ihrer neuen Promisr-App vorgeschlagen, und Maya hatte sich hingestellt und mit etwas zittriger Stimme vor allen ihre App für sozialen Tauschhandel angepriesen. Es fühlte sich an, wie in einem seltsamen Unternehmer-Comedy-Club aufzutreten.

Nach der Hälfte der Zeit hatte sie beschlossen, dass es am besten wäre, ihre App einfach zu demonstrieren. Kaum war sie fertig, hatte sich eine Gruppe potenzieller Investoren versammelt – allesamt junge Männer um die dreißig.

„Ich habe noch nie gesehen, dass Investoren so schnell anspringen“, staunte Jack, während er sich mit der Hand durch seine zerzausten blonden Haare fuhr und sich bemühte, das gerade Geschehene zu verarbeiten. „Du verstehst das nicht! Meistens sind sie regelrecht gelangweilt. Du hast diese Nerds total elektrisiert!“

„Irgendwie schon, oder?“, erwiderte Maya, die genauso benommen war. „Es ist unglaublich, dass einige Menschen nach einer fünfminütigen Präsentation einfach mal eben so viel Geld lockermachen können.“

„Na ja, sie werden dich mindestens eine weitere Stunde löchern. Sie können noch viel mehr lockermachen. Und das werden sie auch. Du wirst schon sehen. Hundert Mille sind nichts für diese Typen. Es ist nicht nur die Technologie – *du* bist es. Du hast sie umgehauen, Maya.“

„Aber warum?“, fragte sie irritiert.

„Weil du jung, brillant und umwerfend bist. Und weil du als Mädchen hervorstichst! Diese Typen träumen von dem Tag, an dem dein Foto auf dem Cover des *Wired Magazine* erscheint. Oder auf dem *Time Magazine*!“

Maya strahlte. Dann boxte sie ihm leicht in die Brust. „Oh bitte. Jetzt übertreibst du.“

Jack hielt ihre Hände fest. Sie spürte, wie ihre Knie ein bisschen nachgaben, und konnte sich auf nichts anderes mehr konzentrieren als auf das Gefühl seiner Finger, die sich mit ihren verschränkten.

„Geht es dir gut?“, fragte er, als sie die Augen schloss und sich plötzlich an ihn lehnte, um sich stützen zu lassen.

Maya spürte ein berauschendes Gefühlsdurcheinander. Erleichterung und Aufregung, aber auch Angst. „Jack, was ist, wenn ich es vermassle? Ich kann programmieren, aber was verstehe ich schon davon, irgendwelche Geschäfte zu führen?“

„Ach, mach dir deswegen keine Gedanken. Sie bauen darauf, dass du das Programm schreibst. Du bist das Gehirn, die Kreativität. Die geschäftliche Seite ist ihre Sache.“

Sie öffnete die Augen. Jetzt hatte sie erst recht Angst. „Meinst du – meinst du, es besteht die Möglichkeit, dass man mich abzockt? So was passiert.“

Er hob eine Hand und strich ihr mit dem Finger sanft über die Wange. „Hey“, sagte er ganz leise. „Ich bin es, der dich hier reingebracht hat. Denkst du, ich würde dabei zusehen, wie man dich abzockt?“

Sie fühlte eine überwältigende Welle der Dankbarkeit für ihn. „Wenn du nicht wärst, würde ich immer noch Bugs bei Cheetr ausmerzen und dabei zusehen, wie die Anzahl der Downloads wächst. Das hier ist eine ganz andere Liga. Die oberste.“

„So ein Blödsinn“, murmelte er, während er immer noch ihre Wange streichelte. „Du hattest schon angefangen, an Promisr zu arbeiten, als du das erste Mal mit mir gesprochen hast.“

Sie standen jetzt sehr nah zusammen, so nah, dass sie seinen Atem spüren konnte. Er roch süß nach Orangensaft. Vor lauter Vorfreude auf mehr erzitterte sie, aber anstatt ihr noch näher zu kommen, wich er ein Stückchen zurück, ehe er die Hand herunternahm. Erschrocken begriff Maya, dass sie gewollt hatte, dass er sie küsste. Sie atmete die angehaltene Luft aus, als er sich abwandte.

„Ähm, wir sollten lieber wieder reingehen für die nächste Präsentationsrunde. Es wäre unhöflich, sie zu versäumen“, sagte er mit offensichtlicher Mühe.

Warum küsst er mich nicht?

Maya hatte Jack schon vom ersten Moment an süß gefunden, aber nun war es, als sei irgendein Filter verschwunden und sie könne ihn endlich sehen. Je länger sie ihn anstarrte, umso attraktiver wurde er.

„Jack“, sagte sie leise, ohne sich von der Stelle an der Wand zu rühren. Jack verharrte auf seinem Weg zur Tür und drehte sich um. Die Enttäuschung stand ihm ins Gesicht geschrieben.

In diesem Moment hört Jack auf, ihr Nachhilfelehrer zu sein, ein Chemiegenie, ein Businesscoach. Alles, woran Maya denken konnte, war an einen süßen Typen mit dem schärfsten Akzent aller Zeiten und an alles, was er für sie getan hatte. In diesem Moment wollte *sie* nur noch *ihn* küssen.

Maya ging zu Jack hinüber und fasste ihn an den Armen.

Sie zog ihn näher, bis ihre Nasenspitzen nur noch weniger Zentimeter voneinander entfernt waren. Sie spürte, dass er immer noch darauf wartete, dass sie den ersten Schritt machte. Ein Gefühl der Euphorie durchfuhr sie, und ihre Haut kribbelte am ganzen Körper. Dann beugte Maya sich vor. Jegliche Unsicherheit war verschwunden. Sie drückte sich an ihn, forderte ihn heraus, ihr zu widerstehen. Seine Lippen waren überraschend weich. Daran würde sie viele Stunden später, wenn der Schock über den ersten Kontakt abgeebbt war, noch oft denken.

Dieses Mal hielt er nicht still. Ihre Münder schienen miteinander zu verschmelzen und sie schlang die Arme um seinen Hals und hielt ihn fest, während sie sich küssten.

„Oh Gott", murmelte er undeutlich und wich zurück.

Maya nahm die Finger aus seinen Haaren und trat zurück. „Dein erster Kuss?", fragte sie und versuchte, unschuldig zu klingen. Wem wollte sie hier etwas vormachen? So hatte sie noch keinen Jungen geküsst.

„Kommt mir fast so vor", sagte er mit einem nervösen Lachen. „Sieh mal, Maya, ich …"

„Ist es, weil du mein Nachhilfelehrer bist?"

„Nein! Ich meine, ja, ein bisschen, aber das würde mich nicht abhalten. Ich meine, wenn das ein Thema wäre, würde ich sie bitten, jemand anderes für dich zu suchen … Es ist nur, dass …" Er verzog den Mund zu einer Grimasse. „Clarissa", sagte er schließlich bitter.

„Deine Exfreundin?" Maya konnte ihre Enttäuschung kaum verbergen. „Du hast mir gesagt, dass es vorbei ist. Ich dachte, sie wäre zurück nach England gegangen."

„Es ist auch vorbei, aber wie sich herausgestellt hat, wird sie noch etwas länger hierbleiben", erwiderte er mehr als nur ein bisschen schuldbewusst. „Sie hat irgendeinen dämlichen Kurs gefunden, den sie an der UCLA machen will. Jetzt wartet sie auf die Genehmigung ihrer Uni für ein Austauschprogramm."

„Okay, aber … was hat das mit dir zu tun?"

„Maya, ich bin der Einzige, den sie in L. A. kennt. Ich kann sie nicht einfach im Stich lassen. Clarissa kommt aus einem kleinen Dorf in Suffolk. Für ein Mädchen wie sie ist L. A. verdammt beängstigend."

Maya konnte nichts sagen. In ihrem Kopf reihten sich Hunderte Argumente und Beleidigungen aneinander.

„Hey“, sagte sie und riss sich mit aller Kraft zusammen. „Das war nur ein Danke-Kuss. Wenn du die Sache hier streng professionell durchziehen willst, sag es einfach.“

„Das habe ich nicht gesagt, Maya“, entgegnete Jack unglücklich. Aber sie hatte sich bereits zum Gehen gewandt.

PAOLO

Getty Villa, Malibu – Montag, 22. Juni

„Mann, wie gern ich jetzt in diesen Pool springen würde."

Paolo betrachtete den breiten blauen Streifen, der sich vom äußeren Rand des Innenhofs bis zu den dorischen Säulen am anderen Ende der nachgebauten römischen Villa erstreckte. Wenn er in das klare, türkisfarbene Wasser eintauchte, gelänge es ihm vielleicht, das Gefühl der Angst abzuwaschen, das sich seit der grauenvollen Nacht im Malibu Canyon an ihm festklammerte.

Er fingerte ungeschickt an dem Faltblatt herum, das man ihnen zu Beginn des Ausflugs der Van Buren Highschool ausgehändigt hatte. Es war die erste Aktion des Ferienprogramms der Schule, an dem teilzunehmen er seinen Eltern versprochen hatte. Sie wollten nicht, dass ihr Sohn 100 Prozent seiner Zeit damit verbrachte, für die Tennisturniere im Juli zu trainieren, und solange Paolo neben der angestrebten Karriere als Tennisprofi auch noch andere Ambitionen hatte, musste er auf ihre Wünsche eingehen. Sonst würden seine Eltern womöglich aufhören, sein mündiges Leben finanziell zu unterstützen – und das war das Letzte, was er wollte.

John-Michael hatte sich tapfer bereit erklärt, mit ihm gemeinsam einen Vorbereitungskurs fürs College mit dem verlockenden Titel „Kunstgeschichte – Schönheit trifft auf Brutalität“ zu besuchen. Er war durch keinerlei elterlichen Erlass zu irgendwas verpflichtet – John-Michaels Gelder kamen direkt aus einem geerbten Treuhandfonds, der eingerichtet worden war, um bis zu seinem 25. Geburtstag seine Ausbildungs- und Lebenshaltungskosten abzudecken. Es war sogar JM gewesen, der den Kurs ausgewählt hatte.

Die beiden Jungs sonderten sich von der restlichen Klasse ab, die in die Galerie ging, um sich einen Vortrag über byzantinische Kunst anzuhören.

„Selbst für einen Typen mit bergeweise Kohle ist es ziemlich schräg, eine abgebrannte römische Villa nachzubauen“, sagte John-Michael. Er blickte zu Paolo, der genauso abwesend wirkte wie am Morgen, als er zu seiner täglichen Trainingseinheit zum Tennisclub aufgebrochen war. „Machst du eine neue Diät?“

„Mir ist einfach nicht nach essen.“ Paolo schwankte ein bisschen. Der plötzliche Themenwechsel verblüffte ihn. „Warum interessierst du dich für meine Ernährung?“

„Weil mir jetzt, wo ich dich ansehe“, erwiderte John-Michael ernst, „auffällt, dass du abgenommen hast. Deine Wangenknochen sind markanter. Genau wie dein Schlüsselbein.“

„Mein *Schlüsselbein*?“

John-Michael legte vorsichtig einen Finger auf Paolos Haut unter seiner Kehle. „Du isst seit ein paar Tagen kaum was.“

„Ich bin mit meinen Gedanken ein bisschen woanders“, gestand Paolo.

„Ist es so schlimm, dass du dich zu Tode hungerst? Was hast du getan? Jemanden umgebracht?“

Paolo blickte ihn finster an, sagte aber nichts.

„Ich halte es vor Spannung kaum noch aus." John-Michael lehnte sich an eine der Säulen des Innenhofs und blickte seinem Freund direkt ins Gesicht. „Wirst du mir jemals erzählen, was in jener Nacht da unten im Malibu Canyon passiert ist?"

Paolo konnte ihm nicht in die Augen sehen. „Du sagtest, du willst es lieber gar nicht wissen."

John-Michael nickte. „Ich habe es mir anders überlegt. Ich habe dich noch nie so gesehen. Du gehst wie auf rohen Eiern, lässt ab und zu dein Tennistraining ausfallen. Irgendwas stimmt doch nicht mit dir."

Paolo wählte seine Worte mit Bedacht: „Wenn du es nicht weißt, wirst du niemals lügen müssen."

„Mensch, Alter, wen müsste ich denn anlügen?"

Paolo sagte nichts.

John-Michael fuhr fort: „Paolo, hör zu, ich habe dir gern geholfen. Es ist nicht illegal, Benzin in dein Auto zu füllen und damit nach Hause zu fahren. Wenn irgendwer fragt, warst du es. Ich muss niemals irgendwas dazu sagen. Das ist ohnehin immer meine bevorzugte Strategie, sobald die Bullen ins Spiel kommen, aber im Ernst: Ich hab's verdient, es zu erfahren."

Paolo nickte kurz und sah sich um. Bei diesem Gespräch durfte er nicht riskieren, belauscht zu werden. Das Gefühl, beobachtet zu werden, brachte seine Haut zum Kribbeln. Mit jedem Tag, der verging, wurde eine Stimme in seinem Kopf immer lauter:

Irgendjemand weiß es. Es wird alles rauskommen.

„Die Sache ist die, Paolo. Nehmen wir mal an, es kommt raus. Wem gegenüber müsste ich dann die Klappe halten? Den Bullen? Oder jemand anderem?"

Paolo wandte sich ab, ohne eine Antwort zu geben.

John-Michael aber ging um ihn herum, bis er ihm in die Augen sehen konnte. „Hast du irgendein hohes Tier angepisst? Irgendeinen reichen Typen, der seine eigene Privatarmee hat?"

Paolo war irritiert. „Wovon redest du?"

„Es kommt mir so vor, als hättest du Angst, Paolo. Was in mir das Gefühl weckt, dass die Sache wirklich ernst ist. Ich dachte, du versuchst nur, aus einer Nummer im Country Club rauszukommen, vielleicht weil man dich mit einer bestimmten Person nicht sehen sollte."

„Das ist gut – denk das ruhig weiter." Paolo erlaubte sich, ein bisschen feindselig zu klingen. War das der einzige Grund, warum John-Michael ihm vorgeschlagen hatte, nach draußen in den Garten zu gehen? Damit er ihn ausfragen konnte?

„Du kannst mir vertrauen. Ich stecke doch sowieso mit drin. Wenn ich hinter dir stehen soll, muss ich wissen, was Sache ist, damit ich bei der Story bleiben und meinen eigenen Arsch retten kann."

Paolo starrte ihn ungläubig an. „Willst du das wirklich?"

John-Michael nickte langsam. „Ja. Spuck's aus. Ich kann damit umgehen."

Paolo atmete ein paarmal schnell ein und aus, als ob er sich für ein Rennen warmmachte. Einen Augenblick später fing er an zu erzählen, was sich in jener Nacht in den Hügeln ereignet hatte – die ältere Frau, die Fahrerflucht, das geborgte Handy, alles.

Und John-Michael hielt für eine ganze Weile die Luft an. Schließlich keuchte er auf und sagte: „Im Ernst? Oder verarschst du mich?"

„Ich wünschte, es wäre so. Meredith war hinüber. Ich musste da weg, Mann. Den Typen, der sie auf dem Gewissen hat, hätten sie sowieso nicht gefunden. Aber sie hätten mir alle möglichen Fragen gestellt. Warum ich mit ihr zusammen war und so."

John-Michael schnalzte leise mit der Zunge. „Wir leben nicht in Saudi-Arabien, Alter. Ehebruch ist hier kein Verbrechen. Ich meine, es wird zwar moralisch verurteilt, aber …"

„Es war komplizierter."

„Inwiefern?"

Paolo seufzte. „Das möchte ich lieber nicht sagen."

John-Michael schien darüber nachzudenken. „Hast du irgendwelche anderen Zeugen gesehen?"

„Denkst du, ich wäre das Risiko eingegangen, abzuhauen, wenn ich noch wen gesehen hätte?"

„Du denkst, die Bullen werden davon ausgehen, dass sie alleine war?"

Paolo nickte und sagte bedrückt: „Das ist die Grundidee." Er begann, auf den Terrakottakacheln entlangzugehen, die den schimmernden Pool säumten. Nach einer Sekunde folgte John-Michael ihm.

Mit leiser Stimme sagte Paolo: „Das Problem ist, dass die Überwachungskamera am Country Club aufgezeichnet haben könnte, wie ich in ihren BMW gestiegen bin."

„Ah. Allmählich ergibt das alles einen Sinn. Deshalb sollte ich dir ein Alibi verschaffen."

„Meredith hat das GPS nicht eingeschaltet", fuhr Paolo fort, „für den Fall, dass ihr Ehemann den Wagen überprüft, um herauszufinden, wo sie sich aufhält. Sie hat sehr sorgfältig darauf geachtet, wer uns miteinander sprechen sieht. Aber der Parkplatz ist eine potenzielle Gefahrenquelle."

„Kannst du da irgendetwas unternehmen? Ich meine, du arbeitest schließlich dort, oder?"

„Daran habe ich auch schon gedacht", erwiderte Paolo mit einem Nicken. „Als ich gestern zum Trainieren da war, habe ich versucht, in den Sicherheitsraum zu gelangen. Aber es gab nicht einen Moment, in dem er leer war."

„Wenn du die Gelegenheit hättest, die Kassette zu stehlen oder die Festplatte zu löschen oder was auch immer für ein System die dort benutzen, musst du das machen, Paolo", meinte John-Michael. „Wenn die Bullen sich fragen, ob irgendwer bei ihr war, werden sie wahrscheinlich im Country Club nachfragen."

„Ich habe mich an dem Tag nicht im Club angemeldet. Ich hatte keinen Unterricht. Sie auch nicht. Es gibt also keinen Grund, warum die Bullen irgendetwas anderes annehmen sollten, als dass sie von Montecito zu ihrer Hütte in Malibu Creek fahren wollte."

„Alleine? Wer macht denn so was?"

Paolo zuckte mit den Schultern. „Was sollte das die Bullen kümmern? Sie würden wahrscheinlich davon ausgehen, dass sie sich in der Hütte mit jemandem treffen wollte."

„Und dieser ‚Jemand' wird sich niemals melden", schlussfolgerte John-Michael. „Und falls sich in der Zwischenzeit irgendjemand die Videoaufzeichnungen vom Parkplatz am Club ansieht, sieht er jemanden, der aussieht wie du und in einem Taxi ankommt, Benzin in den Tank füllt und dann wegfährt."

Mechanisch sagte Paolo: „Genau. Wenn jemand fragt, sage ich einfach, dass ich kein Benzin mehr hatte."

John-Michael konnte nicht verhindern, dass sich ein Unterton der Bewunderung in seine Stimme schlich. „Du bist echt genial. Du hast dir dieses ganze Alibi ausgedacht und es mithilfe eines geborgten Handys angeleiert, kurz nachdem du gesehen hast, wie deine Freundin von einem Autofahrer getötet wurde, der danach Fahrerflucht beging, und das alles wegen der winzigen Möglichkeit, dass sich jemand das Material von der Überwachungskamera in einem Tennisclub ansieht, den eigentlich niemand auf dem Schirm haben kann, weil keiner weiß, dass sie dort war?"

„Sie war *nicht* meine Freundin, Mann", sagte Paolo aufgebracht. „*Natürlich* habe ich an das Überwachsungsvideo gedacht! Das Erste, woran ich gedacht habe, war, wer mich mit ihr gesehen haben könnte. Das ist grundlegender Selbsterhaltungstrieb! Ich habe das Einzige getan, das mir so schnell einfiel. Etwas, das mir einen nachvollziehbaren Grund gibt, in diesen BMW ein- und vor allem wieder auszusteigen, bevor Meredith in die Hills fährt."

„Das ist eiskalt, Mann."

Diesmal sagte Paolo nichts. War es für John-Michael offensichtlich, dass er über den Tod dieser Frau froh war? Vielleicht nicht über die Art, *wie* es passiert war, aber er war erleichtert, dass sie aus seinem Leben verschwunden war. Erleichtert genug, um sich schuldig zu fühlen. Um sich zu fragen, wann der Tag käme, an dem ein Detective an seine Tür klopfen, hereinkommen und Paolo in der Küche vorfinden würde, wie er sich gerade einen Proteinshake mit Erdbeergeschmack anrührte und glaubte, seine Probleme lägen hinter ihm. Bislang hatte Paolo nach dem ersten Einzeiler über Merediths Tod keine Folgemeldung im Internet gefunden. Aber vielleicht war es noch zu früh?

„Versuch, dich nicht verrückt zu machen, Paolo. Du musst jeden Tag nehmen, wie er kommt. Ich kann mir vorstellen, wie du dich fühlst. Aber denk immer daran: Jeder Tag, an dem sie dir keinen Besuch abstatten, ist ein Gewinn. Je mehr Zeit verstreicht, desto unwahrscheinlicher ist es, dass sie dich mit dem Unfall in Verbindung bringen." John-Michael kniete sich hin und zog an einem Berglorbeerblatt, das an einem säuberlich gestutzten Busch in der Nähe des Wasserrandes wuchs. Er zupfte das Blatt vom Zweig ab, drehte es und zerquetsche es in der Hand. Dann hielte er es sich unter die Nase und atmete den Duft tief ein. „Hmm. Jetzt würde ich am liebsten Parmesan-Hähnchen kochen."

Paolo bemühte sich, einen hoffnungsvollen oder erleichterten Gesichtsausdruck zustande zu bringen, irgendetwas, das John-Michael das Gefühl gab, dass seine Worte Wirkung hatten. Doch er schaffte es nicht.

Der Nachmittag hatte Paolo kein bisschen abgelenkt. Geständnisse sollten einem doch eigentlich etwas Last von den Schultern nehmen, oder? Trotzdem verspürte Paolo jetzt ein schwaches mulmiges Gefühl.

Würde seine Offenheit ihn irgendwann einholen und jagen?

MAYA

Dreibettzimmer, Venice Beach – Montag, 22. Juni

Maya traf zu Hause ein, bevor Paolo und John-Michael von der Getty Villa zurück waren. Als sie sah, dass Grace allein in dem Zimmer war, das sie sich mit John-Michael teilten, schloss sie die Tür. Grace unterbrach die Lektüre von *Abtauchen* von Junot Díaz, um zu Maya hochzuschauen, die im Raum umherging und dabei Jacke und Bücher achtlos fallen ließ.

„Das hebst du ja noch auf, oder?“

„Oh. Ja, klar.“ Maya unternahm einen halbherzigen Versuch, ein Buch aufzuheben. Dann wandte sie sich Grace zu. Ihr Gesicht war tiefrot. „Kann ich dich um einen Rat bitten?“

Grace legte ein Lesezeichen in ihr Taschenbuch und klappte es zu. „Ach, jetzt willst du meinen Rat, ja? Bedeutet das, dass du damit fertig bist, *mir* Ratschläge zu erteilen?“

Maya wurde noch roter. Ihre Stimme war nur noch ein Flüstern, als sie sagte: „Grace, das war nichts Persönliches. Das mit deinem Vater tut mir leid, ehrlich. Aber das ist nichts, was du deiner eigenen Schwester verheimlichen solltest. Ich verstehe nicht mal, wie du es geschafft hast, es so lange zu verschweigen.“

Grace setzte sich auf und bedachte Maya mit einem berechnenden Blick. „Es ist nicht nur mein Geheimnis, Maya. Darin sind auch noch andere Menschen verwickelt. Meine Mutter, zum Beispiel. Und Candaces Vater."

„Oh", machte Maya. Daran hatte sie nicht gedacht. „Mein Gott, ich bin wirklich ein Vollidiot. Ich wette, es war nicht mal deine Idee, es geheim zu halten."

Grace zuckte leicht mit den Schultern. Mayas Zugeständnis schien sie zu entspannen. „Nein. Aber jetzt bin ich ein Teil davon. Mir gefällt es genauso wenig."

„Dann wirst du es ihr sagen, oder?"

„Candace ist gerade so mit dieser Fernsehserie beschäftigt, dass ich sie kaum zu Gesicht kriege. Ich werde es ihr sagen, Maya. Das muss ich, und zwar bald."

„Warum?"

Grace blinzelte mehrmals, als müsste sie Tränen zurückhalten. Sie lächelte matt und schluckte schwer. „Das Universum hat so eine Art, seinen eigenen Weg zu gehen."

„Das ist doch Schwachsinn", sagte Maya. „Glaub nicht an das ‚Universum'. Du bist selbst für dein Schicksal verantwortlich."

„Glaubst du das wirklich?"

„Natürlich." Maya setzte sich zwischen ihren Betten auf den Boden. „Ich versuche, die Kontrolle über mein eigenes Leben zurückzugewinnen. Erinnerst du dich an Jack Cato, meinen Nachhilfelehrer?"

„Der britische Typ. Ich habe ihn vorhin hineingebeten", sagte Grace. „Ihr seid auf so ein Geschäftsfrühstück gegangen oder so."

Trotz des Restärgers wegen Jacks Ansage über seine Ex kehrten langsam Mayas ursprüngliche Gefühle der Begeisterung und Euphorie zurück, die das Ergebnis ihrer Präsentation ausgelöst hatte. Sie ertappte sich dabei, wie sie lächelte. „Jupp."

„Wie ist es gelaufen?"

„Extrem und erstaunlich gut." Mayas Lächeln wurde breiter.

„Echt jetzt?"

Fröhlich erwiderte Maya: „Ja, ich hab's voll gerockt. Gleich zwei Investoren wollen mich unterstützen. Oh, und ich habe Jack geküsst."

„Wie bitte?"

„Ich habe meinen Nachhilfelehrer geküsst. Aber keine Sorge: Wie sich herausgestellt hat, ist er von der Idee, ein Highschool-Mädchen zur Freundin zu haben, nicht gerade begeistert."

Noch ehe Grace nachfragen konnte, was passiert war, ging die Tür hinter Maya auf. Sie drehte sich um und war bereit, den Störenfried anzuschnauzen, hielt sich jedoch zurück, als sie Ariana erkannte.

„Oh, hey, Leute. Sagt mal, wisst ihr vielleicht, wann Lucy nach Hause kommt?"

Ariana war andauernd überall, und Maya und Grace tauschten einen verärgerten Blick. Irgendwie wurde die Atmosphäre im Haus immer angespannter.

Zumindest kam es Maya so vor.

Sie hatte mit Lucy darüber reden wollen. Aber Lucy war so verschlossen, sodass es schwierig war, irgendein Thema anzuschneiden, das Lucy nicht selbst ansprach. Hinzu kam, dass Maya die letzten sechs Monate teilweise damit verbracht hatte, ihre Mitbewohner auszuspionieren und über jeden ihrer Schritte Bericht zu erstatten – und das Schuldgefühl machte es ihr unmöglich, die Sache auf den Tisch zu bringen. Zumal sie und Lucy sich kaum einmal über den Weg liefen. Seit Ferienbeginn schien Lucy nichts anderes zu tun, als bis zwei Uhr mittags im Bett zu bleiben und dann zu irgendeinem Termin aufzubrechen – Maya nahm an, dass es um irgendwas mit Musik ging.

Ihre andere Option war, den Frust ihrer Mitbewohner über Arianas ausgedehnten Aufenthalt zu befeuern. So wie Candace, als sie vor Kurzem gefragt hatte: „Und, Ari, hast du schon einen Job gefunden?"

Allerdings waren die Worte an Ariana abgeperlt wie Wasser vom Gefieder einer Ente. Sie hatte nur falsch gelächelt, heiser gekichert und erwidert: „Ach Süße, diese Stadt ist noch nicht bereit für die gute, alte Ariana."

Die Aufregung nach der Begegnung mit den Investoren brachte Maya dazu, eine weitere lange Nacht mit Programmieren zu verbringen. Gegen zwei Uhr nachts schlief sie ein und wachte viel zu früh wieder auf – 7:10 Uhr. Ihre Gedanken hörten einfach nicht auf, sich um die Programmfehler bei Promisr zu drehen und wie sie diese beheben konnte, bis sie wusste, dass ihr das nur mit einer Mahlzeit, Koffein und ihrem Laptop glücken würde.

Auf der Treppe vor der Zimmertür hörte sie Stimmen aus der Küche. Das Fenster musste offen stehen. Eine blecherne Stimme, die vom Lautsprecher irgendeines Smartphones verzerrt wurde, sagte gerade: „Freunde dich mit ihnen an, Herrgott noch mal! Das kann doch nicht so schwer sein, oder? Du bist nur ein paar Jährchen älter als sie."

Der Akzent war unverkennbar britisch. Er klang vertraut, doch Maya konnte ihn nicht einordnen.

„Ich gebe mein Bestes“, brachte Ariana hervor.

„Du musst dieses Nagellackfläschchen finden“, sagte die Frau bestimmt. „Oder verdammt noch mal sichergehen, dass sie es nicht aufgehoben hat. Sobald du das erledigt hast, verschwindest du von dort.“

Ariana keuchte auf. Dann herrschte Stille. Maya vermutete, dass die Anruferin – wer auch immer das gewesen sein mochte – aufgelegt hatte.

Sie blieb mitten auf der Wendeltreppe stehen. Sie wagte nicht, noch einen Schritt zu machen, weder in Richtung Küche noch zurück in die erste Etage.

Diese Stimme. Sie klang fast genauso wie … nein.

Das war unmöglich.

Dana Alexander?

Maya umklammerte mit einer Hand das Treppengeländer und hielt die Luft an, bis sie nicht mehr konnte.

Sie spitzte die Ohren, um weitere Geräusche von Ariana in der Küche zu hören. Sie hörte, wie der Wasserhahn angestellt wurde und das Wasser in die Metallspüle prasselte. Dann wurde ein Stuhl verschoben und jemand bewegte sich in Richtung Wohnzimmer.

Die Muskeln in Mayas Beinen spannten sich an. Wenn Ariana nach oben ins Badezimmer wollte, würde sie sie definitiv auf der Treppe erwischen. Dann wüsste sie, dass jemand ihr Telefonat – oder zumindest einen Teil davon – mitgehört hatte.

Sie hörte, wie die Haustür aufging, und traf eine Entscheidung. Maya flitzte zurück in ihr Zimmer, schlüpfte unter die Decke, vergrub ihr Gesicht im Kopfkissen und stellte sich schlafend. Sie lag noch immer reglos da, als Arianas Schritte draußen auf dem Treppenabsatz ertönten und vor der Tür verstummten. Lauschte sie? Würde sie es wagen, die Tür zu öffnen, um sich die drei schlafenden Zimmergenossen anzusehen?

Mayas Herz schlug heftig gegen ihre Rippen.

Ariana war im Haus, um Lucy auszuspionieren. Was bedeutete, dass Dana Alexander mehr wollte, als Maya liefern konnte – jemanden, den sie direkt ausquetschen und der Lucy provozieren konnte.

Oder es bedeutete, Dana vertraute Maya nicht mehr.

CANDACE

Venice Beach, Küche – Dienstag, 23. Juni

„Grace ist schon weg. Sie wollte Beachvolleyball spielen. Sie wird also nicht auf die IKEA-Lieferung warten können." Candace half John-Michael dabei, den Tisch zu decken. Sie trug Teller mit dampfendem Rührei, knusprigem Bacon und Rosti-Ecken hinüber.

Lucy nahm drei verschiedene Flaschen scharfer Sauce aus dem Schrank und stellte sie auf den Tisch. „Ach, kein Problem. Ariana hat angeboten, hierzubleiben."

„Das ist ja total lieb von ihr", erwiderte Candace tonlos. Und fügte trocken hinzu: „Isst Ariana mit uns?"

„Sie nimmt ein heißes Bad", antwortete Lucy. „Sie sagt, ihr tut der Rücken weh von den Nächten auf dem Futon."

Candace sagte nichts, doch für einen Moment kreuzte sich ihr Blick mit dem von John-Michael. Erstaunt schüttelte er ganz leicht den Kopf. „Was ist mit Maya?", fragte sie.

„Noch im Bett. Dieses Mädchen ist echt eine Nachteule."

John-Michael lachte. „Genau wie wir. Frühstück um halb drei Uhr nachmittags?"

„Es sind Sommerferien, Mann", meinte Lucy. „Maya schläft wahrscheinlich noch, weil sie bis zum Morgengrauen gearbeitet hat."

„Es ist diese App", sagte Candace. „‚Man muss in Bewegung bleiben wie ein Hai.' Das sagt sie doch immer, oder? Na ja, ihr wisst ja, was man über zu viel Arbeit und zu wenig Freizeit sagt …"

„Sagt das Mädchen, das seine gesamte Freizeit damit verbringt, eine Fernsehserie zu drehen", kommentierte Lucy. „Oder können wir davon ausgehen, dass es da noch einen Hintergedanken gibt? Wir haben da so Gerüchte gehört."

Candace sah Lucy an und zog eine ihrer perfekt gezupften Augenbrauen hoch, während sie sich Bacon und Eier nahm. „Leute, jetzt *träume* ich von Yoandy."

Lucy goss drei Gläser Eiswasser ein. „Erzähl. Oder sprechen wir hier von nicht jugendfreien Träumen?"

„Das wären die einzigen Träume, die ich von Yoandy Santiago hätte", gab John-Michael zu.

Candace lächelte schelmisch. „Wir haben es miteinander gemacht, wenn ihr es unbedingt wissen wollt."

„Du gottverdammtes Traum-Luder, ich wusste es!" John-Michael zeigte gespielt vorwurfsvoll mit dem Finger auf sie.

„Hmm", erwiderte Candace leichthin, „das sagt genau der Richtige. *Er* nennt mich *nena linda*", fügte sie hinzu, und ihre Stimme klang dabei so sanft, dass sie selbst überrascht war.

Lucys Interesse erwachte. „Im echten Leben? Oder in deinem Traum?"

„Im echten Leben natürlich."

John-Michael griff sich mit der Hand ans Herz und sagte voller Leidenschaft: *„¡Nena linda, te quiero, cuanto te quiero!"*

Lucy kicherte, aber Candace warf nur einen Klumpen Rührei nach ihr. *„Silencio!* Ich habe beschlossen, dass es romantisch ist."

„*Nena linda* ist nicht schlecht", fügte John-Michael hinzu. „Ich habe schon gehört, wie Mayas Tante das zu Maya sagt."

„Aber ich glaube, er hat eine Freundin …", sagte Candace seufzend.

„Ein Typ, der so heiß ist, hat wahrscheinlich mehr als nur eine", stimmte Lucy ihr zu.

Fast schon widerstrebend fuhr Candace fort: „Ich meine, er sagt, dass sie nicht zusammen sind, aber …"

„Du hast den Verdacht, dass du als Nummer zwei aufgestellt wirst", bemerkte John-Michael mit einem leisen Lachen. „Obwohl ich dir sagen muss, dass Kay Alexander nicht sein Typ zu sein scheint. Sie ist eine von diesen schrägen Hollywoodmysterien. Bekannt, weil sie Dana Alexanders Schwester ist und nicht viel mehr."

„Sie hat bei einem Realityformat mitgemacht", gab Candace zu bedenken. Sie hatte ein bisschen über Kay recherchiert, nachdem sie von ihrer Verbindung zu Yoandy erfahren hatte. Nichts davon gab ihr auch nur das kleinste Gefühl von Sicherheit.

Lucy war gerade dabei, die Hand nach einer Flasche Orangensaft auszustrecken, und hielt mitten in der Bewegung inne. Sie schien ein wenig schockiert zu sein. „Yoandy Santiago ist mit *Dana Alexanders Schwester* zusammen? Das wusste ich nicht."

„Oh, dann interessierst du dich für sie?", fragte Candace flach.

„Für Kay Alexander? Nicht besonders", erwiderte Lucy etwas verhalten. „Aber von Yoandy Santiago habe ich schon gehört. Ich wusste nicht, dass er auch Schauspieler ist."

„In Sachen Schaukampf ist er super", räumte Candace ein. „Und als Schauspieler – das werde ich wohl nachher bei der

Leseprobe herausfinden. *Prepped* soll sein großer Durchbruch werden.“

Nach ihrem spektakulär späten Frühstück nahm Candace eine Dusche und putzte sich mit großer Sorgfalt die Zähne. Sie sah sich im Spiegel an und dachte an den Traum.

Sie hatte ihren Mitbewohnern nicht ganz die Wahrheit gesagt. Sie und Yoandy hatten keinen Sex gehabt – oder zumindest waren sie dazu nicht mehr gekommen, bevor sie aufgewacht war. In ihrem Traum hatte er ihr ganz langsam die Kleider ausgezogen und ihr dabei tief in die Augen geschaut. Und sie hatte einfach nur abgewartet und war bei jeder einzelnen Berührung erschaudert.

Wer hätte schon ahnen können, dass ein paar sanft gesprochene Worte solch einen Effekt auf ihr Unterbewusstsein hatten?

Vielleicht lag es daran, dass er Spanisch sprach. Auf Englisch hätte sie ihn wahrscheinlich ausgelacht. Aber das Spanische verlieh ihm eine Ernsthaftigkeit, die schwer zu ignorieren war.

Sie fuhr mit ihrem frisch überholten Toyota Prius zum Studio und parkte. Mit wiegenden Hüften ging sie durch die Räume, denn sie war sich der Tatsache bewusst, dass Yoandy jederzeit auftauchen könnte. Sie wollte anmutig rüberkommen, weiblich, *heiß*. Aber sie sah ihn nicht, bis sie bereits ihre Plätze am Tisch eingenommen hatten, weil er mal wieder der Letzte war, der zur spätnachmittäglichen Probe eintraf.

Als die Seiten verteilt waren, scannte Candace sie nach Szenen, in denen ihre Figur Annika zusammen mit Yoandys Figur Sebastian auftauchte. Als sie fündig wurde, überflog sie die Zeilen nach irgendeinem Hinweis auf sexuelle Spannung. Das Produktionsteam hielt jegliche künftigen Entwicklungen fest unter Verschluss, sodass sie keine Ahnung hatte, ob sich zwischen Annika und Sebastian eine Beziehung entwickeln würde. Aber sie hegte eine gewisse Hoffnung. Diese Hoffnung beflügelte ihre Fantasie.

Prepped würde im Kabelfernsehen ausgestrahlt. Sie hatte schon gemerkt, dass die Sprache, die sie verwendeten, recht erwachsen war. Es lag nicht außerhalb des Möglichen, dass sie eine Bettszene mit Yoandy spielen müsste. Und auch wenn es in ihrem Vertrag eine Klausel gab, die Nacktheit untersagte … Candace wusste, dass man sie bitten konnte, Grenzen zu übertreten. Sie stellte sich die Spannung vor, die beim Spielen einer solchen Szene entstand. Würde sie in ihr echtes Leben überschwappen?

Aus irgendeinem Grund interessierte Candace sich nicht für Jungs in ihrem Alter. Natürlich hatte sie ihre Aufmerksamkeit bekommen, vor allem in den vergangenen zwei Jahren. Ihre Kurven verliehen ihr einen ganz neuen Look, der nichts mehr mit der mageren Sportlichkeit ihrer Kindheit zu tun hatte. Sie hatte sogar einige Freunde gehabt. Aber mit einem Jungen aus der Highschool zusammen zu sein? Das war nicht ihr Ding.

Yoandy war einundzwanzig, und diese paar extra Jahre machten den Unterschied.

Man wies ihr am Tisch den Platz schräg gegenüber von Yoandy zu. Als sie ihre Szenen zusammen lasen, stellte sie fest, dass er seine Zeilen offenbar auswendig gelernt hatte. Und er sah ihr fest in die Augen, als Sebastian zu Annika sagte: *Wenn du zu mir gehören würdest, wärst du nicht alleine gewesen.*

„Was macht dich so sicher, dass ich alleine war?“

Seine intensive Aufmerksamkeit brachte sie total aus der Fassung. Auf der Suche nach ihrem Text blätterte sie vor und zurück. Ihre Wangen brannten wie Feuer, als ihr klar wurde, dass sie diesen Dialog in der Vorbereitung irgendwie übersehen hatte. Oder zumindest hatte sie das Potenzial für romantische Spannung übersehen.

„Annika“, sagte der Regisseur lustlos, „könntest du das vielleicht mit etwas mehr *Pep* versuchen?“

Candace starrte auf die Textzeile. Sie wandte sich dem Regisseur zu und war sich sehr bewusst, dass Yoandy sie beobachtete. „Ich soll das irgendwie flirty sagen?“

„Wenn es keine allzu großen Schwierigkeiten macht?“, erwiderte der Regisseur höflich sarkastisch.

Sie räusperte sich und sah Yoandy an. Die Kombination aus Lust und Zärtlichkeit, die sie in seinen Augen sah, machte sie fast verrückt. „Wenn du zu mir gehören würdest, wärst du nicht alleine gewesen“, sagte sie.

„Was eine sehr hübsche Interpretation war, Miss Deering“, spöttelte der Regisseur, „von Sebastians Text.“

Der Rest des Casts lachte leise, bis auf Ricardo Adams, der, wie Candace bemerkte, durch und durch eisig wirkte. Kurz fing sie Yoandys Reaktion auf – ein hoffnungsvolles Lächeln.

„Fünf Minuten Pause. Ich könnte eine Zigarette vertragen“, sagte der Regisseur und schob seinen Stuhl zurück.

Alle außer Candace standen auf. Sie blieb sitzen, da sie nicht sicher war, ob ihre Beine sie tragen würden. Ihr war, als hätte sie jemand vergiftet. Ihr Puls raste, ihre Handflächen waren schwitzig. Sie hatte sich so was von lächerlich gemacht, und das vor der gesamten Besetzung einer nagelneuen Fernsehserie, die womöglich ihre beste Chance war, um ihre Karriere ordentlich anzuschieben.

Doch als sie aufsah, stand Yoandy vor ihr und hielt ihr seine Hand hin.

„Ist mir auch schon passiert", gestand er. „Als ich das erste Mal vor Publikum singen musste. Ich habe den Text vergessen."

Sie ließ sich von ihm auf die Füße helfen. Als er ihre Hand nicht sofort losließ, versuchte sie, sich zu entspannen. „Okay, dann halten wir jetzt also Händchen, oder?", murmelte sie nervös.

„*Nena*, es ist alles gut. Schön atmen."

Sie versuchte zu lachen, entzog ihm ihre Hand und lehnte sich für ein bisschen Halt gegen den Tisch. „Du bist der Neuling", murmelte sie. „Ich sollte nicht diejenige sein, die solche Fehler macht."

„Neuling? Ich?" Er schüttelte lächelnd den Kopf. „Candace, ich tanze und singe vor Publikum, seitdem ich dreizehn war. Hast du auch nur eine Ahnung davon, wie verletzlich mich einige meiner Texte machen? Es ist, als würde ich in meine Brust greifen, mir das Herz herausreißen und es dann auf einem Teller präsentieren, damit alle davon essen können."

Candace fehlten die Worte. Sie wusste nicht, wovon seine Songs handelten, aber sie konnte es sich vorstellen. Für einen Moment sah er sie an, als träfe er gerade eine Entscheidung. Dann drehte er sich mit einem kurzen Grinsen um und marschierte auf das Aufnahmeequipment zu. Verblüfft sah sie ihm dabei zu, wie er zwischen den Technikern hin und her ging, bis einer von ihnen nickte und ihm etwas reichte.

Yoandy drehte sich zu ihr um – mit einem Mikrofon in der Hand. Als er sprach, hallte seine Stimme im Studio wider. „Candace, das hier ist für dich."

„Oh Gott", flüsterte sie und klammerte sich am Rand der Tischplatte fest. „Bitte *sing* nicht für mich …"

„Pumme-luff. Pumme-luff!", sang er laut. Seine Stimme war ein perfekter, gefühlvoller Tenor. Er hielt den Blickkontakt mit Candace, obwohl im Studio verblüfftes Gelächter ertönte. Er fuhr fort: „Pumme-luff, Pumme …“

„Ach du grüne Neune“, murmelte Candace. Ihre Nervosität löste sich auf wie Rauchwölkchen.

Yoandy konnte den Song nicht zu Ende singen; er wurde von brüllendem Gelächter seitens der Besetzung und der Techniker übertönt. Von seinem Raucherplatz vor der Tür schrie der Regisseur sie an. Wenige Minuten später war Yoandy wieder bei ihr, führte sie zurück zu ihrem Platz und strahlte fröhlich.

„Pummeluff.“ Sie schmunzelte. „Ist das dein Ernst?“

„Ich war acht Jahre, als ich in dieses Land kam. Pokémon wurde *mein Leben*“, erwiderte er ernst. „Irgendwann werde ich dir meine Sammlung zeigen.“

Candace stützte sich mit dem Ellbogen auf und legte das Kinn auf die Hand. „Pokémon? Das ist wirklich lustig“, sagte sie gedehnt. „Das, was du an Amerika am liebsten mochtest, kommt ursprünglich aus Japan.“

„Jeder wird mal nervös, *nena*“, sagte er zärtlich und nahm ihre rechte Hand in seine Hände, um sanft die Stelle unter ihrem Daumen zu massieren. „Eines Tages wirst du auf diese Situation zurückblicken und lachen.“

„Eines Tages?“, fragte sie und versuchte verzweifelt, sich nicht darauf zu konzentrieren, was er mit seiner Berührung bei ihr auslöste. „Wenn ich daran denke, wie du den Pummeluff-Song singst, muss ich *sofort* lachen.“

MAYA

Venice Beach, Dreibettzimmer – Dienstag, 23. Juni

Maya vergrub die Finger im Kopfkissen. Sie versuchte, ihre Gedanken zu beruhigen, versuchte, sich darauf zu konzentrieren, was sie Dana Alexander früher am Morgen zu Ariana hatte sagen hören. Die Erinnerung ließ ihr das Blut in den Adern gefrieren.

„*Freunde dich mit ihnen an, Herrgott noch mal.*“

Ariana war sich der Tatsache, dass sie mit den restlichen Mitbewohnern nicht besonders gut auskam, offensichtlich sehr bewusst. Sie hatte sich ausgerechnet dann ins Badezimmer zurückgezogen, um ein ausgiebiges Bad zu nehmen, als sie alle gerade zusammen frühstücken wollten. Die Verärgerung ihrer Mitbewohner schien endlich zu ihr durchzudringen.

„*Du musst dieses Nagellackfläschchen finden.*“

Welchen Nagellack? Für Maya war das ein völlig neues Teil in dem ganzen Rätsel. Was, wenn Nagellack eine Rolle in irgendwelchen unveröffentlichten Hinweisen spielte, etwas, das beim Mordprozess nicht zur Sprache gekommen war? Etwas, das nur der wahre Mörder wissen konnte? Könnte etwas, das scheinbar so unbedeutend war wie ein Fläschchen Nagellack,

Dana Alexander mit dem Mord an Tyson Drew in Verbindung bringen?

Maya setzte sich in ihrem Bett auf, öffnete ihren Laptop und durchkämmte ihre Sammlung an Informationen über den Hollywoodmord, für den Graces Vater verurteilt worden war. Nagellack wurde in keinem der Artikel erwähnt, den sie ausgegraben hatte. Vor dem Hintergrund, dass Tyson Drew angeblich von Alex Vesper – einem Mann – ertränkt worden war, schien das auch ziemlich weit hergeholt.

Aber ihr fiel einfach keine Erklärung ein, warum Dana sonst einen solchen Aufwand betreiben sollte und noch jemanden in ihr Zuhause einschleuste. Warum sie wegen irgendeines Nagellacks so einen Wirbel machte.

Oder warum sie Ariana überhaupt erst in Lucys Leben eingeschleust hatte.

Mit einem wachsenden Gefühl der Hilflosigkeit sah Maya der Tatsache ins Auge, dass Ariana nicht als Fremde ins Haus gebracht worden war, nicht so wie Maya. Ariana war mit Lucy schon seit *Jahren* befreundet. Sie kannten sich aus der Entzugsklinik.

Hatte Dana Alexander das alles auch arrangiert?

Maya wand sich in den Laken und lauschte nach der Toilettenspülung als Signal, dass Ariana bald im Badezimmer fertig war.

Wie mächtig mochte Dana Alexander sein?

Maya musste Zeit schinden, um alles gründlich zu durchdenken. Wenn sie Arianas Tarnung jetzt auffliegen ließ, müsste Maya auch ihre eigene Rolle als Spionin aufdecken.

Dann wäre jegliches Vertrauen in Maya verloren. Ihre Mitbewohner würden sie vielleicht sogar rausschmeißen. Dana würde herausfinden, dass sie nicht kooperierte. Womöglich würde die Frau sogar ihre Drohung wahr machen und der Einwanderungsbehörde stecken, dass sich Maya und ihre Mutter illegal in den Vereinigten Staaten aufhielten. Dann hieße es: zurück nach Mexico City.

Kein Haus mehr in Venice Beach. Keine weiteren Treffen mit den Business Angels aus dem Silicon Valley. *Keine Küsse mit Jack mehr.*

Auf der anderen Seite wollte Maya nichts unternehmen, das Dana Alexander auch nur irgendwie helfen würde. Irgendwann musste sie Ariana vor ihren Mitbewohnern bloßstellen. Doch bevor Maya zur Tat schritt, musste sie wenigstens versuchen, den Rückstoß zu verringern. Vielleicht konnte sie irgendwelche Beweise gegen Dana Alexander selbst sammeln, irgendetwas, das Maya als Druckmittel verwenden konnte?

Verpetz mich an die Einwanderungsbehörde, und du wirst es mit mir zu tun kriegen, Alexander.

Es gab eine Menge zu bedenken.

Maya hörte das Knarren der Dielenbretter, und ihr wurde bewusst, dass sie nicht alleine im Zimmer war.

Wie benebelt starrte sie zu der offen stehenden Tür des Dreibettzimmers.

Ariana stand in ihrem Bademantel da und sah sie neugierig an. Na klar.

Maya war gerade dabei, ihren finsteren Gesichtsausdruck durch ein süßes Lächeln zu ersetzen, als ihr siedend heiß einfiel, dass Ariana misstrauisch werden könnte, wenn Maya sich ihr gegenüber auf einmal anders verhielt. Von allen Mitbewohnern war Maya diejenige, die sich von Arianas Anwesenheit am meisten belästigt fühlte. Mayas Angewohnheit, lange, nachdem alle anderen ins Bett gegangen waren, auf dem Sofa oder am Küchentisch zu programmieren, hatte die beiden zu

Wettstreitern um denselben Platz gemacht. Wenn jemand das Recht hatte, abfällig über Ariana zu reden, dann ja wohl sie, fand Maya.

Mit demselben freundlichen Grinsen, das sie jeden Tag aufsetzte, um die Mitbewohner zu begrüßen, sagte Ariana: „Hey, Maya. Soll ich dir einen Kaffee bringen?“

Maya stieß ein Geräusch aus, das wie ein Knurren klang, und drehte sich von ihr weg.

„Wie kommst du mit der App voran?“, fragte Ariana locker.

Maya grunzte. „Nicht so toll. Ich soll schon bald eine Alphaversion vorzeigen. Ich werde Tag und Nacht ackern müssen, um das zu schaffen. Wo sind denn alle?“

„Arbeiten“, antwortete Ariana vage. „Am Strand.“

Mit bemüht beiläufigem Ton fragte Maya: „Und du bleibst heute zu Hause?“

„Ich warte auf die Lieferung von IKEA.“

Maya war überrascht. „Das ist heute? Oh, ich bin den ganzen Tag hier. Du kannst ruhig gehen, wenn du was zu erledigen hast. Ich bleibe hier und warte auf die Lieferung.“

Ariana lächelte milde. „Schon gut“, begann sie, wurde dann aber von einem Klopfen an der Haustür unterbrochen.

Maya sah auf die Uhr: 15:27 Uhr. Jack! Sie hatte ihr Treffen mit ihm vollkommen vergessen. Sie sprang auf, zog sich schnell an und zog ein Paar Strandschuhe unter der Matratze hervor. Dann bürstete sie sich kurz die Haare und kontrollierte ihr Make-up, während Ariana nach unten ging, um ihn reinzulassen.

Wenige Augenblicke später kam sie ins Wohnzimmer. Jack begrüßt sie wie üblich mit zwei Küsschen auf die Wangen und war so höflich wie immer. Nichts an ihm deutete darauf hin, dass sie je einen Schritt weiter gegangen waren. Noch ehe Jack irgendetwas sagen konnte, das einen von ihnen verriet, rief Maya: „Das ist mein Nachhilfelehrer Jack Cato." Sie machte eine informelle Geste in Arianas Richtung. „Jack, Ariana."

„Hallo, Jack." Ariana erschien lächelnd am Rand der Küche. „Magst du einen Kaffee? Saft? Milch?"

„Ein Tee wäre toll, wenn du einen hast – mit Milch, ohne Zucker", erwiderte er. Zu Mayas Erleichterung verschwand Ariana wieder in der Küche.

Maya führte Jack zu dem grünen Futon.

„Ihr habt echt ein Riesenglück, wisst ihr das eigentlich?", sagte Jack. „Was würde ich dafür geben, an diesem Strand leben zu können. Einfach ans Meer gehen und 'ne Runde schwimmen. Oder laufen."

Maya lächelte ihn verschmitzt an. „Nur mal rein hypothetisch: Was *würdest* du denn dafür geben?"

Jack schien gewisse Schwierigkeiten zu haben, seine Antwort zu formulieren. Minuten später tauchte Ariana wieder auf. Sie reichte Jack einen Becher Tee und schlich sich davon. Maya drehte sich um und sah, wie sich Ariana Kopfhörer in die Ohren stöpselte, bevor sie sich etwas zu essen machte.

„Wie ist dein Tee?", fragte Maya.

„Heiß", erwiderte er und pustete in den Becher. „Aber okay. Den kann ich nach dem Höllenverkehr da draußen wirklich gut gebrauchen. Der Zustand der Straßen in dieser Stadt interessiert niemanden!"

Maya rümpfte die Nase. „Ist 'ne lange Fahrt von Pasadena, hm?"

„Es ist nicht gerade um die Ecke", stimmte er ihr zu. „Aber heute komme ich vom Flughafen."

Maya konnte nicht verhindern, dass ihre Augen zu leuchten begannen. „Deine Ex …? Was ist mit ihren Plänen für den Kurs an der UCLA?“

Er grinste erfreut. „Ihre Uni hat ihr gestern Abend in einer E-Mail mitgeteilt, dass es auf keinen Fall geht. Also ist sie heute Morgen schwuppdiwupp zurück nach England geflogen.“

„Oh“, sagte Maya ein wenig ernüchtert. Hatte sie sich also ganz umsonst aufgeregt? Oder war die Exfreundin für Jack nur eine Ausrede gewesen? „Dann willst du wirklich nichts mehr von ihr?“

Geduldig sagte er: „Maya, sie hatte den Flug schon vor Monaten gebucht, als wir noch zusammen waren. Es wäre ziemlich fies gewesen, sie in L. A. sich selbst zu überlassen.“

„Ja, das stimmt wohl.“ Etwas zögerlich fügte sie hinzu: „Wegen der Fahrt von Pasadena: Wenn du irgendwann mal für ein Wochenende einen Ort zum Pennen brauchst – hier ist ein Bett frei. Guck nicht so entsetzt – ich meinte nicht mein Bett. Ich meinte diesen Futon. Ariana bleibt nur noch ein paar Tage.“

Seine Lippen verzogen sich langsam zu einem Lächeln. „Du hast es tatsächlich hingekriegt, das Wort *Bett* in diesem Gespräch unterzubringen.“

„Oh bitte“, sagte Maya und gab ihm mit der Rückseite ihrer Hand einen Klaps auf seinen Oberschenkel, der ihren fast berührte. „Es stand dir ins Gesicht geschrieben.“

Er lachte und beugte sich zu ihr herüber, bis sie begriff, dass er sie küssen wollte. Maya zog den Kopf zurück und flüsterte: „Nicht hier. Ariana beobachtet uns.“ Bevor er sich umdrehte, um zu gucken, zischte sie: „Nicht hinsehen!“

Jack sah enttäuscht aus. Sie beschloss, dass das ein süßer Gesichtsausdruck für ihn war. Wie ein Welpe, sehr niedlich.

„Kein Fan von Knutschen in der Öffentlichkeit?“, fragte er.

Maya schenkte ihm ein kleines Lächeln. Mit einem Seufzer beugte sich Jack zu seiner Messenger Bag aus braunem Leder hinüber und holte ein MacBook heraus. Er klappte es auf und fing wieder an zu reden, allerdings war der neckende Tonfall verschwunden.

„Okay, die Neuigkeit ist, dass einer der Angels ausgestiegen ist. Aber keine Sorge – wir haben ein Angebot auf dem Tisch: Kyle Joseph, der früher bei Google gearbeitet hat. Ich habe ein bisschen mit ein paar Typen aus Unternehmerkreisen gechattet. Sie finden das Angebot nicht schlecht – es deckt sich so ziemlich mit dem, was er auf der Präsentation erwähnt hat. Er bietet einhunderttausend Dollar für zwanzig Prozent – vorbehaltlich sorgfältiger Prüfung.“

Maya schüttelte verwundert den Kopf. „Wow. Einhunderttausend Dollar!“

Jack lächelte. Seine blassblauen Augen sahen aus wie Planschbecken. Er lehnte sich näher zu ihr hinüber und flüsterte in ihr Ohr: „Du bist wirklich schlau, Süße. Und ich für meinen Teil werde alles tun, um dafür zu sorgen, dass du sehr, sehr weit kommen wirst.“

PAOLO

Venice Beach – Freitag, 26. Juni

MEREDITH ERIKSON, 42, STAND UNTER DROGEN, ALS EIN FLÜCHTIGER FAHRER SIE ANFUHR

Paolo konzentrierte sich auf die Schlagzeile auf seinem Handy. Ein Durcheinander von Gefühlen brach über ihn herein. Vor allem Erleichterung.

Es wurde berichtet, dass Meredith im Malibu Canyon von einem Autofahrer angefahren worden war, der dann Fahrerflucht begangen hatte. Paolo war vorsichtig genug gewesen und hatte im Malibu Lawn Tennis Club nicht eine einzige Frage gestellt, die sich auf sie bezog. Er hatte vor lauter Angst sogar nicht gewagt, einen News Alert einzurichten – überwachte die NSA nicht Suchanfragen? Stattdessen hatte er jeden Tag die lokalen Nachrichten verfolgt. Diese jüngste Schlagzeile bestätigte es: Er war aus der Sache raus.

Von der hölzernen Strandpromenade sprang er direkt auf die Wendeltreppe, lief nach oben, legte sein Telefon in die Schreibtischschublade und zog sich schnell den kurzen Neoprenanzug an, den er gerade gekauft hatte – schwarz mit türkisfarbenem Rand. Dann nahm er seine Schlüssel und etwas Bargeld und rannte die Treppe wieder hinunter. Maya und ihr Nachhilfelehrer Jack standen unten vor der Haustür.

„Ich geh kurz raus und suche mir ein Plätzchen zum Kitesurfen, altes Haus", sagte Paolo in seinem besten englischen Akzent und grinste Jack dabei an.

„Kitesurfen? Bist du irre?" Maya verschränkte beide Arme vor der Brust, musterte Paolo von oben bis unten und betrachtete seinen Neoprenanzug.

„Du nimmst Unterricht?", fragte Jack beeindruckt.

„Ich habe *eine Stunde* genommen", bestätigte Paolo. Jetzt war er scharf darauf, alleine zu fliegen.

„Und nach einer Stunde hast du's schon drauf?", hakte Maya nach.

Hatte er nicht. Aber wieso sollte er einen Lehrer dafür bezahlen, dass er ihm wieder und wieder die gleichen Sachen sagte? Paolo wusste, was er üben musste. Er brauchte nur Wasser, Wind, ein Board und ein Segel.

Jack sagte: „Ich habe das auch mal ein bisschen probiert, auf dem Eton Dorney. Das ist ein künstlich angelegter See bei meiner Schule."

„Deine Highschool hatte einen eigenen See für Kitesurfer?"

„Vor allem für Ruderachter."

„Warst du schon mit ihm surfen?", fragte Paolo Maya.

Jack sah Maya neugierig an. „Du surfst?"

„Nicht besonders gut", gab Maya zu. „Aber ab und zu erwische ich eine Welle."

„Sie sind eine Frau mit vielen Talenten, Miss Soto", staunte Jack. „Und ich würde total gerne mit dir surfen gehen, wenn wir beide mal nicht bis zum Hals in Arbeit stecken."

„Darauf kannst du lange warten", erwiderte sie betrübt. „Promisr verschlingt meine gesamte Zeit. Aber ich wette, dass du ziemlich gut surfen kannst."

„Ich bin ein Junge aus Cornwall", sagte er, „und deshalb nicht total ungeschickt. Ich erwische auch ab und zu mal 'ne Welle. Wie auch immer, Maya, ich muss los. Ich halte dich auf dem Laufenden, okay?" Mit einem flüchtigen Kuss auf die Wange war er weg.

„Aha", sagte Paolo und zeigte mit dem Daumen auf den davoneilenden Nachhilfelehrer. „Du und der Brite?"

„Aha?", erwiderte Maya mit einem stillen Lächeln, während sie langsam die Haustür vor seiner Nase schloss. „Du und Lucy?"

„Du bist voll nicht auf dem Laufenden", rief er durch die Tür. „Das ist Schnee von gestern."

Paolo machte sich auf den Weg zum Surfboardverleih. Die meisten Verleihe vermieteten ihre Ausrüstung nur, wenn man Unterricht nahm oder bereits irgendein Abzeichen hatte. Aber John-Michael kannte einen Typen, der einen Typen kannte. Paolo war sich ziemlich sicher, dass man ihm heute erlauben würde, sich eine Ausrüstung zu leihen.

An der bevölkerten Promenade sah er Lucy mit gekreuzten Beinen auf einer Bank sitzen. *Natürlich, nachdem wir gerade noch von ihr gesprochen haben.* Neben ihr saß ein Typ mit schulterlangen schwarzen Haaren. Der eine Arm war von der Schulter bis zum Handgelenk mit bunten Tattoos bedeckt. Rings um ihn herum standen abstrakte Gemälde, auf denen gummiartige Farbstriche zu erkennen waren. Als sie Paolo sah, winkte sie. „Hey King, du kennst meinen Kumpel Luisito, oder?"

Paolo nickte kurz in Luisitos Richtung. „Hey, Mann."

„Wohin willst du?", fragte Lucy. „Surfen?"

Er blieb vor den Bildern stehen. „Jupp. Aber kein Wellenreiten. Ich bleibe lieber von Anfang an stehen. Ich werde mir ein Kite besorgen.“

Sie zog die Augenbrauen hoch. „Ist das nicht megagefährlich?“

„Nee, das ist cool.“

Lucy sprang auf. „Ist es okay für dich, wenn ich dich ein Stück begleite?“

Paolo zuckte mit den Schultern. Seit dem Zwischenfall mit Meredith hatte er fast aufgehört, an Lucy zu denken. Sie hatte zwar auch nicht gerade gezielt seine Nähe gesucht, aber andererseits war das normal. War es möglich, dass sie sogar ein schlechtes Gewissen hatte? Seit ihrem kleinen missverständlichen Moment war mehr als ein Monat vergangen. Zuerst hatte er es wie einen Stachel gespürt, aber jetzt … verglichen mit dem, was er seitdem mitgemacht hatte, zählte eine verpatzte romantische Situation mit Lucy kaum.

„Das wäre schön“, erwiderte er mit einem freundlichen Lächeln.

Lucy setzte sich neben ihm in Bewegung, und es dauerte nicht lange, da hatte er den zarten Duft ihres Parfums in der Nase – Flowerbomb. Er hatte es vor ungefähr sechs Wochen auf ihrem Nachttisch gesehen und sich im Geiste eine Notiz gemacht, ihr bei der nächsten Gelegenheit ein Fläschchen davon zu schenken. Damals hatte er noch gehofft, ihr so nahe zu kommen, dass er ihr Geschenke machen durfte. Nun war er nur leicht überrascht, als er feststellte, dass dieser Gedanke ihn nicht mehr traurig machte.

„Ich wollte mit dir über etwas reden“, sagte Lucy. „Irgendwie bist du immer beschäftigt … oder gehst mir aus dem Weg.“

„Ich? Auf keinen Fall“, sagte Paolo und hob abwehrend beide Hände. Aber sie hatte recht, und er wusste es. Merediths Tod hatte seine Gedanken fast permanent belagert. Wenn er zu lange zu Hause blieb, wurde er unruhig. Es war besser, draußen zu sein – und sich abzulenken.

„Okay“, fuhr sie fort und packte mit einem Mal seinen Ellbogen so fest, dass er stehen blieb. „Das hier ist wichtig, also hör gut zu.“

Paolo starrte sie neugierig an. Lucy wirkte ernst, und er hatte keinen Schimmer, was sie gleich sagen würde. Einen Moment lang fragte er sich, ob Lucy irgendwie über Meredith Bescheid wusste. Es lag jenseits seiner Vorstellungskraft, dass John-Michael sein Vertrauen missbraucht haben könnte – nicht, wenn er sich zum Mittäter gemacht hatte, welches Verbrechen Paolo auch begangen haben mochte.

Es dauerte einige Sekunden, ehe Lucy die Worte über die Lippen brachte. „Grace …“, begann sie schwerfällig, „John-Michael hat mir das Gefühl gegeben, dass Gracie seit Kurzem eine schwere Zeit durchmacht.“

Vorsichtig befreite Paolo seinen Ellbogen aus ihrem Griff. „Okay? Was hat das mit mir zu tun?“ Lotste Lucy ihn zu einem anderen Mädchen im Haus? Das konnte er wirklich nicht glauben.

„Du hast es noch gar nicht bemerkt?“, fragte Lucy und lächelte beinahe.

„Ob ich Gracie bemerkt habe?“, sagte er unumwunden. „Natürlich. Sie ist wunderschön.“

„Aber du … du weißt schon, *magst* sie nicht?“

„Ich versuche, mein Interesse immer auf nur ein Mädchen zu beschränken“, erwiderte er harscher als beabsichtigt. Offensichtlich hatte Lucy eine prickelndere Antwort erwartet und war nun von seiner Schroffheit verblüfft. „Warum erzählst du mir das, Luce?"

Lucys Wimpern flatterten einen Moment lang, ehe sie die Zähne aufeinanderbiss. „Nein, Süßer", sagte sie ernst. „Ich dachte, ich erzähle dir das, weil ich nicht weiß, was seit ein paar Wochen mit dir los ist. Aber irgendwas *ist* los. Ich dachte, es gibt vielleicht ein anderes Mädchen? Und ich wollte, dass du weißt, dass Grace – auch wenn sie es noch so sehr zu verbergen versucht – in dich verknallt ist, Mr. King, ob du es nun verdienst oder nicht. Meiner Meinung nach übrigens nicht."

„Grace ist ein nettes Mädchen", sagte Paolo grinsend. „*Zu nett* für mich."

„Ich dachte nur, dass du vielleicht lieb zu ihr bist, wenn du weißt, dass sie dich mag."

„Du denkst, ich sollte sie nett abservieren? Willst du das damit sagen? So wie du es mit mir gemacht hast?"

Lucy brach in ein erstauntes Kichern aus und löste sich von ihm. „Mann, du bist ja total verspannt. Was ist denn los mit dir?"

„Ich bin verspannt? Ist dir eigentlich jemals in den Sinn gekommen, dass du mir das Herz gebrochen haben könntest?"

„Habe ich?"

„Nein."

Wut blitzte in Lucys Augen auf. „Hör auf mit deinen Spielchen, Paolo. Und spiel keine Spielchen mit Grace." Sie wich noch ein Stück zurück und sah Paolo fest in die Augen. Dann drehte sie sich um und ging zurück zu Luisito und seinen Gemälden.

Paolo sah ihr nach und zuckte mit den Schultern. Der angespannte Austausch hatte ein angenehmes Nachbrennen hinterlassen. Grace mochte ihn? Interessant. Sie versteckte es gut.

Sie war wirklich hübsch. Ganz sicher nicht so stereotyp schön wie ihre Stiefschwester Candace. Grace hatte einen völlig anderen Vibe – sie war klug und von einer ruhigen, zurückhaltenden Schönheit. Das war vermutlich der Grund, warum Paolo nie auf diese Art über sie nachgedacht hatte.

Er hatte angenommen, dass Grace ihn irgendwie schludrig fand. Es war ganz und gar nicht enttäuschend, zu wissen, dass sie ihn mochte. Nachdem er sich dieser Möglichkeit erst mal geöffnet und sich Grace in einer romantischen Situation vorgestellt hatte, stellte er fest, dass sein Körper mit einer wohligen Wärme darauf reagierte.

Er war kurz davor, Lucy nachzulaufen, um sie zu fragen, woher sie davon wusste, überlegte es sich dann aber anders. Das würde gewiss keinen besonders guten Eindruck machen. Noch ein paar Momente später schob Pablo die Idee aus seinem Kopf. Kitesurfen war gefährlicher, als er Lucy gegenüber zugegeben hatte. Gefährlich genug, um seine volle Konzentration zu fordern. Sein Körper verlangte nach Gefahr – er brauchte diesen puren Adrenalinschub, um sich lebendig und unbesiegbar zu fühlen. Kein Verstecken mehr, kein Warten, kein Beten, dass das, was im Malibu Canyon geschehen war, endlich aufhören mochte, ihn in der Nacht zu verfolgen und seine Tage mit allgegenwärtiger Angst zu erfüllen.

Die Sonne war warm und heizte seinen Neoprenanzug genügend auf, dass er sich nach einer Abkühlung im Meer sehnte. Vor sich entdeckte er zwei hellblaue und rote Kites, die beim Surfverleih ausgestellt waren. Lächelnd beschleunigte er seinen Schritt.

Er musste aufhören, sich Sorgen zu machen, und akzeptieren, dass die ganze Meredith-Sache vorbei war. Er war wieder frei. Nichts konnte ihm etwas anhaben. Und jetzt hatte er die

Chance, mit jemandem zusammen zu sein, mit dem er lachen und abhängen konnte. Jemand, der ihn wirklich mochte und nicht nur, weil er toll aussah oder gut Tennis spielte. Jemand, der echt war.

Grace.

MAYA

Venice Beach, Dreibettzimmer – Samstag, 27. Juni

„Aufwachen, Maya. Es ist Zeit, mit dem Rest deines Lebens anzufangen."

Das Handy lag neben ihr auf dem Kopfkissen und die Stimme, die da herauskam, gehörte Jack Cato. Doch selbst ihm gelang es nicht, eine Frühaufsteherin aus ihr zu machen, schon gar nicht nach den Anstrengungen der letzten Zeit.

„Aber es ist Samstag", grummelte sie, ehe sie einen genaueren Blick auf die Uhrzeit auf ihrem Handy warf. „Und es ist erst halb acht!"

Sie konnte das Lächeln in seiner Stimme förmlich hören. „Ach so, dann ist das wohl der Grund dafür, dass ich bei einem Frühstücksmeeting bin. Lass uns einfach hier treffen, wenn es vorbei ist. Ich verspreche dir, dass es sich allein wegen der Waffeln lohnt."

Sie rieb sich die Augen. „Jack. Wovon redest du da?"

„Von dem Café an der Promenade. Sagen wir in einer Stunde. Wie klingt das für dich? Meine Belohnung."

Maya drehte sich von der Wand weg und sah zu den anderen beiden Betten hinüber, in denen John-Michael und Grace schliefen. Es traf sie wie ein Schlag ins Gesicht, als sie sich plötzlich an das Telefonat zwischen Ariana und Dana Alexander erinnerte. Ihr entwich ein Stöhnen. Sie musste irgendetwas unternehmen. Aber nicht sofort. Offenbar hatte Jack wichtige Neuigkeiten zu ihrem App-Projekt. Was auch immer sie in Sachen Dana und Ariana tun würde, es musste warten.

„Klingt gut.“ Sie zog die Beine an und rollte sich zu einer Kugel zusammen. Sie widerstand der Versuchung, wieder einzuschlafen. „Ich werde da sein.“

Sie hievte sich aus dem Bett und schleppte sich unter die Dusche. Dann zog sie sich an und legte so viel Make-up auf, dass ihre Mutter, die oft an Mayas mangelndem Interesse an allem Weiblichen verzweifelte, ihre wahre Freude daran gehabt hätte. Eine Stunde später saß sie mit Jack in dem Promenadencafé ein Stück den Strand hinunter und teilte sich mit ihm einen Teller Waffeln mit Erdbeeren und Sahne.

Jack erzählte ihr, er habe den Freitagabend damit verbracht, mit Kyle Joseph und ein paar von dessen Investmentbanker-Kumpels zu trinken, und zwar bei einem Fundraising-Seminar auf dem Campus. An diesem Morgen hatten sie zusammen gefrühstückt. Offenbar ein gutes Zeichen. „Diese Typen machen morgens nicht mal ihre Augen auf, solange kein gutes Geschäft auf dem Tisch liegt“, versicherte Jack ihr.

Maya versuchte, sich auf das zu konzentrieren, was wirklich zählte: die potenzielle Investition in ihre App. „Jack, kannst du mir sagen, was unterm Strich steht?“

„Ha-ha. Ich liebe es, wenn du zur Sache kommst.“

„Ich meine es ernst.“

„Dazu wollte ich gerade kommen“, sagte er mit einem Grinsen. „Kyle Joseph hat in irgendeinem Netzwerk für private Technologieinvestoren den Link zur Alphaversion deiner App gepostet. Von dort wurde er quer über den Planeten weitergeleitet, und die Downloadzahlen sind der totale Wahnsinn. Wir sprechen hier von einer Sache von epischen Ausmaßen."

„Du meinst, es ist viral gegangen? Wie viele Downloads?"

„Es geht nicht um Zahlen." Jack klang atemlos. „Viel wichtiger ist, wer es gesehen hat. Denn Sichtbarkeit ist die Hälfte des Erfolgs. Wenn deine App von vielen Menschen gesehen wird, stehen die Chancen, dass sie von den Leuten gesehen wird, die zählen, viel höher. Und Promisr wurde zufällig von einem der Menschen, die zählen, gesehen, benutzt und *geliebt*, verdammt."

Maya war mit einem Mal hellwach. „Von wem? Zuckerberg?"

„Alexa Nyborg."

„Die Frau, die *Kilowant* ins Leben gerufen hat?"

„Genau die."

Ein paar Sekunden lang war Maya sprachlos. Jack nutzte ihr Schweigen und fuhr fort: „Wir haben zusammen Croissants gegessen, Maya, und die Frau ist total begeistert. Sie arbeitet an einer megageheimen Multi-Plattform-App, Stichwort: soziale Netzwerke. Sie möchte Promisr darin einbauen und findet, dass sich deine App entwicklungstechnisch genau im richtigen Stadium befindet. Sie will dich kennenlernen."

„Im Ernst … Alexa Nyborg? Sie ist unglaublich. Ich habe ihr Buch gelesen. Darin geht es darum, wie Frauen ‚ihr Netzwerk zu ihrem Vorteil nutzen' müssen, um weiterzukommen."

„Und jetzt will sie mit *dir* weiterkommen. Alexa und Kyle gehen davon aus, dass sie jeder noch mal Hunderttausend investieren, um zusammen auf einundfünfzig Prozent zu kommen. Bei einem Teil davon wird es sich um Equity Swaps für dich handeln, mit denen du Anteile an Nyborgs neuem Projekt bekommst. Wenn sie das Ding verkauft, dürften deine Aktien locker zwischen zwei und fünf Millionen wert sein."

Die Zahlen begannen, in Mayas Kopf herumzuschwimmen. Sie nahm eine Serviette und bat die Kellnerin, ihr einen Kugelschreiber zu leihen. Sie forderte Jack auf, das alles noch einmal zu wiederholen. Dabei hörte sie sehr aufmerksam zu und schrieb die Zahlen auf.

„Denkst du, es wird genügend cash da sein, damit wir die erforderliche Weiterentwicklung durchführen können?"

„Überhaupt kein Problem."

Verblüfft sah sich Maya die Zahlen an, die sie notiert hatte. Nun, da Jack sie erklärt hatte, kamen sie ihr nicht vollkommen verrückt vor. Innerhalb der nächsten zwölf bis achtzehn Monate könnte Maya Multimillionärin sein.

„Ich muss das erst mal verdauen", sagte sie.

„Na klar", erwiderte Jack nun ruhiger. Er schenkte ihr Kaffee nach. „Lass uns beide darüber nachdenken und später noch mal drüber quatschen."

Schweigend begannen sie, die Waffeln zu vertilgen. Sie schmeckten köstlich. Langsam wurde Maya von einem glühenden Staunen erfüllt. Es war so unfassbar, dass ihr ganz schwindelig wurde.

Das anfängliche Angebot von einhunderttausend Dollar hatte sie schon total umgehauen – für ungefähr fünf Sekunden. Dann war ihr schnell klar geworden, dass sie die gesamte Summe für zusätzliche Programmierer würde ausgeben müssen. Es wäre nicht ein Cent für sie selber übrig geblieben. Aber nun, da jemand wie Alexa Nyborg Promisr in eine umfangreichere Social-Networking-App einbetten wollte, nun, da Maya Aktienanteile an etwas so Großem bekommen sollte … Möglicherweise war das hier eine vielversprechende Einstiegsinvestition in etwas, das mit Instagram vergleichbar war.

Mayas Familie hatte nie über viel Geld verfügt. Ihr Vater arbeitete als Fermentationstechniker in einem pharmazeutischen Betrieb, irgendetwas, das eine Menge Spezialisierung erforderte, aber nicht sonderlich gut bezahlt wurde. Niemand in ihrer großen Familie war reich. Sie war fast nirgendwo anders gewesen als in Mexico City oder in Kalifornien. Nur einmal hatte die Familie ihre Ersparnisse für eine Reise nach Acapulco ausgegeben, wo sie in einem schicken Hotel gewohnt hatten. Die nächste Familienreise, von der sie geträumt hatten, war nach Disneyland.

Darauf wartete Maya noch immer.

Reich sein. Nicht nur einen Puffer haben, sondern mehr Geld, als man brauchte, um das Leben erträglich zu machen. Genug, um sich nie wieder Sorgen machen zu müssen. Daran hatte sie nicht einmal im Traum gedacht. So etwas passierte Menschen wie Maya und ihrer Familie einfach nicht.

Der echte amerikanische Traum. Maya legte für einen Moment die Gabel aus der Hand und schlang die Arme um ihren Körper, als versuche sie, sich an einem Anschein von Realität festzuhalten.

Sie sah auf und stellte fest, dass Jack sie beobachtete. Dann lächelte er warm und beruhigend. „Es ist so schön, dich so glücklich zu sehen."

„Danke", flüsterte sie. „Du hast das gemacht. Du hast dafür gesorgt, dass es geschieht."

Jack griff über den Tisch. Er löste eine ihrer Hände, mit der sie ihren eigenen Oberarm hielt, und verschränkte die Finger mit ihren. „Blödsinn", tadelte er sie zärtlich. „Maya, das hier geschieht allein deinetwegen. Du bist diejenige, die hart an ihrer App gearbeitet hat. Die sie immer weiter verbessert hat. Du bist es, die auf diese großartige neue Idee gekommen ist. Ich bin einfach nur zufällig Passagier in diesem Zug. Anders gesagt: Du könntest mich jetzt problemlos abhängen und nie mehr zurückblicken." Jack lächelte hoffnungsvoll. „Was ich natürlich nicht hoffe."

„Warum nicht?"

„Na ja, ich bin vor allem dabei, um rumzuknutschen, ist doch offensichtlich ..." Er lächelte und drückte ihre Hand, um ihr zu zeigen, dass es ein Witz war. „Anscheinend will ich noch mehr davon."

„Klingt machbar", sagte Maya und wurde rot.

Jacks Handy vibrierte. Er zuckte verblüfft mit den Schultern, als er die Nummer sah, den Anruf entgegennahm und für Maya lautlos die Worte *Alexa Nyborg* formte.

Er hörte einen Moment lang zu, wobei er die Stille gelegentlich mit Einwürfen unterbrach wie: „Ah-ha. Mm-hm. Super. Was ist mit dem Aktienanteil? Interessant. Ich werde sie definitiv fragen." Als er das Gespräch endlich beendete, sahen seine Augen aus, als ob sie gleich Feuer fangen würden.

„Maya." Jack klang, als würde er gleich platzen. „Rate mal, was sie gesagt hat. *Alexa Nyborg*, Maya! Los, rate."

Maya schüttelte den Kopf und grinste zynisch: „‚*Zu spät, du Loser?*'"

„Nein, Maya. Sie sagte – und ich zitiere: ‚*Hat sie vielleicht Lust, bald in Napa mit mir über alles zu sprechen?*'"

Einen Augenblick lang war Maya sprachlos. Dann fragte sie: „Alex Nyborg will mit *mir* nach Napa Valley?"

Seine Freude war ansteckend. „Alexa hat dort ein Haus, nett und abgelegen mit Swimmingpool, Tennisplatz, tollen Wanderrouten. Sie hat vorgeschlagen, dass wir am Freitag hinfliegen und mit ihr zusammen zu Mittag essen. Sie wollte wissen, ob es irgendetwas gibt, das du nicht gerne isst und … Warte mal, ich will auf keinen Fall was vergessen. Ach ja, ganz *beiläufig* hat sie erwähnt, dass du jederzeit in ihrem Haus wohnen kannst, falls du dich entschließen solltest, dich mit ihr zusammenzutun. ‚*Ich bin so gut wie nie dort, weshalb ich das Haus gerne mit meinen Freunden teile.*'"

Maya schnappte nach Luft. „Freitag? Du machst wohl Witze. Ich muss noch einen Haufen Programmierarbeit erledigen, bevor ich die Betaversion von Promisr zeigen kann."

„Ich weiß!"

„Passiert das alles eigentlich wirklich?"

„Ich schätze, *genau das* passiert, wenn ein Investor deine Technologie so sehr will wie nichts anderes."

Maya zuckte leicht mit ihren zierlichen Schultern. „Aber warum? Ich meine, ich habe nur ein paar Wochen gebraucht, um das Ganze zu entwickeln. Sie könnte es doch ganz leicht selbst machen."

„Zuallererst: nein", widersprach er. „Es hat länger gedauert als ein paar Wochen. Du hast mit dem Grundcode von Cheetr angefangen, an dessen Entwicklung du Monate gearbeitet hast. Zweitens ist das nicht die Art und Weise, wie Leute wie Nyborg vorgehen. Sie will nicht nur deine Technologie; sie will dich. Dein Gehirn, Maya. Ihr gefällt deine Art zu denken. Sie will dich an Bord haben." Er stand auf und kam um den Tisch herum zu ihr hinüber.

Das Schwindelgefühl kehrte zurück. Maya hätte schwören können, dass ihre Fußsohlen keinen Kontakt mehr zum Boden hatten. Als sie sich von Jack fest und innig umarmen ließ, war Ariana vergessen, genauso wie Dana Alexander.

JOHN-MICHAEL

Van Buren High – Mittwoch, 1. Juli

„JM, könntest du diesen Teil noch mal probieren?“

John Michael nahm sein Plektron und versuchte es von Neuem. Lucys Gesichtsausdruck verriet ihm, dass es ihr verhasst war, die Führung zu übernehmen. Wahrscheinlich hatte sie in ihrer früheren Band „Whatnot“ nicht das Sagen gehabt. Als man sie rausgeschmissen hatte, hatte sie John-Michael gefragt, ob er eine neue Band mit ihr gründen wollte. Er mochte Lucy zu sehr, um ihr diesen Wunsch abzuschlagen.

Nun aber war er sich nicht mehr so sicher. Wochen waren vergangen, nachdem Grace ihm die Wahrheit über Lucys Anwesenheit auf der Party verraten hatte, bei der Tyson Drew ermordet wurde. Und Lucy selbst, die vermutlich seine beste Freundin im Haus war, hatte noch immer kein einziges Wort über das Thema verloren.

John-Michael war sich ziemlich sicher, dass er nur aus dem Grund in der Band mitspielte, weil er Zugang zum Sommer-Rock-Programm der Van Buren High hatte, welches Probenräume und Zeit im Aufnahmestudio zur Verfügung stellte. Er beobachtete Ruben, der ruhig hinter seinem Schlagzeug saß und mit einem Stick ganz leicht auf die Hi-Hat schlug. Seit ihrer letzten Begegnung hatte er eine andere Frisur. Seine Haare standen selbstbewusst in Spitzen von seinem Kopf ab; der blaue Dip-Dye-Look war ebenfalls aufgefrischt. Einen Ärmel seines T-Shirts hatte er bis über die Schulter hochgerollt und präsentierte ein Tattoo, das John-Michaels Einschätzung nach neu war. Und vielleicht bildete er sich das auch nur ein, aber: War dieses Lippenpiercing ebenfalls neu?

Er fing kurz Rubens Blick auf, woraufhin John-Michael sogleich den Akkord verpatzte. Statt der Verärgerung, mit der er gerechnet hatte, sah er nur ein trockenes Lächeln, das zu sagen schien: *Jetzt kapierst du es langsam …*

„JM, stimmt was nicht?"

„Mr. Ruben hat ein neues Tattoo", sagte John-Michael gereizt. Er traute sich nicht, Lucy öffentlich damit zu konfrontieren, was ihn wirklich beschäftigte. Aber er würde trotzdem keine gute Laune heucheln. „Das lenkt mich ab."

„Gutes Auge", bemerkte Ruben und sah John-Michael direkt an. Sein Lächeln wurde breiter, als er John-Michaels Blick folgte, der kurz über das ältere Sex-Pistols-Tattoo an seinem Oberarm glitt.

Lucy schüttelte mit angespannter Miene den Kopf. Sofort bekam John-Michael wegen seiner Stichelei Gewissensbisse. „Tut mir leid, Luce. Dieser Song ist etwas schwierig für mich", räumte er ein und legte dabei beide Hände auf den Hals seiner meergrünen Stratocaster. „Es fällt mir schwer, so schnell umzugreifen."

„Schon okay, JM." Sie sprach leise und sehr ruhig. „Wie wäre es, wenn ich den Großteil der Rhythmussektion übernehme und du dich auf die Basslinie konzentrierst?"

Er zuckte hoffnungsvoll mit den Schultern. „Klar. Aber nur, wenn dich das nicht nervt."

Ruben hörte auf zu trommeln und stand auf. „Während ihr das klärt, gehe ich mal an die frische Luft. Ich bin drüben bei der Tribüne."

John-Michael drehte sich um und sah überrascht und enttäuscht dabei zu, wie Ruben den Raum verließ. „Ich habe vielleicht erwähnt, dass dort ein Volleyballmatch der Mädels stattfindet", gab er zu. „Ich wette um einen Dollar, dass er denen zuguckt."

„Ja." Lucy fing an, ein paar Akkordübergänge zu spielen. „Puerto Ricaner mit Tattoos, Piercings und schwarz-blau gefärbten Haaren. Das ist genau der Look, auf den solche Mädchen abfahren." Sie hörte auf zu klimpern, blickte einen Moment lang nachdenklich in die Luft und probierte die Akkorde dann aufs Neue, wobei sie eine Variation der Anfangssequenz spielte.

„Vielleicht sind sportliche Mädchen sein geheimes Laster", meinte John-Michael. Er hoffte es nicht. Ein schreckliches Klischee für einen ziemlich heißen Typen. Selbst wenn Ruben hetero war, könnte er wenigstens nicht *so* hetero sein.

„Mehr Geheimnisse", sagte Lucy halb zu sich, während sie den Akkorden lauschte. „Genau das brauchen wir."

„Du nicht", erwiderte John-Michael abwesend und untersuchte die Saiten seines Instruments. „Du bist die letzte Person, die noch ein Geheimnis gebrauchen kann."

Lucy hörte auf zu spielen. „Und das heißt jetzt genau was?"

„Du weißt schon." John-Michael versuchte sich an den ersten Noten der Sequenz, die sie ihm gezeigt hatte. „*Jelly and Pie*, der Entzug, Tyson Drew."

Eine schmerzliche Stille entstand. John-Michael hörte auf zu spielen und sah auf, um ihre Reaktion einzuschätzen.

Schließlich schien Lucy ihre Stimme wiederzufinden. „Tyson Drew?"

„Ja“, murmelte John-Michael und wurde rot, als er begriff, was er da gerade gesagt hatte.

Es war nicht leicht, ruhig zu bleiben, aber Lucy gab sich offenbar große Mühe. „John-Michael, wovon redest du? *Was* mit Tyson Drew?“

Einige Sekunden lang rang er nach Worten, bevor es aus ihm herausplatzte: „Warum hast du es mir nie erzählt, Lucy? Warum nicht?“

Lucys Kinnlade klappte herunter. „Dir was erzählt?“

John-Michael zögerte leicht. Eigentlich hatte er das hier vermeiden wollen, und trotzdem war es ihm herausgerutscht. Nun, da es draußen war, konnte er nicht widerstehen, tiefer zu graben. „Dass du *da* warst, Lucy. Dass du auf der Party warst, auf der Tyson Drew ermordet wurde? Die ganzen Gespräche, die wir beim Rock Camp hatten. All die Dinge, die ich *dir* aus *meinem* Leben erzählt habe. Über den Tod meiner Mutter. Über meinen Vater und seine Schlampen-Freundinnen. Über mein Coming-out, über das erste Mal, als ich einen Kerl geküsst habe. Aber du – du hast mir kaum was erzählt.“

„Ich bin nicht gut darin, über mich zu sprechen, JM“, murmelte Lucy. „Das weißt du doch.“

„Ja, das habe ich schon kapiert, aber es kann nicht alles so einseitig laufen. Dann, vor ein paar Wochen, als ich dir erzählt habe, dass Graces Vater wegen des Mordes an Tyson Drew in der Todeszelle sitzt. Selbst da – nicht ein Wort. Du hast nicht erwähnt, dass du auf der Party warst, auf der sich der Mord an diesem Mann ereignet hat. Dass das der Grund dafür war, dass man dich aus der Fernsehserie geschrieben hat, Mann! Wie konntest du mir davon nur nichts erzählen?“

Sie standen jetzt so nah beieinander, dass sich ihre Gitarren fast berührten. Lucy schien gegen ihre Gefühle anzukämpfen.

Als sie endlich etwas sagte, wurde offenbar, dass die Wut gewonnen hatte.

„*Woher weißt du davon?*", fragte sie mit lauter Stimme. „Stalkst du mich jetzt schon im Internet, oder was?" Dann sah sie ihn mit plötzlicher Klarheit an. „Damals im Rock Camp konntest du es nicht wissen. Sag mir, dass du das hier nicht jahrelang vor mir verheimlicht hast."

Ihre Augen funkelten gefährlich. Sogleich schreckte John-Michael zurück. „Natürlich habe ich dich nicht im Internet gestalkt", sagte er verletzt. Sie wich zurück, zog sich den Gitarrengurt über den Kopf und legte das Instrument in den Koffer, der an der Wand stand. Im nächsten Augenblick machte sie dasselbe mit ihrer Telecaster.

Sie verschloss den Gitarrenkoffer. „Woher hast du es dann?", feuerte sie zurück.

Ein Anflug von Schuldgefühlen huschte über sein Gesicht. „Grace hat es mir gesagt."

„Grace?"

„Ich habe dir doch erzählt, dass wir ihren Vater in San Quentin besucht haben." Er war ungehalten. „Hast du wirklich gedacht, ausgerechnet Grace würde es nicht herausfinden? Sie weiß von dir, seit sie klein war. Ihr Vater sitzt für den Mord an Tyson Drew in der Todeszelle – was sie lange Zeit für sich behalten hat. Du kannst Grace nicht vorwerfen, dass sie endlich geplatzt ist und es *einer einzigen Person* erzählt hat. Nicht jeder kann so eine Osterinsel-Steinstatue sein wie du."

Lucy geriet merklich ins Straucheln. „Graces Vater … hat dir erzählt, dass ich auf der Party war, wo Tyson Drew ermordet wurde?"

John-Michaels Schuldgefühle wurden von einer Welle heißer Wut weggespült. „Graces Vater ist Alex Vesper, Lucy. Er sitzt für den Mord an Tyson Drew in der Todeszelle. Aber er hat es nicht getan. Und jetzt haben sie einen Termin für seine Hinrichtung festgesetzt: den 14. Juli."

Lucy atmete tief ein, um sich Halt zu geben. „Wow. Grace geht verdammt gut damit um, das muss ich schon sagen."

„Sie hat ja keine große Wahl", gab er angespannt zurück. „Da sie nicht mit uns darüber sprechen darf."

„Wie lange weißt du schon von der Hinrichtung, John-Michael?"

„Seit wir bei IKEA waren, um das Sofa auszusuchen. Da hat Grace es erfahren."

„Sieht ganz so als, als ob ich nicht die Einzige wäre, die Geheimnisse vor ihrem besten Freund hat", sagte sie verächtlich. „Aber nicht nur das – du weißt seit *einem Monat*, dass ich auf der Party war, auf der Tyson Drew ermordet wurde."

„Einen Monat, Luce. Ich habe einen Monat lang die Klappe gehalten. *Du* hast über dieses Thema *jahre*lang geschwiegen. Ich habe dir nicht gesagt, dass ich davon weiß, weil ich dir die Chance geben wollte, es mir von dir aus zu erzählen."

„Schon klar, ich hab's kapiert." Nun war sie es, die verletzt klang. „Du hast mich getestet." Lucy ging rückwärts zu einem der zwei Stühle hinüber, die in dem kleinen Probenraum standen. Mit der ausgestreckten Hand tastete sie nach der Rückenlehne und glitt dann auf die Sitzfläche. „Grace lebt die ganze Zeit über mit mir zusammen ... und hat nie ein Wort über all das verloren."

„Du reagierst über. Sie respektiert deine Privatsphäre. Grace hat es noch nicht einmal Candace erzählt. Noch nicht."

Auf Lucys angespannter Miene zeigte sich der Hauch eines Lächelns. „Candace weiß nichts davon? Ihre eigene *Schwester*? Hm. Ich wäre ja zu gern dabei, wenn diese Information irgendwann rauskommt."

„Lucy", sagte er ernst. „Grace hat monatelang abgewartet, dass du ihr ein kleines bisschen Hoffnung gibst. Irgendeinen Hinweis, dass du dich vielleicht an die Ereignisse jener Nacht erinnerst. Sie würde dich niemals selbst fragen. Ich verstehe nicht, warum. Wenn Vesper mein Vater wäre, würde ich alles Mögliche tun, um dich zum Reden zu bringen."

„*Um mich zum Reden zu bringen?*" Sie sah ihn angewidert an. „JM, denkst du allen Ernstes, ich würde zulassen, dass ein unschuldiger Mann hingerichtet wird, wenn ich etwas wüsste, das ihm helfen könnte?"

John-Michael sah bestürzt aus. „Du hast damals wirklich nichts gesehen?"

„Ich habe Tyson Drews toten Körper im Pool gesehen", gestand sie zögerlich. „Aber das haben andere Leute auch. Und … John-Michael …" Zum ersten Mal bemerkte er eine gewisse Scham in Lucys Stimme. „In den Jahren danach habe ich so viel eingeworfen", fuhr sie betrübt fort. „Ich hatte Träume, Halluzinationen. Dieses Zeug – es verhunzt dir völlig den Verstand. Es verdreht deine Gedanken. Es verzerrt sie, bis du nicht mehr weißt, was wahr ist."

Als Lucy schwieg, sagte John-Michael in versöhnlicherem Ton: „Graces Vater sagte, dass er, als er die Party verließ, auf dem Balkon die Silhouette eines kleinen Kindes gesehen hat, das auf den Pool schaute. Eines der Kinder, die sich an jenem Abend in dem Haus aufhielten, muss etwas gesehen haben."

„An dem Abend waren vier Kinder im Haus", erwiderte Lucy. „Warum nimmst du an, dass ich das war?" Dann, als käme ihr der Gedanke erst jetzt in den Sinn, fragte sie: „Hat … hat Grace irgendetwas damit zu tun, dass du mich gefragt hast, ob ich bei euch einziehe? *Haben sie dich benutzt, um mich zu kriegen?*"

John-Michael war verblüfft. „Wer sind *sie*? Candaces Mutter hat Paolo gefunden, und *er* anschließend mich. Erinnerst du dich? Niemand konnte vorhersagen, dass Paolo wissen würde, dass ich dich kenne. Das ist verrückt."

Lucys Haltung irritierte ihn. Einen Moment lang war es ihm vorgekommen, als stünde sie womöglich kurz davor, etwas zuzugeben. Doch nun war sie wieder verwirrt. John-Michael wollte Grace helfen. Er wollte diese Geheimnisse ans Licht zerren, wo sie nicht verfaulen würden. Am Ende aber ging es ihn nichts an, wie Lucy ihm anscheinend unbedingt klarmachen wollte.

Die Titelmelodie der Manga-Serie *Death Note* unterbrach die Stille. John-Michaels Klingelton. Er wandte sich von Lucy ab und las den Text auf seinem Handy.

Mann, Alter, wie deutlich muss ich denn noch werden? Lass dir 'ne Ausrede einfallen. Lucy soll noch ein paar Songs arrangieren. Lust auf 'nen Burger oder so?

Verblüfft schrieb John-Michael zurück: *Ruben?*

Wer denn sonst? Jetzt komm her, ich vermisse dich.

John-Michael steckte sein Handy in die Hosentasche. Seine Gedanken rasten. Ruben wollte *ihn*? Das war krass. Damit hatte er so gar nicht gerechnet, weil er dachte, Ruben würde auf Lucy stehen, aber vielleicht war Ruben ja bi? Obwohl es rückblickend durchaus einen Sinn ergab. Lucy tat nichts anderes, als ab und an darauf hinzuweisen, dass sie Ruben mochte, und der hatte es praktisch ignoriert.

„Ich … Ähm, ich muss los", murmelte John-Michael. „Wir sind doch sowieso fertig, oder?" Hoffentlich. Ruben hatte den

Tag tausendprozentig aufgehellt. Die Situation mit ihm, Lucy und Grace würde warten müssen.

Lucy nickte bloß. Sie sah unglücklich aus. Offenbar war sie in Gedanken versunken. „Ja, ich denke, für heute sind wir definitiv fertig.“

GRACE

Venice Beach, Dreibettzimmer – Mittwoch, 1. Juli

„Ich sage nur: Was bringt es, sie jetzt zu überfallen? Kann das nicht warten?“

Grace hörte die Anspannung in John-Michaels Stimme. Er musste irgendwo auf der Treppe vor ihrem Zimmer stehen.

Die Tür zu dem Dreibettzimmer flog auf. Von ihrem Tisch, der am Fuß ihres Bettes stand, drehte Grace sich langsam auf ihrem Stuhl um, bis sie Lucy sah, die im Türrahmen stand.

Lucy sah wütend aus. Instinktiv wusste Grace, was sie sagen würde.

„John-Michael hat dir von meinem Vater erzählt“, fing Grace leise und mitfühlend an. Nachdem sie nun schon monatelang mit Lucy zusammenlebte, hatte sie akzeptiert, dass Lucy die Wahrheit vermutlich nicht absichtlich verheimlichte. Aus irgendeinem Grund schien Lucy nicht mal zu verstehen, was sie an jenem Abend vor acht Jahren gesehen hatte.

Ein etwas abgehetzt wirkender John-Michael trat hinter Lucy.

„Ja, ich habe Lucy erzählt, dass dein Vater wegen des Mordes an Tyson Drew in der Todeszelle sitzt“, gestand John-Michael. „Aber Grace, du musst anfangen, darüber zu sprechen.

Ich weiß, dass du nicht daran erinnert werden willst. Aber mal im Ernst: Die Zeit ist in diesem Fall nicht auf deiner Seite. Es ist der absolute Wahnsinn, über das alles zu schweigen. Was ist, wenn Lucy irgendetwas weiß?"

Seine Worte trieben Grace unvermittelt die Tränen in die Augen. Doch sie wischte sie schnell weg, als sie die Schritte einer dritten Person auf der Wendeltreppe hörte. Sowohl Lucy als auch John-Michael drehten sich um, um zu sehen, wer es war.

„Ariana, würdest du uns bitte alleine lassen? Das hier ist ziemlich privat", sagte Lucy.

Eine peinliche Pause entstand. Grace trocknete sich die tränenbenetzten Fingerspitzen an ihrem Shirt ab, während Ariana linkisch hinter Lucy und John-Michael stand und offenbar versuchte, die Situation einzuschätzen. „He, kein Problem", sagte Ariana. „Ich habe erregte Stimmen gehört. Ich dachte, es gibt vielleicht Ärger. Aber ich will mich auf keinen Fall in eure Angelegenheiten einmischen. Ich räume nur die Küche zu Ende auf und gehe dann ein bisschen nach draußen." Ariana zögerte einen Moment, bevor sie zur Wendeltreppe zurückging.

„Danke, Ari", rief Lucy ihrer Freundin nach. Sie klang mehr als nur ein bisschen verlegen. Die Verlegenheit hielt an, als sie sich wieder Grace zuwandte. Die Wut war praktisch verflogen.

„Ich muss das fragen", sagte Lucy. „Wie lange weißt du schon, dass ich auf dieser Party war?"

Grace holte tief Luft. „Als ich gehört habe, dass du bei uns einziehst, habe ich deinen Namen sofort erkannt. Dann hat John-Michael uns erzählt, dass dein Vater für die Regierung arbeitet. ‚Lucy Long' ist nicht gerade meilenweit von ‚Lucasta

Jordan-Long', dem Kinderstar, entfernt. Ich habe im Internet nach dir gesucht und – Bingo, ich bin auf *Jelly und Pie* gestoßen. Ich habe auch die Namen der anderen Kinder gesehen, die an jenem Abend in dem Haus waren."

Lucy sah John-Michael an. „Würdest du uns bitte einen Moment alleine lassen?"

„Lucy, eigentlich wäre es mir lieber, wenn John-Michael bleibt", unterbrach Grace sie. „Das ist ein heikles Thema."

John-Michael stand in der Nähe seines Bettes, als warte er darauf, dass die Mädchen sich einigten, ob er bleiben oder gehen sollte. Lucy war eindeutig überrascht, aber sie widersprach nicht. „Wenn ich irgendetwas gesehen hätte, Grace, hätte ich es gesagt."

Grace schwieg eine volle Minute. Als sie schließlich sprach, bemühte sie sich, jeglichen Vorwurf aus ihrer Stimme herauszuhalten. „Ich weiß, dass du etwas gesagt hättest, wenn es dir möglich gewesen wäre. Ich ... Ich frage mich nur – und zwar frage ich mich das schon immer –, ob dich vielleicht irgendwer eingeschüchtert hat? Ob irgendjemand versucht hat, dich zum Schweigen zu bringen, als du noch klein warst?"

Lucy verlagerte ihr Gewicht von einem Fuß auf den anderen. Vorsichtig fragte sie: „Mich eingeschüchtert – inwiefern?"

John-Michael schaute Lucy an und sah eine gewisse Beunruhigung in ihrer Miene.

Grace bemühte sich, die Emotionen, die in ihr brodelten, unter Kontrolle zu halten. Sie musste Lucy davon überzeugen, ihnen alles zu erzählen, woran sie sich erinnern konnte. Selbst ein scheinbar unwichtiges Detail konnte entscheidend sein. John-Michael hatte recht: Ihnen blieb nicht mehr viel Zeit, um zu handeln. „Es gibt viele Arten, ein Kind unter Druck zu setzen. Denk darüber nach, Lucy, du warst klein. Es war spät, du hast halb geschlafen. Was auch immer du gesehen hast – vielleicht hast du die Erinnerung verdrängt. Vielleicht hat irgendwer dafür *gesorgt*, dass du sie verdrängst."

„Wie zum Beispiel wer?"

„Keine Ahnung", erwiderte Grace. Sie sah zu John-Michael hinüber, der sich schließlich mit einem gewissen Unbehagen auf den Rand seines Bettes gesetzt hatte. Er betrachtete Lucy mit einer Mischung aus Neugier und Nachdenklichkeit.

Nach einer Pause fragte Lucy: „Aber wenn ich mich an gar nichts erinnere?"

„Es gibt Wege, der Erinnerung auf die Sprünge zu helfen", sagte Grace vorsichtig. Sie wollte Lucy nicht verschrecken. Sie sollte nicht merken, wie intensiv Grace in den letzten Monaten darüber nachgedacht hatte. „Hypnose. Trauma-Erinnerungs-Therapie."

„Das funktioniert wirklich?" John-Michael klang hoffnungsvoll.

Grace ließ Lucy, die über ihre Worte nachzudenken schien, nicht aus den Augen. „Es ist möglich."

Schließlich fragte Lucy: „Und du denkst, wenn ich mich unter Hypnose an irgendetwas erinnere, würde das reichen, um deinem Vater zu helfen?"

„Vielleicht", erwiderte sie. „Er wurde nur aufgrund von Indizien verurteilt. Deshalb wurde die Vollstreckung des Urteils auch so oft ausgesetzt. Jedes Mal bot sich eine neue Chance für die Verteidigung, bessere Beweise zu finden. Bislang sind sie aber auf nichts gestoßen. Er hatte ein Motiv, er war auf der Party, und er hat kein Alibi. Sie haben seine DNA an Tyson Drews Körper gefunden, aber mein Vater sagt, sie hätten sich früher am gleichen Abend wegen irgendetwas Dämlichen wie Geld in die Haare gekriegt. Aber Lucy: Mein Vater war an jenem Abend nicht in der Nähe des Pools. Er ging ins Haus, weil er zur Toilette musste, und sah eine kleine Gestalt auf dem Balkon stehen, die nach unten sah. Er konnte nicht sehen, was das Kind beobachtete, aber der Balkon lag zum Pool hin. Das kleine Kind hat den Mörder gesehen, Lucy. Da ist sich mein Vater ganz sicher.“

Es entstand eine ausgedehnte Pause. Dann sagte John-Michael: „Warum bist du dir so sicher, dass es Lucy war?“

„Denk mal daran, wie du dich danach verhalten hast, Lucy“, erklärte Grace behutsam. „Du bist in eine Abwärtsspirale geraten. Das ist den anderen Kindern, die auf der Party waren, nicht passiert. Du bist die Einzige, die sich wie jemand verhielt, der etwas Traumatisches erlebt hatte.“

„Das stimmt nicht. Tyger Watanabe war auch durcheinander.“

„Später vielleicht, als er vierzehn, fünfzehn war. Aber unmittelbar nach dem Mord spielte Tyger in der nächsten Staffel weiter in der Serie mit, während sie dich rausgeschrieben haben. Und zwar, weil du seltsam drauf warst, Lucy. Das hast du in einem deiner Interviews selbst gesagt.“

Zu Graces großer Erleichterung leugnete Lucy das nicht.

„Ich …“ Es schien Lucy Mühe zu machen, die Worte über die Lippen zu bringen. „Ich habe mich das schon gefragt. Ab und zu. In letzter Zeit vielleicht öfter.“ Sie sträubte sich, weiterzusprechen.

„Bitte, Lucy.“

Lucy wollte gerade etwas sagen, da hielt sie inne. Sie drehte den Kopf zur Tür. Grace horchte einen Moment lang, hörte jedoch nichts.

Lucy stand auf, ging zur Tür und machte sie weiter auf. Grace sah ihr dabei zu, wie sie auch die Badezimmertür aufstieß.

„Was ist los?“

Lucy kam zurück und schloss die Zimmertür hinter sich. „Ich hätte schwören können, dass ich jemand draußen auf dem Treppenabsatz gehört habe.“

„Ich habe nichts gehört“, meinte John-Michael und zuckte mit den Schultern.

„Ich muss schon zugeben – diese Unterhaltung macht mich ein bisschen nervös.“ Lucy setzte sich neben John-Michael. Er räumte seine Kissen zur Seite, um ihr Platz zu machen.

Grace stand ungeduldig von ihrem Stuhl auf und setzte sich zwischen die beiden. Als ihr plötzlich schmerzhaft bewusst wurde, wie eisig Lucy wirken konnte, legte sie zögerlich eine Hand auf Lucys nackten Arm.

„Ich weiß, dass es dir schwerfallen muss, an diesen Abend zurückzudenken. Wenn du wirklich gesehen hast, wie Tyson Drew ermordet wurde, war das mit Sicherheit ein traumatischer Moment. Ich erinnere mich noch daran, wie ich einmal mit angesehen habe, wie ein Typ einem anderen so richtig heftig eine reingehauen hat. Das ist direkt vor meinen Augen passiert, vor der Schule. Und ich habe am ganzen Körper gezittert, Lucy. Ich kann mir nur ungefähr vorstellen, was es mit einem Kind machen muss, wenn es beobachtet, wie ein erwachsener Mann gewürgt und ertränkt wird. Es ist kein Wunder, dass sich dein Gehirn davor verschließt.“

„Ich … Grace. Ich weiß wirklich nicht, ob ich …“

„Ich bitte dich nur darum, es zu versuchen. Lucy, bitte. Wenn da etwas ist, etwas, das dein Gehirn zu unterdrücken versucht … könnte es meinem Vater helfen.“

„Aber es wird das Urteil nicht aufheben“, bemerkte Lucy zweifelnd. „Grace, ich meine, es tut mir ehrlich leid, dass sich dein Vater in dieser Situation befindet. Aber ich bin nicht diejenige, die ihn da hineingebracht hat. Die Jury hätte ihn ohne Beweise nicht verurteilt."

„Trotzdem waren es nur Indizien!", schrie Grace und sprang auf.

John-Michael stand halb auf, wie um sie zu stützen, falls sie umkippte. Beruhigend legte er eine Hand auf ihre und sagte: „Gracie, schon gut ..."

„Es waren Indizienbeweise", wiederholte sie diesmal ruhiger. „Ein Fall von großem öffentlichen Interesse. Die Polizei stand unter enormem Druck, einen Schuldigen zu finden. Und der Bezirksstaatsanwalt hat mit der Jury einen tollen Job gemacht, das muss ich schon sagen. Ich habe mir die Prozessakten angesehen, und auch wenn ich kein Jurist bin, Lucy, kann sogar ich das sehen."

John-Michael sah sie neugierig an. „Du hast die Prozessakten gelesen?"

„Was den Tyson-Drew-Mordfall angeht, bin ich eine Expertin", sagte Grace. „Das hat mein Vater mir beigebracht."

„Wenn du so eine Expertin bist", fing Lucy ungeduldig an, „dann schätze ich, dass du einen Verdacht hast, wer es wirklich getan hat."

Grace erlaubte sich ein zaghaftes Nicken.

Lucy bedrängte sie weiter. „Wer?"

Doch Grace entgegnete nur: „Das kann ich dir nicht sagen. Es tut mir leid, aber das könnte den Anschein erwecken, ich wolle dich beeinflussen. Wenn du es mit der Trauma-Erinnerungs-Therapie versuchen willst, musst du ohne Vorurteile an die Sache herangehen. Wenn du und ich vorher über den Fall sprechen, wird uns das alles nichts helfen." Sie nickte in John-Michaels Richtung. „Deshalb habe ich ihn gebeten, zu bleiben. John-Michael kann bezeugen, dass du und ich niemals darüber gesprochen haben, wen du gesehen haben könntest."

„Aber du hast eine bestimmte Person im Kopf?", hakte Lucy nach.

Grace wandte sich an John-Michael: „Habe ich jemals irgendwas erwähnt?"

Er schüttelte nachdrücklich den Kopf. „Auf keinen Fall." Dann fügte er hinzu: „Mann, ich hatte ja keine Ahnung, dass du eine Vermutung hast, wer den Mord begangen haben könnte."

Lucy hatte sich auf ihre Hände gesetzt und schaukelte auf der Bettkante ganz leicht vor und zurück. Es war, als könnte man ihr bei ihrer Verwandlung von einer selbstbewussten Zehntklässlerin in ein verängstigtes Kind zusehen.

„Ist das gefährlich, diese Erinnerungstherapie-Sache?"

„Es ist eine Art Hypnose", antwortete Grace.

Lucy schüttelte den Kopf. „Danach habe ich nicht gefragt."

Grace ertappte sich dabei, zittrig auszuatmen. „Ich weiß es nicht sicher, Lucy. Ich schätze, es ist eine Möglichkeit, seine vergrabenen Dämonen herauszulassen. Natürlich nicht buchstäblich. Aber sobald diese Erinnerung draußen ist … na ja."

„Sie wurde vermutlich aus einem bestimmten Grund vergraben", gab John-Michael zu bedenken. Grace nahm eine leichte Anspannung in seiner Stimme wahr. „Man weiß nicht, welchen Scheiß man da ausgräbt. Man rührt und rührt. Das stinkt mit Sicherheit gewaltig."

„John-Michael hat recht", sagte Grace etwas verhalten. „Eine verdrängte Erinnerung hervorzuholen kann traumatisch sein. Lucy, ich flehe dich an. Das ist jetzt das vierte Mal, dass sie einen Hinrichtungstermin festgesetzt haben. Das *vierte*. Seine Anwältin wird in Berufung gehen – das macht sie immer. Es könnte sogar klappen, mal wieder. Aber selbst wenn – die Angst nagt an seinen Kräften. Die Zeit in diesem Gefängnis hat ihn verändert. Wenn das noch viel länger so weitergeht, könnte er womöglich nachgeben, nur damit es ein Ende hat. Und dann würde ich meinen Vater für immer verlieren."

„Mit Gestank kann ich umgehen", sagte Lucy. Doch sie klang zögerlich.

Grace spürte die Hoffnung wie einen Druck in ihrer Brust. „Dann wirst du es versuchen?"

Lucy nickte. „Okay."

CANDACE

Leo Carrillo Beach – Mittwoch, 1. Juli

Die Schauspieler und die Techniker von *Prepped* hatten den ganzen Nachmittag am Leo Carrillo Beach verbracht. Die meisten waren gegen fünf Uhr gegangen, darunter auch Ricardo Adams. Nur drei Schauspieler waren noch da, um die letzten beiden Nachtszenen zu drehen.

Candace hatte sich dazu entschieden, den Tag in Malibu zu verbringen, um nicht so viel herumfahren zu müssen. Sie hatte sich mit ihrer Mutter in deren Haus am Malibu Beach zum Mittagessen getroffen. Später würde sie wieder hinfahren, um dort zu übernachten.

Als eine der letzten drei beobachtete Candace die Crew seufzend dabei, wie sie alles aufbaute. „Warum machen wir uns eigentlich die Mühe, nachts zu drehen, wenn sie uns wie einen Weihnachtsbaum ausleuchten?"

Aus dem Augenwinkel sah sie, dass Yoandy bei ihrer Bemerkung breit grinste. Sie hatte mitbekommen, wie er ein Stückchen weggegangen war, um eine Zigarette zu rauchen, und war ihm gefolgt. Jetzt lehnten sie sich gegen die Felsen am einen Ende des Strandes und warteten, bis die Crew das Set vorbereitet hatte. Mindestens fünf Minuten waren verstrichen. Bislang war ihre Bemerkung die einzige, die gefallen war. Yoandy schien das Schweigen zu genießen. Candace hingegen war total angespannt und bildete in Gedanken halbe Sätze, die es jedoch nicht bis zu ihren Lippen schafften.

Sie schloss für einen Moment die Augen und sprang ins kalte Wasser. „Sollten wir über den Kuss sprechen?“

Yoandy drehte den Kopf nicht, doch sie hörte ein Lächeln in seiner Stimme. „Du denkst, wir sollten ihn vielleicht proben?“

„Er wird am Ende wahrscheinlich eh die erste Klappe nehmen“, murmelte Candace. „Das machen Regisseure für gewöhnlich. Aber sie haben gern die Wahl. Und ein Gefühl der Macht.“

„Ich würde dich jetzt wirklich gerne auf der Stelle küssen, *nena*“, sagte er warm. „Aber für Sebastian ist es das erste Mal, dass er Annika küsst. Vielleicht sollten wir lieber warten. Und versuchen, die Energie des ersten Mals von der Kamera einfangen zu lassen. Was denkst du?“

Candace sagte nichts. Sie spürte nur ein Kribbeln auf der Haut. Er wollte, dass ihr erster Kuss aufgenommen wurde.

„Und dann, nachdem wir uns geküsst haben, schlägst du mich“, fügte Yoandy fröhlich hinzu.

„Was?“

„Hast du die neuen Seiten nicht gesehen?“

„Oh! Nein!“ Candace sah zum Regisseur hinüber und fühlte sich irgendwie aus dem Gleichgewicht geworfen.

„Oh!“ Yoandy drehte sich zu ihr um und strahlte eine unfassbare energiegeladene Begeisterung aus. „Es ist ein bisschen anders als vorher. Wir fangen im Wasser an und schwimmen in Richtung Strand. Sobald wir aus dem Wasser raus sind, zählst du bis zwei. Dann fällst du hin. Ich packe dich, wenn du fällst, küsse dich, du schlägst mich, wir rennen weiter.“

„Ich falle hin? Ich *schlage* dich?“

„Es ist dunkel. Dort gibt es viele Felsen und Seegras, über die man stolpern kann.“

„Ein Kuss … und dann knall ich dir eine.“ Candace wartete, bis sich die Szene gesetzt und zu einer konkreten Vorstellung verfestigt hatte. „Warum?“

„Ich schätze, weil du nicht geküsst werden willst!“, erwiderte er achselzuckend.

„Ja, wahrscheinlich“, sagte Candace verächtlich. „Ich schätze, meine Figur ließe sich gut als ‚kratzbürstig‘ beschreiben.“

Wenn es ihre Entscheidung gewesen wäre, hätte Candace einen Kuss ins Buch geschrieben, der von Annika ausging und nicht von Sebastian.

„Spannung!“, sagte Yoandy und lächelte breit. Seine Hand steuerte auf ihre Hüfte zu, hielt aber kurz vor der Berührung inne. Candace konnte sich nicht gegen die Aufregung wehren, die von ihr Besitz ergriff. In wenigen Minuten würde er sie in den Armen halten. „Der Regisseur will daraus eine Kommen-sie-zusammen-oder-nicht-Sache machen“, erklärte Yoandy. „Wir können das üben, wenn du magst.“

„Ich sollte mir die neuen Seiten ansehen“, murmelte sie.

„Oder du könntest mir vertrauen“, schlug er vor und sah sie hoffnungsvoll an.

Candace schaute zu dem Regisseur. Sie hatte sich schon mehrere finstere Blicke von ihm eingefangen, wenn sie für Verzögerungen gesorgt hatte. Es war das Risiko zwar nicht wert – aber sie vertraute Yoandy tatsächlich. Sie würde einfach improvisieren müssen.

Kurze Zeit später rief der Regisseur Candace und Yoandy zu, sie sollten sich auf ihre Positionen begeben. Yoandy begann, über die Felsen zu steigen. Er hielt ihr eine Hand hin. Nach kurzem Zögern ergriff Candace sie. Sie lächelten einander zärtlich an. Beide waren überraschend nervös.

Eine Minute später standen sie bis zu den Oberschenkeln im kalten Wasser des Pazifiks. Die Strömung war stärker, als sie erwartet hatte. Seegrasbüschel streiften ihre Beine und Hände.

Candace schaute zum Strand hinüber. Aber die grellen Scheinwerfer, die auf sie gerichtet waren, machten es ihr unmöglich, irgendwen von der Crew zu sehen. Sie hörte, wie der Regisseur durch ein Megafon rief: „Action!"

Candace rannte frontal auf den Strand zu. Yoandy lief neben ihr. Als sie den Sand erreichten, zählte sie bis zwei. Sie stolperte und stürzte. Yoandy streckte die Arme nach ihr aus und zog sie auf die Füße. Er zog sie eng an sich. In der letzten Sekunde, bevor sich ihre Körper berührten, nahm er das Tempo raus. Er strich ihr ein paar Haarsträhnen aus dem Gesicht.

Candace blickte ihm tief in seine schokoladenbraunen Augen, bevor er die Lider schloss und sich zu ihr vorbeugte, um sie zu küssen.

Dann lagen seine Lippen auf ihren. Sie schmeckten nach Salz. Er fasste ihre Hüfte fester. Sie konnte seine Zungenspitze spüren, die versuchte, ihre Lippen weiter zu öffnen. Sie wollte sich in seinen Armen entspannen, wollte den Mund für ihn öffnen. Doch sie traute sich nicht, nicht für eine Sekunde. Jede Bewegung war wohl überlegt. Sie zog die rechte Hand zurück. Ballte sie zu einer Faust. Sie schwang sie zu seinem Kopf. Yoandy riss den Kopf nach hinten, als ob sie ihn getroffen hätte. Mit der linken Hand hielt er sich die Wange. Er starrte sie erschrocken und enttäuscht an.

Sogleich verspürte Candace ein leichtes Bedauern.

„Cut!"

Yoandy wartete einen Moment, ehe er erfreut lächelte. „Ziemlich gut, *nena*! Ich konnte gerade noch rechtzeitig ausweichen!"

„Noch mal", rief der Regisseur. „Und diesmal, Candace, lässt du dich von *ihm* küssen. Und könntest du weniger traurig gucken, nachdem du ihn geschlagen hast? Wir brauchen mehr Wut, mehr Autorität. Denk an das Virus, das den Alterungsprozess rückwärts ablaufen lässt. Du bist eine erfahrene Frau, die im Körper eines Teenagers steckt. Vor der Apokalypse warst du für den Nobelpreis nominiert. Sebastian ist nur irgendein Tölpel, dem du bereits in dieser Spielhölle den Hintern retten musstest. Er ist deiner nicht würdig. Okay?"

Sie wateten ins Wasser zurück auf ihre Ausgangspositionen. Sie spielten die Szene noch einmal. Dieses Mal waren Candaces Lippen geschlossen, als er sie küsste. Der Regisseur brach mittendrin ab. „Noch mal", sagte er grimmig.

Sie spielten die Szene ein drittes Mal. Dieses Mal zog Yoandy seinen Kopf nicht schnell genug zurück, und ihre Faust traf ihn tatsächlich am Kiefer. Doch ironischerweise kam dieser Schlag viel zu lasch rüber. Also machten sie es noch mal.

Als der Regisseur endlich zufrieden war, hatten sie fünf weitere Takes aufgenommen. Völlig durchnässt und nach Einsatz der nächtlichen Meeresbrise konnte Candace nur daran denken, wann sie Yoandy wieder küssen könnte. Seine Lippen waren weich, seine Berührung fühlte sich auf ihrer ozeangekühlten Haut warm an – aber die lebendigste Erinnerung war die an das flüchtige Gefühl, an seine Brust gedrückt zu werden. Trotz des tropfnassen Shirts hatte sie die Wärme seines

Körpers gespürt. Bei ihm hatte sie sich weiblicher gefühlt als je zuvor. Und so wie er sie ansah, wusste Candace, dass Yoandy auch mehr wollte.

„Willst du mal mit mir tanzen gehen?", fragte er, als sie sich die Haare und Schultern abtrockneten.

„Latinotänze? Ich … äh … ich weiß nicht, wie."

„Mach dir darüber keine Sorgen", sagte er offenbar von ihrer untypischen Schüchternheit amüsiert. „Ich werde ganz, ganz vorsichtig sein. Du wirst nicht mal merken, dass ich dir Unterricht gebe. Wie wäre es mit Samstagabend?"

„Am vierten Juli?" Candace zögerte. „Verbringst du den Tag nicht mit deiner Familie?"

Yoandy zuckte mit den Schultern. „Klar, wir können auch zu meiner Familie gehen, wenn dir das lieber ist. Da wird auch getanzt. Wenn du mit mir zusammen bist, wird überall getanzt." Er lächelte.

„Ich glaube, meine Mitbewohner haben schon was geplant", sagte sie. „Aber weißt du was? Ich werde mit dir ausgehen. Aber jetzt muss ich mich beeilen. Meine Mutter … sie, ähm … sie holt mich gleich ab." Candace lächelte ihn matt an. Sie hasste es, ihn zu enttäuschen.

Aber Yoandy schien überhaupt nicht enttäuscht zu sein. *„Excelente."*

Sie sah ihn erwartungsvoll an, bis er sich schließlich leise lachend zu ihr hinüberbeugte und sie mit beiden Händen an der Hüfte packte. „Welcher Kuss hat dir am besten gefallen?", flüsterte er dicht an ihrem Ohr.

„Der hier", murmelte sie und drehte den Kopf ein Stück, sodass sich ihre Lippen berührten. Sie saugte sanft an seiner Unterlippe, ehe sie den Kuss mit einem leichten Knabbern an seinem Kinn beendete.

„*Ay, mi madre*", stöhnte er, als Candace ihn mit einem schelmischen Lächeln von sich wegstieß. „Du bringst mich noch um, *preciosa.*"

„Keine Sorge", erwiderte sie. „Ich werde ganz, ganz vorsichtig sein."

JOHN-MICHAEL

Santa Monica – Donnerstag, 2. Juli

„Lucy, lass uns in die Zeit zurückgehen, als du neun Jahre alt warst."

„Damals war ich Charlie", murmelte Lucy. „In *Jelly and Pie*."

In dem vornehmen Sprechzimmer des Psychiaters Dr. Barney Kessler in Santa Monica sah John-Michael dem Therapeuten dabei zu, wie er ein kleines, dunkelgraues elektronisches Gerät aus der Brusttasche seines Sakkos nahm. Er tippte auf das winzige Display und legte das Gerät vorsichtig auf den Tisch, um die Sitzung aufzunehmen. Er schob es mit den Fingerspitzen zu Lucy hinüber, die halb liegend in einem Ledersessel saß. Die cremefarbenen Damastvorhänge waren zugezogen, wodurch die grelle Mittagssonne auf der Meeresseite zu einem milden, kühlen Licht reduziert wurde. Leise Musik drang aus kompakten Lautsprechern, die ganz in der Nähe auf einem Bücherregal aus Birkenholz standen. John-Michael brauchte ein paar Momente, um zu begreifen, dass die Musik die recht verspielte Titelmelodie von *Jelly and Pie* war. Nervös blickte er zu Lucy. Ihre Augen waren halb geschlossen, und sie rutschte ganz leicht in ihrem Sessel hin und her, als befände sie sich auf einem

Schiffsdeck. Es war das erste Mal, dass er jemanden in Hypnose sah. Die ganze Sache war ihm ein bisschen unheimlich.

„Bist du zu einer Party am Mulholland Drive gegangen?"

„Ja", sagte Lucy. „Wo Tyson Drew ermordet wurde." Sie klang müde. Als müsste sie die Geschichte zum tausendsten Mal erzählen. John-Michael nahm wahr, dass D. Kessler sich etwas notierte, ehe er weitermachte.

„Erzähl mir von dem Abend, Lucy."

Langes Schweigen. Dann sagte Lucy ganz leise: „Ich möchte nicht."

Der Therapeut reagierte nicht. „Kannst du mir sagen, wer mit dir auf der Party war?"

„Tyger war da. Alexis, Marc."

„Das ist toll, Lucy. Die anderen Stars aus *Jelly and Pie* waren da. Kannst du dich erinnern, ob du noch jemanden auf der Party gesehen hast?"

„Ich denke, ich habe Tyson Drew gesehen", sagte sie finster. „Er war tot."

„Wo hast du ihn gesehen?", fragte Kessler. Er sprach mit einer ruhigen, freundlichen Stimme.

„In einem Swimmingpool."

„War jemand bei ihm?"

„Hm?"

John-Michael beobachtete Lucys Gesicht ganz genau. Sie klang verloren, wie ein kleines Mädchen, das sich an einen Teddy klammert. Unter den fest geschlossenen Lidern bewegten sich ihre Augen schnell hin und her. Wieder langes Schweigen. Kessler bewegte sich nicht, seine Miene veränderte sich nicht.

„Lucy, war noch jemand in der Nähe des Pools, als du Tyson Drew gesehen hast?"

Als Lucy sprach, klang sie heiser. „Es ist ein schlimmer, *schlimmer* Traum."

„Das ist gut, Lucy", sagte Kessler. Er legte seinen gelben Block beiseite und faltete seine Hände auf dem Schoß. „Es ist in Ordnung, mir von dem Traum zu erzählen."

„Das darf ich aber nicht", platzte es aus Lucy heraus. Die Heftigkeit ihrer Bemerkung ließ John-Michael zusammenzucken.

Kessler nickt bloß. „Mir darfst du es erzählen, Lucy. Ich bin hier, um dir zu helfen. Dein Freund John-Michael ist auch hier. Du bist in Sicherheit."

„Schlechte Mädchen erzählen Lügenmärchen", erwiderte Lucy und stöhnte. „Schlechte Mädchen erfinden Geschichten aus ihren Träumen."

Endlich fing Kessler an zu reagieren. Er beugte sich zu Lucy vor. „Hat dir das jemand gesagt?"

„Das ist ein Geheimnis", sagte Lucy nur. John-Michael konnte den Stress in Lucys gesamten Körper sehen. Sie klammerte sich mit den Händen so fest an die Sessellehnen, dass man die Knochen durch ihre Haut sehen konnte.

„Wer hat dir verboten, es zu erzählen?"

Lucy gab einen wimmernden Laut von sich. „Ich bin nicht schlecht, Miss."

„Hat ‚Miss' dir verboten, von der Party zu sprechen?"

Lucy nickte. Sie war unruhig. Ihre Augen waren noch immer fest geschlossen.

Kesslers Blick wanderte nur für eine Sekunde zu John-Michael. Er hielt sich einen Finger an die Lippen. John-Michael nickte bestätigend.

„Geheimnisse können wie ein Gefängnis sein, Lucy. Aber du bist es, die den Schlüssel hat. Du kannst dich selbst aus dem Gefängnis befreien, wann immer du willst."

Er wartete auf eine Antwort, doch Lucy gab keine. Kessler fuhr fort: „Wäre es möglich, dass ich mit *Charlie* spreche? Charlie von *Jelly and Pie*?“

Lucy murmelte irgendetwas Unverständliches.

„Vielleicht hat *Lucy* auf der Party gar nichts gesehen“, sagte Kessler. „Vielleicht darf Charlie über das sprechen, was sie gesehen hat?“

„Charlie schert sich nicht um sie“, sagte Lucy abrupt. John-Michael bemerkte sofort den leicht übertriebenen Akzent. Es funktionierte. Lucy war in ihre Figur aus *Jelly and Pie* geschlüpft.

„Sie grub ihre Fingernägel in seinen Hals. Schöne Nägel, so glänzend. Wie Pfirsiche. Brennende Pfirsiche. Seine Augen sind hervorgetreten, als es passierte. Er versuchte, zu entkommen, aber sie hatte etwas um seinen Hals gelegt – eine Krawatte. Ich sah ihren Schuh auf seiner Schulter, wie er ihn nach unten drückte. Es hat *lange* gedauert, bis er tot war. Er tauchte immer wieder auf, wollte Luft schnappen. Doch er bekam keine.“

John-Michael konnte sich nicht bewegen. Kessler ließ Lucys Worte in der folgenden Stille nachklingen. „Hast du die Dame, die du gesehen hast, erkannt, Charlie? Weißt du, wie sie heißt?“

„Hübsche Dame, schöne Schuhe.“

Kessler sprach mit gemäßigter Stimme. „Charlie, kannst du mir ihren Namen sagen?“

John-Michael bemerkte, dass er die Luft anhielt. Grace saß draußen im Wartezimmer. Wahrscheinlich war sie höllisch nervös und betete, dass sie die Worte hören mochte, die für ihren Vater endlich Hoffnung bedeuteten.

Lucys Antwort kam mit einem leisen Seufzer. „Die Dame möchte nicht, dass irgendwer davon erfährt.“

Der Therapeut fragte: „Hat sie dich bedroht?“

„Schlechte Mädchen erzählen Märchen."

„Aber ich frage Charlie."

„Charlie ist schlecht", sagte Lucy plötzlich und fügte mit einer Singsangstimme hinzu: „Schlecht, schlecht, schlecht."

„Der Name der Dame, Charlie. Kannst du dich daran erinnern?"

„Dana sagte, ich solle nichts verraten." Jetzt flüsterte Lucy fast. „Ich habe geweint, weil ich mir in die Hose gemacht hatte. Sie hat mich sauber gemacht, ins Bett gebracht. Sie hat mir etwas vorgesungen und mir ein Fläschchen Nagellack aus ihrer Handtasche gegeben, als sie sah, wie sehr mir die Farbe ihrer Fingernägel gefiel. Dana sagte, es sei nichts weiter als ein schlechter Traum."

Kessler zögerte. „Wo hat Dana dich gefunden?"

„In der Nähe", erwiderte Lucy leise.

„Mochtest du Dana?"

Lucy machte langsam die Augen auf. Sie drehte sich um und starrte John-Michael an, als sei er ein Fremder.

„Lucy, ich bin es, Doktor Kessler", sagte der Therapeut auf einmal sehr autoritär. „Lucy, bist du wach?"

Lucys Ausdruck änderte sich nicht für eine einzige Sekunde. „Ich erinnere mich. Verdammt, John-Michael. Ich kann mich *erinnern*."

Sie stand wackelig auf und griff nach John-Michaels Arm, den er ihr als Stütze entgegenstreckte. Als er spürte, wie ihre Muskeln zitterten, zog er sie an sich.

„Schon gut, Lucy", flüsterte er an ihrem Hals. „Alles wird gut. Lass uns gehen und … und es Grace sagen."

„Grace!", schluchzte Lucy und hielt ihn noch fester umklammert. Sie klang verzweifelt. „Was soll ich ihr nur sagen? Was habe ich getan?"

„Du hast nichts falsch gemacht, Luce. Du wusstest es nicht." John-Michael legte zwei Finger unter ihr Kinn und hob es an, sodass er ihr in die Augen schauen konnte. „Ich bin bei dir, okay? Wir werden es Gracie gemeinsam sagen."

Er führte sie in Richtung Wartezimmer und warf dabei einen letzten Blick auf Dr. Kessler, der zur Seite trat, um sie vorbeizulassen. „Komm in den nächsten Tagen bitte noch einmal zu mir", sagte er. „Du brauchst ein bisschen Nachsorge."

Grace stand auf, als sie den Warteraum betraten. Die Arme hingen neben ihrem Körper herab, die Hände fest zu Fäusten geballt. In ihren Augen leuchtete die Hoffnung, als sie fragte: „Und …?"

John-Michael nickte kurz.

Grace konnte kaum sprechen. „Lucy, hast du dich an irgendetwas erinnert?"

„Ja", erwiderte Lucy knapp. „Da war noch jemand. Diese Frau aus dem *Macbeth*-Film, Dana Alexander."

„Hat sie …?" Grace brach mitten im Satz ab und presste eine Hand auf ihr Brustbein, wie um ihren Atem zu beruhigen. „Hat Dana gesehen, wer es getan hat?"

Lucy deutete ein Achselzucken an. „Vielleicht. Oder vielleicht … vielleicht hat sie es auch selbst getan."

Grace schnappte nach Luft. Sofort stiegen ihr die Tränen in die Augen. Sie schluckte, als sie fragte: „Denkst du, mein Vater …?"

„Ob ich deinen Vater da rausholen kann?" Lucys Ton klang beinahe gereizt. „Wer weiß? Vielleicht. Können wir jetzt gehen?"

Grace zögerte. „Lucy, bist du sauer auf mich?"

„Natürlich nicht", antwortete Lucy zu schnell. „Es ist nur …" John-Michael ging ein Stück um sie herum, sodass er sie ansehen konnte. Ihr plötzlicher Stimmungsumschwung hatte ihn ebenfalls überrascht. „Ich bin nicht wütend", brachte sie nach ein paar tiefen Atemzügen hervor. „Aber das hier ... das hier ist ein Schock."

„Das verstehen wir natürlich", sagte Grace. John-Michael stimmte ihr mit einem leisen Murmeln zu. Dann fragte er Lucy: „Möchtest du mit dem Taxi fahren?"

Lucy schüttelte nur den Kopf. Sie zog die Tür auf und trat auf den Santa Monica Boulevard hinaus. „Ich gehe zu Fuß. Ich muss nachdenken."

Grace nahm Lucys Arm. Lucy blieb stehen und starrte mit einer Art müdem Entsetzen auf Graces Hand. „Lucy, du stehst unter Schock. Und ich weiß, dass es irgendwie meine Schuld ist. Möchtest du darüber reden?"

Einen Moment lang bewegte Lucy stumm die Lippen, als würde sie eine Textzeile proben. Dann: „Darüber reden? Nein. Das ist alles total krank, Grace."

Die Wut drohte in Grace zu explodieren. „In zwei Wochen wird mein Vater sterben, Lucy. Er wird hingerichtet werden für etwas, das diese Frau getan hat", platzte es aus ihr heraus. „Du musst der Polizei sagen, woran du dich erinnerst. Du musst!"

„Hey, hey", ging John-Michael dazwischen. „Beruhige dich, Gracie. Ich weiß, dass es für dich auch nicht leicht ist."

„Woran ich mich erinnere?" Lucy starrte Grace an, ohne John-Michael zu beachten. „Da sind nur Bildfetzen. Nichts, was die Bullen davon überzeugen wird, dass Dana Alexander ihn getötet hat. Ich *muss* darüber nachdenken."

„Du denkst, *Dana Alexander* hat Tyson Drew ermordet?", fragte Grace.

„Natürlich“, feuerte Lucy zurück. „Sie ist die Einzige, die dafür gesorgt hat, dass ich nicht darüber rede.“

„Wow“, sagte John-Michael. „Das dürfte schwer zu beweisen sein. Eine hochkarätige Schauspielerin wie Dana Alexander – nicht gerade ein leichtes Unterfangen.“

„Du brauchst die Bullen ja nicht davon zu überzeugen, dass sie es getan hat“, bettelte Grace und fasste Lucys Arm noch fester, als diese versuchte, ihn wegzuziehen. John-Michael schob zwei Passanten zur Seite, die auf ihre Auseinandersetzung aufmerksam geworden waren, und sorgte dafür, dass sie in einem großen Bogen um die beiden Mädchen herumgingen. „Du brauchst nur begründeten Zweifel daran zu säen, dass mein Vater es getan hat“, fuhr Grace etwas leiser fort.

Mit Nachdruck sagte Lucy: „Man wird Alexander auf keinen Fall etwas nachweisen können, Grace. Sie ist zu schlau. Zu mächtig.“

„Sie müsste ja nicht mal verurteilt werden. Allein der Verdacht würde ausreichen, um meinen Vater freizusprechen.“

„Hör mir zu“, unterbrach John-Michael vernünftig. „Anscheinend war Dana Alexander von Anfang an extrem viel daran gelegen, Lucy als Zeugin unbrauchbar zu machen. Vielleicht weiß sie genau, dass die etwas finden könnten, wenn die Mordermittlungen noch einmal neu aufgerollt würden.“

„Aber das ist schon acht Jahre her“, wandte Lucy ein. „Wenn ihr wirklich so viel daran gelegen ist, dass ich den Mund halte – warum habe ich dann seit jenem Abend nicht *ein Wort* von dieser Frau gehört?“

„Zu riskant?“, schlug John-Michael vor.

Grace wurde still, nachdenklich. „Andererseits wäre es sinnvoll gewesen, dich irgendwie zu kontrollieren.“

Lucy wurde ganz ruhig. „Kontrollieren? Und wie zum Beispiel?“

„Zum Beispiel ... ich weiß nicht ...“ Grace zuckte mit den Schultern. „Vielleicht, indem sie sich mit jemandem anfreundet, der dir nahesteht. Mit deinen Eltern? Sie dazu bringt, sie zu informieren, falls du anfängst zu reden.“

Lucy stand der Schrecken ins Gesicht geschrieben. Man konnte geradezu mit ansehen, wie jegliche Energie aus ihrem Körper floss. „Oh nein.“

John-Michael gab ihr Halt, indem er sie an der Schulter berührte. „Was ist?“

Lucy sah flehend von Grace zu John-Michael. Sie fing an, den Kopf zu schütteln. „Das kann nicht sein. Das würde sie mir nicht antun. Wir sind Entzugsfreundinnen! Sie würde mich nicht verraten.“

„Lucy, von wem sprichst du?“, fragte John-Michael.

„Nein, nicht Ariana.“ Lucy schüttelte verwirrt den Kopf.

John-Michael fing Graces Gesichtsausdruck auf, der sich von verblüfft zu bitterer Entschlossenheit verwandelte. Grace holte zweimal tief Luft und legte beide Hände auf Lucys Schultern.

„Wenn es Ariana ist, Lucy, dann musst du akzeptieren ...“

„Nein“, stöhnte Lucy mit zittriger Stimme. „Nicht Ari ... Sie weiß alles, Gracie. Von Charlie, von dem Traum, davon, was ich an jenem Abend gesehen habe, als Tyson Drew ermordet wurde. Ariana weiß alles!“

„Und sie hat auf dem Treppenabsatz gelauscht“, bemerkte Grace mit einer Stimme, die wie Glas durch die warme, milde Luft schnitt. „Als wir uns gestern unterhalten haben.“

„Wahrscheinlich hat sie sogar gehört, wie du darüber gesprochen hast, die Regressionstherapie zu machen“, merkte

John-Michael an. Das Keuchen, das Lucy daraufhin von sich gab, machte ihm klar, wie erschütternd das für sie sein musste.

„Dann hat sie Dana Alexander bereits gewarnt. Und jetzt ist sie zu Hause und wartet darauf, dass ich wiederkomme und aus dem Nähkästchen plaudere“, knurrte Lucy, und aus jedem ihrer Worte quoll die pure Verbitterung. „Also gut, dann werden es diese beiden verlogenen Hexen jetzt mit *mir* zu tun bekommen.“

„Und mit mir“, sagte Grace.

„Und mit mir“, fügte John-Michael entschlossen hinzu. „Was auch immer jetzt passiert, Luce, wir stehen hinter dir.“

LUCY

Venice Beach, Küche – Donnerstag, 2. Juli

John-Michael, Grace und Lucy kamen aus Santa Monica zurück und zogen sich in das Schlafzimmer in der ersten Etage zurück, um sich über ihren nächsten Schritt zu beratschlagen. Paolo und Candace waren einkaufen gefahren, und Maya machte mit ihrer Tante Marilu Besorgungen. Es war also nicht sehr wahrscheinlich, dass sie jemand störte. Nur Ariana war zu Hause und kochte. Diesmal ließen sie die Tür weit offen, sodass sie sofort sehen würde, wenn sich jemand näherte.

„Wir sollten lieber schnell machen", riet Grace, „so wie man ein Pflaster abzieht."

Das Problem war nur, dass Ariana viel fester an Lucy klebte als ein Pflaster. Ihre gemeinsamen Jahre. Die Tränen, der Schmerz. Und dennoch begriff Lucy, dass sie Ariana niemals als richtige *Freundin* betrachtet hatte. Dafür war ihre Beziehung zu kompliziert. Freunde teilten kleine Geheimnisse, das Essen, machten bedeutungslose Scherze, führten philosophische Gespräche, teilten das alltägliche *Nichts* des Lebens. Lucy und Ariana hatten von Anfang an wenig mehr miteinander geteilt als ihre Traurigkeit.

In der Sekunde, als Grace gesagt hatte, *mit jemandem, der dir nahesteht*, war es Lucy so vorgekommen, als hätte ihr jemand eine Augenbinde abgenommen. Ariana. So einfach und doch so unvorstellbar. Was musste man für ein Mensch sein, um in die Privatsphäre eines labilen Teenagers einzudringen? Welches Monstrum würde ein anderes labiles Kind benutzen, um dieses Ziel zu erreichen?

Ihr Verstand versuchte, das kalte, leere Gefühl zu verdrängen, das Lucy davor gewarnt hatte, dass Ariana einfach zu perfekt war. Das Mädchen war genau zum richtigen Zeitpunkt in Lucys Leben aufgetaucht. Was machten Leute bei einem Entzug? Sie redeten. Das war der moderne Beichtstuhl.

In Lucys Kopf blitzte der Gedanke auf, dass Ariana in Wahrheit vielleicht gar nicht so labil war. Dass sie womöglich alles spielte. Doch die Erinnerungen an ihre Tage in Claremont vertrieben diese Idee schnell wieder. Ariana, die sich in ihrem Hostel bis zur Besinnungslosigkeit betrunken hatte. Ariana, die Lucy angerufen und gebeten hatte, sie vor einer Bar abzuholen, wo sie abgestürzt und von den Drogen, die sie eingeworfen hatte, halb blind geworden war. Stunden an ihrer Seite, in denen sie einen kalten Entzug durchgemacht hatte. Kein Schauspieler wäre so begabt.

Lucy konnte sich nicht erklären, warum Ariana jemanden wie Dana Alexander kannte. Ariana stammte aus Louisiana, wo sie, soweit Lucy wusste, ein Niemand gewesen war. Auf einmal wurde Lucy klar, dass sie sich nie die Mühe gemacht hatte, konkretere Details über Arianas Vergangenheit herauszufinden. Der Akzent klang echt, und Ariana besaß ein paar Allüren, die zu ihrer Geschichte von vergangenem Reichtum, von einer einst gut situierten Familie, die inzwischen verarmt war, passte. Aber Lucy sah nichts, das Ariana mit einem Hollywood-Filmstar aus England in Verbindung brachte.

Das war das Detail, das Lucy fast davon überzeugte, dass sie sich irrte. Seitdem sie von der Praxis des Psychiaters in Santa Monica zurückgekehrt waren, konnte Lucy nicht aufhören, darüber nachzugrübeln. Zogen sie vielleicht voreilige Schlüsse?

Dann aber fiel ihr etwas ein, das ihrem Herz einen Stich versetzte: wie sie Ariana von dem Traum erzählt hatte, der gar keiner war. Sie hatten erst vor Kurzem darüber gesprochen, hier in diesem Haus, in Lucys Zimmer. Nun aber, da Lucy *richtig* darüber nachdachte, erinnerte sie sich, dass sie den Traum Ariana gegenüber nicht zum ersten Mal erwähnt hatte. Das Thema war in all den Jahren mehrfach aufgekommen. Und auf einmal fiel ihr auf, dass Ariana sie jedes Mal beruhigt und ihr versichert hatte, dass es wirklich nur ein Traum gewesen war.

Und mit den Neuigkeiten war sie vermutlich schnurstracks zu Alexander marschiert.

Lucy denkt immer noch, dass alles nur ein Traum war.

Ariana musste gehen, und zwar sofort, bevor Lucy es sich noch anders überlegte.

„Es gibt nicht eine Person in diesem Haus, die nicht froh darüber wäre, wenn sie ginge“, gab Grace zu, als Lucy ihren Gedanken aussprach.

„Du magst sie nicht …?“, fragte Lucy irritiert. „Warum hast du das nicht gesagt?“

„Sie ist deine Freundin. Aber nun, da wir wissen, dass sie es nicht wirklich ist, will ich ehrlich sein: Sie ist eine Klette“, sagte Grace. „Und die Art und Weise, wie sie sich immer hier herumdrückt und versucht, unsere Gespräche zu belauschen, macht sie nicht gerade sympathischer.“

„Ariana kann in Gruppen ganz schön schüchtern sein", sagte Lucy. Ariana zu verteidigen war selbst jetzt noch wie ein Reflex. „So wie Maya. Erinnert ihr euch noch, wie still Maya anfangs war?"

Reflex hin oder her – Lucy musste ihren Impuls, sich um Ariana zu sorgen, überwinden. Niemand außer ihr konnte sie bitten, zu gehen. Es musste getan werden, und zwar noch heute.

„Wir stehen hinter dir, Lucy, wie du dich auch entscheidest", sagte John-Michael.

Lucy ging auf direktem Weg nach unten in die Küche, wo Ariana Zwiebeln für das Abendessen hackte. „Ariana", begann Lucy, und ihr Magen krampfte sich zusammen. „Wir müssen reden."

Ariana drehte sich zu ihr um. „Was gibt's, Süße?"

„Ari, es tut mir wirklich leid. Aber du bist nun schon seit mehr als drei Wochen hier. Dabei hattest du gesagt, es wäre nur für ein paar Tage. Und die Sache ist die, wir dürfen hier eigentlich nicht mit mehr als sechs Personen wohnen. Wegen der Versicherung und Candaces Mutter. Wir haben das lange beiseitegeschoben, aber so kann es nicht weitergehen."

„Deine Freunde mögen mich nicht."

„Es geht nicht um dich. Sondern darum, wie das Haus aufgeteilt ist."

Ariana schüttelte leicht den Kopf. Ihr Lächeln war ironisch geworden, beinahe zynisch. „Ich habe wirklich alles gegeben, damit sie mich mögen, Lucy, aber sie sind nicht einfach. Hattest du nicht auch schon manchmal das Gefühl, dass sie alle irgendwie einen Knall haben?"

Lucy zögerte. Ihr gefiel die Richtung nicht, in die sich das Gespräch entwickelte.

Doch Ariana kam gerade erst in Fahrt. Den Rücken an die Arbeitsfläche gelehnt, warf sie das Messer zur Seite. Nervös beobachtete Lucy, wie es klappernd auf die Spüle zurutschte.

„Candace – sie ist total auf ihre Karriere fixiert. Nicht mehr lange und sie wird das gesamte Haus für sich allein haben wollen. Warte nur ab. Paolo – ich weiß noch nicht mal, was der Junge überhaupt so treibt. John-Michael, na ja, gut, er ist ein Schätzchen, aber was er mit seinem Auto gemacht hat …? Kein normaler Typ lässt einen Mercedes Benz eine Klippe runterstürzen. Glaub mir, der hat eine Schraube locker."

„Ari", setzte Lucy an. Vor lauter Verblüffung über die Tirade, die aus Arianas Mund kam, hätte sie fast gelächelt.

„Maya ist nett. Gegen sie habe ich nichts. Ich meine, wer möchte nicht viel Kohle mit irgendeiner dämlichen Software machen?"

„Bist du jetzt fertig?", sagte Lucy. Nun lächelte keins der Mädchen mehr.

„Fast", erwiderte Ariana heftig. Sie umrundete den Esstisch, bis sie nur noch einen halben Meter von Lucy entfernt stand, und starrte ihr fest in die Augen. „Es ist Grace, stimmt's? Sie hat dir gesagt, dass du mich rauswerfen sollst."

„Sie ist nicht …"

Ariana unterbrach sie nachdenklich. „Grace – so nett und still. Sie will das Hausmütterchen sein. Das Mädchen hat ja sonst nichts zu bieten. Im Gegensatz zu allen anderen hier ist sie weder talentiert noch besonders klug. Weder gequält noch ängstlich wie du oder John-Michael. Einfach nur die gewöhnliche, langweilige Grace. Und ich stelle eine Bedrohung für sie dar. So einfach ist das."

„Grace ist nichts von alledem", ertönte eine Stimme hinter Lucy. Sie drehte sich um und sah Candace in der offenen Tür stehen. Paolo stand neben ihr und hinter den beiden waren Grace und John-Michael zu sehen. Gemeinsam bildeten sie eine feste, resolute Front.

„Grace ist großartig", sagte John-Michael und machte ein paar Schritte nach vorn, bis er direkt neben Lucy stand. „Ohne sie hätte ich einige besonders schlimme Phasen in meinem Leben nicht gemeistert."

„Das stimmt", bekräftigte Paolo. „Grace ist toll."

Lucy warf Grace einen Blick zu. Sie zitterte leicht, erwiderte den Blick jedoch. Lucy drehte sich langsam zu Ariana um. „Sie haben recht. Grace ist diejenige, die hier alles zusammenhält. Und mich hat niemand gebeten, dich zum Gehen zu bewegen, Ari. Aber du kannst deinen Arsch darauf verwetten, dass jetzt alle wollen, dass du gehst."

„Meine Tasche", stieß Ariana durch zusammengebissene Zähne hervor, „ist schon gepackt."

In unbehaglichem Schweigen sahen sie Ariana dabei zu, wie sie die frisch gehackten Zwiebeln in die Spüle schleuderte, um anschließend ins Wohnzimmer zu rauschen. Sie griff nach dem Koffer, der ordentlich in dem Spalt zwischen Futon und neuem Sofa stand. Binnen fünf Minuten war sie zum Gehen bereit.

Lucy zog sich langsam zurück. Durch die Fenster der Flügeltür im hinteren Bereich des Wohnzimmers konnte sie hinter dem kleinen Garten aus dem Augenwinkel einen weißen Cadillac erspähen. Mayas Tante fuhr in eine Parklücke hinter dem Haus.

Ariana ließ den Koffer auf den Boden fallen. Sie wandte sich Lucy zu, schien einen Moment lang nachzudenken, und legte dann beinahe widerstrebend einen Arm um Lucys Hals.

Den Mund dicht an Lucys Ohr, flüsterte sie: „Nimm dich vor diesen Menschen in Acht, Lucy. Sie kennen dich nicht so wie ich."

JOHN-MICHAEL

Venice Beach, Küche – Donnerstag, 2. Juli

„Du gehst ins Kino?“, fragte John-Michael. Er sah Lucy dabei zu, wie sie den Käse, von dem sie sich etwas abgeschnitten hatte, einwickelte und zurück in den Kühlschrank legte. Sie arrangierte einige Scheiben auf einem Teller rings um ein paar Kirschtomaten und fing an zu essen, wobei sie sich gegen den Küchentresen lehnte.

„Bist du sicher?“, hakte er nach. „Willst du nicht lieber bei uns bleiben? Obwohl, wenn ich es mir recht überlege, wird Maya wahrscheinlich nichts machen wollen – sie ist zurzeit geradezu besessen von ihrer App. Und ich weiß nicht, wann Paolo vom Tennisclub nach Hause kommt. Und ich bin quasi verabredet …“

John-Michaels Stimme brach ab. Er hatte Lucy noch nicht erzählt, dass er und Ruben vielleicht irgendwie zusammen waren. Wahrscheinlich sollte er das tun.

Lucy kaute ein paar Sekunden lang und zuckte dann ein bisschen traurig die Schultern. „Heute war ein krasser Tag. Ich denke, ich muss mal ein bisschen raus, um abzuschalten.“

„Soll ich dich begleiten?“, bot John-Michael an. „Es würde mir nichts ausmachen, mein Date zu verschieben.“

In Lucys Augen zeigte sich ein zaghaftes Lächeln. „Ein Date?"

„Ruben." Er spürte, wie er rot wurde.

Das Lächeln verschwand. „Ruben ist schwul?"

„Bi", korrigierte John-Michael.

Mit gesenktem Blick stellte Lucy den Teller ab. Sie sah ihn nicht an.

„Du bist traurig", sagte er mitfühlend. „Es tut mir leid – Ruben hat schon so etwas vermutet."

Sie schüttelte kurz den Kopf, blinzelte die Tränen zurück und versuchte zu lächeln. „Ich hätte es mir denken können. Jetzt, wo ich darüber nachdenke – er hat mich andauernd gebeten, dich zu überreden, noch mal mit uns zu spielen. Das war alles nur eine Ausrede."

„Möglich", erwiderte John-Michael nervös. „So gut bin ich ja gar nicht."

Zögerlich fragte sie: „Habt ihr beide … du weißt schon?"

John-Michael grinste ein wenig selbstsicherer. „Hey, das geht dich nichts an, Long!"

Sie verschränkte die Arme vor der Brust. „Nicht gerade fair, einer Bandkollegin den Kerl auszuspannen, Weller."

„Na ja, rein theoretisch war er ja nie deiner …"

„Mal im Ernst: Wie lange geht das schon?"

John-Michael nahm sich eine Kirschtomate von Lucys Teller und warf sie sich in den Mund. „Einen Tag. Nach der Probe in der Schule gestern sind wir Burger essen gegangen, und danach noch zum Strand."

„Igitt, das ist so dermaßen Highschool."

„Ich weiß!", sagte John-Michael fröhlich. „Es war so toll. Als wäre ich wieder sechzehn. Ach ja, süße sechzehn!"

„Süße sechzehn?", fragte Candace, die mit einem leeren

Teller in die Küche kam, den sie in die Spüle stellte. „Wer ist süße sechzehn?"

„John-Michael hat am Strand einen Jungen geküsst", klärte Lucy sie auf und zog einen Schmollmund.

„Uuuuuh, erzähl schon. Ich will Details hören", erwiderte Candace.

„Ruben, der Drummer von Whatnot. Sie haben sich bei Graces Benefizkonzert kennengelernt."

„Die Band, in der du ganze fünf Minuten gespielt hast?", fragte Candace, während sie sich einen Stuhl nahm und sich verkehrt herum daraufsetzte, sodass sie die beiden ansehen konnte. „Gibt es die noch?"

Lucy zuckte mit den Schultern. „Ich schätze, sie haben einen Ersatz für mich gefunden."

„Dann stehen wir also beide auf *los latinos*, was, John-Michael?", sagte Candace und stupste ihm in die Rippen.

„Dann geht da tatsächlich was?", fragte John-Michael ein bisschen überrascht. „Bei dir und Yoandy Santiago?"

Candace strahlte. „Vielleicht."

„Aber – hat er nicht eine Freundin?"

Candace verdrehte die Augen. „Nein! Du darfst das Geschwätz nicht glauben. Er ist Musik- und sie ein Fernsehstar. Da bleibt es nicht aus, dass Gerüchte entstehen."

„Er hat dir wirklich gesagt, dass er nicht mit Kay Alexander zusammen ist?", hakte John-Michael nach.

„Ja." Candace klang verärgert. „Yoandy hat keine Freundin. Noch nicht", fügte sie mit einem Zwinkern hinzu.

Kopfschüttelnd sagte John-Michael: „Ich hoffe, du hast recht. Ich will nicht, dass er dir wehtut."

Die Belustigung fiel Candace förmlich aus dem Gesicht. „Mann, du hast dich echt verändert."

„Hey, ich bin *hundertprozentig* für das Team Yoandace. Sei nur vorsichtig. Die Gerüchte um ihn und Kay müssen ja irgendwo herkommen."

„Wie auch immer …", unterbrach Lucy die beiden, „ich muss jetzt los. Ich treffe mich mit Luisito. Wir gucken uns *The Death of Caesar* an."

„Den Film, der auf dem Stück von Shakespeare basiert? Oh Mann, den wollte ich auch noch sehen", sagte John-Michael. „Der Typ, der den Antonius spielt, ist echt heiß."

„Ich will den auch sehen", sagte Candace. „Mit meinem Jugendtheater haben wir *Julius Caesar* gespielt. ‚Mitbürger! Freunde! Römer! Hört mich an!'"

In der Küche wurde es still, als Grace mit hängendem Kopf und vor der Brust verschränkten Armen hereinkam. Mit einem seltsamen „Hey" sah sie auf – zuerst zu John-Michael, dann zu Lucy. Schließlich wandte sie sich Candace zu und legte ihr eine Hand auf die Schulter. „Hey, Candace? Wir müssen reden."

Candace zog amüsiert eine Augenbraue hoch und sah kurz zu John-Michael hinüber, ehe sie wieder Grace anschaute. „Klingt ernst. Willst du mit mir Schluss machen, Schwesterchen?"

Lucy warf John-Michael einen Blick zu, der seine Vermutung bestätigte. Grace wollte Candace die Wahrheit über ihren Vater erzählen. Eilig nahm er Lucys Teller und stellte ihn auf den Stapel in der Spüle. „Das ist unser Stichwort, zu gehen."

„Nein", sagte Grace mit klarer Stimme. „Nein. Lucy, John-Michael, ich hätte euch gern dabei. Ich brauche eure Hilfe, um alles zu erklären."

Lucy wurde blass und sah aus, aus wäre sie überall lieber als hier. John-Michael sah Grace fasziniert dabei zu, wie sie sich ihrer Stiefschwester zuwandte und ihre Hand nahm. „Ich habe dir etwas verheimlicht, Candace. Es war zwar nicht meine Idee, aber getan habe ich es trotzdem."

Candace lachte verlegen. „Meine Güte, Gracie, was ist denn mit dir los?"

Grace atmete tief ein und durch gespitzte Lippen wieder aus. „Wow. Das ist nicht einfach."

Candace zog ihre Stiefschwester sanft an der Hand zu einem anderen Stuhl. „Setz dich. Okay, Schwesterchen, raus damit. Was auch immer es ist, wir kriegen das hin. Außer Yoandy ist heimlich in dich verknallt. Dann kriegen wir gar nichts hin, und du, meine Liebe, bist eine Krokodilstränen weinende Mistkuh."

John-Michael lächelte in sich hinein. Trotz ihrer Witze war Candace eine loyale Schwester.

Grace holte nochmals Luft. „Du weißt ja, dass du meinen Vater Alex niemals kennengelernt hast, nicht wahr? Na ja, eigentlich heißt er gar nicht Alex Grant. Und er lebt auch nicht in Kanada. Sein richtiger Name ist Alex Vesper." Sie schwieg einige Sekunden und fügte etwas leiser hinzu: „Candace, weißt du, wer das ist?"

Candace schüttelte den Kopf. Sie sah verblüfft aus. „Sollte ich? Obwohl ... irgendwie kommt mir der Name bekannt vor."

„Er ist der Mann, der für den Mord an Tyson Drew verurteilt wurde." Grace machte eine Pause und atmete tief durch. John-Michael sah, wie ihr die Tränen in die Augen traten. „Candace, mein Vater sitzt in der Todeszelle."

Candace schlug sich die Hand vor den Mund und sah zuerst zu Lucy und dann zu John-Michael. „Wusstet ihr das?"

Lucy nickte bedächtig. „Ja", flüsterte sie. „Grace hat es mir vor einer Weile erzählt. Und John-Michael auch. Ich ..." Sie zögerte und bedachte Grace mit einem vielsagenden Blick, ehe sie fortfuhr. „Ich war auf der Party, wo Tyson Drew ermordet wurde. Ich war noch ein Kind, aber ich denke, ich habe vielleicht etwas gesehen. Etwas, mit dem das Urteil eventuell gekippt werden könnte."

Auf Graces Augen lag ein dünner Tränenschleier, und ihre Stimme zitterte leicht. „Mein Vater ist unschuldig, Candace, das weiß ich. Ich bin mir absolut sicher. Aber die Beweise sprachen einfach gegen ihn. Sie haben ein Datum für seine Hinrichtung festgelegt. Nicht zum ersten Mal. Diesmal ist es in gut zwei Wochen so weit."

„Oh Grace, nein, das tut mir so leid, Süße!" Candace zog ihre Stiefschwester in die Arme und drückte sie fest. Sie presste den Kopf an Graces Schulter und kniff die Augen fest zusammen. „Du armes Ding", sagte sie. „Das ist so schrecklich!" Sie löste sich von ihr. „Lucy, warum hast du noch keine Aussage gemacht, wenn du etwas weißt?"

Lucy seufzte müde. „Das ist kompliziert."

„Allerdings", bestätigte Grace. „Bitte, Candace, Lucy hat eine Menge durchgemacht. Aber jetzt wird sie das Richtige tun, nicht wahr, Lucy?"

Lucy nickte. „Ja", sagte sie leise. „Das werde ich."

Erstaunt schüttelte Candace den Kopf. „All die Jahre … Warum hast du es mir nicht erzählt? Ich wäre für dich da gewesen. Hast du ihn jemals besucht? Ich wäre mitgekommen. Oh!" Sie riss die Augen auf, als sie begriff. „Der tote Mann!" Einen Moment lang klang sie beinahe fröhlich. „Er ist dein Vater! Obwohl – Gott – das muss schrecklich für dich sein. Es tut mir so leid!" Wieder fiel Candace ihrer Stiefschwester um den Hals und drückte sie.

John-Michael nickte Lucy zu. „Ich denke, wir sollten vielleicht gehen."

„Wieso wussten John-Michael und Lucy es vor mir?“, fragte Candace irritiert, während sie sich aus der Umarmung löste. Zum ersten Mal klang sie ein kleines bisschen verletzt. „Und deine Mutter und mein Vater. Sie – du – ihr habt mich die ganze Zeit über angelogen?“ Jetzt standen auch Candace die Tränen in den Augen. „Warum? Ich meine, habt ihr mir nicht vertraut, Gracie?“

„Ja, wir sollten definitiv gehen“, sagte John-Michael. Er nahm Lucys Hand.

Als sie die Küche verließen, hörte er Grace sagen: „Natürlich vertrauen wir dir, Candace. Bitte, darf ich es dir erklären?“

CANDACE

Culver Studios – Freitag, 3. Juli

Um 08:30 Uhr schlenderte Candace an der Promenade entlang, während die Jogger und Hundebesitzer das weiche, milchige Licht von Venice Beach am Morgen genossen. Sie beobachtete sie, als sie in Richtung ihres Toyota Prius ging, um wieder einmal zu einem frühen Drehstart zu fahren. Als Candace den Schlüssel herausholte, hörte sie, wie sich ein Auto näherte. Ein weißer Cadillac fuhr in die Parklücke neben sie.

„Hey Marilu." Candace lächelte, als Mayas Tante ausstieg.

„*Hola linda*", erwiderte Marilu liebevoll. Sie sah fast genauso aus wie Maya. Heller, olivfarbener Teint, eins fünfundsechzig groß, wahrscheinlich eher Größe M als S oder XS wie Maya, aber von den Proportionen sehr ähnlich. Die Haare der Tante waren, genau wie Mayas, glänzend, glatt und von einem dunklen Kastanienbraun, und reichten ihr bis über die Schultern. Sie trug eine schicke dunkelblaue Jeans, dezente schwarze Pumps und einen schwarzen Blazer über einer eng geschnittenen weißen Bluse. Ihr Look war schlicht und dennoch professionell. Ihre Augen waren hinter einen schwarzen Ray-Ban versteckt.

Plötzlich hatte Candace das Gefühl, als wäre irgendetwas seltsam. Es war kein Déjà-vu, aber ein sehr bestimmtes Gefühl, dass sie Marilu vorher schon einmal gesehen hatte, allerdings in einem völlig anderen Kontext.

„Maya liegt noch im Bett“, teilte Candace freimütig mit.

Für einen Moment verspannte sich Marilus Kiefer. Sie warf einen kurzen Blick zum Haus. „Wirklich? Aber ich will sie zum Flughafen bringen. Heute ist ihr großes Mittagessen mit der Investorin in Napa.“

„Maya hat ein Meeting in Napa?“ Candace hatte so etwas von Grace gehört, wusste aber keine Einzelheiten. Ehrlich gesagt hatte sie nicht alles geglaubt, was Maya in der letzten Zeit über ihre App erzählt hatte. Maya hatte immer angefangen, atemlos draufloszuplappern und mit Technologiebegriffen um sich zu werfen, die Candace nicht verstand und für die sie sich auch nicht interessierte. Ansonsten vergrub sie sich hinter ihren Stapeln aus Nerdbüchern oder tippte auf ihrem Laptop herum. „Sie war noch total lange auf. Ich schätze, um zu programmieren.“

„Aha“, erwiderte Marilu. „Dann werde ich sie lieber mal wecken.“

„Okay, also dann, bis bald.“ Candace stieg in ihren Prius, um in aller Ruhe zu den Studios zu fahren. Frühe Drehstarts hatten immerhin einen Vorteil: wenig Verkehr. Ihre Gedanken kehrten zu ihrem letzten Kuss mit Yoandy zurück, und Candace verlor sich in einem Tagtraum über ihr versprochenes erstes Date am nächsten Tag.

Als sie auf dem Parkplatz in Culver City ankam, kaufte Ricardo Adams gerade Kaffee an einem Wagen vor dem Studio. Sie stieg aus dem Auto, und er kam auf sie zu. Bevor sie die Studiotüren erreicht hatte, hielt er sie auf, indem er sich vor sie stellte. Er wirkte angespannt, vielleicht sogar ein wenig wütend. Sie wartete darauf, dass er das Wort ergriff.

Ricardo räusperte sich. „Du und Yoandy. Das muss aufhören."

Candace schnappte nach Luft. „Was ... geht dich das an?"

„Das ist eine Familienangelegenheit. Seine Freundin ist die Schwester meiner Frau. Oder hast du Kay etwa vergessen?"

„Was? Yoandy sagt, dass sie bloß Freunde sind."

Ricardo zog die Oberlippe zu einem höhnischen Lächeln zurück. „Und das glaubst du ihm?"

Candace schluckte, schaffte es aber, sich zu behaupten. „Ja."

„Kay ist meiner Frau *sehr* wichtig", sagte Ricardo mit leiser, tiefer Stimme. „Und du solltest besser als jeder andere wissen, dass man nicht in die Hand beißt, die einen füttert."

„In die Hand beißen ...? Wovon zum Teufel redest du?"

Er legte den Kopf schief. „Wer, denkst du, hat dich für die Rolle der Annika vorgeschlagen?"

Das Ganze wurde ein bisschen surreal. „Du etwa? Oder Yoandy?"

„Es war Dana. Sie hat deinen Piloten gesehen, diese *Downtowners*-Sache. Sie ist es, die mir deine Kontaktdaten gegeben hat."

Candace wusste nicht, was sie sagen sollte. Grace hatte Lucys Verdacht erwähnt, doch sie waren sich einig gewesen, dass es ein merkwürdiger Zufall war, dass sie mit dem Ehemann der Britin in ein und derselben Produktion gelandet war. Aber zu erfahren, dass Alexander sie gezielt ausgesucht hatte? Das war gruselig. „Oh."

„Oh? Ist das alles?"

„Ich bin, äh, ihr sehr dankbar", erwiderte sie. „O-offensichtlich."

Hätte es die Verbindung zu Lucy nicht gegeben, Candace wäre stolz darauf gewesen, dass ein Filmstar von Dana Alexanders Kaliber überhaupt von ihrer Existenz wusste. Aber dass ausgerechnet diese Frau sie für eine Fernsehrolle mit Potenzial zum Durchbruch vorgeschlagen hatte? Und Stillschweigen darüber bewahrt hatte? Das war eine riesige Überraschung. Nach allem, was Candace wusste, war das so gar nicht die Art, wie die Leute in Hollywood sich benahmen. Andererseits war Dana Alexander eine Frau, die nicht zögern würde, einen Gefallen einzufordern – nun, da sie einen wollte.

„Kay und Yoandy sind zusammen", sagte Ricardo streng. „Du bist nicht hier, um dich einzumischen, sondern um zu arbeiten. Also arbeite auch."

Candace sah ihm hinterher, als er ging, und ihre Haut kribbelte, als hätte jemand sie geohrfeigt. Trotzdem schlenderte sie mit einem kleinen Abstand zu Ricardo selbstsicher ins Studio. Als sie Yoandy am Frühstücksbuffet erblickte, drehte sie sich weg, in der Hoffnung, er hätte ihr Kommen nicht bemerkt. Ricardo hatte sie so zurechtgewiesen, als hätte sie eine verbotene Affäre mit Yoandy. Die einzige Erklärung, die sie sich vorstellen konnte, war, dass Kay hinsichtlich ihrer Beziehung mit Yoandy log. Dass sie es aufbauschte. Auch wenn das bedeuten würde, dass Ricardo mit seiner Anschuldigung meilenweit danebenlag, verspürte sie einen Stich.

Sie schaffte es, Yoandy bis zur Mittagszeit zu meiden – sie hatten an diesem Tag keine gemeinsamen Szenen, und sie brauchte ein wenig Zeit, um herauszufinden, was sie wegen Ricardos Ankündigung empfand. Als sie aber halbherzig in ihrem glutenfreien Pad Thai herumstocherte, schlenderte er auf sie zu. Candace sah sich nach einem möglichen Fluchtweg um – ohne Erfolg. Als ihr klar wurde, dass ein Aufeinandertreffen unvermeidlich war, straffte sie die Schultern und bereitete sich mental darauf vor. Vielleicht hatte ihn dieselbe Warnung erreicht.

Doch als er dicht vor ihr stand, sah sie die zärtliche Sorge in seinen Augen. „Candace, was ist passiert? Du siehst bedrückt aus."

Nervös blickte sie über seine Schulter. Sie hatte freie Sicht auf Ricardo, der am Hauptset stand und direkt zu ihnen hinübersah. „Wir können nicht", flüsterte sie. Unglücklich schloss sie die Augen. „Und ich kann morgen auch nicht mit dir ausgehen."

„Wirklich? Ich dachte, du würdest dich freuen."

„Das habe ich auch", begann Candace. Yoandy sah geknickt aus, aber Candace war sich Ricardos Blick, der sich förmlich in sie hineinbohrte, nur allzu bewusst. „Aber es war eine schlechte Idee. Es geht einfach nicht."

„Nenn mir einen Grund, warum es eine schlechte Idee ist."

„Kay", sagte Candace so leise, dass es nicht mehr war als ein Zischen. „Ricardo beharrt darauf, dass Kay Alexander deine Freundin ist."

Jetzt wirkte er ernsthaft bestürzt. „Candace, Kay ist nicht meine Freundin. Das ist die Wahrheit! Kay ... sie ist ein bisschen ungewöhnlich. Wir hatten ein paar Dates, das ist alles. Jetzt schreibt sie mir Nachrichten und ruft mich an ... lädt mich ein. Und Ricardo ist ein Freund meiner Familie, das weißt du doch. Deshalb sage ich nicht Nein, verstehst du? Okay, vielleicht denkt Kay immer noch, dass wir was miteinander haben, aber ich habe ihr weder geantwortet, noch habe ich sie zurückgerufen. Und wir haben *nie* gesagt, dass wir zusammen sind."

„Hast du sie auch *nena linda* genannt?", fragte Candace und schürzte die Lippen.

Yoandy wich ein Stück zurück und zog die Augenbrauen hoch. „Machst du Witze?"

Candace hielt eine Hand hoch. „Ich bin fertig."

„Bitte", murmelte er. „Lass uns wenigstens reden. Komm in meine Garderobe, wenn wir fertig sind. Bitte, Candace. Ja?" Er griff nach ihrer linken Hand, doch sie zog sie weg. Ein verlorener Ausdruck legte sich auf sein Gesicht. „Wenn du nicht kommst, dann weiß ich, dass du mich nicht willst. Und ich verspreche dir, dass ich dich in Ruhe lassen werde."

Sie schaute an Yoandys niedergeschlagen dreinblickenden Augen vorbei und sah, wie Ricardo ihr selbstgefällig zulächelte. Sie lieferte eine überzeugende Vorstellung ab.

„Hör mal, es tut mir leid", sagte sie und wich zurück. „Aber ich muss los."

Candace wusste nicht, ob sie Ricardo glauben sollte oder Yoandy. Doch in diesem Augenblick war es ihr egal, ob Kay Alexander Yoandys Freundin war oder einfach nur eine wahnhafte Frau. Sie wusste nur, dass Yoandy verboten war. Und in diesem Moment war ihr nichts und niemand je so unwiderstehlich vorgekommen.

Candace, die den ganzen Tag nicht eine Szene mit Yoandy zu drehen hatte, fand sich andauernd in Tagträumen über sich und ihn wieder. Sie stellte sich jedes Detail vor: wo er stehen würde, wenn sie in seine Garderobe käme, was er sagen würde (nicht viel), wo sie stehen würde, wo er seine Hände hinlegen würde, das leichte Kratzen seiner Bartstoppeln auf ihrer Unterlippe, wie weich sich sein Mund auf ihrem anfühlen würde. Sie wusste, dass sie sich an so gut wie nichts von dem erinnern würde, was sie an diesem Tag gedreht hatten.

Nach dem Ende der Dreharbeiten machte sie sich auf den Weg zu Yoandys Garderobe, wo er sich gerade ein eng geschnittenes, weißes Leinenhemd zuknöpfte.

Zögernd blieb sie in der Tür stehen und beobachtete ihn. Doch statt auf sie zuzukommen, sie zu berühren, sie zu küssen, blieb Yoandy auf Abstand. Er bedachte sie mit einem verletzten Gesichtsausdruck.

„Candace. Warum hast du mir nicht gesagt, dass du minderjährig bist?"

Einen Moment lang war Candace wie vor den Kopf gestoßen. Mit dieser Äußerung hatte sie am wenigsten gerechnet. „Bitte? Ich werde in fünf Monaten achtzehn. Du bist selbst nicht viel älter", sagte sie, während sie schließlich auf ihn zuging. „Und überhaupt, Mister, was macht dich so sicher, dass du überhaupt jemals was von mir bekommst?" Bei den letzten Worten kniff sie ihm leicht in die Wange.

Als sie ihm in die Augen sah, erkannte sie zu ihrer Überraschung einen Ausdruck tiefen Bedauerns.

„Ricardo und ich", begann Yoandy, „wir haben uns unterhalten."

„Ach ja? Natürlich", erwiderte sie in bissigem Ton. „Und – was hatte die alte Petze zu sagen?"

„Er hat mich gewarnt. Eigentlich war er sehr vernünftig. Er meinte, ich müsse es Kay schonend beibringen, dass zwischen uns nichts ist – auch wenn sie diejenige ist, die unsere Beziehung falsch verstanden hat. Er hat mich daran erinnert, dass du noch zur Schule gehst, dass du theoretisch noch minderjährig bist, dass das Ganze in einem Skandal münden könnte, weil ich drei Jahre älter bin als du."

„Mit dir redet er vernünftig", stellte sie fest. „Mich bedroht er."

„*Amor*, hör mir zu." Er versuchte, ihren Arm zu berühren, hielt sich aber zurück, als sie zusammenzuckte. „Bei den Dreharbeiten ist bald Sommerpause – wodurch wir ganz natürlich etwas Abstand zueinander bekommen werden. Kay wird Zeit haben, die Situation zu verstehen. Vielleicht ist es besser so", sagte er mit nachdenklichem Blick. „Bis nach deinem achtzehnten Geburtstag."

„Klar", erwiderte sie trotzig. „Weil ich bis dahin vielleicht einen anderen gut finde."

Yoandy nickte, verschränkte die Arme vor der Brust und sah sie mit einer Mischung aus Belustigung und Erwartung an. „Schon möglich. Ich bin nämlich ziemlich hässlich."

„Ja, allerdings", erwiderte sie mit dem Anflug eines Lächelns. „Aber ich bin nicht besonders wählerisch."

„*Nena*, sei nicht so grausam", neckte er sie und verzog den Mund. „Mein Vater ist schuld, dass ich hässlich bin."

Candace konnte sich ein leises Lachen nicht verkneifen. „Aber du hast sein musikalisches Talent geerbt, also beschwer dich nicht."

Yoandy lachte auch. Dann steckte er, als wäre es ihm in dieser Sekunde eingefallen, eine Hand in seine Hosentasche und zog etwas heraus, das er fest in seiner Faust verschlossen hielt. Er nahm Candaces linke Hand, öffnete sie vorsichtig und legte zärtlich eine Kette aus winzigen gelben und ockerfarbenen Perlen in ihre Handfläche. „Die ist für dich. Aus El Cobre auf Kuba. Die Farben unserer Mutter der Barmherzigkeit."

Als sie die Kette ohne zu zögern annahm, entspannte er sich merklich. Yoandy gab ihr einen flüchtigen Kuss auf die Wange. „Das bedeutet, dass wir füreinander bestimmt sind. Ich schenke diese Kette nicht jedem Mädchen, Candace."

Candace war ein bisschen überwältigt. Sie schloss die Perlen in ihrer Faust ein und nahm sich einen Moment, um die Fassung wiederzufinden und zu versuchen, nicht allzu verlegen zu wirken.

„So gefällst du mir“, flüsterte er und berührte die Rundung ihrer Schulter sanft mit seinen Lippen.

Candace unterdrückte ein lustvolles Stöhnen und schaffte es irgendwie zu sagen: „Oh, sicher gefällt es dir, wenn ich sprachlos bin.“

Sie spürte seine Lippen ganz leicht auf ihrer Haut, als er leise lachte. Unwillkürlich legte sie die Arme um seinen Hals und zog ihn näher an sich.

„Nicht sprachlos“, widersprach er. „*Beeindruckt.*“

„Du bist so eingebildet“, murmelte sie und drückte ihre Lippen auf seine, um ihn sanft zum Schweigen zu bringen.

Als Candace den Korridor verließ, der von Yoandys Garderobe wegführte, raste ihr Herz noch immer. Quer durch den schalldichten Aufnahmeraum spürte sie Ricardos bösen, argwöhnischen Blick, doch sie ignorierte ihn und steuerte schnurstracks auf den Parkplatz zu. Was Candace jetzt brauchte, war ein bisschen Zeit für sich am Strand – oder vielleicht ein Eis mit ihrer Schwester.

Auf dem Weg zu ihrem Auto fiel ihr ein majestätischer weißer Cadillac auf, der soeben vor dem Studio zum Stehen gekommen war. Sie erkannte ihn sofort. Nicht nur den Wagen, sondern auch die Fahrerin. Der wie üblich auf das offene Fenster gestützte Arm gehörte unverkennbar Mayas Tante. Und auf dem Beifahrersitz saß in einem eleganten, kurzärmligen weißen Kleid, über das ein einziger senkrechter Streifen in Rot und Schwarz verlief: Dana Alexander.

Mayas Tante arbeitete für Dana Alexander.

Warum hatte Maya das nie erwähnt?

PAOLO

Venice Beach, Balkon – Freitag, 3. Juli

Es war ein knallheißer Tag. Um halb zwölf stieg das Thermometer immer noch an, und die Sonne glich einem grellen Diamanten, der an einem Himmel prangte, an dem nicht das kleinste Wölkchen zu sehen war. Das Meer lag spiegelglatt hinter dem hellen, breiten Sandstreifen. Paolo, Lucy und John-Michael nahmen auf dem Balkon ein spätes Frühstück zu sich. Candace und Maya hatten beide das Haus verlassen, bevor Paolo aufgewacht war; Candace war in Richtung Filmstudio aufgebrochen und Maya zu ihrem Meeting in Napa.

„*Du* lässt dir ein Tattoo stechen, Mr. King?“ Lucy gab sich keine Mühe, ihre Skepsis zu verbergen. „Wer macht das denn, Luisitos Kumpel?“

Paolo nickte, während er seinen Toast aß.

„Er macht gute Arbeit“, sagte Lucy anerkennend. „Obwohl – wenn sie mitkriegen, dass er Minderjährige tätowiert, müssen sie ihn feuern. Also halt danach bloß den Mund, okay?“

„Was ist mit den Einkäufen für den vierten Juli?“, unterbrach John-Michael das Gespräch und sah dabei von seiner Schüssel mit Zimtflakes auf.

„Außerdem, Paolo, erinnere ich mich dunkel daran, dass du versprochen hast, den Garten aufzuräumen“, erinnerte Lucy ihn. „Der ist seit dieser verfluchten Party total zugemüllt. Ariana hätte da eigentlich ein bisschen was machen können“, bemerkte sie spitz. „Aber dann hätte sie uns natürlich nicht mehr im Haus ausspionieren können.“

„Ariana hat uns *ausspioniert*?“, fragte Paolo verblüfft. Das Ansteigen seines Herzschlags überraschte ihn. Allein die Vorstellung, dass sich irgendwer für seine Geheimnisse interessieren könnte, war gruselig. „*Deshalb* hast du sie gestern also rausgeworfen? Wann hattest du vor, das zu erwähnen?“

Paolo war davon ausgegangen, dass sie endlich klar gesehen und einen Dauergast mit der längst überfälligen Bitte konfrontiert hatte, auszuziehen. Er hätte das schon mindestens vor einer Woche getan. Das Haus war für sechs Bewohner schon zu klein, von sieben gar nicht zu reden.

„Oh, ich bezweifele es, dass *du* es überhaupt bis auf Arianas Radar geschafft hast“, meinte Lucy. Sie kniff die Augen zusammen. „Obwohl, Freundchen … jetzt gerade siehst du ganz schön schuldbewusst aus.“

Paolo zog die Augenbrauen zusammen. „Ich weiß meine Privatsphäre zu schätzen, wie alle anderen auch. Warum sollte jemand ausgerechnet uns ausspionieren?“

Er sah, wie John-Michael und Lucy einen wachsamen Blick wechselten. „Wie viel Zeit hast du?“, stöhnte Lucy. „Ach, weißt du, im Grunde war das Mädel im Haus, um mich im Blick zu behalten. Aus unserer gemeinsamen Zeit im Entzug wusste sie ein paar Sachen von mir … Als Kind habe ich mal was beobachtet – oder vielmehr *könnte* ich etwas beobachtet haben.“

„Beobachtet? Was denn? Hört sich ernst an“, sagte Paolo. Augenblicklich verspürte er eine extreme Erleichterung darüber, dass das Ganze nichts mit ihm zu tun hatte. Was sogleich dazu führte, dass er neugierig darauf war, worum es dann ging.

„Möglicherweise habe ich gesehen, wer Tyson Drew umgebracht hat", gestand Lucy.

Als er die Bedeutung der Worte erfasste, starrte Paolo sie beide an. Es war offensichtlich, dass John-Michael genau wusste, wovon Lucy sprach. „Du hast gesehen, wer der wahre Mörder von Tyson Drew ist? Mann, du musst mit der Polizei sprechen."

„Und es war nicht Graces Vater", fügte Lucy hinzu und senkte schuldbewusst den Kopf.

„Graces *Vater* …?", sagte Paolo, während er mit den Auswirkungen dieser weiteren Bombe zu kämpfen hatte. „Seit wann hat er denn etwas damit zu tun?"

„Das solltest du sie vielleicht lieber selbst fragen", antwortete Lucy.

Paolo erschrak, als Grace am oberen Ende der Treppe erschien. Er hatte sie gar nicht die Stufen hinaufkommen gehört. Mit brüchiger Stimme sagte sie: „Mich *was* fragen?"

Paolo konnte sie nur anstarren. Er kam sich irgendwie blöd vor, weil sie ihn dabei erwischt hatte, wie er über etwas so Ernstes tratschte.

„Du solltest ihn zum Tattoostudio begleiten, Grace", sagte Lucy mit einem besorgten Blick zu Paolo. Ein Zeichen. „Unser kleiner Mister Disney Channel hier will sich seine lilienweiße Haut mit Tinte verzieren lassen – das bekommt man nicht jeden Tag zu sehen. Ich würde ja auch mitkommen, aber ich werde *die Sache* machen, die ich dir versprochen habe."

„Ja Grace, geh mit", stimmte John-Michael etwas zu schnell ein. „Paolo, lass mir deine Schlüssel hier. Dann übernehme ich den Einkauf."

Paolo zog seinen Autoschlüssel aus der Hosentasche und warf ihn John-Michael zu. „Vergiss die Böller und Raketen nicht“, murmelte er. „Es ist nicht der vierte Juli, wenn nichts in Rauch aufgeht.“

Entweder wollten Lucy und John-Michael Grace aus dem Haus vertreiben – was überhaupt keinen Sinn ergab. Oder John-Michael wusste genauso wie Lucy von dem „Geheimnis“, dass Grace auf Paolo stand, und nun versuchten die beiden, sie zu verkuppeln.

Paolo wartete ab, während Grace zu einer offenbar widerwilligen Entscheidung kam. „Okay“, sagte sie. „Wenn du sicher bist, dass ich dir bei *der Sache* nicht helfen soll, Lucy?“

„Ich komme klar“, erwiderte Lucy. „Wie gesagt: Ich mache das schon.“

Als Paolo und Grace die Promenade entlanggingen, wirkte Grace abgelenkt. Mehrmals warf er ihr im Gehen einen verstohlenen Blick zu, und es schien, als sei sie in einer anderen Welt. Nicht gerade das, was er erwartet hatte, falls sie ihn wirklich mochte.

„Was ist das für eine Sache, die Lucy heute machen muss?“, fragte Paolo, um die Spannung zu lösen.

„Ach, etwas, das sie mir versprochen hat“, erwiderte Grace.

„Hat das was mit deinem Vater zu tun?“

Er wartete auf ihre Antwort, doch die kam nicht.

Super. Für ein Mädchen, das angeblich in mich verknallt ist, erzählt Grace aber ganz schön wenig von sich.

„Weißt du was?“, sann sie nach. „Ich kapiere einfach nicht, warum du dir ein Tattoo stechen lassen willst. Wolltest du nicht Anwalt oder Tennisprofi werden? Einen Profi mit Tattoos kann ich mir ja noch vorstellen, aber einen Anwalt?“

„Ich *bin* Tennisprofi“, sagte Paolo. „Die Frage ist, ob ich meinen Lebensunterhalt für immer als Tennisprofi verdienen will. Oder will ich lieber Anwalt sein?“

Sie blieb stehen und sah ihn an. „Und? Willst du?“

Er zuckte mit den Schultern. „Ein Anwalt sein? Ja, ich glaub’ schon.“

„Warum dann das Tattoo? Machst du das für Lucy?“ Grace schirmte ihre Augen mit der Hand ab, während sie ihn aufmerksam ansah, und schüttelte dann den Kopf. Diesmal gab es keinen Zweifel – sie war enttäuscht.

Sie konnte ihm nicht in die Augen sehen. „Ich weiß, dass du Lucy magst“, begann sie.

Sie wollte noch immer nicht auf seine Frage antworten! Er fing an, sich schlecht zu fühlen, weil er ihr eine Frage zu ihrem Vater gestellt hatte. Offensichtlich war das Thema zu schmerzhaft, um darüber zu sprechen.

Ihre Stimme klang leise und dünn, und am liebsten hätte er in diesem Augenblick beide Arme um sie gelegt und ihr gesagt, dass er Lucy gar nicht so sehr mochte, und im Moment schon gar nicht. Aber was hatte er Grace zu bieten? Es war zu früh, um zu wissen, was er für sie empfand. Paolo hatte das starke Gefühl, dass er sich mit diesem Mädchen einen solchen Fehltritt nicht erlauben konnte.

„Ich mag Lucy“, sagte Paolo, während er Grace zum Rand der Promenade führte, wo sie einen Sitzplatz fanden. Es gab keinen Grund zu lügen. Grace verdiente die Wahrheit, und dann konnte er mit ihr ebenso gut über das einzige Thema sprechen, über das sie reden wollte. „Aber Lucy mag mich nicht, jedenfalls nicht *so*. Zwischen uns ist nichts passiert. Das ist die Wahrheit.“

Endlich sah Grace ihn an. Vielleicht bildete er es sich nur

ein, doch Paolo meinte, einen feuchten Schimmer in ihren Augen zu sehen. „Du bist über sie hinweg?"

„Total", sagte er leise.

„Warum lässt du dich dann tätowieren?"

Paolo war überrascht. „Du denkst wirklich, es wäre wegen Lucy?"

„Sie mag Body Art – Piercings, diesen ganzen Punkkram. Ich habe sie sagen hören, dass dir so was stehen würde."

„Es ist nicht wegen Lucy", sagte er mit fester Stimme. Es war ihm tatsächlich egal, wie Lucy sein Tattoo fand. Der Gedanke füllte ihn mit einer kraftvollen Energie, als würde ein Sonnenstrahl durch den Nebel brechen. Es war nicht wegen irgendeines Mädchens.

Paolo hatte die ganze Tattoosache nicht so gründlich analysiert wie Grace. Er hatte einfach nur die Designs in den Tattoostudios an der Promenade gesehen und während der vergangenen Wochen allmählich dieses Gefühl entwickelt, als ob seine Haut danach riefe, gewissermaßen markiert zu werden; anders zu sein.

„Warum dann?", wollte Grace wissen. Er spürte, wie sie ihn musterte, wie sie ihren Blick über jeden nicht bedeckten Zentimeter seines Oberkörpers schweifen ließ. Ein angenehmer Schauer überlief ihn, als hätte ihn eine sanfte Brise gestreift.

Eins zu null für Grace. Warum wollte er sich Hunderte, vielleicht sogar Tausende Male ins Fleisch stechen lassen?

„Ich will …", begann er und legte sich beim Sprechen seine Antwort zurecht, „anders sein. Nicht anders als die anderen. Anders als ich."

Sie dachte einen Moment darüber nach. „Du wirst nicht anders sein. Das Äußere ist nicht wichtig, Paolo. Ich dachte, das würdest du verstehen."

Aber ich bin nicht mehr derselbe, hätte er gern gesagt. *Das ist die Lüge, die diese glatte, makellose Haut erzählt. Ich sehe damit so aus, als wäre ich derselbe wie zuvor und kein bisschen anders. Und das bin ich nicht. In mir drin habe ich mich verändert. Wegen Meredith. Meinetwegen.*

„Ich bin … ich bin nicht mehr derselbe Mensch, der ich vor sechs Monaten war“, sagte Paolo vorsichtig. Er wollte ehrlich zu Grace sein, das wollte er wirklich. Aber es gab Dinge, die er niemals erzählen könnte. Keiner Frau, die jemals in sein Leben käme. Niemandem. Er hätte es nicht mal John-Michael erzählen sollen.

Unsicher rieb Paolo sich mit Daumen und Zeigefinger der rechten Hand über den noch unberührten linken Bizeps. Manchmal fühlte es sich so an, als stünde ihm die Schuld ins Gesicht geschrieben; als wüsste jeder, wie er Meredith auf dieser Straße zurückgelassen hatte. Na ja, und schon bald stünde es auf seinen Körper geschrieben – lesbar für jeden, der seinen Code verstand.

„Paolo“, brachte Grace mühsam hervor. Diesmal hatte sie definitiv Tränen in den Augen. „Keiner von uns ist noch derselbe Mensch wie vor sechs Monaten.“

Zögernd wagte er, die Frage zu stellen, auf die er so gern eine Antwort haben wollte. „Gracie. Ist irgendetwas mit deinem Vater?“

„Er ist … mein Vater ist …“ Offensichtlich fiel es Grace unendlich schwer, die Worte über die Lippen zu bringen. Sie schaffte es nicht, ihm in die Augen zu sehen.

Paolo nahm vorsichtig ihre Hand. Sein Herz klopfte aufgeregt, während er auf ihre nächsten Worte wartete. „Gracie, bitte. Sag es mir.“

„Paolo“, begann sie und zwang sich, ihn anzusehen, „mein Vater … sitzt in der Todeszelle. Und sie haben das Datum für seine Hinrichtung festgesetzt. In nicht einmal zwei Wochen werden sie ihn hinrichten."

Paolo schwieg mehrere Sekunden, als alle Puzzleteile in rasendem Tempo an ihren Platz fielen. Ihre Fahrt nach San Quentin. Graces Briefe an den Todeskandidaten. Wie traurig sie gewirkt hatte, nachdem sie und John-Michael von dem zweiten Besuch in dem Gefängnis zurückgekommen waren. „Grace", sagte er atemlos und öffnete die Arme. „Das tut mir unendlich leid."

Dann zog er sie an sich und drückte sie an seine Brust, während er mit den Daumen beruhigend die weiche Haut an ihren Schultern streichelte. Grace war still, sie weinte nicht richtig. Sie gab nur ein gedämpftes Schluchzen von sich, das aber schnell nachließ. Aber durch ihr Shirt konnte er spüren, wie ihr Herz hämmerte.

GRACE

Venice Beach, Dreibettzimmer – Freitag, 3. Juli

„Und dann haben wir uns geküsst“, sagte Candace. Grinsend setzte sie sich auf Graces Bett und zwang ihre Stiefschwester damit, ein Stückchen zu rücken, um ihr Platz zu machen.

„Wer hat dich geküsst?“, fragte Grace abwesend. Sie setzte sich auf, ein wenig verärgert darüber, dass Candace ihr ruhiges Zimmer betreten und sie gestört hatte. Sie legte ihre Ausgabe von *Abtauchen* zur Seite, in der sie las, seit sie und Paolo vor ein paar Stunden vom Tattoostudio zurückgekommen waren. Sie sah auf ihre Uhr. Es war fast fünf Uhr nachmittags.

Candace verdrehte die Augen und verlangte Aufmerksamkeit. „Yoandy.“

Trotzdem hörte Grace die Antwort kaum. Der Tag war fast zu Ende und Lucy war noch immer nicht von ihrem Besuch auf dem Polizeirevier zurück. Vorausgesetzt, sie war überhaupt hingegangen. Grace wäre nicht überrascht, wenn Lucy mehr Zeit zum Nachdenken bräuchte – mit der Hypnose hatte sie eindeutig eine traumatische Erfahrung gemacht. Seit ihr Vater im Gefängnis saß, war Grace gezwungen gewesen, sich in großer Geduld zu üben. Ein Teil von ihr verstand, dass ein einziger Tag für einen Rechtsweg keinen großen Unterschied machen konnte, zumindest nicht zwei Wochen vor dem Hinrichtungsdatum.

Aber ein anderer Teil von ihr war von einer neu gefundenen Hoffnung wachgerüttelt worden. Von dem Beweis – endlich –, dass jemand anderes vielleicht wusste, was sich an jenem Abend auf der Party am Mulholland Drive wirklich zugetragen hatte. Und diese Seite von Graces Persönlichkeit wurde gerade auf eine harte Probe gestellt. Jede zusätzliche Minute Unsicherheit fühlte sich wie Höllenqualen an.

Was würde sie tun, wenn Lucy nicht zur Polizei gegangen war? Grace war sich nicht sicher, ob sie ihren Frust und ihre Wut kontrollieren könnte.

Sie sah ihre Schwester an und versuchte, sich darauf zu konzentrieren, was sie gerade sagte: „Du hast … wen noch mal geküsst?"

Candace wirkte leicht verärgert. „Argh. Yoandy Santiago! Versuch zuzuhören. Wir waren vorhin im Fernsehstudio."

„Und was dann?"

„Nicht viel", räumte Candace ein. Sie klang frustriert. „Er ist vorsichtig geworden."

„Aha", kommentierte Grace und versuchte, interessiert zu klingen. „Und warum?"

„Ich stelle mal die wilde Spekulation an, dass es vielleicht die Angst war, Kay Alexander könnte seine Klamotten schreddern. Mit freundlicher Unterstützung von ihrer großen Schwester Dana, die dafür die Scheren zur Verfügung stellt."

Grace legte langsam das Buch weg. Die Erwähnung von Dana jagte ihr einen Schauer über den Rücken. „Warum … sollte sie das tun?"

„Wer weiß das schon?“, erwiderte Candace. „Gott allein weiß, wie Kay drauf ist.“ Sie seufzte. „Aus irgendeinem Grund denkt diese Frau, dass sie Yoandys Freundin ist.“

„Candace“, sagte Grace zögerlich. „Sprechen wir über Dana *Alexander*?“

„Ja“, bestätigte Candace. „Wie sich allmählich herausstellt, hat Lady Macbeth ziemlich großen Einfluss. Weshalb ich vorsichtig sein muss – sehr, sehr vorsichtig, dass Dana nichts herausfindet. Offensichtlich ist *Dana* diejenige, die mich für die Rolle der Annika vorgeschlagen hat. Nun glaubt sie anscheinend, dass ich ihr dafür gewaltig was schulde. Und sie scheint zu denken, dass ich ihrer Schwester Yoandy wegnehmen will.“ Sie grinste listig. „Ich sag dir mal was: Ich und Dana was schulden – im Ernst? Das sehe ich nicht so.“

Grace verschlug es für einen Moment die Sprache. Dann brachte sie unter größter Anstrengung, ruhig zu bleiben, hervor: „Du … hast Verbindungen zu *Dana Alexander*, dem britischen Filmstar? *Sie* ist es, die dich bei *Prepped* an den Start gebracht hat?“

„Ich weiß“, erwiderte Candace. Sie klang jetzt nachdenklich. „Ich fand das auch seltsam, besonders nach allem, was du mir gestern über Lucy und den Rauswurf unseres geliebten Hausgastes erzählt hast – von der ganzen Tyson-Drew-Sache ganz zu schweigen.“ Als sei ihr gerade eben ein Gedanke gekommen, fügte sie hinzu: „Hey, wusstest du eigentlich, dass Mayas Tante für Dana Alexander arbeitet?“

Diese zusätzliche Information traf Grace wie eine Ohrfeige. „Wer – Tante Marilu?“

„So heißt sie, ja.“

„Nein“, murmelte Grace. „Das wusste ich nicht.“

Unwirklich. Unmöglich. Wie tief hatte sich Dana Alexander in ihre Leben gegraben?

Danas Schwester ging mit einem Typen, den Candace auch mochte. Sie hatte Candace für eine Rolle bei einer neuen Fernsehserie vorgeschlagen. Dana Alexander war möglicherweise die wahre Mörderin von Tyson Drew.

Und nun stellte sich auch noch heraus, dass Mayas Tante für diese Frau arbeitete.

„Das ist zu viel", murmelte Grace. „Es ist … nein. Das sind zu viele Zufälle."

„Allerdings", stimmte Candace nachdenklich zu. „Ich meine, Hollywood kann zwar manchmal echt inzestuös sein, aber …"

Sie brach mitten im Satz ab, als die Tür aufflog und Maya hereingetrampelt kam. Sie warf ihre Umhängetasche auf ihr Bett und ließ sich direkt danebenfallen.

„Wisst ihr was?", begann Maya, und ihre Augen leuchteten vor Aufregung. „Jack und ich haben uns heute mit Alexa Nyborg getroffen, oben in Napa."

Aber Candace stöhnte nur. „Moment mal! Maya, könntest du nächstes Mal bitte anklopfen? Wir versuchen hier gerade, ein Gespräch unter vier Augen zu führen."

„Das ist auch mein Zimmer", entgegnete Maya überraschend unbeschwert. „Bevor ihr unter vier Augen über mich sprecht, sollte *ich* vielleicht dabei sein."

„Du verstehst ganz offenbar die Regeln von Klatsch und Tratsch nicht", sagte Candace betont ironisch.

Grace wartete einen Moment. „Und? Wie ist das Meeting gelaufen?"

Maya nahm eine aufrechtere Position ein und presste ihre nackten Knie auf dem Rand der Bettdecke fast anmutig zusammen. „Sie hat mir ein Angebot gemacht."

Sowohl Candace als auch Grace sahen Maya jetzt an und schafften es, ihr verärgertes Stöhnen auf ein Minimum zu reduzieren. Nach einem Augenblick sagte Candace ungeduldig: „Komm schon, Maya, lass hören!"

Maya öffnete ihre Umhängetasche, holte den Laptop heraus und grinste dabei sphinxähnlich. Während das MacBook hochfuhr, sah sie die beiden Schwestern abwechselnd an und sagte: „Alexa besitzt dieses hübsche kleine *Casita* oben in Napa. Es ist total puristisch, weiße Lehmwände und Bögen. Der Garten ist voll von Mandarinen- und Zitronenbäumen, überall blühen pinke und weiße Hibiskusblüten und zwischen alldem liegt der schönste Swimmingpool, den ich je gesehen habe."

„Klingt toll", kommentierte Candace und verdrehte auffällig die Augen. „Aber was hat sie dir denn nun angeboten?"

„Ich erzähle euch von der *Casita*", fuhr Maya mit einem noch geheimnisvolleren Lächeln fort, „weil sie Teil ihres Angebotes ist. Alexa ist so gut wie nie dort. Sie fliegt fast jedes Wochenende irgendwo anders hin. Sie sagte, ich könne dort wohnen, wann immer ich möchte. Sie hat mir sogar angeboten, dieses Wochenende dort zu verbringen – den vierten Juli. Sie hatte vor, gleich nach unserem Meeting mit ihrem Privatjet nach Washington zu fliegen, weil sie dort zu irgendeinem Event mit dem Präsidenten geladen ist."

„Sie hat dir angeboten, dir ein Haus in Napa Valley zur Verfügung zu stellen?", fragte Candace ungläubig. Ihr klappte die Kinnlade herunter.

Maya grinste, tippte schnell etwas in den Computer und sagte ernst: „Ich habe dankend abgelehnt. Schließlich wollen wir hier zusammen grillen und ein Feuerwerk machen, stimmt's? Nur wir sechs. Aber Nyborg hat regelrecht darauf bestanden. Sie sagte, falls ich es mir anders überlegen würde, könnte ich mir den Schlüssel bei den Nachbarn abholen."

Candace reagierte mit einem erstaunten Grinsen.

In diesem Haus stimmt etwas ganz und gar nicht, dachte Grace, als Maya damit fortfuhr, über ihre App zu plaudern. Zu viele plötzliche Verbindungen zu Dana Alexander, zu einer Person, die, wie ihr erst jetzt klar wurde, ihre Informationen nicht nur über Ariana bezog, sondern die einen Weg gefunden hatte, die Hausbewohner zusätzlich durch Maya und Candace zu überwachen.

Warum?

Grace konnte verstehen, warum Alexander daran gelegen sein könnte, Lucy zu bespitzeln – eine vergrabene Erinnerung, die drohte, das Geheimnis der Frau zu verraten, möglicherweise sogar, dass sie eine Mörderin war.

Aber Maya? Candace? Welche mögliche Bedrohung konnten sie darstellen?

Ein kaltes Gefühl durchlief Grace, als ob eine von Eis überzogene Spinne an ihrer Wirbelsäule entlangkrabbelte. Lucy war noch nicht von ihrem Gespräch mit der Polizei zurück. Sie hatte die hoffnungsvolle Nachricht, die Grace ihr geschickt hatte, ignoriert: *Hey, ich wollte nur mal hören, wie es läuft? Irgendwelche Neuigkeiten?*

Theoretisch waren keine Nachrichten gute Nachrichten, und trotzdem sagte Graces Instinkt ihr, dass es in diesem Fall anders war. Sie spürte, wie sich ihre Brustmuskeln um ihre Rippen verkrampften, und fragte sich kurz, wo Paolo hingegangen war. Es war so beruhigend gewesen, als er sie an der Promenade in den Arm genommen hatte. Wenn er hier wäre, würde sie sich sicherer fühlen. In Mayas und Candaces Gegenwart fühlte Grace sich nicht wohl, nicht jetzt. Nicht, bevor sie nicht ihre Verbindung zu Dana Alexander verstand.

Maya plapperte weiter: Alexa Nyborg dies, Napa jenes … bis Grace es einfach nicht länger aushielt.

„Das ist wirklich alles ganz toll, Maya“, unterbrach sie ihre Mitbewohnerin, wobei ihr Ton so untypisch scharf war, dass sogar Candace zusammenzuckte. Sie hielt inne und wartete, bis sie Mayas volle Aufmerksamkeit hatte. „Aber ich habe da mal eine Frage: Warum hast du nie erwähnt, dass deine Tante als Chauffeurin für Dana Alexander arbeitet?“

Maya erstarrte für ein paar Sekunden. Das schlechte Gewissen stand ihr ins Gesicht geschrieben. Das schlechte Gewissen, Scham und Bedauern.

LUCY

Venice Beach, Wohnzimmer – Freitag, 3. Juli

Lucy kam erst um kurz nach siebzehn Uhr vom Polizeirevier zurück. Nachdem sie die Türschwelle überschritten hatte, blieb sie reglos stehen und lauschte. Kurz vor ihrem Eintreffen hatte sie die Haustür zuschlagen gehört, als jemand den unteren Teil des Hauses betreten hatte. Sie drehte den Schlüssel im Schloss und vernahm mit einem Mal Stimmen, die aus dem hinten gelegenen Garten zu kommen schienen. Paolo und, wenn Lucy sich nicht irrte, Grace. Lucy verharrte in der Bewegung. Grace war die allerletzte Person, der sie jetzt begegnen wollte. Sie zog den Schlüssel so leise wie möglich aus dem Schloss und wandte sich der Wendeltreppe zu, die in die erste Etage führte.

Als sie sich dem Treppenabsatz näherte, konnte sie Maya, Grace und Candace in dem Dreibettzimmer miteinander reden hören. Der Name „Dana Alexander“ fiel eindeutig, mindestens zweimal. Lucy ging auf die Tür zu. Sie hoffte, eine Weile lauschen zu können.

Maya sprach schnell und klang gereizt. „Könntest du vielleicht mal aufhören, mich über Dana Alexander auszuquetschen? Ich habe es dir doch schon gesagt: Sie ist die Chefin meiner Mutter, *das ist alles.* Ich habe nichts mit ihr zu tun, bin ihr nie begegnet und habe auch noch nie mit ihr telefoniert."

Auf ihre Worte folgte ein langes, angespanntes Schweigen. Dann sagte Candace zögernd: „Die Chefin deiner *Mutter*? Meinst du nicht, deiner *Tante*? Lebt deine Mutter nicht in Mexico City?"

Lucy hatte genug gehört. Sie stieß die Tür auf. „Was geht hier vor? Warum nehmt ihr Maya ins Kreuzverhör?"

Aber Candaces Blick war fest auf Maya geheftet. Sie sah total perplex aus. „Maya, wer *bist* du?"

Maya schickte sich an zu gehen. Candace hob eine Hand. „Nicht so schnell. Maya, ich will jetzt eine Antwort. Ist Marilu deine *Mutter*?"

Hinter Lucy waren Schritte auf der Treppe zu hören. Sie drehte sich kurz um. Paolo war auch auf dem Weg nach oben.

„Habe ich richtig gehört?", fragte er. „Hat Candace gerade gesagt, dass Mayas Tante in Wirklichkeit ihre Mutter ist?"

Lucy blickte zu Grace. Sie schien vor Anspannung wie paralysiert und war auf einmal ganz blass. „Warst du bei der Polizei?", kam Grace ohne Umschweife zum Thema.

Lucy schluckte. „Ich hab's versucht, Grace. Ehrlich."

Grace griff sich an den Kopf und stieß ein leises Wimmern aus. Paolo reagierte sofort. Er setzte sich neben sie, schlang einen Arm um ihre Taille und zog sie an sich. „Lucy", flüsterte Grace.

Jetzt waren alle Augen auf Lucy gerichtet. „Wo ist John-Michael?", fragte sie plötzlich defensiv. Das Zimmer kam ihr so feindselig vor. Zumindest John-Michael könnte sie vielleicht verstehen.

Paolo sagte kalt: „In der Küche."

„Hört mal, könnten wir nicht alle zusammen unten darüber sprechen“, bat Lucy.

„Ich will immer noch wissen, warum Maya uns vorgelogen hat, ihre Mutter wäre ihre Tante!“, stellt Candace klar.

„Ist das dein Ernst?“, erwiderte Paolo scharf. „Du findest das tatsächlich wichtiger, als dass Lucy zu den Bullen geht und denen Beweise liefert, die Graces Vater aus der Todeszelle holen könnten?“

„Natürlich nicht“, feuerte Candace zurück. „Ich sage nur, dass ich Maya nicht so einfach vom Haken lasse. Vor allem, nachdem sich herausgestellt hat, dass ihre *Mutter* für eine Hollywoodschauspielerin arbeitet, die sich in mein Leben eingemischt hat.“

Zu Lucys Erstaunen ging Grace zu Maya hinüber und sagte sanft: „Komm, Maya. Ich bin mir sicher, dass du gute Gründe dafür hattest, uns zu erzählen, Marilu sei deine Tante. Aber jetzt musst du uns vertrauen. Bitte. In diesem Haus gehen Dinge vor, von denen du nichts weißt. Und Dana Alexander steht im Zentrum viel zu vieler dieser Dinge.“ Grace räusperte sich. Als sie weitersprach, klang ihre Stimme zittrig. „Lucy hat recht. Wir sollten nach unten gehen, wo wir alle zusammen darüber reden können.“

Ohne ein weiteres Wort trotteten die Mitbewohner ins Erdgeschoss. In der Küche verteilten sie sich vor den Augen eines verblüfften John-Michaels um den Esstisch, und jeder nahm sich einen Stuhl. Die Atmosphäre war genauso plötzlich kühl geworden wie die Luft draußen, nun, da Wolken die untergehende Sonne verdunkelten.

„Äh … was zum Teufel ist hier los?“, fragte John-Michael und legte das große Kochmesser neben einen Haufen Möhren- und Sellerieschreiben zurück auf das Schneidebrett.

„Lucy will uns etwas sagen“, verkündete Paolo und warf Grace einen zuversichtlichen Blick zu.

„Und Maya auch“, fügte Candace hinzu.

Lucy konnte zwar nicht genau sagen, warum, aber sie spürte bei fast allen Anwesenden einen gewissen Schutzwall. Oder vielleicht projizierte sie nur ihre Gefühle auf die anderen? Sie hatte Maya instinktiv vor den Fragen der Schwestern beschützen wollen. Einige Leute hatten eben einfach private Probleme. Warum musste alles öffentlich diskutiert werden? Lucy hatte die Erfahrung gemacht, dass die Dinge dadurch nicht unbedingt einfacher wurden. Ein Geheimnis zu verraten bedeutete, seine Freiheit aufzugeben.

Sie konnte sich den Gedanken nicht verkneifen, dass die Menschen sich doch bitte um ihre eigenen Angelegenheiten kümmern sollten. Doch im nächsten Moment wurde sie von ihrem Gewissen zu Boden gerissen. Graces Vater würde in knapp zwei Wochen hingerichtet werden. *Hingerichtet.* Wie konnten Lucys Probleme da auch nur annähernd heranreichen?

„Also, ich bin zur Polizei gegangen“, berichtete Lucy und vermied es bewusst, Graces heißem, tränenerfülltem Blick zu begegnen. „Dort sagten sie mir, dass heute in dem Bezirk alles Mögliche los war. Alkoholkontrollen, Verfolgung von Drogendealern, ein großer Verkehrsunfall auf der 405.“

„Sie haben dich gar nicht angehört?“, schlussfolgerte Grace. Ihre Enttäuschung klang bitter.

„Doch, ungefähr fünf Minuten lang“, räumte Lucy ein. „Ich musste ewig warten, bevor sich überhaupt irgendwer bereit erklärte, mit mir zu sprechen. Als dann endlich jemand kam, hat er Augen so groß wie Untertassen bekommen und fing an, davon zu reden, dass ich von einem Detective verhört werden müsse, heute aber keiner verfügbar sei. Meine Aussage müsse sorgfältig aufgezeichnet und bezeugt werden und dafür bräuchte ich einen Termin.“

„Du brauchst einen Termin, um eine Zeugenaussage zu machen, die jemandem das Leben retten kann?“, fragte Grace ungläubig.

„So ungefähr haben sie es formuliert“, bestätigte Lucy. „Offenbar ist es das gängige Verfahren, zumindest, wenn sich die Person, deren Leben man retten will, nicht in unmittelbarer Gefahr befindet.“

Grace schnappte nach Luft. „Jeder zusätzliche Tag bringt meinen Vater der unmittelbaren Gefahr näher. Und diese Gefahr heißt *Tod*!“

Paolo drückte beruhigend Graces Knie, was einigermaßen zu funktionieren schien, denn sie lehnte sich auf ihrem Stuhl zurück. Lucy schaffte es, ihre Überraschung zu verbergen. Na ja, wenigstens das läuft in die richtige Richtung, dachte sie.

„Ich weiß“, sagte Lucy zu Grace. „Und es tut mir leid. Aber ich hatte den Eindruck, dass die Bullen so kurz vor dem Nationalfeiertag einfach keinen Bock haben. Ich habe einen Termin für Montag bekommen. Grace, mach dir bitte keine Sorgen. Ich werde das durchziehen.“

„Okay, so viel zu Lucy“, beendete Candace das Thema ungeduldig. „Kommen wir zu Maya. Ich will eine Erklärung, Mädchen!“

„Okay, die Frau, die ich Marilu nenne, ist meine Mutter“, begann Maya zögerlich. „Ich habe es euch nicht gesagt, weil … weil …“ Maya stützte den Kopf in die Hände. „Oh Gott, ich will das wirklich nicht tun.“

Grace legte ihrer Mitbewohnerin einen Arm um die Schultern. „Ich weiß, dass das nicht einfach ist. Aber wir müssen wissen, dass wir einander vertrauen können.“

Lucy, Candace und John-Michael murmelten farblose Worte der Ermutigung. Doch Lucy bemerkte, dass Paolo schwieg, sich nicht rührte und den Blick fest auf Mayas Arme gerichtet ließ.

Widerstrebend straffte Maya die Schultern und wischte sich mit dem Handrücken über ihre feuchten Augen. „Ich schätze, ihr müsst es erfahren. Meine Mutter arbeitet für Dana Alexander. Wenn ihr im Internet nach Lupita Soto de Padilla sucht, werdet ihr ziemlich schnell Verbindungen zu Alexander finden. Deshalb habe ich euch gesagt, dass sie meine Tante ist und Marilu Soto heißt."

Candace fragte in ernstem Ton: „Warum wolltest du nicht, dass wir von der Verbindung zu Dana Alexander wissen?"

Maya sah jeden ihrer Mitbewohner an, ehe sie antwortete: „Hört zu, ich wusste nichts von dem, was bei euch allen so abgeht, okay? Nur das, was ihr mir bei unserem Einzug erzählt habt. Aber aus irgendeinem Grund wollte Alexander wissen, was im Haus passiert."

Grace und Candace zuckten sichtbar zusammen. Lucy fühlte sich, als ob ihr Atem sich in ihrer Kehle in einen Eisklumpen verwandelt hätte. „Wie bitte?"

Maya verzog besorgt das Gesicht. „Sie interessiert sich für alles, was hier im Haus los ist. Aber Lucy, ich muss dir sagen … dass sie sich vor allem für dich interessiert."

„Diese verfluchte Hexe, natürlich tut sie das." Lucy brodelte vor Wut. „Deshalb hat sie auch Ariana auf mich angesetzt."

Maya schien perplex. „Ariana hat hier herumgeschnüffelt?"

„Wir hätten es dir noch erzählt", sagte Grace. „Wir haben es selbst erst gestern erfahren. Du und Candace, ihr wart so sehr mit eurer Arbeit beschäftigt."

„Und um ganz genau zu sein“, stellte John-Michael klar, „wissen wir das mit Ariana auch nicht ganz sicher, stimmt’s, Lucy?“

„Ariana eine Spionin“, wiederholte Maya nachdenklich. Vielleicht bildete Lucy sich das nur ein, doch für einen kurzen Moment hatte sie das seltsame Gefühl, dass Maya überhaupt nicht so überrascht war. „Ich denke, das stimmt“, fuhr Maya fort und schüttelte den Kopf. „Passt auf, eigentlich sollte ich alle paar Tage einen schriftlichen Bericht schicken. Vor einem Monat, nachdem ich das Gespräch zwischen Grace und John-Michael über die Zerstörung des Wagens seines Vaters mit angehört habe, beschloss ich, Alexander keine nützlichen Dinge mehr zu berichten.“

„Moment, Moment“, unterbrach Lucy sie und zog die Augenbrauen hoch. „Du hast Grace und John-Michael *belauscht*?“

„Das war keine Absicht. Die Handyleitung stand noch“, räumte Maya ein. „Und ich habe es Gracie auch schon gesagt. Ich habe gehört, wie sie etwas sagte, das mich über Dana Alexander nachdenken ließ.“

Grace bestätigte Mayas Behauptung mit einem leichten Nicken. Argwöhnisch fragte Lucy: „Was hat sie denn gesagt?“

Schnell antwortete Maya: „Genug, um mir klarzumachen, dass Alexander nichts Gutes im Schilde führt und dass ich euch mit meinem Verhalten in Gefahr bringen könnte. Und von dem Tag an, das schwöre ich bei Gott, habe ich ihr nicht einen nützlichen Bericht geliefert.“

„Womit du in keinster Weise irgendwie aus dem Schneider bist“, fauchte Candace.

„Aber es erklärt, warum Dana uns Ariana geschickt hat“, schlussfolgerte Lucy verbittert. „In der Sekunde, als du ihr nichts Nützliches mehr geschickt hast, stand Ariana auf unserer Türschwelle."

Maya nickte. Sie war eindeutig erleichtert. „Ja. Zumindest denke ich das. Aber das Ganze ergibt erst seit Kurzem einen Sinn. Es waren nur kleine Sachen in Arianas Verhalten … sie hielt sich immer dort auf, wo viele von uns zusammen waren, ohne sich an den Gesprächen zu beteiligen. Sie hörte meistens nur zu."

„So wie *du*?", beobachtete John-Michael trocken.

„Wie gesagt: Ich habe kapiert, dass es falsch war."

„Warum hast du es überhaupt gemacht?", wollte Candace wissen. „So etwas mit seinen Freunden zu machen ist echt ekelhaft."

„Leute", sagte Maya mit großen, hoffnungsvoll blickenden Augen. Die Hände hatte sie weit gespreizt vor sich auf den Tisch gelegt. „Alexander weiß Dinge über mich und meine Familie. Ich weiß nicht genau, was – meine Mutter lässt da keine Details raus. Aber wenn Alexander zur Einwanderungsbehörde geht, wird meine Mutter abgeschoben."

„Moment, deine Mutter ist illegal hier?", fragte Candace. „Ich dachte, du wärst amerikanische Staatsbürgerin?"

„Ich bin hier geboren, ja. Aber meine Mutter nicht. Und es gibt da irgendein Problem mit den Dokumenten."

John-Michael unterbrach sie. „Es muss schrecklich sein, so zu leben. Zu versuchen, nicht auf dem Radar aufzutauchen."

„Dann hatte Alexander mich von Anfang an beobachtet", stellte Lucy kopfschüttelnd fest. „Sie muss Kontakt zu Ariana aufgenommen haben, während wir in der Entzugsklinik waren. Vielleicht hat sie sie sogar extra mit mir zusammengesteckt."

Maya lehnte sich zu Lucy hinüber. „Ich habe dir ganze Zeit nicht verstanden, *warum*. Bis du uns erzählt hast, dass du in

Jelly and Pie mitgespielt hast und wir deinen richtigen Namen rausgefunden haben. Und bis ich das Gespräch von Grace und John-Michael mitgehört habe. Dana Alexander war auf der Party, auf der Tyson Drew ermordet wurde, stimmt's, Lucy? Besteht die Möglichkeit, dass sie denkt, du hättest gesehen, wer der wahre Mörder ist?"

„Das hast du auch alles herausgefunden und uns nichts davon gesagt?", fragte Paolo atemlos.

„Mal im Ernst, Maya: Du solltest darüber nachdenken, hauptberuflich als Schauspielerin zu arbeiten", mischte sich Candace ein. „Weil du nämlich eine erstklassige Lügnerin bist."

„Ich denke, Alexander ist sich sicher, dass Lucy den Mörder gesehen hat", warf Grace mürrisch ein und ignorierte die Sticheleien ihrer Mitbewohner gegen Maya. „Ich denke, es ist ziemlich offensichtlich, dass Alexander diejenige ist, die dich so eingeschüchtert hat, Lucy, dass du geschwiegen hast. Aber nun weiß sie, dass du dich an die Wahrheit erinnerst und aussagen willst … richtig?"

Lucy spürte das langsame Brennen der geballten Aufmerksamkeit, als alle sie ansahen. Vollkommen unerwartet konnte sie keinem ihrer Mitbewohner in die Augen sehen. *Alex Vesper sitzt deinetwegen in der Todeszelle*, schienen sie zu sagen. *Ein unschuldiger Mann ist deinetwegen im Gefängnis. Allein deinetwegen.* Weil die kleine Lucasta so große Angst hatte, machte sie sich an jenem grauenvollen Abend auf dem Balkon in die Hose. Sie zitterte, als eine Frau sie bei der Hand nahm, eine Frau mit weichen Händen und schönen, pfirsichfarbenen Fingernägeln. Lucasta sah nur diese Fingernägel, während die Frau sie zum Badezimmer führte und ihr beruhigende Worte ins Ohr raunte.

Du schlafwandelst, meine Kleine. Die Träume packen dich bei der Kehle. Es ist Zeit, wieder ins Bett zu gehen, Charlie.

Lucy wollte weinen, doch die Tränen kamen einfach nicht. Stattdessen wurde ihr innerlich ganz kalt. Taubheit breitete sich in ihr aus. Irgendjemand streckte die Hand aus, um ihre zu berühren. Doch sie spürte es kaum.

PAOLO

Venice Beach, Küche – Freitag, 3. Juli

Zu einer anderen Zeit und an einem anderen Ort hätte es fast unterhaltsam sein können. Und das wäre es vermutlich auch gewesen, dachte Paolo. Er streckte den Arm nach hinten aus und reckte sich so weit es ihm von seinem Platz an der Ecke des Esstisches möglich war nach dem Kühlschrank. Er schaffte es, die Tür zu öffnen, und tastete im Innern nach einer Dose Dr Pepper light. Während er trank, musterte er die Gesichter seiner Mitbewohner.

Candace, aufrecht und feindselig – ein Kontrast zu ihrem sonst so lockeren, spaßigen Auftreten. Grace, die sich redlich bemühte, ihre Gefühle unter Kontrolle zu halten. Für sie müsste es großartig sein; ein Moment intensiver Erleichterung – die größte Hoffnung, die sie seit Jahren gehabt hatte. Lucasta Jordan-Long konnte Graces Vater vor der Hinrichtung retten. Und dennoch war Grace vor lauter Angst kreidebleich. John-Michael, wie so oft düster und in sich gekehrt, hatte den sechsten Platz am Esstisch eingenommen und kaute langsam auf einem Stück Sellerie herum. Mayas Verschlossenheit. Sie wirkte unruhig, vermutlich war sie wegen Dana Alexander besorgt.

Sollte ich auch besorgt sein? dachte Paolo.

Es war ihm unmöglich, sich mit seinen Gedanken allzu weit von dem lauernden Grauen seiner eigenen jüngsten Vergangenheit zu entfernen. Ein Geheimnis, das frischer war als die der anderen hier, eines, das in jeder wachen Minute immer noch am Rand von Paolos Gedanken kauerte. Die einfachen Freuden des Lebens waren eine Ablenkung. Selbst das kribbelnde Brennen seines linken Oberarms, der sich nach der Tattoosession noch immer heiß anfühlte, lenkte ihn für eine Minute ab. Jedes Mal wenn er versuchte, diese Erinnerung zu vertreiben, fühlte es sich unmöglicher an. Bei jeder Gelegenheit grinste sie ihn wie eine Totenmaske an.

„Was denkst du, wie viel Ariana über uns wusste?", fragte er unvermittelt.

Auch wenn es nicht sein Geheimnis war, für das Ariana sich interessiert hatte – könnte sie ihn trotzdem hochgehen lassen? Was würden seine Mitbewohnerinnen denken, wenn sie es wüssten? Diese Mädchen, die Paolo mit Stolz – wie ihm klar wurde – seine engsten Freundinnen nannte? Was wäre, wenn er jetzt aufstehen und ihnen erzählen würde, wie er Jimmy ein Auto abgezockt, mit seiner Mutter geschlafen und die Frau später alleine tot im Canyon zurückgelassen hatte?

„Genug", erwiderte Lucy. „Mehr als genug, sodass wir vorsichtig sein müssen." Für einen Moment kreuzten sich ihr Blick und der von Maya. „Echt schade, dass du ihr alles haarklein über jeden von uns berichtet hast", sagte sie mit unverhohlenem Vorwurf.

Auf ihre Worte folgte eine brennende Stille. Dann wandte sich Maya an Candace: „Vielleicht hättest du nicht mit Yoandy Santiago rummachen sollen. Wir haben dich von Anfang an gewarnt, dass er Kay Alexanders Freund ist. Jetzt hat Dana nur noch einen weiteren Grund, sauer zu sein."

Paolo beobachtete, wie sich Candaces Gesichtsausdruck von ungläubig zu empört verwandelte. „Okay, das war's. Wir sind so was von fertig miteinander", zischte sie. „Ich schätze, du hast nie wirklich aufgehört, mich zu bespitzeln."

Auf Mayas Gesicht breitete sich eine tiefe Röte aus. „Ihr habt euch in meinem Zimmer unterhalten, wo ich zufälligerweise *schlafe*. Deshalb stand ich ein paar Sekunden lang vor der Tür, um einen guten Moment abzupassen, um reinzugehen. Eigentlich hatte ich nicht vor, irgendwas zu dir und Yoandy zu sagen. Das geht mich nichts an."

„Nein, du hast es nur in deinen erbärmlichen Bericht an Alexander geschrieben", knurrte Candace.

Maya hob die Stimme. „Hörst du schlecht? Habe ich nicht schon gesagt, dass ich damit aufgehört habe?"

„Ach ja, danke, dass du gesagt hast, du würdest uns nicht länger nachspionieren, Maya. Danke, dass du die Bedeutung von Freunden neu entdeckt hast."

„Vielleicht sollten wir alle mal tief durchatmen", mischte sich Lucy ein. Sie musste sich selbst arg zusammenreißen, um ruhig zu bleiben. „Süße, du bist nicht in der Position, irgendjemanden wegen *irgendetwas* zu beschuldigen. Okay, die Chefin deiner Mutter hat dich dazu gezwungen. Das haben wir kapiert. Aber trotzdem hast du uns bespitzelt. Steh dazu."

„Sieh mal, Maya", klinkte sich John-Michael in vernünftigem Ton ein, „niemand von uns wird einen Preis dafür gewinnen, wie er oder sie mit den Schwierigkeiten umgegangen ist, die in unseren Leben aufgetaucht sind. Aber wie sich herausgestellt hat, bist du die Einzige von uns, die noch immer Befehle von ihrer Mami entgegennimmt. Der Rest von uns versucht, wie soll ich sagen, Verantwortung zu übernehmen. Wie Erwachsene."

„Aber wir *sind* nicht erwachsen", sagte Maya nachdrücklich. „Und nur weil ihr Auto fahrt, kocht, einkauft, putzt und die Miete zahlt, seid ihr es noch lange nicht. Gute Entscheidungen zu treffen, so wie man es macht, wenn man *wirklich* frei ist – das ist es, was einen zu einem Erwachsenen macht. Und wie du selbst so deutlich betont hast, John-Michael, im Gegensatz zu euch bin ich *nicht* frei."

„Sollen wir uns jetzt von einer Lügnerin und Spionin in Sachen Leben coachen lassen?", fragte Candace angriffslustig. Ihre Stimme troff vor Sarkasmus. Sie kippelte so heftig mit dem Stuhl, dass er mit einem Krachen zu Boden fiel und Candace es gerade noch schaffte, nicht damit umzukippen.

Paolo stand auf und versperrte ihr den Weg aus der Küche. „Candace", begann er. Aber sie schob ihn überraschend kräftig zur Seite, wobei sie gegen seinen linken Arm stieß. Die frisch tätowierte Haut pikste und brannte wie Feuer. „Au, Mensch, Candace, geht's noch?"

Grace stand ebenfalls auf. „Ich finde, Lucy hat recht – wir müssen uns beruhigen. Vielleicht eine Auszeit nehmen. Das wird zu heftig."

„Sehe ich genauso." Candace qualmte förmlich. „Ich muss hier raus. Kommst du mit, Grace?"

Das war eindeutig eine exklusive Einladung. Widerwillig trat Paolo beiseite und sah Grace nach, als sie mit ihrer Stiefschwester abschwirrte. Er legte drei kühle Finger auf sein brennendes Tattoo und wandte sich Lucy zu. Lucys Blick aber war auf Maya geheftet, die als Nächste aufstand. „Ich könnte auch ein bisschen frische Luft vertragen."

„Soll ich dich begleiten?", fragte John-Michael.

„Wenigstens bis zum Starbucks", erwiderte sie. In den letzten Momenten war sie blass geworden, doch Paolo stellte fest, dass sie vor dem Hintergrund, dass John-Michael sie eben noch ein Kind genannt hatte, überraschend ruhig war. Dennoch kaute sie nachdenklich an ihren Fingernägeln. „Ich hole mir einen Frappuccino“, sagte sie zu niemand Bestimmtem.

Kurz darauf verließen Maya und John-Michael das Haus. Schließlich sah Lucy Paolo an. Er lächelte verlegen. „Bleiben nur noch wir“, sagte er.

Lucy hatte ihren Platz am Tisch nicht verlassen. Obschon sie sehr müde aussah, brachte sie ein halbherziges Grinsen zustande. „Jupp.“ Sie ging zur Spüle und stellte das heiße Wasser an. „Dann spüle ich wohl mal das Geschirr. Ihr faulen Socken scheint ja nicht zu wissen, wie das geht.“

„Wenn das so ist“, konterte Paolo, „entferne ich wohl mal das Unkraut im Garten. Ihr faulen Socken scheint ja nicht zu wissen, wie das geht.“

Da Stauraum im Haus Mangelware war, wohnten die drei Gartengeräte, die er im Baumarkt gekauft hatte, mehr oder weniger in Paolos Chevy Malibu. Er trottete durch die Haustür hinaus und bog nach hinten ab. Da das Haus zum Strand hin lag, befand sich die Straße, in der Paolo sein Auto parkte, dahinter. John-Michael hatte sein Auto früher dort abgestellt, ein Stück die Straße hinunter, weil es abends meist schwer war, einen Parkplatz in der Nähe des Strandes zu finden.

Paolo öffnete den Kofferraum und schnappte sich eine Schaufel und einen Unkrautjäter mit langem Griff.

Als er zurückkam, ging er von hinten auf das Haus zu, wo eine niedrige graue Betonmauer den Garten umgab. Paolo wollte gerade über die Mauer steigen, da bemerkte er, dass die gläserne Flügeltür offenstand. Er machte den Mund auf, um nach Lucy zu rufen. Und in dem Moment sah er etwas, das ihm den Atem stocken ließ. Instinktiv huschte er auf die Seite.

Dann lehnte er den Unkrautjäter vorsichtig gegen die Mauer, schlich bis zur Glastür und lugte hinein, wobei er sorgfältig darauf achtete, in Deckung zu bleiben.

Im Wohnzimmer stand ein Mann. Er war ungefähr eins fünfundsiebzig groß, leicht untersetzt, hatte dünne, grau melierte Haare und trug eine ausgeblichene schwarze Bomberjacke aus Leder zu einer langen Hose. Er stand mit dem Rücken zu Paolo und redete offenbar mit Lucy. Die Haltung des Mannes wirkte entspannt und nicht sonderlich bedrohlich.

Und dennoch, obwohl Paolo Lucy nicht sehen konnte, hörte er es in ihrer Stimme.

Grauen.

„Wem hast du es erzählt?"

Die Frage klang beiläufig. Paolo kannte die Stimme nicht. Lucy hatte Schwierigkeiten zu antworten. Sie stotterte schon, bevor sie richtig angefangen hatte.

„Ich … ich weiß nicht, warum Sie …"

„Genug", schnitt er ihr das Wort ab. Er griff in seine Tasche. Lucy wich zurück und stieß gegen den umgekippten Stuhl. Er sprach ruhig und klang beinahe ein bisschen müde. „Wir können die Sache auf die einfache Art regeln. Oder eben nicht."

Der Mann zielte mit einem Revolver genau auf Lucys Bauch.

Paolo drehte die Schaufel, als wolle er einen Aufschlag annehmen. Ein Blick auf den Abstand zwischen ihm und dem Mann und er hatte den exakten Weg berechnet. Genauso, als würde ein Ball in hohem Bogen über das Netz auf genau diesen Punkt zufliegen.

„Okay, Mädchen, die Zeit läuft."

Paolo holte tief Luft, rannte los und platzte durch die geöffnete Glastür ins Haus.

Der Mann wirbelte links herum, den Revolver in der rechten Hand. Ein Schuss löste sich, ein gedämpftes Geräusch – *ffffuuuutt*. Ein weiterer Schuss ließ auf sich warten. Paolo holte bereits weit mit der Schaufel aus, eine kräftige Vorhand. Das Metall traf hart auf den Schädel des Mannes. Paolo sah, wie der Mann einen Moment die Augen aufriss, dann traten sie ihm förmlich aus dem Kopf. Die Finger fest um den Abzug geschlossen, fiel der Arm des Manns herunter. Seine bewaffnete Hand knallte auf den Boden.

Paolo stand wie paralysiert da, das Blut pochte laut in seinem Kopf: ein Brüllen. Er konnte nichts anderes hören.

Nach wenigen Sekunden erlangte er die Kontrolle über seine Muskeln zurück. Er senkte die Schaufel und sah zu Lucy hoch. Steif vor Entsetzen stand sie da, die Arme hingen schlaff herunter, ihr Mund war geöffnet, die Augen waren weit aufgerissen, und ihr Atem ging schwer und mühsam.

Schließlich blickte Paolo widerwillig wieder zu dem Mann am Boden. Jetzt konnte er sehen, was für eine schwache, mickrige Gestalt er war. Ende vierzig, billiger Haarschnitt, abgetragene Schuhe, ein braun-weiß kariertes Oberhemd, das er sich in die anthrazitfarbene Baumwollhose gesteckt hatte.

Lucy schien aus ihrer eigenen Starre zu erwachen. „Ist er … tot?"

Der Mann lag unbeweglich da. Seine Augen guckten noch genauso drein wie in dem Moment, als Paolo die Schaufel gegen seine linke Gesichtshälfte gehauen hatte. Paolo betrachtete die Unterseite der Schaufel. Dort schien kein Blut zu kleben. Doch beim Anblick der Delle im Kopf des Mannes zogen sich Paolos Innereien vor kalter, schäumender Angst zusammen.

MAYA

Venice Beach, Wohnzimmer – Freitag, 3. Juli

Als sie von der Promenade zurückkam, fiel Maya auf, dass im vorderen Teil des Hauses kein Licht brannte. Sie blieb kurz stehen, damit John-Michael zu ihr aufschließen konnte.

„Denkst du, die sind alle im Garten?“, fragte er.

„Aber warum ist kein Licht an?“

Vor der Tür horchten sie einen Moment. Nichts. Maya drehte den Schlüssel und drückte gegen das Holz. In dem Augenblick war sie sich absolut sicher, dass irgendetwas überhaupt nicht stimmte. Die Tür bewegte sich nicht. Paolo stand auf der anderen Seite und wehrte ihre gemeinsamen Versuche, sie aufzudrücken, ab.

„Paolo, wir sind's – John-Michael und ich. Lass uns rein!“, sagte sie leicht verzweifelt.

Er ließ sie rein, hielt sich einen Finger an die Lippen und sah sie so lange finster an, bis sie schwiegen.

Mayas Aufmerksamkeit richtete sich sofort auf Lucy, die auf dem Boden neben dem neuen roten Sofa kauerte. Ein seltsamer Mann lag verdreht auf dem Läufer mit dem Schachbrettmuster. Sein Kopf wurde sorgfältig von einem rotbraunen Quadrat eingerahmt. Der Mann regte sich nicht.

Lucy blickte auf. Ihre Augen waren unergründlich. „Maya, JM … was sollen wir denn jetzt machen?“

Im Näherkommen stieß Maya durch die gespitzten Lippen leise einen mexikanischen Fluch aus. Sie nahm wahr, dass John-Michael bei Paolo blieb, der an der Eingangstür festgefroren zu sein schien. Kurz vor dem reglosen Körper blieb sie stehen, nahm die ungefähre Größe des Mannes zur Kenntnis, seine graue Hose, die schwarze Lederjacke und die sauberen, aber billig wirkenden braunen Lederschuhe. In der rechten Hand hielt er eine Waffe – irgendeinen Revolver. Er sah aus wie ein seriöser Polizist mittleren Alters, der gerade nicht im Dienst war.

Oder vielleicht wie ein Privatdetektiv. Mayas Herz begann wild zu klopfen.

Dana Alexander muss diesen Mann geschickt haben.

„Er hat auf mich geschossen“, sagte Lucy flehend. Ihr standen die Tränen in den Augen, und sie zitterte am ganzen Körper. „Es war Notwehr.“

„Ich wollte ihn nicht umbringen“, ertönte Paolos Stimme. Er klang matt, abwesend und leise. Als glaubte er selbst nicht recht, was er sagte. „Ich habe mit der Schaufel nach ihm geschlagen.“

„Du dachtest, er sei ein Einbrecher“, sagte Lucy eindringlich. „Es war Notwehr.“

„Ich dachte, er wäre irgendein Eindringling, ja“, stimmte Paolo zu. „Er wollte dich erschießen.“

„Ganz offensichtlich ein Eindringling“, sagte Maya schnell. „Niemand hat ihn eingeladen, stimmt’s?“

„Und er hat auf uns geschossen. Das ist definitiv Notwehr, oder? Kein Zweifel“, stimmte Lucy beinahe flehend ein.

Nicht, wenn Dana Alexander bei dieser Sache was zu sagen

hat, dachte Maya. Aber laut sagte sie nur nachdenklich: „Habt ihr die Kugel gefunden?“

Paolo und Lucy sahen einander sichtlich irritiert an.

Maya wiederholte die Frage etwas lauter: „Paolo? Hast du gesehen, wo die Kugel eingeschlagen ist? Denk nach. Das ist wichtig.“

Paolo straffte leicht die Schultern und versuchte, sich zusammenzureißen. „Ähm, ich denke, irgendwo bei der Stereoanlage.“

„Such sie“, wies Maya ihn an, „aber fass sie nicht an.“ Während sich Paolo auf die Suche machte, kniete sie sich zu Lucy neben den Leichnam. Der Kopf des Mannes war durch Paolos Schlag mit der Schaufel sichtlich verformt. Die eine Seite war komplett eingedrückt. Maya lehnte sich zurück und fragte sich, warum sie nicht schockierter war. Doch die Wahrheit war, dass es sich irgendwie so anfühlte, wie eine Leiche im Fernsehen zu sehen. Sie schaukelte auf ihren Fersen und drehte den Kopf, um den Läufer unter dem Kopf des Mannes genauer zu untersuchen.

„Wir haben ihn auf das braune Quadrat gezogen“, erklärte Lucy. „Mehr oder weniger sofort. Ich dachte mir, dass die Blutspur dann nicht so auffällt.“

„Die Polizei braucht nicht viel Blut, um diesen Läufer mit seinem Leichnam in Verbindung zu bringen“, sagte Maya. „Schade, dass ihr keine Plastikfolie unter ihn gelegt habt.“

Die Jungs und Lucy starrten Maya zwei Sekunden lang einfach nur an. Dann rannte John-Michael in die Küche. „Bring auch etwas Papier mit“, rief Maya ihm nach. „Irgendwas, das wir verbrennen können, wenn wir fertig sind.“

Lucy sah Maya ungläubig an und fragte: „Wovon redest du?“

Maya ignorierte sie. „Hey, Paolo, hast du die Kugel schon gefunden?"

Paolo blickte hoch. Er hockte neben der Fußleiste der Wand, die an die auf dem Boden stehenden Lautsprecher angrenzte. „Noch nicht."

„Hast du dir die Waffe angesehen?", fragte Maya.

„Ob ich mir die Waffe angesehen habe?", wiederholte Paolo. „Bist du irre? Denkst du, ich würde einen Tatort verfälschen?"

„Du meinst, abgesehen davon, seinen Kopf auf das braune Quadrat des Läufers zu legen?", erwiderte Maya.

„Das war allein aus Gründen der Sauberkeit", versuchte Lucy zu sagen, hielt dann aber inne und sah verblüfft zu, als Maya sich nach vorn beugte, um den Revolver aus den Fingern des Leichnams zu befreien. „Oh Gott, Maya! Du hast einen toten Mann berührt!"

Die Finger des Mannes waren noch warm und biegsam. Es war Maya überhaupt nicht in den Sinn gekommen, dass er sich anders anfühlen könnte als ein lebendiger Mensch. Mit einer überraschenden Distanziertheit nahm sie wahr, dass es bis zur Leichenstarre noch eine kleine Weile dauern würde. Sie hatte keine Ahnung wie lange. Aber vielleicht wäre es nützlich, das zu wissen.

„John-Michael, kannst du herausfinden, wie lange es dauert, bis die Leichenstarre einsetzt?"

John-Michael holte bereits sein Smartphone heraus, als Maya rief: „Oder nein, warte!"

Alle starrten sie an. „Was ist?", fragte John-Michael mit einer Stimme, in der mehr als nur ein bisschen Angst mitschwang.

Maya sagte: „Wir können keine verdächtigen Suchen im Internet starten! Wir dürfen uns nicht anders verhalten, als wir es am Abend vor dem vierten Juli normalerweise tun würden."

„Sein Körper wird sich noch drei bis vier Stunden normal anfühlen", sagte John-Michael. Auf einmal klang seine Stimme hart und eisig.

Maya fiel auf, wie sicher seine Antwort wirkte. Es war ziemlich offensichtlich, was alle dachten.

Niemand im Haus sprach ein Wort. Sie konnten ihn nicht mal ansehen.

John-Michael hatte den Leichnam seines Vaters gesehen, als er noch warm gewesen war. Der Rest war leicht zu schlussfolgern: John-Michaels Verhaftung wegen des Mordes an seinem Vater könnte wesentlich ernster gewesen sein, als er sie hatte glauben lassen. Doch Maya wäre nicht diejenige, die irgendeinen Verdacht äußern würde. Zumindest nicht jetzt.

Sie untersuchte die Waffe. Es war eine Smith & Wesson 60, wie sie feststellte. Maya achtete sorgfältig darauf, auf niemanden zu zielen und ihren Finger weit weg vom Abzug zu halten. Sie klappte die Trommel auf. In den Kammern steckten fünf Patronen und eine verformte Hülse.

„Maya, warum fasst du die Waffe von diesem Typen an?"

Sie drehte den Revolver herum, sodass Lucy einen Blick in die Trommel werfen konnte. „Hast du jemals eine Hülse gesehen, die so zerquetscht ist?"

„Maya, ich habe noch nicht mal eine echte *Kugel* gesehen", sagte Lucy.

„Meine Mutter hat eine Handfeuerwaffe", gab Maya nach kurzem Zögern zu. „Sie ist nicht nur Chauffeurin, sondern auch Danas Leibwächterin. In Mexiko war Mom Polizistin. Vielleicht wisst ihr ja, wie in Mexiko die Dinge mit den Bullen und den *Narcos* laufen? Es war sicherer, das Land zu verlassen.

Und glaubt mir – wenn man sich einige der Feinde so anguckt, die meine Mutter sich als Polizistin gemacht hat, geht sie besser niemals zurück. Ich war ein paarmal mit ihr auf dem Schießstand. Mom wollte mir unbedingt beibringen, wie man mit einer Schusswaffe umgeht. Ich habe nie so eine Patrone abgefeuert."

Lucy war außer sich. „Verdammt noch mal, Maya! Hast du noch andere Geheimnisse, die du uns mitteilen möchtest? Oder meinst du, dass du für heute Abend fertig bist?"

Paolo stoppte seine Jagd nach der Kugel. Er richtete sich auf und sah sie unvermittelt an. „Maya, sag uns einfach, was du meinst, herausgefunden zu haben."

Maya zuckte mit den Schultern. „Meine Vermutung? Unser Herr Privatdetektiv hier hat versucht, euch eine Heidenangst einzujagen. Das war seine erste Taktik. Diese Hülse stammt von einer leeren Patrone. Und ich wette, du wirst kein Projektil finden. Vielleicht ein Stückchen Watte irgendwo näher dran als an der Wand, wo Paolo gerade sucht. Ja, es könnte eine gute Idee sein, danach zu suchen."

Paolos Kiefer fühlte sich irgendwie lose an, als er sprach. „Leer? Warum sollte er eine leere Patrone abfeuern?"

„Wie gesagt", murmelte Maya, als sie die deformierte Hülse aus der Trommel entfernte. „Um Lucy Angst einzujagen. Allerdings sind die restlichen Patronen ziemlich echt." Sie ließ die Trommel wieder einrasten und wischte die Waffe anschließend sorgfältig mit einer Ecke ihres Hemds ab. Als sie mit dem Ergebnis zufrieden war, zog sie sich den Ärmel ihres Hemdes über die Finger, nahm den Revolver und legte ihn dem Toten in die ausgestreckte Hand.

„Was zum Teufel hast du da gerade gemacht?", fragte Lucy vorwurfsvoll. Maya ging zum Futon hinüber und spürte, wie ihre Knie leicht nachgaben. Ihr Herz fing an, schmerzhaft heftig zu klopfen, als ihr Körper auf die Entscheidungen reagierte, die sie soeben getroffen hatte.

„Ja", sagte nun auch Paolo, aber ganz leise. In seiner Stimme schwang eindeutig Hoffnung mit. „Was hast du gemacht?"

John-Michael hatte während der letzten Minuten von Mayas Handlungen stocksteif da gestanden. Jetzt kniete er sich neben die Leiche und reichte Lucy die Rolle Frischhaltefolie, die sich noch in dem Pappkarton befand. „Zieh ein Stück heraus und mach dich bereit, es dem Typen unter den Kopf zu schieben. Okay?"

Ganz ruhig folgte Lucy den Anweisungen. Dann hob John-Michael den Kopf, und Lucy legte ein etwa einen Meter langes Stück Frischhaltefolie unter den Leichnam. Mit einem Nicken ging John-Michael zurück in die Küche.

Maya sah ein paar Sekunden lang einfach nur zu und nahm mit einem Nicken den Augenblick zur Kenntnis, als sich nun sehr offensichtlich eine Blutlache rings um den Kopf des Toten zu bilden begann. Sie atmete mehrmals tief durch, um ihren Herzschlag zu beruhigen. Lucy und Pablo waren offensichtlich benommen und höchstwahrscheinlich unfähig, einen klaren Gedanken zu fassen. Lucys Schock war verständlich. Wenn Maya schon anfing, gedanklich die Konsequenzen durchzuspielen, die das alles auf ihr und auf Lucys Leben haben könnte, mussten die Auswirkungen für Paolo sogar noch Furcht einflößender sein.

Ein scharfer Schrei von Lucy entlockte Maya ein Keuchen. „Oh Gott. Er hat sich bewegt." Sie starrte auf den Mann auf dem Boden. Er rührte sich nicht. Sie rutschte vom Sofa und kniete sich erneut neben ihn. Diesmal horchte sie an seinem Mund, wobei sie für mehrere Sekunden den Atem anhielt. Als

Lucy ein Geräusch machte, hob Maya eine Hand, um sie zum Schweigen zu bringen. Paolo kam näher heran. Maya atmete aus.

„Ich kann nichts hören …“

Die leere Hand des Mannes zuckte. Die Bewegung ließ alle drei zurückschrecken. John-Michael brachte ein Tablett mit vier Bechern mit dampfend heißem Kakao aus der Küche. Er war der Einzige, der sich weiter bewegte. Er stellte das Tablett auf den hölzernen Klapptisch, der neben der Terrassentür stand, und ging dann ruhig zu der Stelle hinüber, wo der Mann lag.

Während Maya den Mann betrachtete, erlangte er das Bewusstsein wieder. Zuerst bewegte sich seine Hand, dann sein ganzer Arm. Seine Brust begann, sich sichtbar zu heben und zu senken.

„Heilige Scheiße, heilige Scheiße, heilige Scheiße“, sagte Lucy.

Maya konnte den Blick nicht losreißen – vor ihren Augen erwachte eine offensichtliche Leiche wieder zum Leben.

„Er ist nicht tot“, flüsterte sie verwundert.

JOHN-MICHAEL

Venice Beach, Wohnzimmer – Freitag, 3. Juli

John-Michael sprach leise. „Und was jetzt?"

Niemand konnte antworten. Die Furcht hatte sie erstarren lassen. Hilflos starrten sie den Möchtegern-Mörder an. Selbst Maya, die bis zu diesem Moment so cool gewesen war, so *aufgeräumt*. In den folgenden fünf Minuten sah John-Michael die gesamte Entschlossenheit verfliegen.

Der Mann lebte. Er würde reden.

Maya stöhnte: „Die Waffe …"

Dann sahen sie es alle. Die Finger seiner rechten Hand hatten sich fest um den Griff des Revolvers gelegt. Gemeinsam wichen sie zurück, als der Mann langsam anfing, sich aufzusetzen. Er hob den bewaffneten Arm so, dass es bedrohlich wirkte. Der Rest seines Körpers folgte in abgehackten, mühsamen Bewegungen – wie eine Marionette, die langsam an unsichtbaren Fäden nach oben gezogen wird. Als er endlich, eine Schulter an das rote Sofa gelehnt, aufrecht saß, bemerkte der Mann sein eigenes Blut und fluchte beherzt, ehe er sagte: „Wer von euch Arschlöchern war das?"

Niemand rührte sich.

Er hob die Waffe und zielte unsicher auf John-Michael. „Ich fragte: wer?“

Niemand sagte ein Wort.

Der Killer fluchte erneut und starrte ihnen nacheinander in die Augen. Mit dem Revolver zielte er weiterhin direkt auf John-Michaels Brust. Schließlich fixierte er Paolo. John-Michael sah, wie Paolos Kehlkopf hoch und runter hüpfte, doch ansonsten ließ sich sein Freund seine Angst nicht anmerken.

„Du mit dem Tattoo. Du wirst deine Freunde fesseln. Eine falsche Bewegung, und dein Kumpel hier kriegt ’ne Kugel ins Herz.“

Der Mann griff mit der freien Hand in seine Lederjacke und zog nach ein paar Sekunden des Herumwühlens eine Rolle silbergraues Klebeband heraus. Er rollte es zu Paolo hinüber. „Jetzt.“

Paolo nahm das Klebeband, als ob es radioaktiver Müll wäre. Mit einem letzten zögerlichen Blick auf Maya fing er an, ihre Handgelenke zu fesseln.

„Zuerst die Hände von allen“, wies der Mann ihn an. Seine Stimme klang leise und erschöpft. „Aber bei dem anderen Typen machst du zuerst die Beine. Dann fesselt er … fesselt er deine Hände“, brachte er mit Mühe hervor. „Und dann … dann fesselst du seine …“

Die Stimme versiegte, die Waffe aber war noch immer auf John-Michael gerichtet, dem der Schweiß ausbrach.

Mit langsamen, geradezu roboterhaften Bewegungen ging Paolo zu Lucy und begann, ihre Handgelenke zusammenzukleben.

Der Mann wischte sich mit der freien Hand über den Hinterkopf. Als er sah, wie viel Blut daran kleben blieb, schnappte er nach Luft. Es klang weniger wütend als vielmehr resigniert.

„Ihr dummen Kinder. Ihr habt ja keine Ahnung, was ihr getan habt."

„Das war Notwehr", sagte Lucy. Und wiederholte es dann immer wieder, wie ein Mantra.

„Ja?", knurrte der Mann. „Vielleicht hättest du mich töten sollen, als du die Gelegenheit dazu hattest."

„Lassen Sie uns einen Notarzt rufen", drängte John-Michael. „Sie bluten ziemlich stark. Ihr … Ihr Kopf sieht echt übel aus. Ich glaube, sie brauchen einen Arzt."

Der Mann schnaubte. „Noch nicht. Wir sind hier noch nicht fertig."

„Hören Sie, wir wissen, dass Sie nicht vorhatten, jemanden umzubringen", fuhr John-Michael fort. „Sie haben eine leere Hülse abgefeuert."

„Ich kann dir versichern, Junge, dass heute nicht noch mehr leere Hülsen abgefeuert werden."

John-Michael ließ sich nicht beirren. „Aber warum haben Sie mit einer leeren Hülse *angefangen*?" Es musste einen Grund geben, dass er als Erstes versucht hatte, Lucy Angst einzujagen. Wenn er den Typ dazu bringen könnte, zu dieser Haltung zurückzufinden, könnten sie möglicherweise unversehrt aus der Sache herauskommen. „Darf ich bitte den Notruf wählen?"

„Wenn du auch nur ein Telefon anrührst, bringe ich dich um", erwiderte der Mann beinahe beiläufig. Mit einer Bewegung des Revolvers gab er Paolo zu verstehen, dass er sich beeilen solle. „Mach hin oder meine Konzentration lässt doch noch nach. Dann könnte ich ganz aus Versehen eine Kugel abfeuern."

Maya und Lucy waren jetzt an Hand- und Fußgelenken gefesselt. Sie standen aufrecht da und sahen vollkommen verloren aus. Schließlich waren alle gefesselt außer John-Michael, dessen Hände noch frei waren. Er konnte seinen Freunden kaum in die Augen sehen.

Warum wollte der Typ, dass sie gefesselt waren? Offensichtlich war es sinnvoll, dafür zu sorgen, dass er sie trotz ihrer zahlenmäßigen Überlegenheit unter Kontrolle haben konnte. Wenn er jetzt anfinge zu schießen, könnte er eine bis zwei Patronen abfeuern, bevor es ihnen gelänge, ihn zu überwältigen. Aber John-Michael hielt das eher für unwahrscheinlich. Niemand von ihnen hatte den Mumm, einen bewaffneten Mann anzugreifen.

Wenn sie gefesselt waren, wären sie voll und ganz seiner Gnade ausgeliefert. Würde er sie dann töten? Sie sorgfältig und kalt mit den fünf übrigen Kugeln ausschalten? Je länger John-Michael darüber nachdachte, umso heftiger klopfte sein Herz, bis er sicher war, dass der Mann es ebenfalls hörte.

Wieder wühlte der Mann mit der freien Hand in seiner Jacke herum. Nach drei Versuchen gelang es ihm, ein kleines, schwarzes Handy herauszuholen.

Seine motorischen Fähigkeiten verschlechtern sich, bemerkte John-Michael bei sich. „Rufen Sie einen Rettungswagen?“, fragte er.

„Alle hinsetzen“, befahl der Mann, ohne auf John-Michaels Frage einzugehen. Diesmal lallte er deutlich. Er spähte zu John-Michael hinüber, als würde er ihn durch eine getönte Scheibe anstarren. „Du. Komm rüber und knie dich neben mich.“

John-Michael zögerte. Gnade war jetzt ihre einzige Hoffnung. „Entschuldigen Sie, Sir, aber ich denke, Sie brauchen wirklich dringend einen Arzt.“

Diesmal explodierte der Killer. „Halt dein Maul und knie dich hin, du Penner!“

Als John-Michael anfing, langsam auf die Knie zu gehen, entfuhr dem Killer ein schriller Schrei, gefolgt von einem leisen Stöhnen. Er drückte sich die Fäuste gegen die Augen. In den nächsten Sekunden begann er, heftig zu zucken, bis sein gesamter Körper verkrampfte.

Die Freunde sahen ihn entgeistert an.

„Er hat irgendeinen Anfall!“, sagte John-Michael keuchend.

Ein Knall zerriss die Luft. Es dauerte einen Moment, bis John-Michael begriff, dass sich ein Schuss gelöst hatte. Der Killer hielt den Revolver noch immer in seiner rechten Hand.

„Ich bin okay!“, rief Maya atemlos.

„Ja, ich auch“, sagte Paolo. „Und ich auch“, rief Lucy.

John-Michael sah mit einer Mischung aus Erschütterung und Faszination dabei zu, wie der Mann noch immer wie ein Fisch an Land zuckte.

„Was sollen wir machen?“, flüsterte Maya.

In John-Michaels Kopf nahm eine Idee Gestalt an und wurde in einem Käfig aus eisiger, unerbittlicher Logik immer klarer, bis sie grell und furchtbar war. Unwiderstehlich. Die Lösung so vieler Probleme war zum Greifen nahe – der Killer hatte es selbst gesagt: Wer wusste schon, wohin die nächste Kugel ginge?

John-Michael bewegte sich geschmeidig. In einer fließenden Bewegung brachte er seine gefesselten Knöchel hinter sich, packte sich mit den immer noch freien Händen ein großes Kissen vom roten Sofa und kniete im nächsten Moment neben dem Verletzten.

Er sah zu Paolo, der hilflos und gefesselt auf dem Boden neben dem grünen Futon saß. Ihre Blicke kreuzten sich mit einer Intensität, die John-Michael einen Schauer über den Rücken jagte. Paolos Lippen formten eine Antwort auf John-

Michaels nicht ausgesprochene Frage. Das Wort war kaum zu hören.

„Ja."

John-Michael spaltete einen Teil von sich ab, als er sich über den Mann am Boden beugte und nach der zuckenden Hand griff, in der er die Waffe hielt. Er drückte das Kissen auf das Gesicht des Mannes und biss fest die Zähne zusammen, während er den Mann mit aller Kraft nach unten drückte und dabei dessen Kinn unter seiner Schulter spürte. Es war nicht leicht; die Bewegungen des Mannes waren kraftvoll, heftig. Er schob seine Gefühle beiseite, als der Mann unter ihm weiterhin heftig zuckte. Er ignorierte Lucys Einwände. Er nahm war, dass Maya und Paolo kein einziges Geräusch von sich gaben. Sie sahen einfach nur zu, wie John-Michael den Mann unter sich festhielt und langsam seine Lebenskraft auslöschte.

Es dauerte nicht so lange, wie John-Michael in Erinnerung hatte. Ein sicheres Zeichen dafür, dass der Killer den Weg ins Jenseits schon vorher angetreten hatte. John-Michael hatte ihn nur ein bisschen geschubst.

Die Stille, die folgte, war lang. Schwer und tiefgründig. John-Michael lockerte den Griff und setzte sich auf seine Fersen. Er sah zuerst zu Paolo, dann zu Maya. Beide saßen reglos da und blickten ihn an. Er konnte den Toten nicht ansehen; diese leblosen Augen hätten ihn bis ins Mark erschüttert. Doch er zwang sich, Lucy anzuschauen. Sie schnappte nach Luft und versuchte, Worte auszusprechen, die einfach nicht herauskommen wollten. Schließlich entfuhr ihr ein erstickter Schrei, dann hyperventilierte sie.

Unter großer Anstrengung krächzte sie: „Was … was … hast du *getan*?"

PAOLO

Venice Beach, Wohnzimmer – Freitag, 3. Juli

Paolos Haut fühlte sich hypersensibel an. Als er nach unten blickte, sah er, dass sämtliche Härchen auf seinen Armen zu Berge standen. Er spürte jede noch so leichte Brise, die durch den Raum wehte.

Wir haben ihn umgebracht.

Neben ihm saß Lucy auf dem Boden und begann, sich zu winden, um die Finger zwischen das Klebeband zu bekommen, mit dem ihre Knöchel gefesselt waren.

„Lass mich das machen, das geht schneller", sagte John-Michael emotionslos, während er das Klebeband von seinen eigenen Fußgelenken löste. Paolo beobachtete John-Michael dabei, wie er stumm von Lucy zu Maya und schließlich zu ihm ging und schnell das Klebeband von ihren Handgelenken entfernte, sodass sie sich die Fußfesseln selbst lösen konnten.

Lucy rutschte zurück, bis sie lang ausgestreckt auf dem Wohnzimmerläufer lag, nur wenige Zentimeter von der Leiche entfernt. Die vorübergehenden Auswirkungen des Schocks, der sie während der letzten Minuten im Griff gehabt hatte, schienen abzuebben. Ein Ausdruck von Trotz war in ihre Augen zurückgekehrt.

„Du hast uns *alle* vernichtet“, bemerkte sie laut genug, dass John-Michael hören konnte, dass sie ihn in den Vorwurf mit einschloss. Wie um sicherzugehen, dass er sie verstanden hatte, drehte sie sich zu ihm um und starrte ihn durchdringend an.

John-Michael reagierte mit einer Ruhe, die Paolo bewunderte. „Er befand sich doch schon im Todeskampf“, erwiderte John-Michael. „So ein Anfall nach einem kräftigen Schlag auf den Kopf – damit kommt man nicht in die Notaufnahme; man stirbt.“

„Lucy“, sagte Paolo beschwichtigend, „wer weiß, wo die nächste Kugel gelandet wäre? John-Michael hat uns gerettet.“

„Gut“, sagte Maya. Sie klang erleichtert. „Genau das werden wir der Polizei sagen – die Wahrheit. Sie werden es unter Notwehr verbuchen, und ihr werdet beide freikommen.“

„Hier in Kalifornien gibt es die ‚Castle Doktrin‘“, murmelte Lucy. „Was dasselbe bedeutet, glaube ich, solange der Angriff im eigenen Zuhause stattfindet.“

„Ich *bin* hier in meinem Zuhause, verdammt!“, fauchte Maya.

Paolo begann, darüber nachzudenken. Über die Fragen, die gestellt werden würden. Wie weit würden sie zurückgehen? Ein guter Staatsanwalt würde alles Mögliche über ihn ausgraben. Den Betrug. Die Erpressung. Eine gute Ermittlung könnte ihn sogar mit dem Auto in Verbindung bringen, neben dem Meredith umgekommen war. Maya ahnte ja nicht, wie schlimm die Wahrheit wirklich war.

„Aber ich habe ihn geschlagen“, sagte er unsicher, „als er nur eine leere Hülse abgefeuert hat.“

„Ja, aber du wusstest nicht, dass die Hülse leer war“, entgegnete Maya. „Und die anderen Patronen waren schließlich echt.“

„Trotzdem … ich bin mir nicht sicher, ob wir die Polizei verständigen sollten", fing John-Michael an.

Paolo, Lucy und Maya drehten sich zu ihm um. Paolo schluckte, seine Zunge fühlte sich wie Sandpapier an. Ja. Nicht die Bullen rufen. Das würde ihm eine Menge schwieriger Fragen ersparen.

„Sie werden nicht mal erfahren, dass er letztlich erstickt ist", meinte Lucy. „Seinen Tod würden sie allein auf den Anfall zurückführen."

John-Michael lachte bellend. „Wir müssen davon ausgehen, dass sie es erfahren. Die Gerichtsmediziner können sehen, wenn jemand erstickt wurde."

„Du weißt ja wirklich eine Menge über solche Dinge", stellte Lucy fest. „Hast du das mit deinem Vater gemacht?" Ihre Worte gefroren förmlich in der Luft. Paolo beobachtete John-Michael. Einen Augenblick lang schwankte er merklich, als würde er den Schwung einer Schockwelle abfangen. Doch er sagte nichts.

„Warum passiert ausgerechnet uns das?", fragte Paolo. In Anbetracht des Grauens, das sie eben gerade erlebt hatten, erschien es beinahe überflüssig, so eine logische Frage zu stellen. Doch nun, da er darüber nachdachte, wusste er die Antwort tatsächlich nicht.

„Ich tippe, dass er Lucy einschüchtern wollte", sagte Maya kurz und bündig. „Aber wie er schon sagte: Die anderen Kugeln waren echt. Die Frage ist, wer ein Interesse daran hat, sie einzuschüchtern. Ich tippe auf Dana Alexander."

Ganz leise fragte Lucy: „Du denkst wirklich, Dana Alexander könnte versucht haben, mich umbringen zu lassen?"

Maya nickte. Sie biss sich auf die Lippe. „Ja, das denke ich."

„Diese Alexander muss noch viel schlimmer sein, als ich dachte“, murmelte Paolo.

„Lucy war heute bei den Bullen, um auszusagen, dass sie etwas beobachtet hat, das zur Wiederaufnahme der Ermittlungen an einem acht Jahre alten Mordfall führen könnte. Dana Alexander könnte als Hauptverdächtige dastehen. Falls sie versucht haben sollte, der Todeszelle zu entkommen, kann ich mir schon vorstellen, dass sie so weit geht“, schlussfolgerte Maya.

„Du denkst, die Polizei hat ihr etwas gesagt?“, fragte Lucy ängstlich.

„Wahrscheinlicher ist, dass Dana von Ariana nach deren Rauswurf erfahren hat, dass das Spiel zu Ende ist“, erwiderte Maya überraschend selbstsicher. „Ich wette, dass es Zeit erfordert, einen Mord vorzubereiten. Zumindest mehr als ein paar Stunden.“

„Welche Entscheidung wir auch treffen“, sage John-Michael nachdenklich, „wir müssen es jetzt tun.“

Maya zuckte mit den Schultern. „Die Bullen rufen.“

„Ich freue mich, dass du dir so sicher bist, dass ich ohne Strafe davonkomme“, meinte John-Michael. „Aber ich bin es nicht.“

Angespanntes Schweigen folgte. Paolo erkannte in John-Michaels Augen eine Angst, die seiner eigenen sehr ähnlich war.

Die Polizei bedeutete Fragen. Fragen würden die Vergangenheit öffnen. John-Michael befand sich mit den Bullen bereits auf gefährlich dünnem Eis, soweit es um den Tod seines Vaters ging. Vielleicht würde er mit Notwehr gegen einen gefährlichen Killer davonkommen, doch vielleicht würde die Polizei auch nochmal darüber nachdenken, was mit seinem Vater geschehen war?

„Das ist ein guter Aspekt", stimmte Paolo ihm zu. „Man weiß nie, wie sich die Dinge in einem Gerichtssaal entwickeln."

„Sagt der Möchtegernanwalt", kommentierte Lucy.

„Ein guter Anwalt kann jeden Streit gewinnen", konterte Paolo. „Aber wenn wir diesen hier gewinnen wollen, müssen ein paar von uns vielleicht dafür bezahlen."

„Ein guter Staatsanwalt", legte John-Michael dar, „könnte sagen, dass *wir* die zweite Kugel abgefeuert haben, um es so aussehen zu lassen, als ob der Typ eine Bedrohung darstellte."

Paolo und Maya nahmen die Information schweigend und nickend auf.

„Was, wenn wir die Leiche entsorgen?", schlug John-Michael vor. „Ich schätze mal, dass ihn niemand als vermisst melden wird."

„Das ist einfach toll", sagte Lucy, und ihre Stimme troff förmlich vor Sarkasmus. „Ich nehme an, wir packen gleich die Hackensägen und die Müllbeutel aus und verwandeln uns in eine Horde Metzger – sieht so dein Plan aus? Oder dachtest du daran, ein Boot zu mieten und seinen Arsch im Ozean zu versenken? Ohne dass irgendjemand bemerkt, dass du mit einer schlaffen Leiche unterm Arm am Pier entlangspazierst?"

Paolo leckte sich über die trockenen Lippen und schüttelte den Kopf. „Die Ideen klingen beide nicht gut."

„Hast du 'nen besseren Vorschlag?", fauchte Lucy, und ihre Augen funkelten wütend.

John-Michael sagte: „Es wäre doch für uns alle das Beste, wenn diese Leiche und alles, was heute Abend hier passiert ist, einfach verschwinden würden."

„So was wie das hier verschwindet aber nicht *einfach* ", knurrte Lucy und klang plötzlich boshaft. „Wenn es eine Person in diesem Raum gibt, die *diesen* bestimmten Teil der *Wahrheit* kennen sollte, bin ich das."

Einen Moment lang schwiegen alle. Ihre Blicke landeten auf dem Leichnam des Mannes. Es schien, als wäre nicht einer gewillt, das Kommando zu übernehmen.

„Vielleicht habe ich eine Idee", begann Paolo. Ihm brach am ganzen Körper Gänsehaut aus, als er unter der plötzlichen, intensiven Aufmerksamkeit seiner drei Freunde erschauderte. Er trat vor. Ohne auf den leeren Schrecken in den weit aufgerissenen Augen der Leiche zu achten, untersuchte Paolo die Delle an der Seite des Kopfes. Ja. So vertraut.

Genau wie die von Meredith im Malibu Canyon.

Paolo streckte eine Hand quer über die noch warme Brust des Mannes aus und langte in die rechte Tasche seiner Jacke. Seine Finger umschlossen den Funkschlüssel für ein Auto. Er stand auf und richtete seine Worte an alle drei Mitbewohner.

„Diese Kopfverletzung. Was, wenn sie von einem Auto stammen würde?"

„Einem Auto", echote Lucy tonlos.

„Leute, die von Autos überfahren werden, haben auch solche Verletzungen. Sie sterben auf der Straße. Es passie..." Paulo unterbrach sich, um sich zu korrigieren. „Es *muss* passieren."

John-Michaels Miene veränderte sich nur leicht, sodass es vermutlich niemandem auffiel, doch als Paolo es schließlich wagte, seinem Freund in die Augen zu sehen, merkte er, dass John-Michael sich plötzlich ein wenig entspannte.

John-Michael versteht mich.

„Natürlich", stimmte John-Michael ihm langsam zu. „Man braucht nur an einer Landstraße neben seinem Wagen zu stehen, weil man mal pinkeln muss, und Rumms! Schon wird man von einem SUV angefahren und hat auf einmal eine Riesendelle im Kopf."

Lucy wirkte ungläubig. „Welcher Vollidiot steht denn da, wo ein Auto ihn anfahren kann?"

„Ich glaube, JM meint, dass man es nicht sicher sagen kann. Ein Mann fährt irgendwo auf dem Land herum, zum Beispiel im Malibu Canyon." An dieser Stelle sah Paolo John-Michael ein weiteres Mal fest in die Augen, und dieser nickte bestätigend. „Er wird von einem Typen über den Haufen gefahren, der Fahrerflucht begeht. Keine Zeugen weit und breit. Vielleicht rollt die Leiche in eine Schlucht? Kojoten und Bussarde fressen einen Großteil der Haut vom Gesicht, bevor irgendein Bulle auch nur die Chance bekommt, es zu fotografieren."

„Malibu Canyon", wiederholte Lucy. „Ist das dein Plan?"

Paolo öffnete die rechte Hand, um den Schlüssel zu zeigen, den er dem Eindringling aus der Lederjacke gezogen hatte. „Sein Autoschlüssel. Der Wagen muss irgendwo in der Nähe stehen. Wir karren ihn mit seinem eigenen Auto da hoch. Wir legen seine Leiche so ab, als ob ihn irgendein Truck angefahren hätte, der plötzlich aus dem Nichts aufgetaucht ist. Den Wagen lassen wir mit im Schloss steckendem Zündschlüssel da und hauen wieder ab."

Auf seine Worte folgte langes Schweigen. Schließlich sagte Maya: „Kein schlechter Plan."

„Danke", erwiderte Paolo erleichtert. Er spürte, wie die Erinnerungen an die möglichen Konsequenzen der heutigen Geschehnisse herankrochen. Er war nicht gewillt, auch nur einer davon ins Auge zu sehen. Und er sollte es auch nicht tun müssen. Nur weil irgendein Mörder Lucy aus dem Weg räumen wollte, nur weil Paolo eingegriffen hatte, um ihr zu helfen. Warum bedeutete das, dass sein Privatleben jetzt zum Abschuss freigegeben war? Warum sollten dämliche Vorfälle, die in erster Linie nicht Paolos Schuld waren – Darius, der ihn erpresst hatte, Jimmy eine Corvette abzuluchsen; Meredith, die ihn unter Drohungen dazu gebracht hatte, zu ihrem Landhaus zu fahren; der flüchtige Fahrer, der Meredith auf dem Weg nach Malibu Creek getötet hatte –, warum sollten diese Dinge ihn jetzt beeinträchtigen?

Es war, als wäre Paolo wieder in Treibsand geraten. Kämpfen würde nicht helfen. Er hatte recht schnell verstanden, dass er sich nicht nur auf Glück und Zufälle verlassen konnte, um da herauszukommen. Zögern und Kämpfen hatte ihn nur noch tiefer in den Morast gezogen. Nein, um sich aus dem Treibsand zu befreien, hatte er sich richtig schmutzig machen müssen. Er hatte sich auf den Bauch gelegt und sein Gewicht über dem Schlick und dem Sand verteilt. Er hatte seinen gesamten Körper mit diesem Dreck bedecken müssen, sogar sein Gesicht.

So kam man aus so einer Situation heraus. Man schlitterte und kroch wie eine Bestie, bis man endlich trockenen Boden erreichte.

LUCY

Malibu Canyon – Freitag, 3. Juli

Lucy hegte weiterhin Zweifel. „Glaubst du ernsthaft, wir haben eine Chance, das Ganze so aufzuziehen, dass wir einen Detective mit einem funktionierenden Gehirn reinlegen können?“

Paolo nickte. „Ich denke schon.“

Maya fing auch an zu nicken. „Lucy, denk doch mal nach. Ein harter Schlag auf den Kopf. Hart genug, um jemanden zu töten. Die Bullen werden keine Autopsie für eine Leiche beantragen, die allem Anschein das Ergebnis eines Verkehrsunfalls ist. Sie werden nie herausfinden, dass er in Wahrheit durch den Schlag mit einer Schaufel gestorben ist.“

„Wie könnt ihr euch so sicher sein, dass sie keine Autopsie veranlassen werden?“

„Weil wir es so gut arrangieren werden, dass sie keinen Verdacht schöpfen“, versicherte Paolo ihr. „Sie werden eine schreckliche Kopfverletzung und Blut sehen und davon ausgehen, dass er so gestorben ist.“

John-Michael sagte: „Das ist wirklich ziemlich gut.“

„Aber wir müssen uns alle einig sein“, warf Maya ein. „Denn wenn wir das machen, hängen wir alle mit drin. Wir packen den gesamten Abend in einen Tresor und werfen den Schlüssel weg."

„Wir alle? Was ist mit Grace und Candace?" Lucy schleuderte die Worte geradezu in Mayas Richtung.

Einmal mehr wurde das Trio von Unbehagen gepackt. „Grace und Candace natürlich nicht", sagte Paolo. „Sie wissen ja nichts davon."

„Sie könnten aber jede Minute reinkommen", gab Lucy zu bedenken. Das war ein bombastischer, Furcht einflößender Plan. Ganz bestimmt gab es Millionen von Möglichkeiten, was alles schieflaufen konnte. Sie verstand, warum John-Michael nicht wollte, dass seine Verwicklung in den Tod des Mannes zu genau untersucht wurde. Aber mal im Ernst: Mussten die anderen drei Mitbewohner dieses Risiko ebenfalls auf sich nehmen? „Ist nicht gerade wasserdicht", sagte sie.

„Niemand kommt mit so was durch, ohne sich die Hände schmutzig zu machen", erwiderte Paolo müde. „Wenn du es nicht willst, sag es lieber sofort. Und in dem Fall hältst du einfach nur den Mund." Er atmete tief durch und hob die rechte Hand. „Wer ist dabei?"

Lucy blickte finster drein. „Nein, verdammt."

John-Michael und Maya hoben stumm die rechte Hand. John-Michael legte beide Hände auf sein Herz. „Bitte, Lucy. *Bitte*", flehte er sie an.

„Komm wenigstens mit", sagte Maya. „Dieser Typ wollte irgendwen von seinem Handy aus anrufen. Vielleicht bist du hier alleine nicht in Sicherheit."

Lucy starrte sie mit offenem Mund an. „Du meinst, er wollte sich *Unterstützung holen*?"

Maya kniete sich neben den Leichnam und nahm das Handy des Mannes in die Hand. „Er wäre nicht in der Lage gewesen, mit uns vieren alleine klarzukommen. Nicht einmal gefesselt."

Der Gedanke, dass noch ein weiterer Killer auf dem Weg zu ihrem Haus sein könnte, brachte Lucy für eine Weile zum Schweigen. Maya drückte ein paar Tasten auf dem Telefon. „Kein Passwort. Keine Kontakte. Er hat dieses Telefon seit mehr als zwei Stunden nicht benutzt", berichtete sie. „Keine ein- oder ausgehenden Anrufe."

„Niemand weiß, dass er hier ist", folgerte Paolo.

Maya blickte von Paolo zu Lucy. „Scheint so."

Nach einem Moment stieß Lucy ein entnervtes Seufzen aus. „Ich schätze, wir sind irgendwie alle am Arsch. Also gut. Was soll ich machen?"

Hoffnungsvoll fragte Paolo: „Du bist dabei?"

„Wie sieht's denn für dich aus, du Leuchte? Du hast das alles getan, um mir das Leben zu retten. Irgendjemand muss mit einem zweiten Wagen in den Malibu Canyon rauffahren. Wenn ich das richtig sehe, brauchen wir mindestens zwei Fahrer plus jemanden, der stark genug ist, um mit dir zusammen die Leiche in eine Schlucht zu stürzen. Maya hat noch keinen Führerschein, was bedeutet, dass ihr mich braucht."

„Ich komme auch mit", sagte Maya. „Sonst sitze ich hier nur herum und muss mir gute Antworten überlegen, wenn Candace und Grace mich löchern, wo ihr hingefahren seid."

„Am besten zwei Leute pro Auto", stimmte Paolo zu. „Danke, Lucy. Das ist wirklich groß von dir."

„Ach ja?", gab sie schnippisch zurück. „Du lässt mir ja keine besonders große Wahl. Eines Tages wird diese Sache uns alle einholen."

„Dann lass es", sagte John-Michael eindringlich.

Lucy schüttelte nur stur den Kopf. „Zu spät. Ich habe bereits mein Wort gegeben. In dieser Hinsicht bin ich eine Idiotin."

Paolo griff nach ihrer Hand. Aber Lucy zog sie mit einem kalten, verächtlichen Blick weg.

Eine Stunde später steuerte sie Paolos Chevi Malibu am Pacific Coast Highway entlang. Lucy hielt ihre Hände am Lenkrad fest auf zehn und zwei Uhr, während sie den Rücklichtern des Oldsmobiles, das dem Killer gehörte, in den Malibu Canyon hinein folgten. Es war fast halb elf Uhr abends, und die Straße lag verlassen da; auf ihrer Spur war kein anderes Auto zu sehen, und nur hin und wieder kam ihnen ein Wagen in Richtung Küste entgegen.

Neben ihr saß Maya, die untypisch redselig war. Wahrscheinlich die Nerven, dachte Lucy. Da exzessives Geplapper nicht gerade ihr Lieblingsbewältigungsmechanismus war, empfand sie die Fahrt als doppelt anstrengend. Kurz nachdem sie das Haus verlassen hatten, wünschte Lucy sich, sie hätte den alten MP3-Player mitgenommen, sodass sie zumindest laute Musik anmachen könnte, um Mayas Geschwätz auszublenden. Rancid in voller Lautstärke hätte die Situation ungemein verbessert.

Paolo hatte sie davor gewarnt, ihre Smartphones mitzunehmen. Sie hatten nur das Handy des Killers dabei, das natürlich ebenfalls entsorgt werden musste. Er hatte darauf bestanden, dass sie ihre eigenen Handys im Haus ließen. „Irgendwann werden die Bullen uns vielleicht fragen, wo wir heute Abend waren. Dann müssen wir antworten, dass wir alle zu Hause waren und gefeiert oder ferngesehen haben oder was auch immer."

„Man braucht schon eine ziemlich hohe Sicherheitsfreigabe, um sich Handydaten anzusehen", hatte Maya gesagt.

„Aber du hast recht – wir dürfen nicht das kleinste Risiko eingehen, geschnappt zu werden. Mithilfe unserer Handys lassen sich Rückschlüsse auf unseren Aufenthaltsort ziehen."

Allerdings hatte Maya darauf hingewiesen, dass sie dennoch in der Lage sein mussten, von Auto zu Auto zu kommunizieren. Und so hielten sie auf dem Weg zur Autobahn an einem Geschäft und kauften zwei billige Prepaid-Handys. Eins für Lucy und Maya, eins für Paolo und John-Michael, die draußen im Wagen des Killers gewartet hatten und nun vorausfuhren.

Das Telefon auf Mayas Schoß begann zu vibrieren. Mit einem schnellen Blick zu Lucy ging Maya dran. Im nächsten Augenblick schaltete sie den Lautsprecher ein.

Es war Paolo. „Wir fahren in den Canyon hoch. Ich hab mal auf der Karte nachgesehen – wenn wir die Piuma Road nehmen, wird es irgendwann ziemlich kurvig. Dort suchen wir uns eine schwer einsehbare Kurve, irgendeine Stelle, die für Unfälle prädestiniert ist. Wir werden langsamer fahren und anhalten. Ihr zwei müsst euch merken, wo wir sind, und dann weiterfahren. Bleibt außer Sichtweite. Das Letzte, was wir brauchen, ist, dass irgendwer vorbeifährt und beide Autos sieht. Ehrlich gesagt, will ich nicht, dass mein Chevy überhaupt gesehen wird. Wo ihr auch anhaltet – fahrt runter von der Straße, stellt euch an einen sicheren Ort und schaltet sämtliche Lichter aus. Auch innen."

„Wir sollen einfach im Dunkeln herumsitzen, bis ihr zwei getan habt, was auch immer ihr tun werdet?", fragte Lucy.

„Exakt. Du und Maya, ihr beide bleibt dort. Eure einzige Aufgabe besteht darin, uns zu warnen, wenn ein Auto aus eurer Richtung kommt. Wenn John-Michael und ich anhalten, fahrt ihr mindestens noch zwei Minuten weiter. Und dann ruft ihr uns an, sobald ihr jemanden kommen seht."

„Was ist, wenn jemand von hinten kommt?“, fragte Maya.

„Ja, vielleicht hätten wir noch ein Handy kaufen und einen von euch als Wachposten hinter uns positionieren sollen. Aber daran habe ich nicht gedacht. Tut mir leid. John-Michael und ich müssen uns einfach hinter dem Oldsmobile verstecken, wenn wir Scheinwerfer auf unserer Straßenseite sehen. Aber wenn ihr uns rechtzeitig warnt, sobald irgendwas aus der anderen Richtung kommt, können wir noch was unternehmen.“

Maya legte auf und sagte dann energisch: „Ich denke, fünf Minuten wären sicherer, oder? Ich werde den Timer auf meinem Handy stellen.“ Sie unterbrach sich kurz. „Ach, Mist. Das habe ich ja nicht mit.“

Lucy erwiderte trocken: „Dann guck einfach auf die Uhr auf dem Handy, das wir gekauft haben. Du hast recht – fünf Minuten sind sicherer. Bei fünf Minuten sollten sie genug Zeit haben, die Leiche ordentlich zu entsorgen und zu verschwinden.“

„Ziemlich clever von Paolo“, sagte Maya nachdenklich, während sie an dem Handy herumspielte und durch die verschiedenen Optionen auf dem winzigen, blau beleuchteten Display scrollte. „Ich bin echt überrascht.“

Lucy musste ihr zustimmen. Diese *Überraschung* war vermutlich der interessanteste Aspekt – bis sie sich wieder bewusst machte, was Paolo getan hatte. Er hatte fast einen Typen mit einer Schaufel erschlagen. Sie hatte gesehen, wie er John-Michael zugenickt hatte, als Bestätigung, dass er dem Mann, der sich vor Krämpfen krümmte, den Rest geben sollte.

Vielleicht war das Sterbehilfe, so wie es vermutlich bei JMs Vater gewesen war. Vielleicht hatte John-Michael sie nur vor den Kugeln schützen wollen. Aber andererseits – vielleicht hatte er auch töten *wollen*. Vielleicht hatte Paolo töten wollen.

Sie konnte ihnen nicht hinter die Stirn gucken, genauso wenig wie das irgendein Geschworener könnte. Das war etwas, das die Jungs für den Rest ihres Lebens mit sich herumtragen müssten.

Dennoch sah die Realität so aus, dass Paolo und John-Michael angefangen hatten, ein großes Loch zu graben, in das sie alle vier augenblicklich hineingestürzt waren. Es wäre nicht leicht, wieder herauszuklettern. Wie Paolo schon sagte: Jetzt hatten sie sich alle die Hände schmutzig gemacht.

Das Telefon fing wieder an zu vibrieren. Lucy sah, wie Maya den Anruf entgegennahm. Diesmal hörte sie nur zu, sagte leise: „Okay, aber wir werden fünf Minuten fahren", und legte dann auf.

„Sie werden an der nächsten Haarnadelkurve anhalten. Wir sollen das Tempo auf fünfunddreißig Meilen pro Stunde drosseln und ab dann die Zeit stoppen."

Lucy nickte und starrte stur geradeaus. Ihre Augen fühlten sich plötzlich trocken an, wie harte Steine, die in ihren Augenhöhlen kratzten.

Wir machen es tatsächlich. Wir haben einen Mann getötet. Und jetzt werden wir die Tat verschleiern.

PAOLO

Malibu Canyon – Freitag, 3. Juli

Paolo fuhr langsam an den Rand einer Haarnadelkurve auf der Piuma Road. Bedächtig schaltete er sämtliche Lichter aus. Am Himmel war durch eine gleichmäßige Wolkenschicht das schwache Mondlicht zu sehen. Ohne die Wolkendecke wäre das Oldsmobile, in dem sie saßen, für jedes vorbeifahrende Auto sofort sichtbar gewesen. So aber reichte das Licht gerade aus, um nicht von der Fahrbahn abzukommen, vermutlich aber nicht, um ein dunkles Auto und seine Passagiere zu sehen, die sich an den Straßenrand drückten.

Er drehte sich zu John-Michael um, der während der gesamten Fahrt kaum ein Wort gesagt hatte. Paolo war sich nicht sicher, was er seinem Freund sagen sollte. Irgendwann würden sie zugeben müssen, dass Paolo mit seiner Aktion keine Tötungsabsicht verfolgt hatte, während die Sache bei John-Michael fragwürdiger war. Hatte sein Freund die Absicht gehegt, den Killer während des Krampfanfalls ruhigzustellen, um sie vor wahllos abgefeuerten Kugeln zu schützen? Um einen Menschen auszuschalten, der mit dem Tod rang? Oder war es seine Absicht gewesen, einfach nur zu töten? Paolo wusste, dass dies rechtlich wie ethisch den entscheidenden Unterschied machte. Und dennoch hatte John-Michael eindeutig Paolos Zustimmung verlangt.

Sie trugen beide die Verantwortung. John-Michael war derjenige, der die Tat durchgeführt hatte, aber sie beide waren sich über das, was zu tun war, einig gewesen. Und nun mussten sie es bis zum bitteren Ende durchziehen.

John-Michael fiel das Sprechen schwer. „Erinnerst du dich noch genau daran, wie sie da lag … du weißt schon, auf der Straße … deine *Freundin* … als sie tot war?"

Paolo zuckte bei diesen Worten zusammen. „Ja. Mach dir darüber keine Gedanken. Hilf mir einfach nur, den Typen aus dem Kofferraum zu hieven. Das sollte nicht so schwer sein, wie es war, ihn heimlich aus dem Haus zu schleppen."

Die Jungs öffneten die Autotüren und schlossen sie vorsichtig. Paolo machte den Kofferraum auf, griff hinein und packte die Ecke des Wohnzimmerteppichs, in den sie die Leiche des Angreifers eingewickelt hatten. Gemeinsam schulterten sie die schwere Ladung, die bestimmt um die einhundertzwanzig Kilo wog, und legten sie irgendwo vor dem Oldsmobile am Straßenrand ab. Er kontrollierte mehrfach, ob die Leiche auch im gleichen Abstand und in der gleichen Position lag wie die von Meredith, als er sie das letzte Mal gesehen hatte – dass es natürlich aussah und nicht wie hingelegt. Da permanent Adrenalin durch seine Adern rauschte, verspürte Paolo bei dem Gedanken an ihren Tod und daran, wie er einfach weggelaufen war, nichts anderes als leise Schuldgefühle. Allmählich fing alles an, einen Sinn zu ergeben. Wenn er die Erfahrung vor ein paar Wochen nicht gemacht hätte, hätte er nicht gewusst, was jetzt zu tun war.

Paolo spürte eine Art Gleichgewicht in seinem Kopf. In diesem Szenario war Schuld keine nützliche Emotion. Ihre

Freiheit, ihr Ruf und vielleicht sogar ihr Leben waren in Gefahr. Die Schuld konnte ungestraft verbannt werden.

John-Michael ging wieder ans Auto und kam mit einem Bündel Plastikfolie in der Hand zurück.

„Das Blut, das sich unter seinem Kopf gesammelt hat“, sagte er. „Die Verkehrspolizisten werden sich wundern, wenn kein Blut auf der Straße zu sehen ist.“ Vorsichtig klappte er die Plastikschichten zurück, bis das geronnene Blut in der Mitte des provisorischen Päckchens zum Vorschein kam. Ohne ein Wort zu sagen, schob er es unter die Kopfverletzung des Mannes. Paolo schaltete das Prepaidhandy ein und leuchtete John-Michael mit dem schwachen Licht des Displays. Weniger als die Hälfte des Blutes, das auf der Plastikfolie klebte, schien es auf die Straße zu schaffen.

John-Michael lehnte sich zurück, um sein Werk zu begutachten. „Es ist nicht so viel Blut wie auf dem Teppich oder auf der Folie.“

Paolo zuckte mit den Schultern. „Wenigstens ist *ein bisschen* Blut da. Denkst du wirklich, dass die so eine Sache so sorgfältig überprüfen, wenn alles danach aussieht, als ob der Kerl von einem flüchtigen Fahrer angefahren wurde?“

„Schätze nicht.“ John-Michael dachte einen Moment lang nach. „Was machen wir mit dem Teppich?“

„Wir werfen ihn weg. Weit entfernt von hier. Die Plastikfolie auch. Wahrscheinlich sollten wir sie zuerst abwaschen, dann verbrennen und die Reste in den Müll werfen. Alles, was mit seinem Blut in Berührung gekommen ist, kann mit uns *und* dem Killer in Verbindung gebracht werden.“

„Du willst den Teppich nicht mit nach Hause nehmen und industriell reinigen lassen?“

Paolo schüttelte den Kopf. „Auf keinen Fall. Denk an Grace und Candace."

„Genau deshalb ja. Sie werden Fragen stellen."

„Wir erzählen ihnen einfach, dass du darauf eingeschlafen bist und dich eingepinkelt hast. Wie schwierig ist es wohl, einen neuen zu finden? Wahrscheinlich ist er eh von IKEA, wie alles andere auch."

John-Michael stand auf. „Wir werden nicht sagen, dass ich mich eingepinkelt habe, du Arsch."

Sie kehrten zum Wagen zurück. Paolo trug den aufgerollten Teppich unter dem Arm. Er lehnte ihn gegen die hintere Seitentür an der von der Straße abgewandten Seite, sodass ein vorbeifahrendes Auto ihn nicht sehen würde. Dann ging er zum Kofferraum und wollte ihn gerade zumachen, als er unter dem Teppich, mit dem der Boden verkleidet war, etwas hervorlugen sah. Er hob die Klappe hoch und zum Vorschein kam ein Seesack aus schwarzem Segeltuch. Er tastete nach dem Reißverschluss und versuchte, ihn zu öffnen, nur um zu merken, dass er mit einem Vorhängeschloss gesichert war. Er hob den Seesack hoch und experimentierte mit seinem Gewicht. John-Michael kam dazu.

„Was ist?"

Paolo reichte ihm den Sack. „Der ist ziemlich schwer. Aber der Inhalt … fühlt sich irgendwie an, als wären es lauter Blöcke. Bücher vielleicht. Oder Papier."

Sie sahen einander an, als die Erkenntnis sie traf. „Vergiss es", keuchte Paolo. „Du denkst …?"

John-Michael nickte. „Geld? Ähm, ja. Ich bezweifle, dass Killer mit Schecks bezahlt werden."

„Was meinst du, wie viel das ist?"

John-Michael testete das Gewicht. „Viel“, sagte er, als er Paolo den Sack zurückgab. „Leg es zurück. Wenn seine Leute das Auto finden, werden sie nach der Kohle suchen.“

„Denkst du, sie wissen, wie viel da drin ist?“

John-Michael sah Paolo merkwürdig an. „Du sprichst ernsthaft davon, Leute zu bestehlen, die Waffen und Seesäcke voller Bargeld mit sich rumtragen? Wen, denkst du, hat diese Frau damit beauftragt, Lucy umzubringen? Die örtliche Nachbarschaftswache? Hier steht in Großbuchstaben ‚organisierte Kriminalität‘ drauf.“

„Willst du damit sagen, dass Dana Alexander *Verbindungen* hat?“

John-Michael zuckte mit den Schultern. „Sie weiß mit Sicherheit, wen sie für so einen Job fragen muss. Das ist viel zu viel Geld für ein einziges Attentat.“

„Woher weißt du das alles?“, fragte Paolo ungläubig.

Mit einem Seufzer erwiderte John-Michael: „Das eine Jahr auf der Straße war nicht gerade ein Leben wie auf dem Ponyhof, weißt du? Ich bin dem einen oder anderen schlechten Menschen begegnet. Ich bin zwar nie irgendwo reingeraten, aber ich hatte Angebote. Es gibt immer Arbeit, wenn man gewillt ist, was zu machen. Und ich sage dir: Verglichen mit dieser Tasche Bargeld, ist es bloß ein kleines Taschengeld, ein Attentat auf eine Zivilistin wie Lucy zu arrangieren. Dieser Geldbetrag hier – der stammt von einer anderen Sache. Vielleicht wird niemand einen Killer vermissen. Aber bei so viel Geld wird irgendjemand danach suchen.“

Das Handy in John-Michaels Hosentasche vibrierte. Er schaute auf das Display, sah Paolo an und sagte panisch: „Die Mädchen. Ein Auto nähert sich. Komm, Paolo, beweg dich.“

Paolo blickte ängstlich auf die Straße und schloss den Kofferraum. Den Seesack hielt er noch in der rechten Hand. „Aber der Mob oder wer auch immer – niemand weiß, dass wir ihn mitgenommen haben. Wie denn auch?“

Paolo sah das Ganze so: Sie mussten jede nur mögliche Ressource nutzen, um ihren eigenen Arsch zu retten. Geld konnte da helfen. Es konnte ihnen Autos bezahlen, Schutz, einen Zufluchtsort, falls sie jemals fliehen mussten. Geld war wie eine *Versicherung*.

„Könnten wir bitte einfach einsteigen?“, sagte John-Michael angespannt.

Er hatte recht. Sie hatten kaum die Türen des Oldsmobile hinter sich geschlossen, als auf der Gegenfahrbahn auch schon ein Wohnmobil an ihnen vorbeirauschte. Paolo hielt die Luft an, als der Wagen vorbeifuhr. Würde der Fahrer anhalten? Hatte er im Scheinwerferlicht vielleicht einen Blick auf die Leiche erhascht? Doch im nächsten Moment verschwanden die Rücklichter hinter einer Kurve.

„Wisch lieber unsere Fingerabdrücke ab, während wir darauf warten, dass die Mädchen uns abholen kommen“, sagte Paolo zu John-Michael.

„Und vom Handy dieses Typen“, meinte John-Michael und fügte müde hinzu: „Und von seiner Waffe. Wir wischen lieber alles ab.“

„Ja, ich bin mir auch gar nicht sicher, ob wir diese Sachen im Auto lassen sollten“, sagte Paolo. „Das sind Beweisstücke, die genau zu dem Einschussloch in der Wand in unserem Haus passen.“

John-Michael überlegte einen Moment. „Seine Leute werden erwarten, dass er sein Zeug bei sich hat.“

„Warum?“, hinterfragte Paolo seine These. „Wer sagt denn,

dass nicht irgendjemand angehalten und einfach alles aus dem Auto geholt hat, ohne den Unfall zu melden?“

Ohne Vorwarnung ertönte plötzlich ein Klingelton. Paolo und John-Michael erstarrten. „Das ist nicht unser Handy“, flüsterte John-Michael. „Es kommt aus dem Handschuhfach.“

„Verdammt!“, schrie Paolo viel lauter als beabsichtigt. John-Michaels zunehmende Angst verursachte ihm Herzrasen.

John-Michaels Stimme zitterte, während er die Hand aus dem Handschuhfach herauszog. Direkt vor Paolos Gesicht öffnete er die Faust. Auf seiner Handfläche lag ein vibrierendes, klingelndes Smartphone.

Paolo blinzelte. Dann starrte er John-Michael verblüfft an. „Und?“

John-Michael drehte das Display zu ihm. „Ich gehe nicht dran!“

„Ich auch nicht!“

„Aber irgendjemand sollte es besser tun!“

Nach weiteren fünf Sekunden hörte das Klingeln auf.

„Das … könnte schlecht für uns sein“, sagte John-Michael, und er klang dabei, als würde es ihm die Kehle zuschnüren. Mehr Worte wollten einfach nicht aus seinem Mund kommen.

Paolo blickte von dem Telefon zu John-Michaels Hand und weiter zum Handschuhfach. „He, guck mal“, sagte er mit einem Lächeln, „ein Schlüsselring. Denkst du, davon passt einer zu dem Vorhängeschloss an dem Seesack?“

„Jetzt vergiss doch mal für eine Sekunde diesen Geldsack, okay?“, sagte John-Michael außer sich. „Paolo, sieh dir dieses Telefon an, ja? Bei uns im Haus hat der Killer sein zweites Handy benutzt. Ein *Wegwerfhandy*. Komm schon, Mann, was ist denn los mit dir, verdammt? Hast du den Verstand verloren? Er hatte *noch ein Telefon.* Verstehst du nicht, was hier vor sich geht?"

Allmählich dämmerte es Paolo, und jeglicher Anflug von Überheblichkeit war wie weggeblasen, bis nichts anderes übrig blieb als heftige Übelkeit.

„Oh nein", sagte er mit hohler Stimme. „Oh Gott, nein. Maya sagte, er hätte mit dem Wegwerfhandy in den letzten Stunden nicht telefoniert … Aber wenn er dieses Smartphone benutzt hat, um jemanden anzurufen, dann …"

John-Michaels Augen schienen aus seinem Kopf treten zu wollen. Er starrte Paolo entsetzt und ungläubig an, als er sagte: „Dann wird dieser *jemand* kommen und nach dem Geld suchen."

LUCY

Malibu Canyon – Freitag, 3. Juli

„Was hat er jetzt gesagt?"

Lucy sah zu Maya hinüber, die offenbar nicht glauben konnte, was sie durch das Handy hörte. „Maya! Ich muss das auch hören. Stell ihn auf Lautsprecher."

„... und außerdem war dieses *tolle* Smartphone die ganze Zeit über eingeschaltet, weshalb wir das wahrscheinlich auch loswerden müssen", sagte John-Michael gerade, als der Lautsprecher anging. Seine Stimme klang flach, resigniert, müde. Sie passte überhaupt nicht zu der Größenordnung dessen, was er da zu sagen schien, was Lucy zu der Überlegung brachte, ob sie ihn vielleicht falsch verstanden hatte.

„Entschuldige bitte, hast du gesagt, dass er ein zweites Handy hatte?", fragte Lucy ungläubig. „Denn wenn er tatsächlich ein *verficktes* zweites Handy hatte, sind wir total am Arsch!"

„Ja", räumte John-Michael ein. „Ja, wir sollten es einfach akzeptieren; seine Leute wissen von diesem Moment an, dass er den Mordanschlag aus irgendeinem Grund nicht zu Ende gebracht hat. Hört mal, wir haben uns jetzt zu Fuß auf den Weg zu euch gemacht. Wenn ihr ungefähr in einer Minute losfahrt, müssten wir uns an irgendeiner Stelle treffen, die weit genug vom Auto des Killers entfernt ist. Falls also irgendein Wagen vorbeikommt, wird niemand die beiden Autos zusammen sehen."

Maya unterbrach ihn. „Habt ihr den Teppich? Und die Plastikfolie und das ganze Zeug von diesem Typen, seine Waffe und alles?"

„Wir haben alles", bestätigte John-Michael. Er lachte trocken. „Ich bin mir ziemlich sicher, dass wir heute Nacht noch viele Müllcontainer ansteuern werden."

Lucy atmete zittrig aus. Sie drehte den Zündschlüssel. Dann lenkte sie Paolos Chevy Malibu mit gleichmäßigen dreißig Meilen um die engen Kurven zurück in Richtung der Stelle, wo die Jungs das Oldsmobile des Killers abgestellt hatten.

Maya wirkte ruhig und nachdenklich. Lucy konnte nicht verstehen, wie sie das machte. Wäre sie nicht durchs Fahren abgelenkt gewesen, noch dazu in der Dunkelheit auf so einer hoch gelegenen, sich windenden Straße, wäre sie durchgedreht, das wusste Lucy genau. Sie verspürte ein wundes Jucken, als ob von innen ein Fingernagel sanft an ihren Händen und Handgelenken reiben würde. Eine permanente Reizung, die in ihr den Drang weckte, vor lauter Frustration zu schreien und sich zu winden. Und dieser Druck baute sich immer weiter auf. Aber so, wie die Dinge lagen, gab es keine Möglichkeit, ihre Gefühle rauszulassen, zumindest nicht so heftig, wie es nötig war. Maya würde total ausflippen – um nur einen Grund zu nennen.

„Mit wem auch immer der Killer auf seinem zweiten Telefon gesprochen hat – was ist, wenn er ihm oder ihr gesagt hat, dass er auf dem Weg zu unserem Haus ist?"

Lucy verkrampfte. „Ich … äh, nein … Was meinst du damit?"

Maya sprach langsam und bedächtig. „Ich meine, dass es da draußen einen potenziellen Zeugen gibt. Und das ist noch ein Szenario für den besten Fall."

Lucy wagte kaum zu fragen. „Und für den schlechtesten?"

„Im schlechtesten Fall", sagte Maya leise, „ist der Typ, der versucht hat, den Killer auf dem Smartphone zu erreichen, derselbe Typ, den Mister Shooter vor unseren Augen anrufen wollte. Erinnerst du dich? Um Unterstützung für vier Teenager anzufordern, die er wie Hühnchen zusammengebunden hatte."

„Oh Gott", keuchte Lucy. „In dem Fall wären wir erledigt."

„Außer wir schlagen zuerst zurück."

Es dauerte ein paar Sekunden, bis Lucy die Bedeutung von Mayas Worten erfasste. Sie war sicher, dass mit Mayas eisiger Ruhe irgendetwas nicht stimmte. Welcher Mensch konnte unter solch grauenvollen Umständen schon derart cool sein?

„Ich weiß nicht ... Was willst du damit sagen, Maya?"

Maya rieb sich mit einer Hand den Nacken. „Ist nur so ein Gedanke. Wir sollten besser mit den Jungs darüber sprechen."

Als sie zwei Minuten später am Straßenrand zum Stillstand kamen, warfen die Jungs den aufgerollten Teppich in den Kofferraum des Chevy, und Paolo rutschte auf den Fahrersitz und drückte kurz Lucys Hand, bevor seine Freundin sich nach hinten zu John-Michael setzte. Wie zuvor reagierte Lucy nicht.

Völlig unvermittelt fragte Maya: „Was machen wir mit dem zweiten Typen?"

Lucy sah, wie Paolo und John-Michael einen wachsamen Blick austauschten. „Ja", gab Paolo zu, „darüber haben wir auch schon gesprochen."

„Gut", erwiderte Maya fest. „Weil es nämlich ein großes Loch ist."

„Ein Loch?", fragte Lucy unbehaglich.

„In unserer Geschichte", erklärte Maya. „Überlegt doch mal: Wir hoffen, dass die Bullen die Leiche von diesem Kerl finden und davon ausgehen, dass er einem Verkehrsunfall mit Fahrerflucht zum Opfer gefallen ist. Sie haben eine Leiche auf der Straße, eine massive Kopfverletzung, Blut auf dem Asphalt. Das Auto des Toten ist leer, sämtliche Fingerabdrücke abgewischt. Was also werden sie schlussfolgern? Einen flüchtigen Fahrer und einen nächtlichen Dieb? Oder einen flüchtigen Fahrer, der zufällig auch ein Dieb ist?"

„Beides wäre plausibel", meinte Paolo.

Maya nickte. „Sicher. Bis jemand zur Polizei geht und sagt, dass er oder sie mit dem Typen gesprochen hat, als er in Venice Beach und noch quicklebendig war."

Paolo dachte ein, zwei Sekunden nach, ehe er sagte: „Kein Problem. Der Killer hätte sein Ding durchziehen und anschließend herfahren können."

Maya schüttelte den Kopf und sagte eindringlich: „Nein, es ist wohl ein Problem."

„Der Kumpel eines Killers wird wohl kaum mit den Bullen plaudern", warf er ein. „Weil er wahrscheinlich selbst ein Killer ist."

Sie holte tief Luft und explodierte dann. „Wir wissen doch gar nicht sicher, ob er wirklich ein Killer ist, und selbst wenn er ein Killer ist, ist diese Tatsache der Polizei nicht notwendigerweise bekannt, und selbst *wenn* sie ihnen bekannt ist, könnten die Bullen Dreck am Stecken haben, und selbst wenn sie das nicht haben, ist die Existenz eines potenziellen Zeugen, der gegen uns aussagen könnte, etwas, das mich nachts mit Sicherheit nicht schlafen lassen wird, Paolo, selbst wenn der Typ nicht zu den Bullen geht, sondern sich stattdessen entscheidet, persönlich nach uns zu sehen!"

Von hinten näherte sich ein Auto. Alle vier duckten sich weit nach unten und warteten, bis sie das Auto vorbeifahren hörten. Es schien nicht langsamer zu werden. Als die Rücklichter des Autos hinter der nächsten Kurve verschwanden, startete Paolo eilig den Motor. Er fuhr los. „Wir müssen von dieser Straße runter. Hier fallen wir zu sehr auf."

„Du hast recht", stimmte John-Michael ihm zu. „Die Polizei wird jeden befragen wollen, der heute Abend auf dieser Straße unterwegs war. Es braucht nur irgendwer zu sagen, dass er in der Nähe einen geparkten Chevy Malibu gesehen hat."

„Was schlägst du vor, was wir dann machen sollen, Maya? Du hast das Ganze offensichtlich viel besser durchdacht als der Rest von uns", hakte Paolo nach, ohne den Blick von der Straße abzuwenden.

Etwas ruhiger erwiderte Maya: „Wer auch immer Mister Shooter auf dem zweiten Handy angerufen hat, wird sich fragen, warum er oder sie keinen Bestätigungsanruf erhalten hat."

„Was für einen Bestätigungsanruf?", fragte Lucy.

Maya warf Lucy vom Beifahrersitz einen mitfühlenden Blick zu. „Du weißt schon. Den Anruf, in dem er *wem auch immer* sagt, dass der Job erledigt ist."

„Ach so", brachte Lucy irgendwie hervor, wobei sie ihren Ekel kaum unterdrücken konnte.

„Wenn wir davon ausgehen, dass wer auch immer auf dem Handy angerufen hat, irgendwas mit dem Anschlag auf Lucy zu tun hat", entgegnete Paolo.

„Kannst du es bitte einfach so hinnehmen, Mann?“, sagte John-Michael. „Das ist unser Albtraum-Szenario. Also müssen wir es offensichtlich in Erwägung ziehen.“ Er sah zu Paolo hinüber. „Okay, Paolo? Können wir uns bitte darauf einigen?“

Paolo jedoch schien meilenweit weg zu sein. John-Michael musste zweimal nachfragen, ehe er antwortete, und selbst diese Antwort kam widerwillig und war unverbindlich. „Schätze schon.“

Lucy bemerkte, dass John-Michael Paolo mit einem gewissen Maß an Frust ansah. Dann war ihm also auch aufgefallen, wie teilnahmslos Paolo sich auf einmal verhielt.

„Wir sollten ihnen von der Tasche erzählen“, sagte John-Michael. Beim Klang seiner Stimme stellten sich die Härchen in Lucys Nacken auf.

Paolo zuckte zusammen, drehte sich aber nicht um. Er sagte kein einziges Wort. Als Lucy zu John-Michael hinübersah, rutschte er in die äußerste Ecke der Rückbank und wich ihrem Blick aus.

„Welche Tasche?“, fragte Maya neugierig.

„Ja, erzählt uns von der Tasche“, sagte Lucy wesentlich nachdrücklicher.

„Wir haben einen Seesack im Auto des Killers gefunden. Mit Bargeld“, erklärte John-Michael. Er sprach langsam. „Viel Bargeld. Wir schätzen, mindestens eine halbe Million.“

„Ihr habt es gezählt?“, fragte Maya erstaunt. „Wann?“

„Wir haben einen kurzen Blick reingeworfen, bevor wir die Tasche in den Kofferraum des Chevy gepackt haben. Sieht so aus, als bestünde jedes Bündel aus ungefähr zwanzig Riesen.“

In die angespannte Stille, die auf John-Michaels Worte folgte, flüsterte Maya: *„En la madre.“*

Plötzlich war es glasklar, warum Paolo so abgelenkt war.

„Eine halbe Million Dollar? Denkt ihr etwa darüber nach, die Kohle zu behalten?“, schrie Lucy und trat von hinten gegen Paolos Sitz. Der Wagen brach für einen Augenblick aus, und Paolo fluchte laut.

„Lucy, Lucy.“ John-Michael fasste sie am Unterarm. „Wir haben es schon so aussehen lassen, als ob das Auto des Killers ausgeraubt worden wäre. Es ging nicht anders – sonst würden sie sich fragen, wo seine Telefone sind und sein Revolver. Die Leute des Killers werden davon ausgehen, dass irgendwelche Diebe sich die Tasche mit dem Geld unter den Nagel gerissen haben.“

„Und was dann?“, raunzte Lucy und riss sich los.

John-Michael hob die Schultern. Die Vorstellung schien ihn nicht annähernd so kalt zu lassen, wie seine Worte zu vermitteln versuchten. „Dann wird wohl derjenige, der einen Anspruch auf das Geld hat, nach irgendwem suchen, der den Diebstahl oder die Fahrerflucht begangen haben könnte.“

„Aber wie stehen die Chancen, dass sie uns jemals finden?“, fragte Maya nachdenklich. „Wir haben ungefähr zwei Autos vorbeifahren gesehen. Der Chevy stand die ganze Zeit über im Dunkeln.“

Mit einer plötzlichen und furchtbaren Klarheit begriff Lucy, worauf Maya hinauswollte. Sie versuchte zu schlucken. „Nein“, sagte sie ganz leise. „Wir müssen zurückfahren. Wir müssen die Tasche wieder genau so in das Auto des Killers legen, wie ihr sie gefunden habt, die Handys dalassen, alles dalassen.“

„Wir können diese Sachen nicht dalassen“, widersprach Paolo energisch. „Sie könnten direkt zu uns führen. Das Geld könnten wir *vielleicht* dalassen. Es lag unter der Bodenverkleidung im Kofferraum. Jemand, der einfach nur schnell den Wagen ausräumen wollte, könnte es übersehen haben … aber die Handys, Lucy, die verfluchte Waffe? Die Sachen müssen weg!"

„Handys zu stehlen ist eine Schwachsinnsidee, King, selbst für deine Verhältnisse." Maya klang verärgert. „Handys können geortet werden."

„Was genau der Grund dafür ist, dass wir sie zerstören werden", konterte Paolo durch zusammengebissene Zähne.

„Das ist schrecklich", keuchte Lucy.

John-Michael rutschte sogleich zu ihr hinüber und legte einen Arm um ihre Schultern. „Ich weiß, Luce, aber wir werden das alle genau durchdenken. Wir alle zusammen. Wir werden eine Lösung finden. Wir werden nicht zulassen, dass dir etwas Schlimmes passiert."

Lucy hätte am liebsten seinen Arm abgeschüttelt. Sie war den Tränen nahe. Irgendetwas Schreckliches würde ihr definitiv passieren, ganz gleich, was ihre Freunde machten. In ihr baute sich die Angst auf, gemischt mit einem grauenvollen Gefühl der Verletzlichkeit. Sie kannte beides. Ihre jüngst wieder hochgeholten Erinnerungen an den Tod von Tyson Drew gesellten sich zu dem Mix. Wenn sie mit ihrem Wissen zur Polizei ging, riskierte sie, umgebracht zu werden. Das Zeugenschutzprogramm wäre ihre einzige Hoffnung. Aber im Augenblick konnte sie über diese Dinge nicht sprechen, nicht, solange die Atmosphäre in diesem Auto vor lauter dickköpfiger Entschlossenheit ganz schwer war.

Sie sprachen über Lösungen, ohne sich einer einzigen auch nur ein Stückchen zu nähern. Lucy hatte das Gefühl, ihre Organe würden sich wie wütende Schlangen drehen und winden. Sie hatte Angst, dass sie auf dem besten Wege waren, einen Pfad zu wählen, der noch dunkler war, als sich irgendjemand von ihnen hätte vorstellen können. In Zeiten wie diesen kamen die Menschen von ihrem Weg ab – und verirrten sich heillos, sodass sie nie wieder zurück nach Hause fanden.

MAYA

Malibu Canyon – Freitag, 3. Juli

„Gib mir das andere Telefon von dem Typen“, sagte Maya. „Ich will es sehen: das Smartphone.“ John-Michael holte es aus seiner Hosentasche und reichte es nach vorn zu Maya. Ihre Finger huschten flink über das Tastenfeld. „Hmm. Ein klassisches, leicht zu hackendes Passwort. Ha.“ Dann schwieg sie. Was auch immer sie gefunden hatte – es hatte sie schockiert. Binnen zwei Sekunden zitterte sie vor Wut und Ungläubigkeit.

Sie sah die Jungs bestürzt an. „Seid ihr wirklich so dämlich?“

Die anderen drei starrten sie an. John-Michael stotterte: „Maya, was ist dein Problem?“

„*FoneTrackr?*“, sagte sie und riss die Augen auf. „Warum habt ihr nicht sofort gesagt, dass diese App auf dem Telefon installiert ist?“

John-Michael zuckte hilflos mit den Schultern. „Ich habe keine Ahnung, wovon du redest – ich habe ein iPhone.“

„Diese Art von Telefon hat eine App, mit der man alle damit verbundenen Geräte von jedem beliebigen Standort orten und steuern kann. Dieses Smartphone“, betonte sie eindringlich, „wurde *die ganze Zeit* per GPS verfolgt. Was habe ich euch über Handys erzählt? Und der andere Typ? Der weiß bereits, dass Mister Shooter nach Venice gefahren ist. Er weiß, dass er in der Nähe unseres Hauses geparkt hat. Er weiß, dass er sich eine Weile im Malibu Canyon aufgehalten hat. Und jetzt", kam sie zum Ende, „jetzt weiß er auch, wo wir sind. Paolo, halt sofort an. Wir müssen umdrehen."

Ängstlich sagte Lucy: „Umdrehen? Ich dachte, du wolltest nicht umdrehen."

„Ich wollte das Geld nicht zurückbringen. Aber das müssen wir", erwiderte Maya knapp. „Sofort."

„Maya." John-Michael bemühte sich, höflich zu bleiben. „Du musst erklären, warum du umdrehen willst."

„Das ist doch ganz offensichtlich", ertönte Paolos Stimme von vorne. „Weil der zweite Kerl nach uns suchen wird."

„Nach uns oder nach der Kohle", stimmte Maya zu.

„Gut", meinte Lucy. „Endlich kommt ihr zur Vernunft. Bringt das Geld zurück und lasst uns von hier verschwinden."

Maya fuhr damit fort, das Telefon zu kontrollieren. „Da ist eine Nachricht auf der Mailbox", sagte sie und hielt sich das Gerät ans Ohr.

„Die muss von dem unbekannten Anrufer sein", meinte John-Michael.

Sie hörte die Nachricht ab. „Oh Gott."

„Was?", drängte Lucy.

Maya spielte die Nachricht noch einmal ab, nachdem sie auf Lautsprecher umgeschaltet hatte.

„Ich bin beim Haus. Unsere Freunde scheinen heute Abend alle ausgeflogen zu sein. Soll ich hier auf dich warten? Wo steckst du überhaupt? Warum bist du nicht hier, Mann? Ich bin ein bisschen nervös wegen unserer Speziallieferung. Melde dich, sobald du das abhörst."

„Habt ihr das gehört?“, fragte Maya. „Er ist *bei dem Haus*. Unsere Freunde sind ausgeflogen? Das bedeutet, dass Grace und Candace noch nicht zurück sind. Die *Speziallieferung*?“

„Das Geld!“, murmelte John-Michael.

„Wir müssen zurück nach Venice!“, schrie Paolo. „Grace! Candace! Sie sind in Gefahr!“

„Nur wenn er dort bleibt“, sagte Maya.

„Dann bringen wir ihn dazu, zu gehen“, erwiderte John-Michael leise.

„Und wie?“, wollte Lucy wissen.

Zuerst antwortete niemand.

„Ich habe vielleicht eine Lösung“, sagte Maya.

„Und die wäre?“, fragte John-Michael.

„Wie ich vorhin schon zu Lucy sagte: Wir schlagen als Erste zurück“, erwiderte sie absolut ruhig.

Lucy schnaubte. „Im Ernst? Du willst ihn *umbringen*?“

Maya schaute über ihre Schulter zu Lucy, die sich hinten in den Sitz presste. „Nein, ich will niemanden umbringen, Luce. Aber ich will auch nicht, dass irgendein Penner mit einer Pistole an unserem Haus herumlungert und auf Grace, Candace und schließlich uns wartet. Ich würde so ziemlich alles tun, um das zu verhindern.“

„Du wirst ihn nicht erschießen“, ermahnte Paolo sie.

„Ich bin die Einzige, die weiß, wie man mit einer Schusswaffe umgeht“, erwiderte sie schroff.

Lucys Ton klang süffisant, als sie sagte: „Dann passiert jetzt also Folgendes: Wir fahren zurück nach Venice und erschießen einen Mann? Also, ich muss wirklich sagen: Dieser Abend ist interessanter als erwartet.“

„Wir fahren nicht zum Haus zurück“, widersprach Maya. „Dort ist er uns gegenüber im Vorteil. Er kann sich auf die

Lauer legen und warten. Wir fahren zu der Stelle zurück, an der wir Mister Shooter zurückgelassen haben, Mister Fahrerfluchtopfer."

Lucy schüttelte den Kopf. Maya entdeckte einen Funken Verzweiflung in ihrem Blick. „Okay", murmelte Lucy. „Das ergibt überhaupt keinen Sinn."

„Der zweite Kerl ist an unserem Haus – wahrscheinlich", sagte John-Michael. „Oder zumindest war er dort, als er angerufen hat. Wir müssen ihn von dort weglocken."

„Ganz genau", bestätigte Maya. „Ich schlage vor, dass wir ihn zu dem Oldsmobile locken. Wenn er das Auto und seinen toten Freund sieht, könnte er glauben, dass der Lucy umgebracht hat und sich dann auf den Weg nach Hause oder wohin auch immer gemacht hat und von einem Autofahrer erwischt wurde."

„Wirklich." Lucy klang skeptisch. „Das wird er glauben? Er wird sich nicht vielleicht fragen, warum sein Freund *mitten im scheiß Nirgendwo* rumfährt?"

„Vielleicht hat er eine Leiche entsorgt", schlug John-Michael vor. „Ich meine – das haben *wir* ja auch gemacht."

„Die Sache ist die", fuhr Maya fort, „dass der Typ keine Ahnung hat, was seinem Freund zugestoßen ist. Er weiß nur, dass er bei uns zu Hause war. Er weiß, dass er das Haus wieder verlassen hat – ich nehme mal an, er geht davon aus, dass sein Freund zu diesem Zeitpunkt noch gesund und munter war."

„Warum sollte er herkommen?", wollte Lucy wissen. „Hat er in seiner Nachricht nicht gefragt, ob er bei unserem Haus warten soll?"

„Deshalb müssen wir ihn da weglocken", stimmte Maya ihr zu.

„Schreib ihm eine Nachricht", platzte es aus Paolo heraus. „Irgendetwas Ungenaues. Wie ‚brauche Hilfe mit der Kohle'."

„Nein", erwiderte Maya entschieden. „Lasst uns bei John-Michaels Idee bleiben. Wir lassen durchblicken, dass Mister Shooter hier draußen eine Leiche entsorgen will. Vielleicht auch mehr als eine."

„Guter Punkt. Er war kurz davor, uns alle vier umzubringen", sagte John-Michael. „Wenn sein Kumpel die Chance bekommt, wird er den Job mit Sicherheit zu Ende bringen."

„Okay", sagte Maya, während sie etwas ins Telefon eingab. „Wie findet ihr das: *Alles erledigt. Habe hier 'ne schwere Ladung. Könnte Hilfe gebrauchen. Das Päckchen ist bei mir sicher.*"

„Das ist gut", fand John-Michael.

„Ja", stimmte Paolo ihm zu. „Schick sie sofort ab. Und dann müssen wir die Mädels anrufen. Damit sie nicht nach Hause gehen."

„Und wie soll das gehen?", fragte Lucy. „*Hey, Grace, Candace, geht jetzt nicht nach Hause, okay? Da wartet nämlich ein Mörder auf euch.*" Sie holte tief Luft. „Oder, hey, wisst ihr was? Wir könnten die verdammte Polizei rufen!"

„Um denen was genau zu sagen?", fragte Paolo wütend. „*Ja, also, irgendwie haben wir diesen Typen umgebracht, der mit 'nem Revolver und so in unserem Wohnzimmer stand, aber wir haben beschlossen, es wie einen Autounfall in den Bergen aussehen zu lassen, und, na ja, jetzt ist dieser echt fiese Kerl unterwegs, um unsere Freunde umzubringen. Könnten Sie sich vielleicht um das alles kümmern? Ja?*"

Aus dem Augenwinkel sah Maya, wie Lucy mit fest vor der Brust verschränkten Armen innerlich kochte. „Du glaubst, du könntest wirklich jemanden erschießen? Bis er tot ist?"

Paolo atmete durch die Nase aus. „Entweder er oder wir. Und wir sind es nicht, die damit angefangen haben."

„Ich habe keinen Bock, für den Mord an einem Typen in den Knast zu gehen, der mich und meine Freunde *in unserem eigenen Haus* gefesselt und mit einem Revolver bedroht hat", sagte John-Michael. „So viel ist verdammt noch mal sicher."

„Du kannst nicht sicher sein, dass das passiert wäre", schoss Lucy zurück. „Ihr *hättet* euch beide auf Notwehr im eigenen Haus berufen können."

„Lucy, nachdem dieser Kerl in unser Haus eingedrungen war, war überhaupt nichts mehr *sicher*", zischte Paolo harsch. „Das war damals. Das hier ist jetzt. Dinge. Ändern. Sich."

Schweigen. Maya atmete ein paarmal tief durch. Paolo hatte recht – ihre Optionen sahen schlecht aus.

„Lucy", sagte John-Michael beschwichtigend, „Wir haben *alle* Angst. Aber wir müssen eine Lösung finden."

„Lass uns Klartext reden", sagte Maya zu Paolo. „Wie weit ist es von hier bis zu der Stelle, wo der Wagen steht?"

„Sechs oder sieben Minuten", antwortete er.

„Wir müssen schnell handeln", sagte sie mit Blick auf das Smartphone. „Der andere Typ wird die Nachricht bekommen. Hoffentlich macht er sich sofort auf den Weg in den Malibu Canyon."

Lucy lehnte sich gegen das Fenster und sah zu Maya hinüber. Sie wirkte verloren. „Das ist alles nur meinetwegen passiert", murmelte sie.

Maya schloss die Augen und drehte sich um, sodass sie wieder nach vorn schaute. Wenn sie ihrem Verdacht gegenüber Ariana gefolgt wäre, hätte das hier vermieden werden können. Sie hätte Lucy davon überzeugen können, dass ihre Entzugsfreundin eine Spionin war, und sie dazu bringen können, sie eine Woche eher aus der WG zu werfen. Dann hätte Ariana nicht gewusst, dass Lucy endlich an dem Punkt angelangt war, ihr eigenes Gedächtnis nach dem Mordabend von Tyson Drew zu befragen.

Wenn doch nur das Investitionsangebot von Alexa Nyborg zu einem anderen Zeitpunkt gekommen wäre. Aber Maya musste zugeben, dass dieses Angebot ihre gesamte Aufmerksamkeit beansprucht hatte, und zwar von der Sekunde an, als es in ihr Leben getreten war. Sie hätte ihre Freunde niemals ausspionieren sollen. Sie hätte ihrem Verdacht gegen Ariana früher nachgehen sollen. Sie hätte nicht zulassen dürfen, dass die Arbeit die Kontrolle über ihr gesamtes Leben übernimmt.

Warum lief alles so furchtbar falsch? Es war so ungerecht, dass Maya am liebsten geweint hätte. Alles, was sie je gewollt hatte, war, hart zu arbeiten, etwas Außergewöhnliches zu erschaffen und genug Geld zu verdienen, damit sie und ihre Mutter nie wieder unter dem Daumen eines Menschen wie Dana Alexander stehen mussten. Und sie hatte hart gearbeitet – wie eine Sklavin. In beinahe jeder wachen Minute war sie entweder in der Schule, büffelte oder programmierte.

Und wofür?

Um – im besten Falle – am Ende in den Knast zu wandern? Oder noch schlimmer – um von Dana Alexanders Killer getötet zu werden?

Maya atmete stockend ein. Als sie davon gesprochen hatte, den zweiten Killer umzulegen, war eine gehörige Portion Angeberei dabei gewesen. Worte, die sie ausgesprochen hatte, ohne vorher richtig darüber nachzudenken. Und dennoch lag darin eine unerbittliche Logik. Welchen anderen Weg gab es, an dessen Ende nicht alle sechs Freunde tot oder vier von ihnen im Knast wären? Sie waren dabei, auf ein Ziel zuzurasen, von dem es – das wusste sie – kein Zurück gäbe.

Das Smartphone in ihrer Hand begann zu vibrieren. Maya las die Nachricht und sah auf.

„Er ist auf dem Weg."

JOHN-MICHAEL

Malibu Canyon – Freitag, 3. Juli

Der Oldsmobile des Auftragskillers war von der Stelle, wo sie ein Stück die Piuma Road hinunter angehalten hatten, kaum zu sehen. „Gib mir den Revolver, John-Michael“, sagte Maya und streckte die Hand nach hinten aus. John-Michael rührte sich nicht. Er konnte die Waffe an seiner Seite fühlen. Wie sie sich in seinen Oberschenkel bohrte. Ein paar Sekunden lang sprach niemand ein Wort.

Dann lachte Paolo laut los. „Mach dich nicht lächerlich.“

Sie hatten die Innenbeleuchtung ausgeschaltet, doch John-Michael hörte die Anspannung in Mayas Stimme, als sie in einem harschen Flüsterton erwiderte: „Denkst du, nur weil du schon mal im Fernsehen gesehen hast, wie jemand schießt, ist das *einfach*? Komm schon, Paolo. Ich bin die Einzige, die schon mal eine Waffe abgefeuert hat. Ich bin eine gute Schützin.“

„Ich zweifle auch gar nicht an deiner Fähigkeit zu schießen“, meinte Paolo. „Ich zweifle an deiner Fähigkeit zu töten. Betrachte es als Kompliment, Maya.“ Er streckte ebenfalls die Hand aus. „Den Revolver, JM. Gib ihn mir.“

John-Michael zögerte. „Warum nicht Maya? Ist das so ein Macho-Ding, Paolo?“

Paolo stöhnte. „Wir werden jetzt ganz bestimmt keine Geschlechterdebatte führen. Gib mir einfach den Revolver, John-Michael. Ich muss in Position gehen."

John-Michael hielt die Hand über die Waffe. „Nein, Paolo. Zuerst musst du es mir erklären. Warum nicht Maya?"

„Bist du verrückt geworden?" Paolo verzog angewidert das Gesicht. „Welche Art Mensch lässt ein fünfzehnjähriges Mädchen so etwas machen, wenn er selbst schuld an der Situation ist?"

„Wir sind uns alle einig, dass es getan werden muss", sagte Maya forsch. „Wir schützen uns selbst. Und ich bin die beste Frau oder der beste *Mensch* für den Job."

John-Michael spürte, wie Lucy sich neben ihm verkrampfte.

Paolo fluchte. Diesmal stürzte er sich auf John-Michael. „Gib schon her!"

John-Michael nahm den Revolver und hielt ihn vorsichtig in der linken Hand, als wäre er ein Stück stinkender Müll. Der Revolver befand sich für alle anderen außer Reichweite, als er einen Finger an den Abzug legte. „Wenn du den Typen sofort umgebracht hättest", sinnierte er, „wäre nichts von alledem hier passiert, Paolo. Du hättest bei der Castle Doktrin bleiben können, und alles wäre gut gewesen."

Maya sagte: „Bis Dana Alexander jemand anderen geschickt hätte."

„Aber Lucy hätte der Polizei *heute Abend* alles erzählt …", wandte John-Michael ein.

„… und sie hätten mich ins Zeugenschutzprogramm gesteckt", beendete Lucy seinen Satz und sprach damit endlich aus, was sie die ganze Zeit über beschäftigte.

John-Michael legte die Finger fester um den Griff der Waffe. „Jetzt sind wir beide Mörder, Paolo." Er klang zerknirscht.

„Du und ich." Im Dämmerlicht des unbeleuchteten Autos spähte er zu Maya. „Und deshalb kannst du es auch nicht machen, Maya. Paolo und ich, wir sind hierfür verantwortlich. Wir sind diejenigen, die alles verschleiern wollten."

Paolo atmete erleichtert auf. „Ja!", sagte er. „Genau. Gib mir den Revolver, John-Michael. Ich habe das alles losgetreten. Und ich werde es auch zu Ende bringen." Er lehnte sich über den Vordersitz und nahm John-Michaels linke Hand in seine beiden Hände. John-Michael zögerte nur einen Moment, ehe er seinem Freund erlaubte, die Waffe zu nehmen.

Paolo öffnete die Fahrertür und trat auf den rauen Boden neben der Straße. „Fahrt weit genug, damit ihr außer Sichtweite seid, aber nur so weit, dass ihr noch sehen könnt, wenn unser Typ auftaucht."

„Nimm eins von unseren Handys mit", sagte Maya und hielt ihm das hin, welches sie in der Hand hatte. „Dann können wir dir eine Nachricht schreiben, wenn er sich nähert."

„*Falls* er zufällig aus unserer Richtung kommt", gab John-Michael zu bedenken. Maya schnalzte nur geringschätzig mit der Zunge, was ihn ein bisschen ärgerte. Es war durchaus sinnvoll, zu versuchen, alle Möglichkeiten vorauszusehen und nichts dem Zufall zu überlassen.

Mit einem Anflug von vagem Interesse nahm Paolo das Telefon. Es war, als könnte er seine Freunde in dem Auto nicht mehr sehen, als hätte er keine Verbindung mehr zu ihnen.

John-Michael kannte das Gefühl.

Fühlt sich jeder so, wenn er kurz davorsteht, jemanden zu töten?

Er beobachtete Paolo, wie er die kurze Strecke zum Oldsmobile des Auftragskillers zurücklegte. Niemand im Wagen rührte sich. John-Michael warf Lucy, die immer noch neben ihm auf dem Rücksitz saß, einen Blick zu. Ihre Körpersprache verriet eindeutig, dass sie nicht beabsichtigte, den Fluchtwagen zu fahren. Da Maya keinen Führerschein hatte, blieb nur noch er. John-Michael seufzte schwer und kletterte nach vorn auf den Fahrersitz. Er startete den Motor und fuhr an dem Oldsmobile vorbei ein Stück die Piuma Road hinunter, bis er in ungefähr fünfhundert Metern Entfernung eine Stelle erreichte, an der neben der Straße genügend Platz war, um dort ein Auto abzustellen. Er fuhr so gut es ging von der Straße und schaltete alle Lichter aus.

Rings herum war es dunkel. Nur die Geräusche der Natur waren zu hören: Grillen, Geraschel im Unterholz, das Rauschen weit entfernten Verkehrs. In dem Auto war es mucksmäuschenstill. Doch irgendwann ergriff Lucy das Wort. John-Michael hörte, wie trocken ihr Mund war.

„Und ihr wollt ihn das wirklich einfach machen lassen?"

Weder Maya noch John-Michael antwortete. Lucy quittierte das mit einem resignierten Seufzer.

„Hast du eine bessere Idee?", fragte John-Michael.

„Wir machen das alles nur zu deinem Schutz, Lucy", stellte Maya heraus.

Lucy lachte kurz und atemlos. „Nein. Als Paolo dem Typen eins mit der Schaufel übergezogen hat, da wollte er mich beschützen. Jetzt geht es um *deinen* Schutz", sagte sie und zeigte mit dem Finger auf John-Michael.

„Es ist zu unser aller Schutz, Lucy", erwiderte John-Michael matt. „Warum verstehst du das nicht?"

„Wir sind genauso schlecht wie Dana Alexander, verstehst *du das* nicht? Sie hat zwei Idioten geschickt, die mich ruhigstellen sollten, und jetzt stellen wir einen dieser Idioten ruhig … wir machen genau dasselbe."

„Dana Alexander ist bereit, zuzusehen, wie ein unschuldiger Mann für einen Mord hingerichtet wird, den sie begangen hat. Sie war bereit, in Kauf zu nehmen, dass du verletzt oder getötet wirst, und Gott weiß, wie viele von uns sonst noch", konterte John-Michael. Für den Bruchteil einer Sekunde lag es ihm auf der Zungenspitze, Lucy daran zu erinnern, dass man, wenn sie nur früher versucht hätte, ihre verschütteten Erinnerungen auszugraben, Dana Alexander bereits aus dem Rennen hätte werfen können, bevor sie für irgendeinen von ihnen zur Bedrohung geworden war. Aber das wäre grausam gewesen. Lucy hatte schon genug Schuldgefühle. Ein Geistesblitz brachte John-Michael zu der Überlegung, ob das der Grund dafür war, dass sie so blockiert schien, wenn es darum ging, zu handeln.

Lucy trat seit knapp zehn Jahren auf der Stelle, hoffte und betete, dass der Schatten des Mordes in ihrer Vergangenheit für immer versteckt bliebe. Bei John-Michael war das anders. Er wusste, dass Hoffnung niemals reichte. Es gab Zeiten, da musste man darauf vorbereitet sein, diesen zusätzlichen Schritt zu gehen.

Er starrte auf die schwarze Straße. Als sich ein Wagen näherte, durchzuckt es ihn wie ein Stromschlag. Alle drei verstummten und warteten ab, ob das Auto langsamer wurde. Wieder duckten sie sich tief, als es vorbeifuhr. Es wurde nicht langsamer. Sie kamen wieder hoch und atmeten ein.

„Ich halte das nicht mehr lange aus", gab Maya zu.

John-Michael ignorierte sie. Er ignorierte Lucys frustriertes Herumgezappel. Stattdessen war er in Gedanken voll und ganz bei Paolo, der allein in der Dunkelheit wartete. Bald schon käme ein anderes Auto, das hinter dem Oldsmobile anhielte. Ein Mann würde aussteigen. Arglos würde er zu dem

Leichnam seines Partners gehen. Vielleicht würde er sich sogar bücken, um ihn zu berühren. Waren die zwei Freunde gewesen? Verwandte? Dann käme Paolo aus seinem Versteck hervor. Mit ausgestrecktem Arm würde er drei Kugeln in den wehrlosen Mann feuern. Und das wäre es dann.

Nur ein paar Sekunden würden beide verändern. Der Partner des Auftragskillers würde vom Land der Lebenden ins Land der Toten befördert. Und Paolo?

Der Gedanke schlich durch John-Michaels Brust, bis er das Gefühl hatte, er würde sich wie Eiswasser in seinen Gedärmen bewegen. Er war bereits ein Mörder. Ein Doppelmörder. Nun würde Paolo nachziehen.

JOHN-MICHAEL

Malibu Canyon – Freitag, 3. Juli

Die Zeit verstrich – zu viel Zeit. Irgendetwas in John-Michael machte *klick*. Eine Entscheidung. Bevor er die Gelegenheit hatte, an sich selbst zu zweifeln, bevor seine inneren Alarmglocken oder die Warnungen der beiden Mädchen im Auto Wirkung zeigen konnten, öffnete er die hintere Autotür und sprang aus dem Wagen. Er hatte gerade das Oldsmobile erreicht, als er zwei weiße Scheinwerfer auf der Straße erkannte. John-Michael warf sich hinter dem Wagen auf die Knie und drückte sich gegen den Vorderreifen. Er atmete kontrolliert und wartete, ob das Auto vorbeiführe.

Als es langsamer wurde, bis es nur noch über die Straße kroch, verharrte John-Michael starr in seiner Position. Er konnte das Knirschen von Gummi auf dem Schotter hören, der auf die Straße geflogen war. Er spürte, wie sein Herz kräftig in seinem Brustkorb schlug. Nach den längsten fünfzehn Sekunden, die er je erlebt hatte, nahm das Auto mit quietschenden Reifen wieder an Fahrt auf. Dann war es verschwunden.

Von irgendwo am Straßenrand hörte John-Michael eine gezischelte Warnung. „Verschwinde von hier, Alter! Ich hätte dich fast erschossen."

John-Michael sah sich um, um herauszufinden, woher die Stimme genau kam. Dann ging er langsam auf die Stelle zu, wo Paolo gerade auf die Straße trat.

Irgendwo weiter vorne wendete das Auto, das gerade vorbeigefahren war. John-Michael rannte auf Paolo zu und stürzte sich auf ihn. Beide knallten gegen einen dicken Baumstamm. Dann plötzlich machte John-Michael einen Schritt ins Leere. Er fiel. Zu spät hatte er bemerkt, dass der Vorsprung hinter dem Baum ziemlich schmal war. Mit dem anderen Fuß versuchte er, Halt zu finden, rutschte jedoch weiter ab. Der Rest seines Körpers folgte. Im nächsten Moment schoss Paolos Hand einem Schraubstock gleich hervor, packte seinen Oberarm und hielt ihn fest, wobei sich seine Finger schmerzhaft in John-Michaels Fleisch bohrten.

Fluchend zog Paolo ihn vom Rand der Klippe zurück. Den einen Arm hatte er fest um einen tief hängenden Ast geschlungen, mit der anderen Hand zerrte er John-Michael mit einem kräftigen Ruck auf den Vorsprung. Die Bewegung war so heftig, dass John-Michael gegen den Baum knallte und zwischen dem Stamm und Paolos angespanntem Oberkörper und seinen Oberschenkeln gefangen war. Direkt hinter ihnen fiel der Boden steil ab, sodass sie sich beide fest gegen den Baum lehnen mussten, um sich aufrecht zu halten und nicht gesehen zu werden.

„Was machst du hier?“, hörte er Paolo in seinem Nacken flüstern. „Das gehört nicht zum Plan.“

„Ich werde dich das nicht tun lassen“, erwiderte John-Michael so ruhig wie möglich. Er drehte sich langsam um, bis er Paolo ansah. Dann griff er nach dem Revolver. Für einen Moment erschien Paolo wie paralysiert, doch dann versuchte er, seine Hand wegzuziehen. John-Michael aber ließ sich nicht so leicht abschütteln, packte Paolos Handgelenk und sah ihm fest in die Augen. „Du bist kein Mörder."

Paolo schüttelte den Kopf. In seinen Augen spiegelte sich Verwirrung. Das Geräusch eines zweiten Autos, das hinter dem Oldsmobile mit viel Lärm heranfuhr, ließ sie beide zusammenzucken. Für nur eine Sekunde war Paolo mit seiner Aufmerksamkeit auf der Straße.

Mit einer schnellen Bewegung drückte John-Michael ihn gegen den Baum. Er presste einen Arm gegen seinen Hals, während er mit der anderen Hand Paolos Handgelenk packte und es umdrehte. Als Paolo vor Schmerzen ein heftiges Keuchen ausstieß, legte John-Michael die Finger um das harte Metall des Revolvers und riss ihn Paolo, der zu spät reagierte, aus der Hand. John-Michael kippte ein Stück zur Seite und schwankte vor und zurück, um so dicht am Abgrund die Balance zu halten. Nun hatte er den Revolver fest im Griff. Er gab Paolo einen kurzen Schubs, um endgültig wieder ins Gleichgewicht zu kommen, und bewegte sich dann außer Reichweite. Dann blieben sie reglos stehen. Ihre Aufmerksamkeit war jetzt voll und ganz auf das Auto gerichtet, das soeben angehalten hatte.

Nur Paolos verächtliches Schnauben verriet, wie wütend er war. Doch sie mussten leise sein. In weniger als zehn Metern Entfernung ging die Tür des zweiten Wagens auf.

John-Michael nahm den Revolver in die rechte Hand. Er hielt den Griff ganz fest, fühlte das Gewicht der Waffe.

Zielen und schießen.

Er duckte sich tiefer in die Schatten der Nacht, weg von dem gefährlichen Abhang hinter dem Baum.

Paolo blieb an den Baum gedrängt stehen. Er folgte John-Michael mit seinem Blick, unternahm aber keinen Versuch, ihn aufzuhalten. Alles, was er sagte, war: „Nicht."

John-Michael schüttelte den Kopf. Jetzt war alles so viel klarer.

Sicher, Paolo hatte große Probleme. Aber er hatte noch nie jemanden getötet. Während John-Michael diese Erfahrung schon zwei Mal gemacht hatte. Und eins seiner Opfer hatte ihn nicht darum angefleht.

„*Ich* muss es tun“, murmelte John-Michael. Es musste getan werden – für seine Mitbewohner. Ein Gefühl der Benommenheit floss durch seinen Körper. Als ob sich die Wirklichkeit abspaltete und ihn auf der falschen Seite einsperrte.

Der Mann in dem zweiten Auto trat auf den Schotter neben der Straße. Das Geräusch langsamer Schritte, die in Richtung des Leichnams gingen, war zu hören. Die Scheinwerfer seines Wagens, irgendeine Limousine, waren noch an. Sie strahlten den Fahrer von hinten an und warfen einen Schatten über den toten Körper. John-Michael beobachtete den Mann dabei, wie er sich kurz bückte, um sich den Leichnam flüchtig anzusehen. Beim Anblick des Wegwerfhandys, das sie dicht neben der rechten Hand des Killers platziert hatten, schien der Mann zu stutzen.

Zu John-Michaels Überraschung richtete sich der Mann auf und warf einen kurzen Blick in beide Richtungen der Straße. Er hatte den reglosen Körper auf der Straße gewiss nicht eingehend genug untersucht, um zu überprüfen, ob sein Partner tatsächlich tot war. Warum rief er keinen Rettungswagen? Sein Auftreten war total lässig. Er stand eine volle Minute schweigend da. Anscheinend wollte er sichergehen, dass die Straße auch wirklich leer war. Dann schlenderte er zum Kofferraum des Oldsmobile.

John-Michael machte ein paar Schritte nach vorn. Die zehn Meter, die ihn von dem Mann getrennt hatten, vergrößerten sich schnell. Er hatte keine Ahnung, ob er auf diese Entfernung einen sauberen Todesschuss hinbekäme. Und wenn sich die Zielperson zurückzöge, würde es sogar noch schwieriger. Mit leisen Bewegungen ging er so dicht wie möglich von hinten an den Mann heran. Er war ihm den halben Weg bis zum Kofferraum gefolgt, als seine Zielperson erstarrte. Langsam drehte sich der Mann um.

„Hände hoch!", hörte John-Michael sich sagen. „So, dass ich sie sehen kann."

Er konnte jetzt das Gesicht des Mannes sehen. Er musste um die dreißig Jahre alt sein, vielleicht eins achtzig groß mit dunklen, kurzen Haaren, einem kantigen Kinn und vor Entschlossenheit fest aufeinandergebissenen Zähnen. Er trug einen dunklen Anzug über einem weißen Hemd. Nicht gerade der Dresscode eines Auftragskillers, dachte John-Michael flüchtig.

Der Mann zögerte. „Hast du irgendwas mit dem Tod meines Kumpels hier zu tun?"

„Keine Bewegung", knurrte John-Michael.

Der Mann hielt gehorsam die Hände über den Kopf, sodass die offenen Handflächen zu John-Michael zeigten. Ganz langsam begann er, auf den Teenager zuzugehen.

„Sieht wie ein Unfall mit Fahrerflucht aus. Warst du das?"

„Bleib, wo du bist!" John-Michael spannte bedrohlich den Revolver.

„Ruhig. Sieht es so aus, als wäre ich bewaffnet? Ich bin gekommen, um nachzusehen, was mit meinem Freund hier los ist. Na ja, sieht so aus, als wäre er erledigt." Der Mann sprach in einem freundlichen, entspannten Tonfall. Dennoch ging er immer weiter auf John-Michael und den Revolver zu.

Na los. Erschieß ihn. Mach schon.

John-Michaels Finger lag auf dem Abzug, die Hand mit der Waffe hielt er gerade vor sich, den linken Arm streckte er zur Seite, um die Balance zu halten. Wieder und wieder redete er sich im Kopf gut zu, um endlich abzudrücken. Aber irgendwie war es, als ob seine Neuronen blockiert wären. Sein Kopf sprach Befehle aus, doch seine Körperzellen weigerten sich, zu gehorchen.

„Praktisch aus nächster Nähe", sagte der Mann leise. Er stand jetzt so dicht vor John-Michael, dass dieser ihm direkt in die Stirn schießen könnte. Ihre Blicke begegneten sich – John-Michaels wütend und frustriert, der des Mannes irritiert und beinahe verletzt. „Wie alt bist du, Junge? Sechzehn? Siebzehn? Sieh mal, ich weiß, dass der Revolver in deiner Hand meinem Freund gehörte. Ich erkenne ihn wieder. Was mich schlussfolgern lässt, dass du keine Waffe besitzt. Und vermutlich noch nie eine abgefeuert hast, habe ich recht?"

„Noch ein Schritt, und ich drücke ab", presste John-Michael angestrengt hervor. „Und jetzt sag mir, wer zum Teufel du bist und was du hier machst!"

Der Mann zog eine Augenbraue hoch. Seine Stirn war jetzt keine fünfzehn Zentimeter mehr von der Revolvermündung entfernt. Die Hände hielt er offen neben seinem Gesicht.

John-Michael kochte vor Aggression. Seine linke Hand gesellte sich zu der rechten, die den Revolver hielt. Das war's. Keine Gnade. Er musste den Zeugen beseitigen. Anzug oder nicht, dieser Typ spielte eindeutig in derselben Liga wie der Killer.

„Oh", sagte der Mann leise. *Gefährlich*, begriff John-Michael, doch viel zu spät. Der Mann öffnete den Mund und zog einen Mundwinkel zu einem Lächeln nach oben. „Fragen …"

Was als Nächstes geschah, war ein verschwommenes Durcheinander von Bewegungen, die John-Michael kaum begriff. Irgendwie verwandelte sich der Mann von einem hilflosen Opfer, das in einen Revolverlauf blickte, in einen Blitz. Der Mann griff nach der Waffe, wobei er John-Michaels Handgelenk mit einer Hand fest packte. John-Michael betätigte den Abzug, doch die Kugel wurde in den Himmel gefeuert. Das Geräusch des Schusses hallte wie ein lautes Brüllen durch den leeren Canyon und wurde wie ein Echo immer wieder zurückgeworfen. John-Michaels Beine wurden weich wie Butter. Dann befand sich der Revolver unerklärlicherweise in der Hand des Mannes.

Wie durch einen langen Tunnel vernahm er die Anweisung, sich hinzuknien. Er atmete stoßweise aus, als er zu Boden stolperte und sich Kieselsteine in seine Knie bohrten.

„In Ordnung, beruhige dich", sagte der Mann. „Es ist alles okay. Also: Was haben wir gelernt? Einer von uns weiß, wie man so etwas macht, und der andere nicht. Das ist in Ordnung. Unter uns gesagt, Junge: Ich bin schon seit einer ganzen Weile in diesem Geschäft. Ist 'ne ganz schön schwierige Sache, auf einen Wildfremden zu schießen. Darauf muss man sich mental ordentlich vorbereiten. Außer man ist ein Psychopath."

Dann hörte John-Michael, wie dem Mann der Atem stockte. „*Bist* du ein Psychopath?"

PAOLO

Malibu Canyon – Freitag, 3. Juli

Paolo klammerte sich so fest an den Baumstamm, dass sich kleine Rindensplitter unter seine Fingernägel bohrten. In dem Moment, als der Mann John-Michael die Waffe abgenommen hatte, war er gewissermaßen mit dem Baum verschmolzen. Angst mischte sich mit Faszination, als er dabei zusah, wie sich der Mann mit beinahe anmutigen Bewegungen den Revolver nahm. Eins war offensichtlich: Der Typ beherrschte irgendeine Kampfkunst. Obwohl er mit einer Waffe bedroht worden war, hatte er John-Michael in nicht einmal zwei Sekunden entwaffnet.

Er sah zu John-Michael, erkannte das Elend in seinem Gesicht, das von den Autoscheinwerfern des Fremden hell beleuchtet wurde. Der Mann ragte jetzt bedrohlich über ihm auf und hielt den Revolver genau auf John-Michaels Kopf gerichtet.

„Ich habe dich was gefragt."

John-Michael krümmte sich. „Nein. Ich bin kein Psychopath."

Der Mann steckte die rechte Hand in seine Anzugjacke und holte etwas heraus, das er John-Michael hinwarf. Es dauerte einen Moment, bis Paolo erkannte, was es war. Kabelbinder. Die nackte Angst durchfuhr ihn.

Mit ruhiger, neutraler Stimme sagte der Mann: „Mach dir die dran."

Paolo sah, dass John-Michaels Hände zitterten, während er dem Befehl des Mannes folgte. Er versuchte, aus dem Ton und der Haltung des Mannes Rückschlüsse darauf zu ziehen, ob sie in Lebensgefahr schwebten, doch es gelang ihm nicht.

Was für eine Sorte Mensch konnte jemanden einfach so entwaffnen? Was für eine Person hatte mal eben Kabelbinder dabei?

Die Antworten, die in Paolos Kopf Gestalt annahmen, waren ziemlich beängstigend.

„Du wirst jetzt schön hierbleiben, auf den Knien, während ich mir mal den Wagen von meinem Kumpel ansehe. Wenn ich höre, dass du dich bewegst, schieße ich. Kapiert?"

John-Michael nickte. Der Mann seufzte verärgert. Das erste aggressive Geräusch, das Paolo von ihm hörte. Instinktiv duckte er sich noch etwas mehr hinter den Baum.

„Antworte mir, damit ich weiß, dass du's kapiert hast."

Ganz leise hörte er John-Michael sagen: „Ja, Sir."

Der Mann schien mit John-Michaels plötzlicher Unterwürfigkeit zufrieden. Er unterzog den Revolver einer näheren Untersuchung und öffnete schnell die Trommel, um einen Blick hineinzuwerfen. „Interessant", murmelte er nachdenklich. Er steckte den Revolver in seinen Hosenbund und griff unter seinen linken Arm. Im nächsten Moment hielt er eine Pistole in der rechten Hand.

„Jetzt geht es endlich voran. Wenn alles in Ordnung ist, können wir die Sache hier oben zu Ende bringen und beide mit unserem Abend fortfahren. Aber wenn ich nicht zufrieden bin, haben wir ein ernstes Problem."

Dann zog er sich schnell zurück, ging zu dem Wagen und versuchte, den Kofferraum zu öffnen. Als es nicht ging, schoss er das Schloss mit zwei Kugeln auf. Einen Moment lang konnte Paolo nicht sehen, was er tat. Aber er konnte es sich denken, und dieser Gedanke elektrisierte ihn.

Der Mann war nicht in den Malibu Canyon gefahren, um seinem Freund zu helfen. Er war gekommen, um nach der Tasche mit dem Geld zu suchen.

Ehe Paolos Beine die dringende Botschaft seines Gehirns, zu seinem Mitbewohner zu laufen und ihn zu befreien, umsetzen konnten, tauchte der Mann schon wieder hinter dem Oldsmobile auf und stürmte mit gefletschten Zähnen auf John-Michael zu. Paolo sah, wie der Mann John-Michael direkt in den Rücken trat. Stöhnend brach der Junge zusammen.

„Okay, Junge, jetzt ist Schluss mit lustig. Du bist kurz davor, die Prügel deines Lebens zu beziehen. Oder du sagst mir, was zum Teufel du mit meinem Geld gemacht hast."

Paolo zuckte mitfühlend zusammen, als er sah, wie der zweite Tritt ihn in die Seite traf. Sein Freund rollte sich in Embryonalstellung zusammen, rang nach Luft und versuchte, wieder Oberwasser zu bekommen. Paolo kämpfte den Drang nieder, ihm sofort zu Hilfe zu eilen. Ein Fehler, und sie würden beide sterben.

„Hör mir zu. Ich kann zählen, und deshalb weiß ich, dass mein Kumpel zweimal abgedrückt hat. Er hat eine leere Patrone abgefeuert und eine Kugel. Außerdem weiß ich, dass er mir eine Nachricht geschickt hat, aber nicht von diesem Telefon. Und er ist nicht rangegangen, als ich angerufen habe. Kannst du mir bis hierhin folgen?"

Der Mann trat noch einmal kräftig nach John-Michael, der vor Schmerzen aufstöhnte und sich noch fester zusammenrollte. Zum ersten Mal baute sich neben Paolos Angst siedend heiße Wut auf.

Dämlich, dämlich von John-Michael, sich die Waffe abnehmen zu lassen.

„Ich will dir eins ganz klar sagen: Ich verdiene hiermit meinen Lebensunterhalt. Wenn mein Partner also anfängt, sich ein bisschen merkwürdig zu benehmen, denke ich, dass etwas nicht stimmt. Und weißt du, was ich noch denke? Ich denke, dass *du* vielleicht was mit dem Tod meines Freundes zu tun hast. Ich weiß nicht, ob du versucht hast, ihn auszurauben, oder ob du sein Auto angefahren hast oder ob – und das erscheint mir ziemlich unwahrscheinlich –, ob du ihm irgendwie seinen eigenen Revolver abgenommen und ihn damit erschossen hast. Aber wenn ich mir seine Kopfverletzung so ansehe, schätze ich, dass ihn ein Auto angefahren hat. Nur – vielleicht hätte ich genauer hinsehen sollen?“

Seinen letzten Satz untermauerte er mit zwei weiteren Tritten. John-Michael reagierte kaum. Er stieß nur ein weiteres lang gezogenes Stöhnen aus. Paolo konnte es kaum noch mit ansehen. Doch es war offensichtlich, dass der Mann etwas ahnte. Er würde John-Michael weder einfach so gehen lassen, noch würde er ihn schnell töten.

„Du fragst dich, warum du mich nicht getötet hast, als du die Chance hattest“, sagte der Mann und spuckte dicht neben John-Michael auf den Boden. „Tja, es ist so: Du hast bestimmt schon von Darwin gehört, oder? Natürliche Selektion und so? Dieser Lifestyle ist sehr … ich würde es mal *darwinistisch* nennen. Wenn Menschen wie du und ich, die in der Situation stecken, in der du jetzt bist, das überleben, dann nur, weil wir lernen. Wir passen uns an. Ich werde dich nicht anlügen, nicht jeder schafft es. *Du* schaffst es vielleicht nicht. Aber falls doch, weißt du es beim nächsten Mal besser. *Ziele nie* mit einer Schusswaffe auf jemanden, solange du nicht wirklich schießen willst.“

Noch ein Tritt, diesmal gegen die Rückseite von John-Michaels Oberschenkeln. Paolo war den Tränen nah – Tränen des Mitgefühls und der Wut.

Auf einmal kniete sich der Mann neben John-Michael und drückte ihm die Pistole in die Kniekehle.

„Also schön. Du hast fünf Sekunden, um mir zu sagen, wo die Kohle ist. Sonst kriegst du die erste Kugel – mitten ins Knie.“

PAOLO

Malibu Canyon – Freitag, 3. Juli

Paolo sah keine Möglichkeit, den Mann körperlich anzugreifen. John-Michael würde jetzt jede Sekunde verraten, wo das Geld war. Unter Schlägen würde er Paolos Position preisgeben. Wahrscheinlich würden sie mit vorgehaltener Waffe gezwungen werden, die Mädchen anzurufen.

Dann wären sie allesamt potenzielle Geiseln. Es würde ein Blutvergießen geben, falls der Typ ihnen klarmachen wollte, wer der Stärkere ist und er einen von ihnen töten oder verstümmeln würde, nur um zu zeigen, dass er es ernst meinte.

Das Leben von ihnen *allen* stünde auf dem Spiel. Und Paolo wäre unmittelbar dafür verantwortlich.

Er musste handeln, bevor John-Michael ihn verriet. Er bückte sich weit hinunter und tastete nach einem Stock. Der Boden fiel so steil ab, dass er sich mit einer Hand an einem niedrigen Ast festhalten musste. Als sich der Ast neigte, biss Paolo sich auf die Unterlippe. Er hoffte verzweifelt, dass seine Stütze weder abbrach noch so viel Lärm machte, dass er seine Position verriet. Außerdem konnte er keinen Stock in Reichweite finden. John-Michaels Stöhnen war mit jedem Tritt lauter geworden. Und die Sekunden rasten dahin.

Paolo schwang sich auf die Füße und kam hinter dem Baum hervor. Er bewegte sich flink und nutzte John-Michaels Stöhnen, um jegliche Geräusche, die er machte, zu verstecken. Doch er war nicht schnell genug. Der Mann war bereits dabei, den Kopf zu drehen, als Paolo ihm einen Fausthieb verpasste.

Es war ein kräftiger Schlag mit der ganzen Energie von Paolos schnellstem Aufschlag. Er hätte den Mann genau auf den Hinterkopf getroffen, aber so erwischte Paolo nur seine rechte Wange.

Paolos Faust traf hart auf den Knochen. Seine Fingerknöchel krachten in die Augenhöhle des Mannes. Der Aufprall schoss direkt Paolos rechten Arm hoch bis in seine Schulter. Der Schmerz nahm ihm für mehrere Sekunden die Luft. Erschüttert sah er, wie der Mann schwankte und sich mit der linken Hand das Gesicht hielt. Aber für den Moment war es ein Sieg. Dann holte der Mann mit dem rechten Arm samt Waffe aus. Eine Pistole rauschte schnell auf Paolo herab. Er schaffte es, nach hinten auszuweichen und so dem Schlag knapp zu entkommen.

„Auf die Knie", zischte der Mann. Paolo rührte sich nicht. Er sah zu der Stelle, wo noch vor einer Sekunde John-Michael gelegen hatte, und erhaschte einen Blick auf zwei Beine, die in der Dunkelheit am Straßenrand verschwanden. Der Mann folgte seinem Blick, behielt ihn jedoch die ganze Zeit über im Fokus. „Dein Freund hat dich verlassen."

Er schob Paolo die Pistole ins Gesicht und drückte die Mündung fest an sein Ohr. Das arrogante Selbstvertrauen, das er gerade noch ausgestrahlt hatte, war verflogen. Seine Augen waren zwei schmale Schlitze aus Stahl, die Oberlippe gab seine Vorderzähne frei. Paolo fiel langsam auf die Knie und hob beide Hände. Von den Fingerknöcheln seiner rechten

Hand tropfte das Blut. Er spürte, wie das kalte Metall der Pistole über seine Haut strich, von seinem Ohr bis zu seinem rechten Auge.

„Das. Tat. Weh." Der Mann atmete geräuschvoll ein. „Ich werde ein blaues Auge kriegen, verdammt." Er beugte sich vor. Paolo konnte Tabak in seinem Atem riechen.

„Ich weiß, dass dein kleiner Freund uns noch sehen kann", flüsterte der Mann verschwörerisch. „Sag mir lieber, wo ihr das Geld habt. Und zwar *schnell.* Ich schwöre bei Gott, dass ich ihn einfangen und bei lebendigem Leib häuten werde."

„Hinter dem Baum", sagte Paolo plötzlich. Er sagte es noch einmal, lauter. Und fing an, ein stummes Gebet zu sprechen, eine telepathische Botschaft an John-Michael, die sein Freund hören und verstehen sollte.

„Das Geld. Es ist in einem Seesack hinter dem Baum. Wir hatten ihn gerade erst geöffnet. Wir haben Ihren Freund nicht angerührt. Ehrlich. Wir sind nur mit dem Fahrrad vorbeigekommen. Unsere Räder stehen da hinten, gleich hinter Ihrem Wagen, am Straßenrand." Paolo riskierte es, die linke Hand zu heben und auf die vermeintliche Stelle zu zeigen. Er riss die Augen weit auf und schüttelte leicht den Kopf. „Es tut mir leid, dass ich Sie geschlagen habe. Aber Sie haben meinem Kumpel wehgetan. Da wusste ich nicht, was ich machen soll."

„Wo habt ihr die Kohle gefunden?"

„Im Kofferraum", erwiderte Paolo. Die Wahrheit konnte ihnen jetzt nur nutzen. Er musste den Typen irgendwie dazu bringen, zu dem Baum hinüberzugehen. „Da war ein Vorhängeschloss."

„Wo habt ihr den Schlüssel gefunden?"

„Im Handschuhfach. Das ganze Auto war unverschlossen."

„Warum habt ihr nicht den Notruf gewählt?“

Paolo spürte, wie ihm die Tränen in die Augen stiegen. Er entschied, sie nicht zurückzuhalten. „Er war tot, Mann“, wimmerte er und brachte sogar ein Schluchzen zustande. Es war eine Erleichterung, seine Angst ein Stück weit rauszulassen. „Wir konnten ihm nicht helfen.“

Ein höhnischer Unterton schlich sich in die Stimme des Mannes. „Aber ihr konntet euch selbst helfen – seinen Revolver klauen und sein gottverdammtes *Geld*. Das konntet ihr, was?“

Paolo schüttelte den Kopf. Das Grauen, das ihn noch vor einer Sekunde im Griff gehabt hatte, das ihn mit Selbstmitleid überschwemmt hatte, verblasste schnell. Seine Gedanken rasten nach vorn, versuchten, irgendeinen Weg zu finden, wie er seinem Schicksal entkommen konnte. „Wir wussten nicht, was drin war, wir waren nur neugierig. Hören Sie, es tut mir wirklich leid. Bitte lassen Sie uns einfach gehen. Wir werden auch nichts sagen. Die Tasche ist direkt dort, wo ich mich versteckt habe. Sie können Sie sich nehmen und … und …“

Der Mann lachte hämisch. „Und was? Euch laufen lassen? Das wird sich noch zeigen. Zuerst muss ich diese Fahrräder sehen. Wo sind deine Trainingsklamotten, Junge? Du siehst kein bisschen wie ein Radsportler aus. Und ich kann mich auch nicht erinnern, hier oben irgendwelche Räder gesehen zu haben, außer die Reifen an dem Oldsmobile von meinem Kumpel.“ Er trat zurück. „Hoch mit dir.“ Er sprach lauter, sodass John-Michael ihn hören konnte. „Hey, Radsportler Nummer zwei, ich weiß, dass du noch in der Nähe bist. Wenn du den hier mit mir allein lässt, wird es nicht gut für ihn enden. Ich bin ein wahrer Künstler, wenn es darum geht, Knochen zu brechen. Ich werde ihm mindestens sechs brechen, bevor ich mit den Kugeln anfange. Du wirst staunen, wie übel ein Mensch zugerichtet werden kann, bevor endlich der Tod eintritt."

In der folgenden Stille lauschte Paolo nach irgendeiner Antwort. Nichts. John-Michael war in Richtung der Mädchen abgehauen. Wenn er schlau war, hatte er sich so schnell wie möglich vom Acker gemacht. Vielleicht hatte der Mann recht, vielleicht nicht. Aber irgendwie konnte Paolo nicht ganz glauben, dass sein Freund in der Nähe geblieben war, um noch eine Tracht Prügel einzustecken.

„Lauf los. Zeig mir diese Räder."

Sein Zögern brachte Paolo noch einen Stoß mit dem Pistolenlauf ein. „Wollen Sie nicht das Geld holen?"

Der Mann starrte ihn plötzlich neugierig an. „Warum?"

Paolo zwang sich zu einem Achselzucken. „Weil es gleich da hinten liegt."

„*Du* holst es."

„Ich?"

Der Mann nickte ein Mal. „Ja."

Paolo brachte ein stummes Nicken zustande. Er setzte die ersten Schritte auf den Baum zu. So hatte er das nicht geplant. Die Sache lief schrecklich. Keine Spur von John-Michael. Jetzt war er zusammen mit einem bewaffneten Sadisten mitten im Nirgendwo. Er erreichte den Baum und starrte hilflos auf den leeren Boden hinter dem Baumstamm.

„Beeil dich."

Paolo trat in den Schatten und schlüpfte hinter den Baum. Jetzt konnte er nur noch eins machen. Er drückte sich gegen den Stamm, blieb reglos stehen und wartete.

Ein Augenblick verstrich. Dann rief der Mann ungläubig: „Du versteckst dich allen Ernstes? So willst du spielen?" Er lachte laut auf. „Hast du irgendeine Vorstellung davon, was ich mit dir machen werde?“

Paolo schloss die Augen. Wegen der Bisswunde in seiner Lippe hatte er einen metallischen Geschmack auf der Zunge. Er hörte das Dröhnen seines eigenen Pulsschlags, während das Blut an seinem Trommelfell vorbeirauschte. Das Herz hämmerte so hart in seiner Brust, dass er nicht glauben konnte, dass der Mann es nicht hörte.

Aber er rührte sich nicht.

Schritte. Paolo sah zu Boden. Der Vorsprung hinter dem Baum war höchstens dreißig Zentimeter breit. Dahinter fiel der Boden in tiefste Dunkelheit ab. Vielleicht gab es direkt darunter einen weiteren Vorsprung. Vielleicht aber auch nicht. Vielleicht führte der Abhang direkt in die Schlucht.

„Letzte Chance“, sagte der Mann. Er stand jetzt direkt neben dem Baum. Er brauchte sich nur vorzubeugen und um den Baumstamm herumzuspähen, und schon würde er Paolo sehen, der am ganzen Körper zitterte und verzweifelt versuchte, mit der Rinde zu verschmelzen.

Paolo ging noch ein Stückchen um den Baum herum, weiter außer Reichweite. Er hörte, wie der Mann die Luft anhielt, während er darauf wartete, dass Paolo aus seinem Versteck herauskäme. Wahrscheinlich fragte er sich, ob er das Risiko eingehen sollte, nach ihm zu schauen.

Kommkommkommkommkomm …

Zuerst tauchte die Pistole auf, dann der lang ausgestreckte Arm des Mannes. Um ein Haar hätte die Waffe Paolos Kopf berührt, bevor er sich wegducken konnte, doch er schaffte es, sich hinter den Baum außer Reichweite zu manövrieren. „Jetzt bist du albern“, sagte der Mann, als er auf den schmalen Vorsprung hinter dem Baum trat.

Wie zuvor John-Michael rutschte der Mann leicht ab und verlor den Halt. Er streckte die Arme nach dem Baum aus und ergriff einen Ast. In der rechten Hand hielt er noch immer die Pistole. Paolo rannte bereits um den Baum herum und dann mit geducktem Kopf weiter in Richtung Oldsmobile. Er musste irgendwo in Deckung gehen.

Er nahm John-Michaels schmale Silhouette kaum war, die aus dem Schatten auftauchte. In den Händen hielt er einen großen, schweren Stock, den er hin und her schwenkte. Paolo hörte, wie das Holz durch die Luft sauste und mit einem dumpfen Geräusch irgendwo aufprallte. Er hörte den gequälten Schrei, als der Mann stolperte – und er hörte die Anstrengung in John-Michaels Stimme, als der den Stock für den zweiten Schlag anhob. Zwei Schüsse peitschten durch die Luft. Dann herrschte Stille.

Paolo ging zurück hinter den Baum. John-Michael stand dort und atmete schwer. An seiner Schulter lehnte ein dreifingerbreiter Ast. Von dem Auftragskiller keine Spur.

„Paolo. Ich denke, er ist weg."

MAYA

Malibu Canyon – Freitag, 3. Juli

Im Osten zauberte der Mond ein smaragdgrünes Leuchten hinter die Hügel. Direkt darüber war der Himmel mitternachtsblau. Maya konnte durch die Autoscheiben ein paar Sterne sehen. Sie würden die Nacht nicht überdauern. Vielleicht noch eine Stunde, dann wäre das Mondlicht so kräftig, dass es alles andere außer dem Licht der Venus überstrahlen würde. Abwesend griff sie nach ihrem Telefon, um in ihrer Nachthimmel-App die Positionen der Planeten nachzugucken. Dann fiel ihr ein, dass das Gerät noch immer zu Hause in Venice Beach lag.

Candace und Grace waren mittlerweile gewiss schon zu Hause. Wahrscheinlich hatten sie versucht, die anderen anzurufen und festgestellt, dass alle Smartphones im Haus herumlagen. Bestimmt war ihnen aufgefallen, dass der Ahornboden im Wohnzimmer kahl und der Läufer weg war. Dennoch würde es eine enorme Vorstellungskraft erfordern, um von dem Punkt bis zu den Geschehnissen zu gelangen, die sich vor ein paar Stunden im Haus ereignet hatten. Maya versuchte zu erraten, zu welcher Schlussfolgerung sie an deren Stelle gelangt wäre. Sie kamen zu Hause an, fanden das Haus leer vor, und ihre Mitbewohner hatten offenbar allesamt ihre Handys dagelassen.

„Sie werden denken, dass wir zum Strand gegangen sind", schlussfolgerte Maya laut. Als sie den Kopf wandte, sah sie Lucys skeptischen Blick.

„Über *so was* machst du dir Gedanken?" Lucy zuckte zweifelnd mit den Schultern. „Ich persönlich mache mir mehr Sorgen, was unsere Jungs wohl gerade mit diesem Revolver anstellen. Ist schon ziemlich lange her, seit wir zuletzt von ihnen gehört haben, findest du nicht?"

„Ich schätze", fuhr sie fort, „wir hätten es gehört, wenn der Revolver zum Einsatz gekommen wäre."

„Sei dir da mal nicht so sicher", erwiderte Maya zweifelnd. „Zwischen uns liegen mindestens zwei Hügel."

Maya spürte, wie sie errötete, sagte jedoch nichts mehr. Als das fortdauernde Schweigen sie einhüllte, begann Maya, über Lucys Worte nachzudenken. Der letzte Kontakt war gut fünfzehn Minuten her. Sie hätten ausmachen sollen, dass sie sich in regelmäßigen Abständen meldeten.

„Okay", räumte Maya ein. „Vielleicht sollten wir zurückfahren."

„Und was ist, wenn sie gerade mittendrin sind? Wir rufen lieber erst mal an."

„Wenn sie gerade mittendrin sind, werden sie doch aber nicht rangehen, oder?"

Lucy machte ein wütendes Geräusch. „Woher soll ich das wissen? Ruf schon an!"

Maya nahm das kleine Telefon, das auf ihrem Schoß lag, und rief auf dem Wegwerfhandy der Jungs an. Nachdem für längere Zeit nur das Freizeichen zu hören war, hielt sie das Handy in Lucys Richtung und sagte skeptisch:

„Siehst du? Niemand geht ran. Ich bin dafür, dass wir hinfahren.“

Lucy startete den Chevy Malibu. Sie sagte nichts, und ihre Bewegungen waren träge, fast schon gelangweilt. Sie schien sich von den Geschehnissen irgendwie abgespalten zu haben und lehnte ihre Rolle in dem Ganzen sowohl körperlich als auch mental ab. Maya war sich ziemlich sicher, dass Lucy, wäre sie nicht die einzige Anwesende mit einem Führerschein gewesen, einfach gegangen wäre.

Wer hätte gedacht, dass ausgerechnet Lucy das Gesetz über den Überlebenskampf mit einem Mörder stellen würde? Maya wurde klar, dass diese Punk-Persönlichkeit nicht so viel zu zählen schien. Zumindest nicht, wenn es hart auf hart kam. Lucy war ihren Eltern ähnlicher, als sie zugeben wollte.

Wenige Minuten später kamen sie an der engen Kurve ein Stück die Straße hinauf an. Maya sah sofort, dass ein zweiter Wagen dicht hinter dem Oldsmobile gehalten hatte. Die Scheinwerfer brannten und beleuchteten den Straßenrand auf den nächsten dreihundert Metern mit weißlichem Licht.

Maya hörte, wie Lucy abgehackt einatmete, und konzentrierte sich auf das Wenige, das sie hinter den zwei parkenden Autos erkennen konnte. Keinerlei Bewegung. Ein Stückchen weiter flankierte, durch die Autos verdeckt, eine kleine Baumgruppe den Straßenrand. Dennoch konnte sie nicht genau sagen, wo die Straße aufhörte. Zwar bohrte das Scheinwerferlicht ein Loch in die Dunkelheit, aber an den Seiten sah man nur Dunkelheit.

„Lass den Motor laufen“, murmelte Maya. Dann schnallte sie sich ab und stieg aus. Lucy quietschte missmutig, versuchte aber nicht, Maya abzuhalten.

Sie rannte zu dem zweiten Wagen, ebenfalls ein Chevy – ein Cruze. Während sie an dem Oldsmobile vorbeiging, richtete Maya ihre Aufmerksamkeit auf die Dunkelheit. Ihre Augen brauchten einen Moment, um sich daran zu gewöhnen. Nach ein paar Sekunden, erkannte sie in der Nähe des größten Baumes zwei Gestalten. Eine von ihnen kniete auf der Erde, den Blick gesenkt.

Paolo und John-Michael. Sie mussten es sein. Maya spürte, wie ihr Puls schlagartig anstieg, als sie die Puzzleteilchen zusammensetzte. Ein zweiter Wagen stand hier. Das bedeutete, dass ihr Plan aufgegangen war. Der Partner des Auftragskillers hatte ihren Köder geschluckt. Und jetzt war er nirgends zu sehen.

Paolo muss ihn umgebracht haben.

Mit dem Teil ihres Gehirns, der gerade nicht damit beschäftigt war, die Ereignisse des Tages noch mal zu durchdenken, begriff Maya: *Jetzt sind John-Michael und Paolo beide Mörder.*

„Maya." John-Michael stand auf, als sie näher kam. Er klang weder überrascht, sie zu sehen, noch erleichtert. Einfach nur neutral. Er hielt die Hände wie bei einem Gebet vor dem Körper zusammen.

Paolo war überschwänglicher. „Ist Lucy auch hier? Mein Auto! Ich brauche eine Taschenlampe. Da müsste eine im Handschuhfach liegen." Dann rannte er an Maya vorbei und war verschwunden. Zwei Minuten später kam er mit Lucy zurück. In der rechten Hand hielt er einen Aluminiumstab, der so lang war wie Mayas Unterarm. Paolo eilte an ihnen vorbei und schaltete die Taschenlampe ein, kaum dass er die Bäume erreicht hatte. Als der Strahl nach unten leuchtete, wurde offensichtlich, dass das, wonach auch immer sie suchten, die Klippe hinuntergestürzt war.

Alle vier Mitbewohner standen gefährlich nahe an dem Steilhang und schauten nach unten. Maya wusste nicht genau, wonach sie überhaupt Ausschau hielten, aber sie konnte es sich denken.

Nach dem Fahrer des anderen Wagens. Hatten die Jungs ihn erschossen? Oder vielleicht den Abhang hinuntergestoßen? Sofort wanderte ihr Blick zu Paolos Händen, und sie fragte sich, wie viele Kugeln sie wohl abgefeuert hatten. Als sie den Revolver nicht entdecken konnte, schaute Maya irritiert auf John-Michaels Hände. Doch auch er hielt die Waffe nicht. Dann sah sie das schmale weiße Plastikband, das seine Handgelenke zusammenhielt. Bei dem Gedanken daran, was sich hier abgespielt haben musste, bekam sie einen trockenen Mund.

Das konnte nur eines bedeuten.

Lucy war zu demselben Schluss gekommen. „Ihr habt ihn gar nicht erschossen." Die Luft war zwar nicht besonders kalt, doch Lucy verschränkte trotzdem die Arme vor der Brust und hielt sich zitternd an ihren eigenen Schultern fest. „Was ist passiert? Wo ist er?"

„Ich habe ihn runtergestoßen", sagte John-Michael. Er klang total erschöpft. „Im Fallen hat er noch geschossen. Zwei Mal, glaube ich."

„Ich habe auch zwei Schüsse gehört", bestätigte Paolo.

Maya sah John-Michael an. „Er hatte eine Waffe in der Hand, und du hast ihn geschlagen?"

„Mit einem Stock", erwiderte John-Michael und hob mit den gefesselten Händen einen dicken, knüppelähnlichen Ast hoch, den er zuvor an der Seite gehalten hatte. „Dann ist er über den Abhang gestürzt. Da vorne."

„Das war ein tiefer Sturz", sagte Paolo zu Lucy. „Der Typ rührt sich nicht. Ich schätze, dass er … also, ich denke mal, dass … es vorbei ist."

Maya sah wieder nach unten, und diesmal folgte sie mit dem Strahl der Taschenlampe Lucys entsetztem Blick. Ja, Paolo hatte recht. In ungefähr fünfhundert Metern Tiefe lag ein Körper in einem Zweiteiler. Der Kopf war nicht gerade unnatürlich verrenkt, aber wie Paolo schon gesagt hatte: Der restliche Körper bewegte sich nicht. Und von dem Revolver war keine Spur zu sehen.

„Umbringen hättest du ihn damit nicht können", sagte Lucy mit einem Nicken in Richtung Stock. „Der ist nicht annähernd schwer genug."

„Nein", stimmte John-Michael ihr zu. „Aber vielleicht hat der Sturz das geschafft? Einer von uns sollte lieber runtergehen und sich davon überzeugen, dass er wirklich tot ist. Ich kann nicht, also fragt erst gar nicht. Ich fühle mich, als ob ich zehn Runden mit Rocky Balboa geboxt hätte."

Lucy schnappte nach Luft. Sogar Maya war von John-Michaels sanfter, sachlicher Art zu reden überrascht. Anscheinend bemerkte er ihren Schock, denn er setzte mit sanfter Stimme nach: „Ich habe nicht versucht, ihn umzubringen. Er war kurz davor, Paolo zu Tode zu quälen. Ich habe einfach nur auf ihn eingeschlagen. Ich bin mir ziemlich sicher, dass er mir eine Rippe gebrochen hat", fügte er hinzu, als er beim Einatmen zusammenzuckte. „Mir tun alle Knochen weh – das könnt ihr euch nicht vorstellen."

„Wir müssen dir Schmerzmittel besorgen, Alter", sagte Paolo. „Es gab wirklich keine andere Möglichkeit. Nachdem er seinen Freund tot aufgefunden hat, war der Typ nicht gerade zimperlich."

„Ich habe auf Überlebensmodus umgeschaltet", fügte John-Michael hinzu. „Ich wusste nicht, wie tief er fallen würde."

„Aber er … ihr wart … er hat euch angegriffen?", fragte Lucy. Ihre Worte überschlugen sich förmlich. Maya vermutete, dass Lucy die Fesseln an John-Michaels Handgelenken noch gar nicht bemerkt hatte. Sie versuchte immer noch, das Entsetzen darüber zu verarbeiten, was die Jungs durchgemacht haben mussten. Je mehr Maya darüber nachdachte, desto besorgter wurde sie.

„Ich wollte nicht einfach nur danebenstehen und zusehen, wie er Paolo auseinandernimmt", knurrte John-Michael.

„Wir müssen sofort von hier weg", verkündete Maya. Angespannt zog sie sich vom Abhang zurück. „Im Ernst. Es ist ein Wunder, dass in den letzten fünfzehn Minuten niemand vorbeigekommen ist."

„Zwei Autos sind vorbeigefahren", sagte Michael. „Aber sie haben nicht angehalten."

„Na ja, jetzt steht auch noch Paolos Wagen dahinten. Das macht schon drei Autos am Rand einer verlassenen Bergstraße. Allmählich dürften wir das Interesse der anderen Autofahrer wecken."

„Maya hat recht", sagte Paolo. Er griff – etwas zögerlich, wie Maya auffiel – nach Lucys Hand. „Lass mich fahren."

Lucy griff in die Gesäßtasche ihrer Jeans und reichte ihm den Schlüssel für den Chevy. Paolo nahm ihn und ließ ihre Finger mit offensichtlichem Widerwillen los. „Wir sollten jetzt alle verschwinden", sagte er.

Paolo setzte sich hinters Steuer, und Lucy nahm auf dem Beifahrersitz Platz. Eine schwere, dichte Stille legte sich über die vier Freunde. Maya hätte gern etwas gesagt, John-Michael zu seinen gefesselten Händen befragt, etwas über die Tasche voller Bargeld gesagt, die jetzt im Kofferraum von Paolos Wagen lag, oder über die zwei toten Killer. Über die Tatsache, dass Dana

Alexander, falls tatsächlich sie es gewesen war, die diese Leute auf Lucy angesetzt hatte, sich nicht davon abschrecken ließe, wenn zwei ihrer Auftragskiller verschwänden.

Maya fragte sich, was Dana Alexander wohl tun würde, wenn sie davon erfuhr. Der Schluss, zu dem sie kam, war nicht gerade erfreulich.

„Lucy", begann sie und lehnte sich so weit nach vorne, bis ihr Gesicht ganz nah an Lucys war. „Vielleicht reicht es nicht, wenn du deine Zeugenaussage erst am Montag machst. Du musst diese Nagellackflasche finden, auf der Danas Fingerabdrücke sind oder was auch immer, und sie zur Polizei bringen. Wenn Dana Alexander nur dadurch verurteilt werden kann, dann ..."

Maya spürte, wie sie schneller atmete, wie ihre Zunge dick und schwer wurde, als die Worte vertrockneten. Sobald Alexander verhaftet würde, wäre die Hölle los. Alexander würde Maya definitiv abschieben lassen. Sie konnten sich nicht mal sicher sein, dass sie nicht vom Gefängnis aus zuschlagen würde. Killer wie Mister Shooter und sein Freund waren niemals weiter als einen Anruf entfernt.

Lucy bekäme mit Sicherheit irgendeine Art von Schutz, vielleicht würde sie sogar in ein Zeugenschutzprogramm aufgenommen werden. Mayas Gedanken wanderten zu Jack Cato. Ob er wohl versucht hatte, sie heute Abend zu erreichen? Ob sie lauter Nachrichten und verpasste Anrufe auf ihrem Smartphone hatte? Der plötzliche Gedanke an ihn stand in solch einem süßen und zärtlichen Kontrast zu der Gewalt und dem Schrecken der letzten Stunden, dass Maya sofort die Tränen kamen.

„Weinst du, Maya?", fragte John-Michael erstaunt. Sie spürte die leichte Berührung seiner Finger auf der Wange. „Hey. Das Schlimmste ist ja jetzt überstanden."

Maya lehnte sich gegen seine Finger, kniff fest die Augen zusammen und stellte sich vor, Jack würde sie berühren. Sie war erschöpft. Es gab noch so viele Einzelheiten zu besprechen. Details, die zwischen Gefängnis und Freiheit entscheiden würden, zwischen Sicherheit und Gefahr. Aber Paolo und John-Michael schienen nach den Ereignissen des Abends völlig benommen. Sie konnten keinen klaren Gedanken fassen.

Wenn sie doch nur glauben könnte, dass John-Michael recht hatte – dass das Schlimmste überstanden war. Sie hätte sich so gerne entspannt. Doch sie traute sich nicht. Tief in ihrem Innern begann Maya zu verstehen, dass das Ganze noch längst nicht ausgestanden war.

GRACE

Venice Beach, Pacific Avenue – Freitag, 3. Juli

„Noch immer nichts?"

Zur Antwort schüttelte Grace nur mürrisch den Kopf. Candace spreizte die Finger auf dem Lenkrad und runzelte verwirrt die Stirn.

„Es geht nur die Mailbox dran. Bei allen vieren", sagte Grace.

„Deshalb hat uns wahrscheinlich auch niemand geschrieben, was wir ihnen vom Einkaufen mitbringen sollen", sagte Candace gähnend.

Das erklärt es tatsächlich, dachte Grace.

Sie hatte ihren Mitbewohnern eine Gruppennachricht geschrieben: *Fahren für den 4. Juli einkaufen. Irgendwelche Wünsche?*

Aber nichts.

Und jetzt das: absolute Funkstille. Das konnte nichts Gutes bedeuten.

Seitdem sie und Candace das Haus verlassen hatten, hatte sich allmählich ein ungutes Gefühl in ihr breitgemacht. Der Streit früher am Abend war von epischem Ausmaß gewesen. Als Candace vorgeschlagen hatte, der Schnellkochtopfatmosphäre zu entfliehen, hatte sich Grace ihr nur allzu gern angeschlossen. Sie war davon ausgegangen, dass alle anderen auch mitkämen, doch sie waren im Haus zurückgeblieben. Während sie und Candace schnellen Schrittes zur Promenade gegangen waren, hatte Grace bei einem Blick über die Schulter schließlich John-Michael und Maya erspäht, wie sie gemeinsam das Haus verließen.

Die Wohngemeinschaft war zersplittert. Die Art und Weise, wie es passiert war, zerrte an Graces Herzen. Sie hätten sich nicht in kleine Cliquen aufteilen sollen, aber es war geschehen. Sie und ihre Stiefschwester. Paolo und Lucy – das Mädchen, in das er mal verknallt gewesen war. John-Michael und Maya – als ob die beiden von Natur aus die „Außenseiter" wären.

Grace hatte Paolo während Mayas explosiver Enthüllung fast die ganze Zeit über im Blick gehabt. Normalerweise versuchte sie, ihre Gefühle zu verbergen, aber in dieser Situation hatte sie nicht im Mittelpunkt gestanden. Während alle abgelenkt waren, hatte sie sich erlaubt, Paolos Unruhe und Angst wahrzunehmen, die Art, wie er über sein frisches Tattoo rieb und das Gesicht verzog. Er hatte sich untypisch verhalten, in sich gekehrt.

Seit Candaces Reaktion auf die Neuigkeit über Graces Vater hatte Grace Schuldgefühle. Candace hatte recht. Sie hätte ihr schon viel früher von ihrem Vater erzählen sollen. Vielleicht wären die Dinge dann anders verlaufen? Als Candace vorgeschlagen hatte, gemeinsam ein Eis zu essen, hatte sie beschlossen, dass die Zeit für ein klärendes Gespräch gekommen war. Grace hatte ihr sämtliche Einzelheiten über ihre Beziehung zu ihrem Vater erzählt – von der Zeit an, als ihr zum ersten Mal klar geworden war, dass sie dieses Schicksal geheim halten müsste.

Geheimnisse hatten ihre WG beinahe zerstört. Aber nun, da alle Fakten auf dem Tisch lagen, konnten die sechs Freunde vielleicht noch einmal von vorne beginnen.

Von der Eisdiele am Santa Monica Pier waren sie auf direktem Weg zu Candaces Auto gegangen, das nur wenige Straßen weiter stand, und von dort aus zu Trader Joe's gefahren, dem Supermarkt in der Nachbarschaft.

Als sie zurückgekommen waren, war das Haus leer, aber nicht dunkel. Im Wohnzimmer und im Bad in der ersten Etage brannten gedimmte Lichter. Es war, als ob alle erst wenige Minuten zuvor gegangen wären. Grace versuchte noch einmal, John-Michael zu erreichen. Als sie seinen vertrauten *Death Note*-Klingelton von dem roten Sofa kommen hörte, war sie noch verwirrter als zuvor.

„Ihre Handys sind hier", rief sie Candace zu, die in der Küche die Einkäufe verstaute. Wenige Augenblicke später stand es fest: Alle vier Mobiltelefone lagen im Wohnzimmer.

„Wo zum Teufel ist der Teppich?", fragte Candace, als sie mit in die Hüfte gestemmten Händen aus der Küche kam und sich in dem Raum umblickte.

Grace starrte ratlos auf den kahlen Holzfußboden vor dem roten Sofa. „Oh ja", erwiderte sie und kam sich dumm vor. „Das kommt noch dazu."

Candace schaute nach unten und bückte sich. „Oh Gott, ist das Blut?"

Unmittelbar neben dem Sofa, wo normalerweise eine Ecke des Läufers gelegen hätte, hatten sich ein paar Tropfen roter Flüssigkeit gesammelt. Einer davon war verschmiert und sah aus wie ein blutender Komet. Irgendetwas war durch einen der größeren Tropfen hindurchgeschleift worden.

„Es muss einen Unfall gegeben haben“, kombinierte Candace.

„Oder einen Kampf.“

„Vielleicht haben sie den Teppich nach draußen gebracht, um ihn sauberzumachen?“, schlug Candace vor.

„Ohne die Handys mitzunehmen?“

„Wozu sollten sie ihre Handys brauchen? Vielleicht sind sie zum Strand gegangen.“

Grace sah sie verblüfft an. „Du denkst, sie sind mit dem Teppich an den Strand gegangen?“

„Was weiß denn ich?“ Candace wurde allmählich wütend. „Aber da er nicht hier ist, haben sie ihn *offensichtlich* mitgenommen.“

Grace setzte sich auf den Futon, verschränkte die Arme im Schoß und starrte zu ihrer Stiefschwester hinauf. „Du denkst wirklich, die sind an den Strand gegangen? Um was zu machen – ein Mitternachtspicknick?“ Sie schüttelte perplex den Kopf. „Du siehst auch immer nur das Gute, oder?“

„Was ist denn deine Idee?“, erwiderte Candace aufgebracht. „Glaubst du, sie haben Olivia Pope von *Scandal* angerufen, damit sie ihnen hilft, eine Leiche zu beseitigen oder irgendetwas Verrücktes? Und übrigens: Könnten wir unser Gespräch eventuell fortsetzen, während wir die Einkäufe wegräumen? Das werde ich nämlich nicht alleine machen.“

Grace folgte Candace in die Küche, wo auf dem Esstisch fünf große braune Papiertüten auf sie warteten. „Was ist mit dem Blut auf dem Fußboden?“, fragte sie, während sie die Maiskolben in den Kühlschrank legte.

„Vielleicht sind sie in die Notaufnahme gefahren und nicht an den Strand“, entgegnete Candace.

Grace zog die Schultern hoch. „Und sie haben alle vergessen, ihr Handy mitzunehmen? Ich meine, selbst wenn sie in so großer Eile aufgebrochen sind, hätte doch zumindest einer von ihnen sein Handy in der Hosentasche."

„Sollte man meinen", räumte Candace ein.

„Lass uns nachsehen, ob Paolos Auto noch da ist."

„Ist es bestimmt nicht."

Candace hatte recht. Und zu sehen, dass Paolos Wagen *nicht* da war, würde ihre Ängste nur noch verstärken.

„Trotzdem irgendwie seltsam, dass ihre Handys alle einfach so auf dem Sofa herumliegen." Candace sprach langsam, und Grace meinte, am Ende ein Zittern in ihrer Stimme zu hören. „Fast so als hätten sie sie absichtlich hiergelassen." Candace sah auf. „Warum sollten sie das tun?"

Grace packte vier Packungen „Ben & Jerry's"-Eiscreme in den Gefrierschrank und wandte sich dann wieder Candace zu. „Mir fallen dafür nur schlechte Gründe ein."

„Versuch aber bitte trotzdem, auch nach einem guten Grund zu suchen, ja?" Am Ende des Satzes wurde Candaces Stimme zu einem schrillen Wimmern. „Hör mal, ich weiß, dass du wegen der Sache mit deinem Vater total fertig bist. Aber du musst darauf vertrauen, dass alles gut wird. Lucy wird am Montag mit der Polizei sprechen, und dann wirst du schon sehen."

„Was werde ich sehen?"

Candace zuckte mit den Schultern und bemühte sich um einen fröhlichen Tonfall, als sie sagte: „Dass sich die Räder der Justiz zu deinen Gunsten drehen werden."

Doch selbst Candaces erzwungener Optimismus konnte Grace nicht von dem Gefühl der Furcht ablenken, das in sie hineingekrochen war. „Ich denke …" Grace ballte die rechte

Hand zu einer Faust. „Ich denke, dass wir vielleicht die Polizei rufen sollten."

„Was ist mit John-Michael? Ihm würde das nicht gefallen."

Sie nickte sachte. Inzwischen nahm sie Candaces Anwesenheit gar nicht mehr richtig wahr, denn ihre Gedanken waren bereits auch zu John-Michael gewandert. Die Polizei und er – das war einfach keine gute Mischung. Grace verstand das mehr als jeder andere in diesem Haus.

Nun zerrte die Angst an ihr, ein schweres Gefühl, das sie in eine Richtung zog, in die sie lieber nicht gehen wollte. Die Atmosphäre in dem Haus schien sich verändert zu haben. Es lag etwas Seltsames in der Luft, als wäre alles Leben aus dem Haus gesaugt worden. Sie spürte ein pulsierendes, eindringliches Klopfen in ihrem Bewusstsein: eine Warnung.

„Hier ist irgendetwas Schlimmes passiert", sagte Candace und gab Graces eigener Angst auf einmal eine Stimme. Grace konnte nur zittern und nicken. „Aber ich denke nicht, dass wir die Polizei rufen können", fuhr Candace fort. Ihre Worte kamen langsam und bedächtig, jedes einzelne fiel auf vorbereiteten Boden. „Zumindest jetzt noch nicht."

Grace verschränkte die Finger ineinander, damit ihre Hände nicht so zitterten. Wo konnten sie sich verstecken, wo sollten sie warten – in großer Angst vor dem, was auch immer kommen mochte?

JOHN-MICHAEL

Jack in the Box – Freitag, 3. Juli

„Wir brauchen ein Alibi."

Paolo reichte die Burger herum, die sie gerade bei Jack in the Box in Pacific Palisades gekauft hatten. Maya hatte darauf bestanden, an keinem öffentlichen Ort zu halten, der nah am Haus oder am Malibu Canyon lag – „nur für alle Fälle". Die vier Freunde packten ihre Burger aus.

Lucy sah sich ihren an und legte ihn zurück in die Papiertüte.

„Ja", sagte Maya energisch, „ein Alibi. Wahrscheinlich ist es am einfachsten, wenn wir sagen, dass wir am Strand abgehangen haben."

„Oder am Pier in Santa Monica", schlug Paolo vor.

John-Michael wollte gerade von seinem Burger abbeißen, hielt aber in der Bewegung inne, um den Plan zu hören. Paolo wirkte nach der ganzen Tortur relativ ruhig. Fast schon fröhlich. Wohingegen John-Michael, kaum dass er außer Sichtweite der anderen gewesen war, auf die Knie gesunken war und sich erbrochen hatte, ehe er die verschiedenen Gegenstände, die sie mit den beiden Todesfällen in Verbindung bringen konnten, in den Müll geworfen hatte. Selbst jetzt war ihm noch flau.

„Nicht der Santa Monica Pier", widersprach Maya. Sie wirkte ein bisschen nervös. „Wir müssen uns einen Ort überlegen, an dem es keine Überwachungskameras gibt. Aber bevor wir uns damit befassen, sollten wir noch ein letztes Mal die anderen Sachen durchgehen. Okay, John-Michael, der Teppich?"

„Verbrannt und in den zweiten Müllcontainer geworfen, den wir nach Verlassen der Route 1 gesehen haben."

„Die Wegwerfhandys?"

„Unsere: zerstört und in den Mülleimer da drüben geworfen", erwiderte John-Michael und zeigte mit dem Finger nach draußen. „Das Prepaidhandy des anderen Typen liegt auf dem Boden neben seiner Hand. Dort hat er es fallen lassen, nachdem er seinem Partner getextet hat."

„Die Kabelbinder, mit denen du gefesselt warst?"

„Mülleimer auf der Herrentoilette von Jack in the Box."

„Mister Shooters Smartphone?" Maya blieb hartnäckig. „Darauf gibt es viele Beweise. Nicht zuletzt die GPS-Daten."

„Das ist schon schwieriger", räumte John-Michael ein. „Wir müssen mit einem ziemlich schweren Gegenstand heftig draufschlagen."

„In Ordnung. Aber je eher, desto besser. Ich habe bereits die App deaktiviert, die eine Verfolgung ermöglicht", sagte sie. „Waffen?"

„Der Revolver? Fingerabdrücke abgewischt und wieder bei Mister Shooter. Und die Pistole ist bei Mister Fünfzig-Arten-dich-fertig-zu-machen."

Maya runzelte die Stirn. „Hä?"

„Willst du mal meine Blutergüsse sehen?", sagte John-Michael schicksalsergeben. „In ein, zwei Tagen wird mein Körper sieben verschiedene Schattierungen von Violett haben."

Sein Magen beruhigte sich allmählich, sodass er es riskierte, von seinem Cheeseburger abzubeißen. Als er aber versuchte zu schlucken, konnte er nur noch an den schmerzerfüllten Aufschrei denken, den der Partner des Killers ausgestoßen hatte, als er am Abhang endgültig den Halt verloren hatte.

Er hätte uns beide umgelegt, wenn er die Gelegenheit gehabt hätte.

Nun hatte er drei Menschen getötet. Ziemlich unerwartet für jemanden, der es schon schwer fand, eine Spinne zu töten.

Ein paar Momente lang waren in dem Wagen nur leise Kaugeräusche zu hören. Jeder der vier Mitbewohner schien seinen eigenen Gedanken nachzuhängen. Oder vielleicht waren ihre Kehlen auch genauso zugeschnürt wie die von John-Michael. Vielleicht balancierten ihre Emotionen am Abgrund und standen kurz davor, sich mit einem Aufschrei zu lösen, der so klang wie jener, der sich einfach nicht aus seinem Gedächtnis vertreiben lassen wollte.

Maya aß ihren Burger auf und wischte sich sorgfältig die Finger an einer Serviette ab, bevor sie zu sprechen begann. „Wir sollten auch noch über die Sache mit dem Geld reden."

„Willst du es aufteilen?", fragte Paolo.

„Ihr solltet von diesem Geld lieber nicht einen einzigen Cent ausgeben", meldete sich Lucy zu Wort. „Wir haben doch keine Ahnung, wer noch danach suchen wird."

„Wer noch danach suchen wird?", fragte Maya und runzelte die Stirn. „Die einzigen zwei Leute, die davon wussten, sind tot."

„Außer das Geld ist von Dana Alexander", konterte Lucy.

„Das ganze Geld?", erwiderte Maya und klang alles andere als überzeugt. „Es kann auf keinen Fall so teuer sein, ein wehrloses Mädchen einzuschüchtern."

„Bis wir den Lauf der Dinge verändert haben“, gab Lucy zu bedenken.

John-Michael war der gleichen Ansicht wie Maya. „Falls ein Teil des Geldes tatsächlich von Dana war, dann war es ein kleiner Teil. Es gibt einen Haufen Gründe, warum die zwei so viel Bargeld mit sich herumgeschleppt haben. Die meisten davon sind illegal. Solange Dana Alexander kein geheimes Doppelleben als skrupelloser Gangsterboss führt, weiß sie nur, dass die zwei die Summe bekommen haben, auf die sie sich geeinigt haben – vermutlich durch einen Dritten.“

Es gab keine Möglichkeit, das Geld bis zu ihnen zurückzuverfolgen. Selbst wenn der zweite Typ auf seinem Weg in den Malibu Canyon irgendwen angerufen haben sollte, konnte dieser beim Auffinden der Leiche des Killers unmöglich wissen, mit wem er es zu tun hatte.

Lucy schüttelte den Kopf. „Trotzdem. Ich finde, wir sollten es irgendwo wegschließen und nicht anrühren, bis diese ganze Sache voll und ganz abgekühlt ist.“

„Du hast recht damit, dass Dana Alexander immer ein Thema ist“, sagte Maya nachdenklich.

Das war ein wichtiger Aspekt. Alexander würde schon bald herausfinden, dass ihr Versuch, Lucy zum Schweigen zu bringen, nicht gelungen war. Besser, sie fände das heraus, wenn sie in einer Gefängniszelle saß. „Man wird Graces Dad aus der Todeszelle holen“, fügte John-Michael hinzu. „Es ist eine Win-win-Situation.“

„Nicht unbedingt“, murmelte Maya. Einen Moment lang kam es John-Michael so vor, als ob sie vielleicht darüber nachdenke, noch mehr zu sagen, doch sie gab keinen Ton von sich.

John-Michael nickte nur und biss noch einmal ab. Wie viel würde Lucy den Bullen erzählen? Wenn sie wüssten, was an diesem Abend geschehen war, würde man sie wahrscheinlich in Schutzhaft nehmen. Und so wenig John-Michael der Gedanke, Lucy wer weiß wie lange nicht zu sehen, gefiel – sie musste in Sicherheit gebracht werden. Der Polizei einfach nur zu erzählen, dass Dana eine Spionin in ihre WG geschleust hatte, würde vermutlich nicht besonders viel in Bewegung setzen.

„Vielleicht sollten wir der Polizei erzählen, dass Mister Shooter Lucy bedroht hat", sagte er vorsichtig. „Und dass er danach wieder gegangen ist."

„Ich weiß nicht." Maya schüttelte den Kopf. „Ich habe das Gefühl, dass es direkt auf uns zurückfallen könnte, wenn wir ihn auch nur erwähnen. Was ist, wenn sie Ermittlungen anstellen?"

„Warum sollten sie das tun?"

„Na, wenn sie die Leiche finden." Lucy klang erschöpft.

„Oh", sagte er. „Ach ja. Tja, dann erfindest du vielleicht eine Beschreibung? Wie wäre das?"

„Hm", machte Lucy. „Ich bin ausnahmsweise mal Mayas Meinung. Wir erzählen kein Wort von der ganzen Sache. Der Typ war niemals hier, und wir wissen *gar nichts.* Dasselbe gilt auch für Grace und Candace", fuhr Lucy fort und klang schon etwas selbstsicherer. „Wir sagen *bubkes.*"

„Bubkes?", wiederholte Maya.

„*Nada.* Nix", sagte Lucy. „Wenn ihr wollt, dass ich zur Polizei gehe, solltet ihr euch verdammt sicher sein, dass alles, was heute Abend passiert ist, in einem riesigen schwarzen Loch eingeschlossen ist. Ein Safe wird hier nicht reichen – ich spreche hier von des Pentagons würdiger höchster Geheimhaltungsstufe."

„Außerdem wäre es irgendwie unfair, von den anderen zu erwarten, nicht darüber zu sprechen", sagte Paolo. „Nicht, dass ich ihnen nicht vertraue, das ist es nicht. Es ist nur …"

„Ja“, stimmte Maya ihm zu und verzog das Gesicht. „Es ist eine Last. Und sie haben nicht verdient, dass wir ihnen die aufbürden.“

„Außerdem waren sie nicht hier“, fügte Lucy nachdenklich hinzu. „Möglicherweise würden sie es nicht verstehen.“

Die Freunde schienen sich recht einig zu sein, zumindest in diesem Punkt. „Dann ist das also beschlossene Sache?“, sagte John-Michael. „Wir schützen sie?“

„Und uns selbst“, bestätigte Lucy.

„Ja“, sagte auch Paolo. „Aber was erzählen wir ihnen, wo wir den ganzen Abend waren?“

John-Michael dachte einen Moment nach. „Wir könnten ihnen doch einfach sagen, dass wir es nicht verraten können. Auf die Art geben wir zu, dass etwas Schlimmes passiert ist, aber wir ziehen sie nicht weiter in die Sache hinein.“

„Ja“, murmelte Paolo. „Das könnte funktionieren.“ Maya nickte zustimmend. In der Hoffnung auf eine Antwort sah John-Michael zu Lucy hinüber. Sie schwieg nachdenklich und starrte auf ihre Hände, die unablässig auf ihrem Schoß miteinander rangen. Nach einer Minute griff sie nach dem Türöffner. „Ich brauche einen Milchshake. Will noch jemand irgendwas?“

„Ich nehme einen Schoko-Milchshake“, sagte Maya mit großer Erleichterung.

John-Michael sagte: „Bringst du mir Erdbeere mit?“

„Ich helfe dir, Lucy“, bot Maya an. Sie öffnete ihren Sicherheitsgurt.

Kaum waren die Mädchen ausgestiegen, stieß Paolo ein Wimmern aus – als würde er ein Schluchzen unterdrücken. John-Michael sah ihn überrascht an und atmete tief ein. Der Moment verstrich gnädig schnell. Welche Emotion auch so hart und schnell in Paolo aufgestiegen war, er hatte sich schon wieder im Griff.

„Tut mir leid, Mann“, brachte Paolo hervor und bemühte sich, sein Schluchzen wegzuatmen. „Ich weiß auch nicht, was mit mir los ist.“

John-Michael beobachtete seinen Freund noch einen Moment länger. Er widerstand der Versuchung, die Hand auszustrecken und Paolo an der Schulter zu berühren. „Schon gut“, sagte er nach einer Weile. „So fühlt man sich nun mal, wenn …“ John-Michael unterbrach sich und schluckte. „Du wirst dich gut fühlen und dann wieder schlecht. So fühlt man sich nun mal, nach einer Sache wie … nachdem man so was gemacht hat wie wir.“

Paolo schwieg. In seinen großen, runden Augen spiegelte sich plötzlich Verständnis, als er John-Michaels Gesicht musterte. Für ein, zwei Sekunden konnte John-Michael praktisch seine Gedanken lesen.

Vielleicht hat John-Michael seinen Vater tatsächlich umgebracht.

Man konnte es ihm nicht verübeln, dass er so dachte. Nicht nach allem, was an diesem Abend passiert war. Nach diesem Abend mussten Lucy, Paolo und Maya alle genau dasselbe denken.

LUCY

Venice Beach, Erdgeschoss – Freitag, 3. Juli

Lucy betrat das Haus als Erste. Außer im Wohnzimmer war das Licht überall ausgeschaltet. Dort brannte nur eine der beiden Bodenlampen und auch die nur gedimmt. Grace und Candace lagen ausgestreckt auf den beiden Sofas und schliefen halb. Als Lucy und die anderen leise hereinkamen, setzten sich die zwei Mädchen ruckartig auf und starrten sie verwirrt an.

Mit jeder Minute, die verstrich, bereitete Lucy die Tasche mit dem Geld mehr Sorgen. Sie hätten sie nicht mitnehmen sollen. Das hatte sie von Anfang an gedacht, war aber zu schockiert und überwältigt gewesen, um irgendeine Diskussion vom Zaun brechen zu können. Die anderen drei waren sich so sicher gewesen, dass es keine Gefahr darstellte, das Geld zu behalten.

Diebstahl war Diebstahl. Vielleicht war es nicht so schlimm wie Mord, aber es konnte gefährlicher enden.

Die Ereignisse des Abends begannen schon, sich zu einem Knoten aus abscheulicher Verzwicktheit aufzuwickeln. Sie hielt es kaum aus, an irgendeinen Teil des Abends zurückzudenken. In den früheren Stunden des Tages hatte Lucy noch mit der Heftigkeit ihrer eigenen Enthüllung nach der Hypnose gekämpft. *Damals* eine große Sache. Etwas, das langsam aufgenommen und erwogen werden wollte.

Nun aber hätte Lucy alles dafür gegeben, wieder an diesem Punkt zu sein. Die Geschichte neu schreiben zu können. Warum hatte sie überhaupt bis zum Nachmittag gewartet, bevor sie zur Polizei gegangen war? Wenn sie die Sache gleich morgens erledigt hätte, wäre auf dem Revier vielleicht nicht so viel los gewesen.

Grace räusperte sich und hatte Mühe, sich auf ihren müden Beinen zu halten, als sie aufstand. „Wo wart ihr denn alle?"

„War jemand am Haus?", wollte Maya wissen, ohne auf Graces Frage einzugehen. Maya war schon den ganzen Abend so: Sie ignorierte alles, was ihr nicht passte, und verhielt sich wie ein kaltblütiges Arschloch. Eine Jugendliche, die ein Leben nachspielte, das sie nur aus dem Kino kannte – absolut passend. Das wahre Leben stand in keinem Zusammenhang damit, was sie in den letzten Stunden durchgemacht hatten. Manchmal hatte Lucy das Gefühl, in einem Studio zu sein und direkt durch eine Szene aus einer Polizeifernsehserie zu schlafwandeln.

„Nein, niemand", antwortete Grace und schüttelte den Kopf. Sie sah einen nach dem anderen neugierig an. „Wer von euch hat sich verletzt?"

Paolo kam als Letzter ins Haus. Schweigend ging er zu Grace und umarmte sie. Lucy sah, wie sie ihre Augen für einen kurzen Moment schloss, als er sie hielt. Ihr Körper entspannte sich augenblicklich, und es war, als ob ein Licht anginge. Ganz kurz fand ein winziges Lächeln seinen Weg durch ihre Angst.

Zwischen Grace und Paolo läuft was.

Nach einigen Augenblicken schob Grace Paolo sanft weg. „Warst du es?"

Paolo zuckte mit den Schultern und versuchte, einen schuldbewussten Ausdruck mit einem verwirrten Grinsen zu kaschieren. „War ich *was*?“

Diesmal schubste Grace ihn fest. „Hör auf zu lügen. Wir haben das Blut gesehen.“

Candace trat einen Schritt vor. Sie sah auch wütend aus. Allerdings wegen Grace. Lucy konnte spüren, dass es etwas Persönliches war. Irgendetwas brodelte da, so viel war sicher.

„Wir waren ganz krank vor Sorge“, sagte Candace aufgebracht. „Wir waren kurz davor, die Polizei zu rufen. Der einzige Grund, warum wir es nicht getan haben, der *einzige* Grund …“ Sie machte eine Pause, als ihre Stimme brach. „Denkt nicht mal daran, uns anzulügen.“

Lucy war ganz ruhig, während sie Candace dabei beobachtete, wie sie darum rang, ihre Gefühle unter Kontrolle zu behalten. Bei einer Schauspielerin konnte man sich nie ganz sicher sein, was echt war und was gespielt. Aber Candace wirkte irgendwie überwältigt.

„Danke“, sagte John-Michael. In seiner Stimme schwang aufrichtige Dankbarkeit mit. „Bitte denkt nicht mal daran, die Polizei zu verständigen.“

Grace starrte von Lucy zu John-Michael. Anscheinend konnte sie Paolo nicht ansehen, wie Lucy auffiel. Wieder und wieder ballte Grace die Hände zu Fäusten und entspannte sie wieder. „Dann lagen wir richtig und es ist etwas Schlimmes passiert?“

Lucy tauschte Blicke mit ihren Mitverschwörern. Einer nach dem anderen antwortete mit einem zaghaften Nicken. Sie drehte sich zu Grace und Candace um. Es war an der Zeit, ihnen die Story aufzutischen, die sie vorbereitet hatten. „Wir wussten, dass ihr euch Sorgen machen würdet. Und wir lieben euch viel zu sehr, als dass wir euch anlügen würden“, begann sie mit zittriger Stimme.

„Gut“, sagte Candace. Ihre Unterlippe zitterte. „Dann lasst es.“

„Aber das bedeutet, dass wir euch nicht allzu viel erzählen können. Weil alles, was ihr wisst, gegen euch verwendet werden könnte. Und gegen uns.“

Die Schwestern sahen zerknirscht aus. Candace sagt: „Was soll der Scheiß?“

„Genau“, meinte Grace. „Ihr könnt uns doch nicht einfach so abspeisen!“

„Wir haben lange darüber nachgedacht“, räumte John-Michael ein.

„Ja“, fügte Paolo mit fester Stimme hinzu. „Wir haben überlegt, ob wir euch die Wahrheit sagen oder euch anlügen sollen. Aber wir können nichts von beidem machen, weil, wie Lucy schon sagte, wir euch dafür viel zu lieb haben.“

„Und weil ihr uns liebt, werdet ihr uns nicht verraten, wo ihr wart, warum ihr eure Handys hier gelassen habt – ich vermute mal, damit wir euch nicht erreichen können –, warum Blut auf dem Boden ist, warum ihr den dämlichen Teppich mitgenommen habt …?“ Grace brach abrupt und ungläubig ab.

„Der übrigens wo ist?“, wollte Candace wissen.

Niemand antwortete auf ihre Frage.

„Wir machen uns Sorgen, was mit euch passiert. Und deshalb können wir es euch nicht sagen. Es könnte …“ John-Michael machte eine Pause. „Es könnte euch in Lebensgefahr bringen.“

„Oh“, sagte Candace unbekümmert. „Dann ist das natürlich okay. Ich meine, es ist ja nicht so, als hättet ihr was

Schlimmes getan und wolltet uns nicht in Schwierigkeiten bringen."

„Das auch", gab Lucy zu. „Wenn wir wollen, dass sie uns vertrauen, müssen wir so viel von der Wahrheit erzählen, wie wir nur können", sagte sie zu den anderen

„Lucy", sagte Paolo sanft, „von uns vieren bist du diejenige, die nichts falsch gemacht hat. Nicht eine einzige Sache. Du musst dafür nicht den Kopf hinhalten. Dafür werde ich sorgen."

Grace starrte die beiden mit unverhohlener Feindseligkeit an. „Was ist es denn jetzt? Habt ihr *alle* eine schlimme Sache gemacht? Oder nur einige von euch?"

„Wir alle", erwiderte Lucy entschlossen. „Die Details spielen keine Rolle." Sie mochte niemandem geschadet haben, aber sie hatte auch nicht verhindert, dass die Dinge geschehen waren. Sie war den Wagen gefahren und hatte zumindest Beihilfe geleistet. Dieser Abend hatte sie alle zu Kriminellen gemacht. Da gab es nichts zu beschönigen.

Candace fuhr sich mit der Hand durch die zerzausten Haare. „Nur damit ich das richtig verstehe: Ihr habt uns *alle* in Lebensgefahr gebracht?"

Lucy zwang sich zu einem Nicken. Die beiden Auftragskiller waren erledigt, aber die Person, die die Männer angeheuert hatte, lief noch immer da draußen herum. Die Vorstellung, dass Dana Alexander, Filmstar und Shakespearedarstellerin, in irgendeiner Verbindung zu der Art von Menschen stand, die Morde arrangierten … Das *klang* total wahnwitzig.

Und trotzdem. Lucy wusste, was sie an jenem Abend auf der Hollywoodparty gesehen hatte. Dana Alexander, die einen Mann unter Wasser hielt. Bis er aufhörte, zu kämpfen. Bis er reglos an die Oberfläche kam. Und sie wusste, was sie im

Anschluss erlebt hatte: Dana Alexanders verlockende Beeinflussung, mit der sie die Realität zu ihrem eigenen Vorteil verdreht hatte.

Wer wusste schon, mit welchen Leuten Dana Alexander zu tun hatte? Wen sie kaufen konnte? Wenn ihre Mitbewohner mit Ariana richtig lagen, war es dem Filmstar gelungen, bereits vor Jahren eine Spionin in Lucys Leben zu schleusen. Und als Lucy nach Los Angeles gezogen war, hatte sie eine andere Spionin gefunden: Maya.

So jemand konnte sich doch gewiss problemlos in äußerst unheimlichen Kreisen bewegen.

„Ich weiß, dass ich in Gefahr bin", gab Lucy zu. „Und ich kann der Polizei nicht sagen, wie schlimm es wirklich ist. Bitte frag mich nicht, warum, Gracie. Aber ich *werde* diese Zeugenaussage machen." Sie hielt kurz inne. „Ich werde diesen Nagellack finden, das Fläschchen, das Dana mir an jenem Abend gegeben hat. Ich weiß, dass es irgendwo in meinem Zimmer in Claremont ist. Dann wird die Polizei wissen, dass ich an dem Abend wirklich mit Dana gesprochen habe. Wir werden dafür sorgen, dass es ihr leidtut, mir jemals das Gefühl gegeben zu haben, ein dämliches kleines Kind zu sein, das nicht den Unterschied zwischen Traum und Wirklichkeit kennt. Wenn sie versucht, ihre Story über die Geschehnisse von damals zu ändern, wirst du sehen, dass sich die Bullen extrem für ihr Umfeld interessieren werden. Wer weiß, was sie noch so alles finden?"

Grace machte einen Schritt zurück. Sie riss die Augen auf und schlang zitternd beide Arme um ihren Oberkörper. „Danke."

Lucy lächelte sanft. „Ich werde alles tun, was nötig ist, um die Sache richtigzustellen. Dein Dad hat lange genug im Gefängnis gesessen."

Bei diesen Worten brach Grace in Tränen aus. Diesmal war es ihre Stiefschwester, die sofort an ihrer Seite war und sie fest in eine tröstende Umarmung zog.

Lucy spürte ebenfalls die Tränen, die heiß in ihren Augenwinkeln brannten. Nicht vor Erleichterung, sondern vor Angst. Es war längst überfällig, dass sie sich der Wahrheit über jene Nacht vor neun Jahren stellte. Doch das machte die möglichen Konsequenzen nicht weniger Furcht einflößend.

MAYA

Venice Beach, Erdgeschoss – Samstag, 4. Juli

Graces Körper bebte, als sie sich an Candaces Schulter ausweinte. Es war inzwischen nach Mitternacht. Der Raum füllte sich mit einer spürbaren Erleichterung darüber, dass ein Tag, an den sie sich vor allem wegen seiner Abscheulichkeit erinnern würden, endlich zu Ende war. Maya fand, dass sie sich jetzt an etwas Gutes klammern sollten. Graces Vater könnte freikommen. Es war wichtig, sich auf etwas Positives zu konzentrieren, um den Schrecken des Abends leichter zu vergessen.

Doch Maya konnte es nicht ertragen, hinzusehen. Wie konnte sie ihre eigene Rolle bei der Bewahrung von Dana Alexanders Geheimnis vergessen? Allein beim Gedanken daran, dass sie dieser Frau jemals Informationen über ihre Mitbewohner geschickt hatte, wurde ihr schlecht. Ganz leise durchquerte sie das Zimmer und ging auf die Terrassentür zu. Auf dem Beistelltisch neben dem roten Stuhl lagen die Handys, die sie hiergelassen hatten. Maya nahm ihr eigenes und sah eine Textnachricht von einer unbekannten Nummer.

Sie tippte die Nachricht an. Seltsame Nummer, dachte sie. Sie hatte sie noch nie gesehen. Dann las sie den Text.

OH URTEIL, DU ENTFLOHST ZU BLÖDEM VIEH DER MENSCH WARD UNVERNÜNFTIG!

„Hm, seltsam", sagte sie.

„Was ist seltsam?", wollte Candace wissen.

Maya hielt ihr Handy hoch. „Guck mal."

Candace ließ Grace los, die sich offenbar ein bisschen beruhigt hatte, nahm das Telefon und las laut: „‚Oh Urteil, du entflohst zu blödem Vieh. Der Mensch ward unvernünftig!'" Sie sah Maya direkt ins Gesicht. „Die Zeile kenne ich. Die ist aus *Julius Cäsar*."

„Ja", sagte Lucy nickend. „Das ist diese ‚Mitbürger! Freunde! Römer!'-Rede. Die mussten wir letztes Semester auswendig lernen."

„Aber was bedeutet das?", fragte Maya verwirrt.

„Antonius sagt das", erklärte Lucy ihr. „Er sagt im Grunde allen, dass sie den Verstand verloren hätten. Dass ihr Urteilsvermögen zerstört ist; dass sie die Macht, gute Entscheidungen zu treffen, verloren haben. Dass sie sich wie *Tiere* verhalten."

Einige Sekunden lang war Mayas Kopf wie leergefegt. Sie konnte nichts anderes tun, als auf das Display zu starren und nach einer schlüssigen Erwiderung zu suchen.

„Maya, was ist los?", hörte sie John-Michael sagen. Er klang nervös.

Maya hob den Kopf, um ihn anzusehen. Welcher Ausdruck auch auf ihrem Gesicht liegen mochte, offenbar hatte er ihm Angst gemacht, denn John-Michael kam plötzlich schnell auf sie zu und fing sie auf, als sie in sich zusammensackte. In John-Michaels Armen schien Maya neue Kraft zu sammeln. Sie riss sich zusammen und stand wieder auf. Dann räusperte sie sich mit einem kleinen Husten und sagte so ruhig wie möglich: „Die ist … Ich denke, die Nachricht ist von Dana Alexander. Sie wird mich an die Einwanderungsbehörde verraten."

Die anderen starrten Maya stumm an, und eine lang andauernde Stille entstand. Schließlich sagte Paolo: „Machst du Witze?"

Maya seufzte. „Ja, Paolo, ich hatte das Gefühl, dass es ein guter Zeitpunkt für einen Witz ist."

„Also, ich verstehe das nicht", erwiderte er bloß.

„Für mich ist das ziemlich eindeutig: Maya hat uns angelogen", sagte Candace.

„Nein." Maya schüttelte den Kopf und zwang sich, ruhig zu bleiben. Natürlich dachten sie das, *natürlich*. „Das Einzige, das ich mit Sicherheit weiß, ist, dass meine Mutter vielleicht gefälschte Papiere benutzt hat, damit ich die amerikanische Staatsangehörigkeit bekomme. Dana Alexander weiß das, sie wusste es schon immer. Deshalb …" Sie hielt inne, atmete tief ein und langsam wieder aus, bevor sie weitersprach. „Deshalb habe ich Sachen für sie gemacht. Die ganzen Berichte. Wenn ihr vorhin etwas weniger wütend gewesen wärt, hätte ich euch davon erzählt, aber ehrlich gesagt, wollte ich einfach nur aufhören, weiter darüber zu reden."

Candace schnaubte verächtlich. „Hmm. Aus diesem Shakespearezitat folgerst du, dass sie dich an die Einwanderungsbehörde verrät?"

„Vermutlich ist das Alexanders freundliche Art, mich wissen zu lassen, dass sie meine Entscheidung, euch nicht länger auszuspionieren, *nicht* besonders schätzt."

Lucy nahm Candace das Handy von Maya ab und las den Text noch einmal leise. „So. Was. Von. Verkorkst", verkündete sie betont langsam.

Maya sah Lucy an. „Du denkst, dass ich recht habe?“

Lucy versuchte zu lachen. „Oh ja. Das ist von Dana Alexander. Darauf verwette ich dieses Haus.“

„Im Ernst?“, fragte Paolo.

Lucy schüttelte den Kopf. Ein trauriges, erstauntes kleines Lächeln huschte über ihr Gesicht. „Dana Alexander weiß Bescheid. Sie sagt uns, dass sie über alles Bescheid weiß. Über mich, über Arianas Rausschmiss, über Maya, über Candace, die mit dem Freund ihrer kostbaren kleinen Schwester rummacht. Ich schätze, über *diese* bestimmte Nachricht ist sie nicht allzu froh. Sie gibt uns zu verstehen, dass *wir* den Verstand verloren haben.“

Bei diesen letzten Worten sah Lucy John-Michael vielsagend an. Maya spürte, wie ihre Knie aufs Neue nachgaben.

Dana Alexander wusste *alles*.

Was, wenn sie sogar wusste, was an diesem Abend geschehen war? Aus den panischen Blicken, die ihr Paolo und John-Michael zuwarfen, schloss sie, dass die Jungs dasselbe dachten. Natürlich wagten sie nicht, ihre Angst laut auszusprechen. Nicht, nachdem sie geschworen hatten, Grace und Candace aus dem Grauen der vergangenen Stunden herauszuhalten. Maya zwang sich, die aufsteigende Panik zu verdrängen, und stolperte nach hinten, bis sie das Sofa in ihren Kniekehlen spürte. Sie ließ sich auf die Couch fallen und versuchte angestrengt, nachzudenken.

Alexander konnte unmöglich alles wissen, oder? Mit Sicherheit nicht, was oben im Malibu Canyon passiert war. Oder doch? Aber vielleicht wusste sie, dass ihr Plan, Lucy zum Schweigen zu bringen, fehlgeschlagen war.

Womöglich hatte einer der beiden Killer Dana Alexander Bericht erstattet. Irgendwann bevor der zweite Typ den Abhang hinuntergestürzt war, vermutete Maya. Er musste Alexander angerufen haben, um ihr zu sagen, dass der Anschlag nicht ausgeführt worden war. Jetzt stellte sich die Frau mit Sicherheit Fragen: Sollte sie schnell handeln? Noch jemanden schicken, um Lucy ruhigzustellen? Oder abwarten?

Sie konnte es sich nicht leisten, ein Risiko einzugehen.

„Wir können die nächsten Tage nicht hier wohnen", sagte Maya mit plötzlicher und absoluter Überzeugung. „Und wenn wir irgendwelche Anrufe machen müssen, dürfen sie nicht zurückverfolgt werden. Deshalb müssen wir uns neue Prepaidhandys besorgen."

Candace runzelte die Stirn. „Neue?"

„Wir müssen raus aus L. A." Sie stand auf. „Noch heute Nacht. Wir alle. Jetzt."

GRACE

Interstate 5 – Samstag, 4. Juli

Der Wind wehte durch Graces Finger, die sie im Auto ihrer Schwester locker auf das geöffnete Fenster gelegt hatte. Die Nacht war warm, und Candace ließ die Klimaanlage am liebsten aus, weil es umweltfreundlicher war. Für jemanden, der sich zu Beginn über die Autowahl ihrer Mutter beschwert hatte, entwickelte sich Candace allmählich in eine ziemlich stolze Autobesitzerin.

Vom Rücksitz meldete sich Maya. „Ich habe gerade eine Nachricht von John-Michael bekommen. Sie halten bei der nächsten Tankstelle an. Wir sollten bei der übernächsten tanken. Unsere Autos sollten nirgendwo zusammen fotografiert werden."

Weder Candace noch Grace sagten etwas. Das hier war nur ein weiteres rätselhaftes Element einer durch und durch beunruhigenden Nacht. Und sie konnten nicht einmal nach dem Grund fragen.

Im Autoradio lief irgendeine elektronische Tanzmusik, verträumt und pulsierend, die Art von Musik, die Candace gerne am Ende einer Party auflegte – der totale Kontrast zu dem Chaos, das Grace innerlich zerriss.

Diese Musik machte sie nur traurig; wehmütig nach einer Zeit, die – wie Grace jetzt begriff – vorbei war. Vielleicht für immer. Eine Zeit, als sie alle zusammen glücklich gewesen waren, als sie sich nähergestanden hatten, als sie es für eine Clique für möglich gehalten hatte. Näher, als sie sich ihrer Familie jemals gefühlt hatte.

Das Traurigste aber war, dass sie erst jetzt erkannte, wie schön die Zeit gewesen war. Die Phase des Kennenlernens. Ihre erste Party. Tagelange *Seinfeld*-Marathons, während derer sie John-Michaels köstliche Sandwiches gegessen hatten. Träge Nachmittage am Strand, Maya beim Surfen zusehen, um ein Lagerfeuer sitzen und plaudern. Die beruhigende Gewissheit, von Menschen umgeben zu sein, die sich für sie interessierten, die verstanden, wie es war, hier zu sein – zu dieser Zeit, an diesem Ort. Die sie auf eine Art verstanden und akzeptierten wie niemand sonst.

Das alles – es war vorbei.

Was auch immer an diesem Abend in dem Haus vorgefallen war, was auch immer Lucy, Maya, Paolo und John-Michael veranlasst hatte, für rund vier Stunden ohne jegliche Erklärung zu verschwinden – es musste *richtig* schlimm sein. Jetzt herrschte in der Gruppe kein Vertrauen mehr. Sie hatten es sich schmerzlich erarbeitet, während jeder von ihnen monatelang mit seinen ganz persönlichen Problemen gekämpft hatte: John-Michael und der Tod seines Vaters; Lucy und die albtraumhaften Visionen aus ihrer Vergangenheit; Candace und ihre Indiskretion mit ihrem Schauspielkollegen; Maya, die von Dana Alexander zum Spionieren gezwungen wurde. Am heutigen Abend war das alles endlich explodiert und hatte die Hausbewohner auseinandergejagt, während sie versuchten, ihr Gleichgewicht wiederzufinden.

Und dennoch waren sie so schnell wie möglich zu ihrem Haus in Venice Beach zurückgekehrt, zueinander.

Nur Paolo hatte kein Geheimnis. Er hatte offen zugegeben, dass er auf Lucy stand, auch wenn sie ihm letztlich einen Korb gegeben hatte. Die Veränderung, die er nach dieser Enttäuschung an den Tag gelegt hatte, war beinahe verstörend. Grace bezweifelte, dass Paolo glücklicher war, seit seine Eltern ihn vorzeitig für mündig erklärt hatten. Trotzdem teilte er seinen tiefen Frust darüber mit niemandem, jedenfalls soweit sie wusste. Stattdessen trug er ihn auf seiner Haut.

Vielleicht war Paolo der Einzige, der wirklich verstand, wie man etwas *in einen Safe* einschloss. Grace ertappte sich dabei, wie sie bei der Ironie dieses Gedankens lächeln musste. Schließlich hielt sie an ihren eigenen Gefühlen für ihn immer noch fest.

„Was denkst du, wie lange wir in Alexa Nyborgs Haus in Napa bleiben können?", fragte Candace an Maya gewandt und durchbrach damit Graces beunruhigende Gedanken.

„Nyborg hat nur eine Mail geschrieben, dass sie das Wochenende über in Washington bleibt und die Einladung noch immer gilt."

„Wie lange werden wir bleiben müssen?", fragte Grace. Doch Maya schien sich nicht auf einen festen Zeitrahmen festlegen zu wollen.

Candace seufzte sehnsüchtig. „Hey, die Serie macht bis Mitte August Sommerpause. Ich hab's mit der Rückreise also nicht besonders eilig. Wie cool ist das eigentlich, dass du eine Milliardärin kennst?"

Unglaublich. Candace schenkte dem Dilemma, in dem sie sich befanden, nicht die geringste Aufmerksamkeit. Am liebsten hätte Grace sie angeschrien: *Kapierst du eigentlich, was hier gerade passiert? Hast du dir mal selbst beim Reden zugehört? Denkst du immer noch, wir machen hier einen netten Wochenendausflug?*

„Eine Milliardärin auf dem Papier", widersprach Maya leise. „Ich wette, der Großteil ihrer Aktien liegt noch auf einem Treuhandkonto."

„Alexa Nyborg ist auch im wahren Leben eine Milliardärin, und sie hat sich dich als ihren kleinen Schützling ausgesucht. Sie antwortet sogar auf E-Mails, die du ihr um Mitternacht am vierten Juli schickst. Mädchen, du hast den Jackpot geknackt", sinnierte Candace. „Willst du das nicht Hottie McBrit erzählen?"

Maya antwortete nicht. Sie lehnte sich ans Autofenster und starrte in die Dunkelheit hinaus. Grace konnte den Schmerz in Mayas flachen Atemzügen beinahe hören. Was auch immer Maya im Hinblick auf ihren neuen Business Angel und den englischen Typen empfand, in den sie sich verknallt hatte, es war von den Ereignissen der Nacht irgendwie vergiftet worden.

Das neue Geheimnis war ein Riss in der Gruppe. Mit dem kollektiven Verständnis, das zuvor zwischen ihnen existiert hatte, war es vorbei. Grace drückte auf einen Knopf und schloss das Autofenster. Die Landstraße kletterte höher in die Hügel hinauf, und die Luft war kalt geworden.

Der Riss zwischen den Freunden könnte zu einer Kluft werden, aber Grace beschloss, dass sie irgendeinen Weg finden würde, das zu verhindern.

Für einen kurzen Moment schloss sie die Augen. Hinter ihren Lidern sah sie den blassgrünen Abendhimmel am Venice Beach, die Silhouetten der Palmen, hörte das Geräusch harter Plastikstühle auf dem Betonpfad, der sich durch die niedrigen, grasbewachsenen Dünen wand, roch den Duft von gegrillten Maistortillas in der Nähe von Andy's Fish Taco, von Bordwachs am Surfverleih und von frisch gebackenem Funnel Cake am Santa Monica Pier. Das alles würde auf sie warten. Alles, was sie zurückgelassen hatten. Eines Tages würden sie zurückkehren.

Da Grace unbequem saß, drehte sie sich um und beobachtete Maya. Das Mädchen hatte sich ganz klein zusammengerollt, die Knie bis ans Kinn gezogen, die Arme um die Beine geschlungen und den Kopf auf ihre Knie gelegt. Maya saß hinter dem Fahrersitz und starrte durch das Seitenfenster nach draußen. Im nächsten Moment zuckte sie so heftig, dass ihre Gliedmaßen auseinanderklappten, als hätte man eine Sprungfeder entfernt.

Die plötzliche Bewegung erschreckte Candace so sehr, dass sie für einen Moment die Kontrolle über den Wagen verlor und auf die Gegenfahrbahn kam. Als der Schreckensmoment vorüber war, sah Grace, wie Candace durch den Rückspiegel Maya einen wütenden Blick zuwarf.

„Du spinnst ja!“

„Entschuldige“, murmelte Maya kläglich.

„Was ist bloß los mit dir, verdammt?“, erwiderte Candace, ehe sie mit einer ordentlichen Portion Sarkasmus hinzufügte: „Ach, stimmt ja, ich bin ja zu wertvoll, als dass man es mir erzählt.“

Zu Graces Überraschung sagte Maya weder etwas, noch reagierte sie auf andere Art. Stattdessen starrte sie einfach weiterhin aus dem Fenster. Ihr Gesichtsausdruck war leer, und sie atmete hörbar durch die geöffneten Lippen. Nach ein paar Sekunden fragte sie: „Hat eine von euch vorhin den weißen Buick gesehen, der uns gerade überholt hat? Habt ihr ihn gesehen, bevor wir vom Pacific Coast Highway abgefahren sind?“

Entnervt erwiderte Candace: „Ich habe keine Ahnung, wovon du redest.“

Jetzt flüsterte Maya. „Ich glaube, ich habe ihn vorhin schon mal gesehen.“

Grace sah Maya an und versuchte, ihren Blick aufzufangen. „Na und? Warum sollte uns *jetzt* jemand folgen, Maya? Maya? *Maya?*“

Zuerst antwortete Maya nicht, sondern rollte einfach nur ihren Kopf an der Rückenlehne hin und her wie eine Katze, die versuchte, es sich gemütlich zu machen. Dann aber murmelte sie: „Vergiss es.“

Nach einer Weile stellte Grace den Versuch, eine andere Antwort zu bekommen ein. Sie lehnte sich einfach in ihrem Sitz zurück und versank in Gedanken, während sie in die Dunkelheit starrte.

Eigentlich hätte Maya glücklich sein müssen. Sie war auf dem besten Weg, die ersten Früchte ihrer harten Arbeit zu ernten. Doch sie war es nicht. Maya hatte *Angst.* Und so sehr sie sich auch um beruhigende, rationale Gedanken bemühte, Grace konnte es nicht länger ignorieren.

Sie hatte auch Angst.

DANKSAGUNG

Von Anfang an habe ich überlegt, wie ich die Ereignisse im zweiten Teil der Little-Secrets-Reihe an einen düsteren Ort führen könnte. Was zunächst als leicht realitätsferne Story begriffen wurde – sechs vorzeitig für mündig erklärte Teenager, die den südkalifornischen Traum leben –, fühlte sich wie die perfekte Gelegenheit an, das Thema Moral einmal genauer zu betrachten. Wenn alles furchtbar schiefliefe, wozu wären die Freunde bereit, um ihr „perfektes" Leben zu schützen?

Zu dem gesamten Malibu-Canyon-Teil der Geschichte inspirierte mich eine kurvenreiche Fahrt mit meiner guten Freundin Hoku Janbazian, die uns durch die Hollywood Hills bis hinunter zum Malibu Beach führte, wo wir fantastische Fish Tacos aßen. Ein herrlicher Tag, an dem ich mir ein abscheuliches Drama ausgedacht habe – ich kann diesen Ort nur wärmstens empfehlen.

Mein großer Dank geht an Katherine Tegen, weil sie diese Inkarnation der „realitätsfernen" Teenagerstory unterstützt hat. Zwei fantastische Lektoren waren mir eine enorme Hilfe dabei, das richtige Mittelmaß zwischen „düster genug" und „zu düster" zu finden. Vielen Dank, Elizabeth Law und Maria Barbo!

Danke an Emily Wheaton, eine ehemalige US-Soldatin und Mitglied der *Once Upon a Time – Es war einmal …* Fangemeinde für ihre großartigen Ratschläge zu Handfeuerwaffen. Und vielen Dank an Cyndi Burke, die in Kalifornien lebt und ebenfalls ein großer Fan von *Once Upon a Time* ist. Sie hat mir viel über ihren Heimatstaat sowie über Schusswaffen verraten!

Das Team bei Katherine Tegen Books und bei HarperCollins hat für den ersten Teil der Geschichte eine eindrucksvolle, internetbasierte Marketingkampagne durchgeführt, inklusive Videos und coolem Quiz. Mein besonderer Dank gilt Kelsey Horton für ihre Kreativität, ihre Energie und ihren Enthusiasmus. Als weitere Mitglieder unseres wunderbaren Teams seien genannt: Bethany Reis, Veronica Ambrose und Rebecca Schwarz. Für euch alle einen virtuellen Keks jetzt und einen echten später!

Jugendbuchautor und Freund Michael Grant ist weiterhin ein Quell beständiger Ermutigung und Unterstützung, indem er die Little Secrets-Reihe unterstützt – ich danke dir, Michael. Dank auch meinem Agenten Robert Kirby bei United Agents in London; meinem Ehemann und meinen Töchtern Josie und Lilia. Die Mädchen waren besonders versessen darauf, ihre „Lieblingsboote" voranzutreiben. Eine hat ihren Kopf durchgesetzt – aber #nospoilers.